Zum Buch:

Max und Caro waren von klein auf unzertrennlich, was als junge Erwachsene dazu führt, dass sie sich »für immer« versprechen. Jedoch hält ihr Glück danach nicht lange und sie gehen getrennte Wege. Diesen Sommer kehrt Max auf Wunsch seiner Großmutter wieder in die Kleinstadt zurück, und Caro ist gezwungen, sich ihren Gefühlen zu stellen, denn jedes Mal, wenn sie sich zufällig über den Weg laufen, flammen diese wieder auf. Als sie dem süßen Dackelwelpen Frankie ihr Herz öffnet, beginnt Caro sich zu fragen, ob sie dies auch für Max noch einmal könnte. Vielleicht schaffen sie es dieses Mal, ihr Glück festzuhalten.

Zur Autorin:

Shannon Richard lebt in Tallahassee, Florida, mit ihrem entzückenden Hund Teddy – nicht, dass sie voreingenommen wäre oder so. Sie experimentiert gerne mit neuen Rezepten in der Küche oder versucht, alte zu perfektionieren, meist mit einem Glas Sauvignon blanc in der Hand. Sie schaut gerne Reality-TV, hört viel zu viele Podcasts und ist eine Pflanzen-Lady.

Shannon
Richard

Nur du und der Sommer

Roman

Aus dem amerikanischen Englisch
von Anita Sprungk

HarperCollins

Die Originalausgabe erschien 2023 unter dem Titel
Dog Days Forever bei Avon HC, New York.

1. Auflage 2024

Deutsche Erstausgabe

Umschlaggestaltung von Büro Süd GmbH, München
Umschlagabbildung von Shutterstock
Gesetzt aus der Minion
von GGP Media GmbH, Pößneck
Druck und Bindung von GGP Media GmbH, Pößneck
Printed in Germany
ISBN 978-3-365-00575-0
www.harpercollins.de

Druckprodukt mit finanziellem Klimabeitrag
ClimatePartner.com/15109-2009-1001

MIX Papier
FSC FSC® C014496

Für Nicole Fischer

Als du meine Lektorin wurdest, ging für mich ein Traum
in Erfüllung, den ich über zehn Jahre lang gehegt hatte.
Danke, dass du vor all dieser Zeit mein Potenzial erkannt hast.
Danke, dass du dich so sehr dafür eingesetzt hast,
mit mir zusammenzuarbeiten.
Danke, dass du so sehr für dieses Buch gekämpft hast.
Danke, dass du bist, wer du bist.

PROLOG

Der letzte Sommer

Es regnete bereits seit Stunden. Ein Sommergewitter war über der kleinen Stadt Cruickshank in North Carolina aufgezogen, hatte sich zwischen den Bergen festgesetzt und schien die ganze Nacht über andauern zu wollen. Es mochte einfach nicht weiterziehen, und das konnte niemand besser nachempfinden als Maximillian Abbott.

Alles war perfekt. Auf der extrabreiten Matratze ruhte er wie auf einer Wolke, die Baumwolllaken lagen weich auf seiner nackten Haut und er hielt die Liebe seines Lebens in den Armen. Er wusste, er konnte die ganze Welt umrunden, aber seine liebste Route war die Strecke zwischen Caroline Buchanans Schlüsselbein und der kleinen Vertiefung hinter ihrem Ohr.

Max drückte einen Kuss auf ihre Haut, bevor er mit der Nase langsam ihrem Hals aufwärts folgte und auf dem ganzen Weg ihren Duft in sich aufsog. Sie legte immer Zitrusaromen auf, und heute trug sie Grapefruit. Er hätte schwören können, dass der süße Duft, der seine Lungen füllte, ihn betrunken machen konnte.

Irgendetwas stellte sie mit ihm an, etwas, das er nicht verstand und das zu machtvoll und vollkommen war, als dass es von Menschen oder Gott hätte erklärt werden können.

Dreizehn Jahre waren vergangen, seit Caro in sein Leben getreten war, und seitdem war nichts mehr so, wie es war. Es war sein erster Sommer in Cruickshank gewesen, und bis auf seine Großeltern war alles neu und unbekannt für ihn.

Mit Veränderungen kam er nicht gut zurecht.

Das massive Haus im viktorianischen Stil, das Martin und Ava gerade erst bezogen hatten, war ihm nicht vertraut. Es war so anders als das Sandsteingebäude in Boston, in dem sie die ersten sechs Jahre seines Lebens gewohnt hatten, das Haus, in dem er bis zu diesem Moment alle Weihnachtsfeste und Sommerferien verbracht hatte. Seine Lieblings-Pizzeria lag ein paar Straßenblocks weiter links und ein paar Blocks weiter rechts gab es einen Park mit Schaukeln.

Das neue Haus seiner Großeltern hatte knarzende Dielenböden, zwei Treppen, über die er nie dorthin gelangte, wohin er wollte, und vor dem Fenster seines Zimmers erhob sich ein riesiger, Furcht einflößender Baum, dessen Zweige bei Sturm an seinem Fenster kratzten.

Nach gerade einmal achtundvierzig Stunden seiner Sommerferien hatte er das Haus bereits gehasst … bis er *sie* kennenlernte.

»Caro?«, flüsterte Max, bevor er leicht in ihr Ohrläppchen biss.

»Mhmm«, murmelte sie und rieb sich dabei an seinem Körper. Die Laken raschelten, als sie die Beine bewegte, sich wieder an ihn schmiegte, Haut an Haut.

Er ließ die Hand über ihren Bauch wandern, strich mit den Fingern über ihre Rippen und küsste sie auf die nackte Schulter. »Erinnerst du dich an unsere erste Begegnung?«

Sie drehte sich in seinen Armen, sodass ihre Gesichter nur noch Zentimeter voneinander entfernt waren. Nichts außer ein paar Kerzen erhellte das Zimmer in ihrer kleinen Dachwohnung, und er war sich nicht sicher, ob das Leuchten in ihren graubraunen Augen von den flackernden Kerzenflammen stammte oder ob sie von innen heraus leuchtete.

»Als wäre es gestern gewesen.« Ihr warmes, strahlendes Lächeln schien das schwache Licht im Zimmer zu verstärken.

Solange er lebte, würde Max niemals den Augenblick vergessen, in dem er sie zum ersten Mal gesehen hatte. Er hatte sich in sein Gehirn eingebrannt wie ein Bild, das nie ausgelöscht werden sollte.

Aufgetaucht waren Caro und ihre Mutter Rachel an einem besonders regnerischen Montagmorgen. Rachel war als Hilfe für seine Großeltern eingestellt worden, als ihre Assistentin, ihre Köchin, ihre Gärtnerin. Sie war für alles verantwortlich, was getan werden musste.

Heimlich, von seinem sicheren Platz hinter der Tür zum Wohnzimmer aus, hatte Max die beiden Neuankömmlinge in der Küche beobachtet. Schon zu diesem Zeitpunkt war er davon überzeugt gewesen, dass Caro nicht von dieser Welt war. Sie erinnerte ihn an die Märchenfeen und Waldnymphen, über die er in seinen Büchern gelesen hatte.

Sie hatte ihn dabei ertappt, wie er sie beobachtete, und im selben Moment, in dem ihre Blicke sich trafen, verzog sich ihr Mund zu einem breiten Grinsen, das ihr ganzes Gesicht zu erhellen schien … genau wie gerade jetzt.

Irgendwo in seinem Bauch hatte der Sechsjährige ein Zucken verspürt, ein Gefühl, das für ihn auf immer untrennbar mit Achterbahnfahrten und Caro verbunden war … ein Gefühl, das er auch in diesem Moment empfand.

»Du hattest ein grellrosa Tutu und hellgelbe Gummistiefel an, in denen du unglaublich winzig gewirkt hast.« Seine Hand lag jetzt auf ihrem Rücken, mit den Fingerspitzen trommelte er ganz sacht auf ihre Wirbelsäule, als spielte er darauf Klavier. »Obwohl … Winzig bist du immer noch.«

»Hey!«, protestierte sie und kniff ihn spielerisch in die Seite, sodass er sich in ihren Armen wand, bis er ihre Hand zu fassen bekam. »Es ist nicht meine Schuld, dass ich bei einem Meter neunundfünfzig aufgehört habe zu wachsen und du unbedingt eins dreiundachtzig groß werden musstest.«

»Es spielt keine Rolle.« Max zog ihre Hand an seine Lippen und küsste ihre Fingerknöchel. »Wir passen immer noch zusammen.«

»Wir haben schon immer zusammengepasst.«

Und das stimmte. Als Kind war er schrecklich schüchtern gewesen, hatte kaum einen Satz herausgebracht, und sie war ein energiegeladener Flummi gewesen, in der Lage, sogar mit einer Steinmauer eine kurzweilige Unterhaltung zu führen. Und doch hatten sie zusammengepasst.

Max beugte sich dicht über Caro und streifte ihre Lippen mit seinen. »Immer.«

Es war Caro, die mehr wollte und die Lippen öffnete. Ihre Zunge fand seine, während sie ihr Bein an ihm hochschob, über seine Hüfte gleiten ließ und ihm zeigte, *wie gut* sie zusammenpassten.

Gerade erst hatten sie ihr Liebesspiel beendet, und doch wollte er sie schon wieder. Aber das tat er immer. Er würde sie immer begehren.

Max zwang sich, den Kuss zu unterbrechen, und lehnte die Stirn gegen ihre. Ihr stockender Atem vermischte sich zwischen ihren Mündern. »Weißt du noch, was du als Erstes zu mir gesagt hast?«

Caro löste sich ein Stück von ihm und ließ den Kopf auf seinen Arm sinken, sodass sie ihm ins Gesicht schauen konnte. Erneut lächelte sie. »Ich habe dich gefragt, ob du Schokoladenstückchen in deinen Pfannkuchen magst und Schlagsahne obendrauf. Das ist immer noch das beste Frühstück, das ich kenne.«

»Oh, ganz ohne Zweifel«, stimmte Max zu und strich ihr eine dunkelbraune Haarsträhne aus dem Gesicht. »Weißt du auch noch, was du mir danach gesagt hast?«

Ihr Lächeln wurde breiter. »Dass Max ein guter Name für einen Piraten ist und dass wir zu einem Abenteuer aufbrechen sollten, sobald der Regen aufgehört hätte.«

»Und seitdem sind wir zu so vielen Abenteuern aufgebrochen«, erwiderte Max und begann, sich eine Strähne ihres Haars um den Finger zu wickeln.

»So viele.«

»Caro, ich weiß, dass wir noch sehr jung sind und bisher überwiegend eine Fernbeziehung geführt haben …«

Max hatte sein ganzes Leben in New York gewohnt, bis er vor einem Jahr nach North Carolina gezogen war, um die UNC, die Universität in Chapel Hill, zu besuchen. So waren sie nur noch vier Stunden Fahrzeit voneinander entfernt, eine viel leichter zu bewältigende Strecke, und doch hatten sie noch nie länger als drei Monate gemeinsam am selben Ort verbracht.

»Und ich weiß, dass es jetzt noch ein Jahr länger dauern wird, bis wir immer zusammen sein können …«

Caros Miene verfinsterte sich bei seinen Worten, sie sah traurig aus. Sie hatten immer geplant, dass sie ihm nach der Highschool an die UNC folgen würde, aber diese Pläne waren über den Haufen geworfen worden, als bei ihrer Mutter Krebs diagnostiziert worden war. Da hatte sie beschlossen, das Jahr noch zu Hause zu bleiben und sich um Rachel und den Rest ihrer Familie zu kümmern.

»Aber dieser Sommer hat uns andere Dinge geschenkt.«

Caro war in die kleine Dachwohnung über der Garage ihrer Eltern gezogen, wodurch sie etwas Privatsphäre hatten, wenn Max den Sommer über in der Stadt weilte. Sie mussten nicht herumschleichen, keinen Wecker stellen, um früh genug aufzuwachen und in ihre eigenen Betten zu kriechen, nur um den Eindruck zu erwecken, die ganze Zeit dort geschlafen zu haben.

»Ich konnte jeden Abend mit dir in meinen Armen einschlafen und am nächsten Morgen neben dir aufwachen. Das war … vollkommen.«

»Ja, das war es wirklich.« Caro blinzelte heftig, in ihren Augen sammelten sich Tränen. »Ich liebe es, dich bei mir zu haben, Max. Ganz und gar mein.«

»Ganz und gar dein.« Max hob die Hand und wischte ihr sanft die Tränen weg, die ihr inzwischen über die Wangen liefen. »Caro, ich wusste schon bei unserer ersten Begegnung, dass ich dir überallhin folgen würde. Dass ich mich auf jedes Abenteuer einlassen würde, das du willst. Und daran hat sich nichts geändert und wird sich auch nichts ändern, nicht in einem Jahr, nicht in fünf Jahren, nicht in fünfzehn Jahren.«

»Das … das wird es nicht«, bestätigte Caro stockend. Jetzt rannen ihr die Tränen ungehindert über das Gesicht, während sie ihm tief in die Augen blickte.

»Heirate mich.«

»Ja«, antwortete sie ohne jedes Zögern.

Sie hatte das Wort kaum über die Lippen gebracht, da presste Max den Mund auf ihren. Sie rollte sich herum, sodass sie unter ihm zu liegen kam, und schlang ihm die Arme um den Rücken. Dabei drückte sie ihn so fest an sich, dass er hätte schwören können, dass sie am liebsten genauso sehr in ihn hineingekrochen wäre wie er in sie.

Aber vorher musste er noch etwas erledigen.

Zum zweiten Mal in dieser Nacht zwang Max sich dazu, den Kuss zu unterbrechen. Das kostete ihn mehr Willenskraft, als zu besitzen er selbst für möglich gehalten hätte.

»Max.« Das war eine flehende Bitte. »Ich brauche dich.«

»Ich weiß. Ich weiß. Ich muss nur … vorher etwas tun.« Er setzte sich auf, kniete sich auf das Bett und griff nach der Schublade des Nachtschränkchens neben ihm, zog sie auf und nahm ein kleines, mit blauem Samt bezogenes Kästchen heraus.

Jetzt setzte auch Caro sich auf und ließ den Blick von seinen Händen zu seinem Gesicht wandern. Sie strahlte, biss sich dabei auf die Unterlippe – wie immer, wenn sie so glücklich war, dass sie sich kaum beherrschen konnte.

Auch er konnte sein Glück kaum fassen. Weil er keine Sekunde länger warten wollte, um es offiziell zu machen, öffnete Max das Kästchen und holte den Ring heraus. Er hielt Caro die Hand hin und sie hob ihre und legte sie ihm in die Handfläche.

Rasch streifte er den Ring auf den Ringfinger ihrer linken Hand. Das antike Stück hatte er von seiner Großmutter Ava bekommen. Fein gearbeitet aus Weißgold, geziert von einem Kreis aus winzigen Diamanten mit einem großen runden Stein in der Mitte. Auf der Innenseite war eine Inschrift eingraviert.

Auf lebenslange Abenteuer.

1. KAPITEL

Aus den Augen, aus dem Sinn

Fünfzehn Jahre später …

In der exquisiten Rooftop-Bar in Manhattan drängten sich über zweihundert Menschen. Darunter waren viele Prominente – Politiker, ein paar Nobelpreisträger und sogar ein Paar aus der entfernteren Verwandtschaft des britischen Königshauses. Die Frauen trugen sündhaft teure Abendkleider in allen nur erdenklichen Farben, die Männer Smokings in Schwarz oder Weiß.

Nun ja, die meisten Männer hatten diese klassischen Farben gewählt, aber es gab auch eine Handvoll modebewusstere unter ihnen, die dem Trend zu mehr Farbe folgten, und zu diesen gehörte Maximillian Abbott. An diesem Abend hatte er sich für eine smaragdgrüne Brokatjacke entschieden. Erst war er versucht gewesen, seine rote Samtjacke anzuziehen, aber der Wetterbericht hatte Regen vorausgesagt, und da sein verstorbener Großvater ihm die Jacke vererbt hatte, wollte er nicht riskieren, sie zu ruinieren.

Max nahm einen Schluck von seinem Scotch und sah sich in der vollen Bar um. Auf sämtlichen Tischen standen weiße Blumenarrangements und goldene Kerzenleuchter. Funkelnde Kristalllüster hingen an der kunstvoll bemalten Decke und verströmten ein angenehmes Licht. Freddie Mercury in Retrograde – eine gute Queen-Coverband – spielte auf der Bühne und hatte gerade »A Kind of Magic« angestimmt.

Sämtliche Gäste waren erschienen, um den siebzigsten Geburtstag von Hugh Hennings zu feiern. Er war die eine Hälfte von Bergen und Hennings, einer Multimilliarden Dollar schweren alternativen Vermögensverwaltung, für die Max in den letzten sechs Jahren gearbeitet hatte. Oder vielleicht sollte er lieber sagen, dass er in den letzten sechs Jahren dafür gelebt hatte, denn normalerweise arbeitete er achtzig Stunden pro Woche und verbrachte mehr Zeit in seinem Büro als in seiner eigenen Wohnung.

Teufel noch mal, in den letzten Monaten war er kaum einmal in New York gewesen. Stattdessen hatte er sich Objekte überall in Europa angesehen – von Schottland über Frankreich und Italien bis hin zu Deutschland.

Max bereiste die ganze Welt, um aufgegebene oder in Vergessenheit geratene Gebäude wieder zum Leben zu erwecken. Manchmal tat er das für einen bestimmten Kunden, sonst für Bergen und Hennings. Sein Einsatz war der erste Schritt zur Umwandlung von Kirchen, alten Schulgebäuden, großen Villen und Schlössern, Lagerhallen, ja einmal sogar von einem alten Ozeandampfer.

Oft wünschte er sich, er könnte selbst an der Restaurierung und Umgestaltung teilhaben, zum Beispiel den Marmor auswählen, der in der Eingangshalle verlegt werden würde, oder den perfekten Künstler finden, der die Buntglasfenster in der Lobby gestaltete. Häufig wäre er gern bis zum Ende dabei, denn wann immer er sich die fertig umgestalteten Immobilien anschaute, konnte er nicht umhin, im Geiste eine Liste all der Dinge aufzustellen, die er selbst anders gemacht hätte.

Aber das war nicht sein Job. Wie ihm oft gesagt worden war, hatte er den richtigen Blick. Er konnte Potenzial erkennen, wo andere keins sahen. Wenn er sich mit den Restaurierungsmaßnahmen beschäftigen würde, stünde er nicht zur Verfügung, um neue Projekte aufzustöbern, weitere Investitionsobjekte, weitere Möglichkeiten für Bergen und Hennings, noch mehr Geld zu verdienen.

Sein letzter Abschluss war bahnbrechend für ihn und die Firma gewesen. Er hatte ihm mehr Freude bereitet, als er seit Langem verspürt hatte. Mehr Freude, als er in Manhattan je gefunden hatte. Mehr Freude, als er in dieser Bar finden konnte.

Bei Veranstaltungen wie dieser fühlte er sich immer fehl am Platz, aber da es sich um den Geburtstag seines Chefs handelte, hatte er wohl oder übel erscheinen müssen. Außerdem zog ihn sowieso nichts in seine leere Wohnung … oder gar in sein noch leereres Bett.

Sein Liebesleben war in den letzten paar Monaten in den Hintergrund getreten. Genau genommen spielte es seit über einem Jahr kaum noch eine Rolle. Er konnte sich nicht einmal mehr entsinnen, wann er das letzte Mal ein Date gehabt hatte. Vielleicht würde es ihm guttun, sich ein wenig unter die Leute zu mischen. Die Cocktailstunde war erst zur Hälfte vorüber, sodass ihm noch viel Zeit blieb, mit anderen Gästen zu plaudern – was er sowieso tun sollte.

Es hatte sich eine freie Stelle als Seniorpartner ergeben und Max bewarb sich darum. Außerdem war noch offen, wer die Immobilienabteilung in London übernehmen sollte. Infolgedessen waren jede Menge Arschkriecher am Werk, und die meisten Angestellten waren bemüht, Eindruck bei den hohen Tieren zu schinden.

Der ganze Abend war reine Show. Alle Veranstaltungen dieser Art waren es. Niemand wusste das besser als Hughs Frau, Adrienne Bergen, die zweite Hälfte von Bergen und Hennings.

Hughs Hochzeit mit der englischen Erbin war eher eine Geschäftsfusion gewesen. Adrienne war ebenso sehr wie er darum bemüht gewesen, aus dem Bergen-und-Hennings-Imperium das zu machen, was es heute war. Ihr scharfer Verstand und ihre Geschäftstüchtigkeit trugen ebenso viel zu dem Erfolg ihres Unternehmens bei wie Hughs Sachkenntnis und Tatendrang.

Die beiden energiegeladenen Partner standen Seite an Seite. Hugh lachte so laut, dass er die Musik übertönte, während Adrienne charismatisch wie immer wirkte. Sie trug ein eng anliegendes, mit Kristallen besetztes schwarzes Kleid. An ihrem Hals, ihren Handgelenken und ihren Fingern funkelten so viele Diamanten, dass man hätte meinen können, sie sei gerade einem Bad im Schnee entstiegen und über und über mit glitzernden Schneekristallen bedeckt. Sie war neunundfünfzig, konnte aber ohne Weiteres als zwanzig Jahre jünger durchgehen.

»Maximillian«, sprach ihn da jemand von links an.

Diese rauchige Stimme hätte Max immer und überall erkannt, denn er hatte viele Abende damit verbracht, den Ferkeleien zu lauschen, die ihre Besitzerin ihm ins Ohr flüsterte. Er drehte sich um und sah sich Kendall Margaret Ashley Campbell gegenüber, einer der besten Scheidungsanwältinnen von Manhattan und seiner On-off-Beziehung der letzten vier Jahre.

Im Moment waren sie wieder einmal getrennt. Immerhin hatte ihre letzte Beziehung bislang am längsten gehalten, nämlich ganze neun Monate. Sie waren sogar bis zu dem Punkt gelangt, an dem jeder eine Zahnbürste in der Wohnung des anderen deponiert hatte. Wenn das kein Fortschritt war, dann wusste Max nicht, was Fortschritt sein konnte.

Kendall trug ein rotes Kleid, das wirkte, als hätte man es ihr auf den gertenschlanken Körper gemalt. Ihre dunkelblonden Haare fielen ihr über die nackten Schultern.

»Kendall.« Unwillkürlich musste Max lächeln. Seine Chancen, heute nicht allein nach Hause gehen zu müssen, waren soeben beträchtlich gestiegen. »Ich wusste nicht, dass du hier sein würdest. Wie schön, dass du mich in der Menge gefunden hast.« Er beugte sich vor und küsste sie auf die Wange.

»Ich habe dich sofort entdeckt. Du und deine Jacken«, meinte sie zärtlich und strich ihm über den Arm. »Du *musst* dich einfach von den anderen abheben, nicht wahr?«

»Du weißt ja, wie modebewusst ich bin. Außerdem – schau dich selbst an.« Mit der Hand, in der er das Whiskyglas hielt, deutete er auf ihr Kleid und musterte sie dabei betont langsam von Kopf bis Fuß.

»Oh nein. Mach nicht so ein aufreizendes Gesicht.« Sie runzelte die Stirn. »Ich lasse mich nicht zum Narren halten.«

»Wovon redest du? Das ist einfach nur mein Gesicht.«

»Mmmhmm.« Sie wandte sich ab, um einen Kellner mit einem Tablett voller Champagnerflöten auf sich aufmerksam zu machen, griff sich ein Glas, hob es an ihre leuchtend roten Lippen und nahm einen großen Schluck von der golden perlenden Flüssigkeit.

»Wie ist es dir ergangen?«, fragte Max und dachte daran, wie ihre Lippen sich auf seinen anfühlen würden.

»Viel zu tun, wie immer. Ich war mir nicht sicher, ob ich es heute Abend schaffen würde zu kommen. In letzter Minute gab es noch eine Besprechung.«

Genau wie Max war auch Kendall ein Workaholic. Der Tatendrang und die Zielstrebigkeit, die ihnen gemein waren, brachten sie immer wieder zusammen … Letztlich waren diese Eigenschaften aber auch genau das, was sie wieder trennte. Es war schwer, eine Beziehung am Laufen zu halten, wenn sie für beide Beteiligten nie höchste Priorität hatte.

Und dennoch funktionierte die Ehe zwischen Bergen und Hennings …

Erneut hallte Hughs lautes Lachen durch die Bar, und Max drehte sich um, um zu dem Paar hinüberzuschauen. Adrienne sah ihren Mann mit einstudiertem Lächeln an. In ihrem Blick lag kein Hauch von Wärme. Sie standen nur etwa dreißig Zentimeter auseinander, hätten aber ebenso gut durch einen ganzen Ozean getrennt sein können – was tatsächlich meistens der Fall war, da Adrienne die Niederlassung in London leitete.

»Schaust du dir gerade an, wie dein Leben in dreißig Jahren aussehen wird?«

Max zuckte übertrieben zusammen und wich ein paar Schritte zurück. »Du verletzt mich.«

Kendall verdrehte die Augen und schüttelte leicht den Kopf. »Ach, komm. Nichts dringt bis hierhin durch.« Sie hob die Hand und berührte die Stelle über seinem Herzen.

»Manche Dinge schon.« Er legte die Hand auf ihre und drückte sie leicht auf seine Brust.

»Ach, Max«, flüsterte sie und schüttelte erneut den Kopf.

»Du hast mir gefehlt, Kendall.« Er schenkte ihr ein herzliches Lächeln, wohl wissend, dass er sie damit blitzschnell heiß machen konnte, wenn sie bereit war, sich auf ihn einzulassen.

Aber das war sie nicht.

»Das liegt nur daran, dass ich direkt vor dir stehe, Max.« Die Traurigkeit in Kendalls goldbraunen Augen war nicht zu übersehen. Und doch war da noch mehr. Ihre Miene drückte etwas aus, das beinahe … wie Mitleid wirkte.

»Was?« Sein Grinsen erlosch.

»Für dich gilt: Aus den Augen, aus dem Sinn.«

Max hielt ihren Blick fest, als er ihre Hand von seiner Brust nahm und begann, mit dem Daumen über ihre Fingerknöchel zu streichen. »Das ist nicht wahr, Kendall. Ich denke jedes Mal an dich, wenn ich an dem kleinen Jazzclub in der Vierzigsten vorbeigehe oder wenn ich im Lucy Cho's die Wan Tan mit Krabbenfleisch bestelle oder wenn …«

In diesem Moment stieß er mit dem Daumen auf etwas Hartes und Scharfkantiges. Er schaute hinab und entdeckte den gewaltigen Stein am Ringfinger ihrer linken Hand. Der Diamant funkelte im Kerzenlicht, das aus sämtlichen Winkeln auf ihn zu treffen schien.

Eine Erinnerung durchzuckte Max. Die Erinnerung an ein nur von Kerzenlicht erhelltes Zimmer und einen Verlobungsring, den er auf den Ringfinger einer Hand streifte, von der er geglaubt hatte, sie niemals loslassen zu müssen. Aber sofort schob er diese Erinnerung beiseite, konzentrierte sich auf den Augenblick … konzentrierte sich auf Kendall … die vor ihm stand … verlobt. Er wusste nicht recht, welche Empfindungen diese Offenbarung in ihm auslösen oder was sein erster Gedanke sein sollte, aber er war sich ziemlich sicher, dass etwas Tiefsinnigeres als »Oh« angebracht gewesen wäre.

Zum zweiten Mal an diesem Abend nahm Max sich einen Augenblick Zeit, bevor er den Blick hob und Kendall in die Augen sah. Er brauchte eine Sekunde, um seine charmante Maske wieder aufzusetzen und seine Lippen zu einem lässigen Lächeln zu zwingen.

»Wer ist der Glückliche?«, fragte er, als er ihre Hand losließ.

Kendall zögerte, nickte dann über Max' Schulter hinweg. »Silas Bloomfield.«

Er wandte sich in die angezeigte Richtung und sah zwei Männer, die sich angeregt unterhielten. Der kleinere der beiden war der Bürgermeister von New York. Demnach musste Kendalls Verlobter der Hochgewachsene mit den braunen Haaren sein. Er war ein wenig dürr und schlaksig, hatte aber eine gewisse Ähnlichkeit mit Clark Kent.

»Was macht er beruflich?«

»Er ist Professor an der New Yorker Universität. Sein Lehrfach ist Quantenphysik.«

»Beeindruckend.«

»Finde ich auch.« Sie nickte.

»Herzlichen Glückwunsch, Kendall.« Überraschenderweise meinte er das ehrlich. Er freute sich aufrichtig für sie.

Kendall packte seinen Arm und drückte ihn fest, bevor sie ihn wieder losließ. »Danke, Max.« Sie holte tief Luft und ließ sie in einem Stoß wieder entweichen, während ihre Schultern sich entspannten.

»Du wirkst erleichtert. Hast du geglaubt, ich würde dir eine Szene machen?«

»Nein, das nicht.« Sie schüttelte den Kopf. »Ich … ich weiß einfach nicht. Es fühlt sich eigenartig an. Ich hatte immer geglaubt, dass wir es irgendwann zusammen packen würden. Dass wir den Weg zueinander finden würden und dass dann endlich alles passen würde.«

Manchmal hatte Max etwas Ähnliches gedacht. Zwar hatte er nicht geglaubt, sie würden irgendwann zusammenpassen, sondern eher die Hoffnung gehegt, sie würden schließlich einen Weg finden, um miteinander leben zu können.

»Was glaubst du, warum wir es nicht gepackt haben?«

»Weil wir genauso wie sie geendet hätten.« Kendall deutete hinüber zu Hugh und Adrienne, die immer noch die Runde machten.

»Meinst du?«

»Wir haben einander nie geliebt. Teufel noch mal, wir haben nicht einmal an die Liebe geglaubt.«

»Und jetzt glaubst du daran?«

»Das tue ich. Jedenfalls wollte ich, dass du von *mir* erfährst, dass ich verlobt bin. Jetzt muss ich zurück zu Silas.« Kendall griff erneut nach seinem Arm, reckte sich und küsste ihn auf die Wange. »Ich hoffe, du findest jemanden, der auch in dir den Glauben an die Liebe weckt.«

»Leb wohl, Kendall.«

»Leb wohl, Max.«

Er sah ihr nach, als sie davonging. Ihre letzten Worte hatten ihn verunsichert. Die Sache war nämlich die: Er glaubte durchaus an die Liebe. Schließlich hatte er sie selbst erlebt. Hatte sein Herz verschenkt … und es dann einfach wieder zurückbekommen. Nur deshalb vermied er es jetzt um jeden Preis, sich zu verlieben.

Erinnerungen versuchten sich ihm aufzudrängen. Erinnerungen an graubraune Augen und ein Lächeln, das ihm die Knie weich werden ließ. Erinnerungen an heimliche Küsse und ein leises Lachen, das ihm in den Ohren klang. Erinnerungen daran, wie es gewesen war, jung und dumm zu sein. Erinnerungen an einen naiven Jungen, der nicht mehr existierte.

Erinnerungen, von denen er ganz genau wusste, wie er damit fertigwerden konnte. Er hob sein Glas Scotch und kippte den Rest hinunter, bevor er zur Bar ging, um sich noch einen zu holen.

»Noch einen Balvenie, bitte.«

Alfred Tennyson hatte sich geirrt, als er sagte: »Es ist besser, Liebe empfunden und Verlust erlitten zu haben, als niemals geliebt zu haben.« Das war einfach nur der größte Bullshit, den Max jemals in seinem Leben gehört hatte. Der Verlust einer Liebe brachte einem nichts als Leere.

Eine verlorene Liebe war schuld daran, dass er so beschissen wenig von der Liebe hielt.

Zumindest zum Teil. Es gab auch noch andere Menschen, die dazu beigetragen hatten, dass sein Herz erkaltet war. Und als Max nach seinem neuen Drink griff und sich umdrehte, entdeckte er sie ganz in der Nähe.

Vanessa Winthrop und Kenneth Bergstrom – seine Mutter und seinen Stiefvater.

Seine Mutter trug ein beeindruckendes blaues Ballkleid, ein gelber Diamant zierte ihren Hals, und ihr platinblondes Haar war kompliziert hochgesteckt, sodass jede Strähne perfekt saß. Wie immer. Seine Mutter war ein Musterbeispiel an Perfektion.

Sein Stiefvater trug einen maßgeschneiderten schwarzen Anzug von Armani – Kenneth trug nur Armani –, und seine bereits schütter werdenden braunen Haare waren so gekämmt, dass es etwas weniger auffiel.

Zwar lebten sie in derselben Stadt, aber Max sah sie nicht oft. Früher hatte er versucht, engeren Kontakt zu halten, war aber zu oft versetzt worden, weil sie »so viel zu tun« hatten. Schon als er noch ein Kind war, hatten sie keine Zeit für ihn gehabt, und jetzt, da er erwachsen war, erst recht nicht.

Sie waren beide Ärzte, die sich für Götter hielten, was weder neu noch besonders originell war.

Nur wenige Schritte entfernt von ihm unterhielten sie sich angeregt mit einem älteren Paar, das Max nicht kannte. Da er keine Ahnung gehabt hatte, dass sie zu der Party eingeladen waren, und sich nicht geistig auf eine Begegnung mit ihnen vorbereitet hatte, überlegte er, schnell zu verschwinden …

Doch es war zu spät. Er hatte zu lange gezögert. Seine Mutter drehte sich um und richtete den Blick ihrer eisigen blauen Augen direkt auf ihn.

Max sah auf die bernsteinfarbene Flüssigkeit in seinem Glas und wünschte, er hätte einen Doppelten bestellt. Einen tiefen

Schluck von seinem Scotch nehmend, ging er zu den beiden hinüber, gerade als Freddie Mercury in Retrograde »I Want to Break Free« anstimmten.

»Maxie«, begrüßte Vanessa ihn und drückte ihren knochigen Kiefer an seinen. Sie nannte ihn immer so, und er hasste das, denn der Kosename verriet keinerlei Zuneigung. Dass sie ihn verwendete, lag nur daran, dass sie das ständige Bedürfnis hatte, ihn wie ein Kind zu behandeln.

Kenneth sagte nichts, als er Max mit seiner üblichen Sachlichkeit die Hand schüttelte, als würde er einen Fremden begrüßen, den er zum ersten Mal traf.

Vanessa trat einen Schritt zurück und deutete auf das Paar neben sich. »Maxie ...«

Max biss die Zähne zusammen.

»Ich möchte dir Raphael und Esther Vandenberg vorstellen. Sie sind großzügige Spender für Precipice.«

Ah, deshalb waren sie also heute Abend hier. Es ging um Geld für das Krankenhaus.

»Das ist mein Sohn Maxie.«

Max räusperte sich und streckte Raphael und Esther nacheinander die Hand entgegen. »Max Abbott«, korrigierte er, bevor er seine Mutter ansah. »Ich hatte keine Ahnung, dass ihr beide hier sein würdet.«

Vanessas Miene verhärtete sich, ihre blauen Augen wirkten noch kälter. »Wir sind genauso überrascht, dich hier zu sehen. Obwohl mir nicht klar ist, wie es sein kann, dass ich dich nicht gleich beim Betreten des Saals entdeckt habe.« Sie musterte die smaragdgrüne Brokatjacke, die Lippen missbilligend verzogen, als hätte sie gerade in eine Zitrone gebissen. »Ich begreife nicht, was du an diesen lächerlichen Dingern findest.«

Es war sinnlos, auf diese spitze Bemerkung zu seiner Kleidung einzugehen, also ignorierte Max sie. »Hugh Hennings ist mein Boss. Wie kann es dich da überraschen, dass ich hier bin?«

Vanessa tat seine Frage mit einer wegwerfenden Handbewegung ab und lachte lässig, als wäre es ein Versehen gewesen, das jedem hätte passieren können. »Bergen und Hennings beschäftigen allein in New York Hunderte von Angestellten. Woher sollten wir wissen, dass du auch eingeladen wirst?«

»Oh, Sie arbeiten für Bergen und Hennings?«, fragte Esther aufrichtig interessiert.

Noch bevor Max antworten konnte, ergriff Kenneth das Wort. Sein Tonfall war so spöttisch, wie Max es mittlerweile immer erwartete, wenn sein Stiefvater über seine Arbeit sprach. »Ja, mein Stiefsohn darf den ganzen Tag mit Bauklötzen spielen. Es muss Spaß machen, einen so sorgenfreien Beruf zu haben.«

Max' Vater Landon war bei einem Autounfall gestorben, als Max vier Jahre alt gewesen war. Kenneth war drei Jahre später ins Spiel gekommen. In den sechsundzwanzig Jahren, seit er Max' Stiefvater war, hatte er Max nie als seinen Sohn bezeichnet. Er hatte sich nie wie ein Vater verhalten, ihn nie als Sohn betrachtet, ihn nie respektiert.

»Tatsächlich *baue* ich nichts«, stellte Max klar, »auch wenn ich in der Immobilienbranche tätig bin. Meine Aufgabe ist es, alte und ungenutzte Gebäude zu finden, die wir restaurieren können.«

»Oh.« Jetzt zeigte auch Raphael echtes Interesse. »Hatten Sie schon Projekte in New York?«

Max erzählte ihm von der Schule in Queens, die in ein Apartmenthaus umgewandelt worden war, von der dreihundert Jahre alten Kirche in Brooklyn, die jetzt ein Zwei-Sterne-Restaurant beherbergte, dem Lagerhaus, das inzwischen als Theater fern vom Broadway fungierte und in dem zurzeit ein Stück aufgeführt wurde, das ständig ausverkauft war.

»Mein Lieblingsgebäude ist das Chantilly Hotel. Das war ein altes Textil-Lagerhaus in Midtown.«

»Oh«, warf Esther aufgeregt ein. »Meine Enkelin und ihr Mann haben sich dort bei ihrem letzten Besuch einquartiert. Wir haben das Dachrestaurant besucht. Die Aussicht war unglaublich, vor allem bei Sonnenuntergang. Wie hieß es doch gleich …?«

»Eyelet«, antwortete Max, mehr als nur ein bisschen stolz, weil sie so begeistert war. Vor ein paar Jahren hatte er zufällig das »Zu verkaufen«-Schild im Fenster entdeckt. Das Gebäude hatte mehrere Unternehmen beherbergt, die allesamt erfolglos geblieben waren, bis er es gefunden hatte.

»Die Lage ist wirklich perfekt«, meinte Raphael beeindruckt. »Und die Lobby ist umwerfend. Esther hätte den ganzen Tag damit verbringen können, diese gewaltige Glasfontäne in der Mitte zu bewundern.«

Die Fontäne war aus Glas in Hunderten Farbtönen gefertigt und war so aufgebaut, dass es aussah, als würde sie aus der Decke herabfließen. Sie wechselte die Farbe, je nachdem, wo das Sonnenlicht, das durch das Oberlicht fiel, sie traf.

»Das ist wahr, das könnte ich.« Esther wandte sich an Vanessa und Kenneth. Ihre Augen leuchteten. »Haben Sie es gesehen?«

Kenneth schüttelte den Kopf, und seine Miene verriet deutlich, was er dachte: Als hätte ich Zeit für so etwas!

»Nein«, setzte Max' Mutter gezwungen lächelnd hinzu. »Wir sind noch nicht dazu gekommen. Wann ist es fertiggestellt worden?«, fragte sie, um den Eindruck zu erwecken, es interessiere sie tatsächlich.

»Vor drei Jahren.«

Esther und Raphael waren sichtlich schockiert – und vielleicht sogar ein wenig empört. Max hingegen war nicht überrascht.

Seine Mutter und sein Stiefvater hatten sich keins seiner Projekte angeschaut.

Ein leichter Druck auf seinem Unterarm ließ ihn hinunterschauen. Dort lag eine frisch manikürte Hand, die zu niemand anderem gehörte als zu Adrienne Bergen.

»Mrs. Bergen.« Max machte Platz, damit sie sich zu ihnen gesellen konnte. »Meine Mutter und meinen Stiefvater kennen Sie ja bereits.« Er deutete auf die beiden. Da Bergen und Hennings ebenfalls äußerst großzügige Spender für das Precipice-Krankenhaus waren – je ein Flügel war nach ihnen benannt worden –, hatten ihre Wege sich schon früher gekreuzt.

»Dr. Winthrop, Dr. Bergstrom.« Sie schüttelte den beiden die Hände. »Und Mr. und Mrs. Vandenberg«, wandte sie ihre Aufmerksamkeit dem anderen Paar zu und schüttelte auch ihm die Hände. »Ich freue mich sehr, dass Sie alle heute Abend kommen konnten.«

»Nirgendwo anders wäre ich lieber«, entgegnete Kenneth lächelnd.

»Das Ereignis der Saison«, pflichtete Vanessa ihm bei.

»Max hat uns gerade erzählt, was er für Bergen und Hennings tut. Wir hatten keine Ahnung, dass das Chantilly Ihnen gehört«, sagte Esther.

»Ja, Max ist einer unserer aufsteigenden Sterne.« Adrienne schaute ihn so voller Stolz an, wie er das bei Vanessa und Kenneth noch nie gesehen hatte. »In den letzten Monaten hat er sehr viel mit mir in Europa zusammengearbeitet. Gerade erst hat er eine Burg aus dem fünfzehnten Jahrhundert in Deutschland für uns erworben. Das wird ein neues Juwel in unserer Luxushotel-Sammlung.«

»Oh, wo in Deutschland?«, wollte Raphael wissen.

Die nächsten Minuten verbrachte Max damit, Raphael und Esther alles über das Projekt zu erzählen, während Adrienne hier und da eine Bemerkung fallen ließ, um mit ihm und seinem exzellenten Blick für lohnenswerte Objekte zu prahlen. Vanessa und Kenneth sagten kein Wort. Sie waren eindeutig gelangweilt.

»Es tut mir leid«, wandte Adrienne sich an die Gruppe, »aber ich muss Ihnen Max entführen und mit ihm sprechen, bevor es hier noch hektischer wird. Wenn Sie uns bitte entschuldigen wollen.«

»Aber natürlich«, sagte Raphael.

Max schaute die Vandenbergs an. »Es war sehr nett, Sie beide kennenzulernen.«

»Ganz unsererseits«, erwiderte Esther nickend.

»Wir müssen uns unbedingt dieses Restaurant in der ehemaligen Kirche ansehen, von dem Sie uns erzählt haben. Wie heißt es noch gleich?«, wollte Raphael wissen.

»The Pulpit. Und sollten Sie Probleme haben, einen Tisch zu reservieren, rufen Sie einfach mein Büro an«, sagte Max, bevor er sich wieder Vanessa und Kenneth zuwandte. »Wir … sehen uns.«

Kenneth zuckte unverbindlich die Achseln und nahm einen Schluck von seinem Drink.

»Bye, Maxie.« Vanessa wedelte mit den Fingern und wandte sich ab, um wieder mit den Vandenbergs zu reden.

Das hatte ihm gerade noch gefehlt, dass sein Boss seinen dämlichen Kosenamen hörte, aber Adrienne sagte nichts, als sie sich beide entfernten.

»Ich brauche noch einen Drink.« Damit geleitete sie ihn zur Bar.

»Ich auch«, sagte Max und trank den Rest von seinem Scotch.

»Zwei Balvenies«, bestellte sie beim Barkeeper. »Max-a-million.« Jede Silbe betonte sie mit ihrem britischen Akzent. »Diese Woche hast du deinem Namen alle Ehre gemacht.«

»Ich mache meinem Namen *jeden Tag* alle Ehre, Mrs. Bergen.«

»Das ist wahr.« Ihre blauen Augen wurden schmal, als sie ihn mit einem durchdringenden Blick musterte, unter dem jeder Geringere sich gewunden hätte. »Und wie oft muss ich dir noch sagen, dass du mich Adrienne nennen sollst?«

»Noch mindestens einmal, Mrs. Bergen.«

Sie verdrehte die Augen und ein leichtes Lächeln umspielte ihre strengen roten Lippen. Das geschah ziemlich oft, wenn er mit ihr zusammen war. Solange Max schon für Bergen und Hennings arbeitete, hatte er immer ein besseres Verhältnis zu Adrienne gehabt. Sie konnten miteinander scherzen, ohne jemals die professionelle Grenze zu überschreiten, auch wenn sie sie gelegentlich streiften.

Der Barkeeper schob ihnen zwei Gläser zu. Max griff nach beiden und reichte eines davon Adrienne.

»Auf Burgen in Deutschland.« Adrienne erhob ihr Glas.

»Und viele weitere.« Max stieß mit seinem Glas an ihres an und sie tranken beide einen Schluck.

»Weißt du schon, was dein nächster großer Deal wird?«

Max nickte. »Ich habe drei im Auge.«

»Und mehr Einzelheiten willst du mir nicht verraten?«

»Nicht hier.« Er schüttelte den Kopf. »Hier auf der Party gibt es viel zu viele gespitzte Ohren. Ich will nicht, dass mir jemand einen Deal direkt vor der Nase wegschnappt.«

»Ich möchte darauf wetten, dass die gespitzten Ohren exakt denselben Leuten gehören, die meinem Mann schon den ganzen Abend den Arsch küssen.«

Max musste sich enorm zusammenreißen, um nicht den Scotch durch die Gegend zu prusten, den er gerade im Mund hatte.

»Nicht, dass es ihnen viel nützen wird.«

»Sie haben sich für einen neuen Seniorpartner entschieden?«, fragte er, nachdem er endlich wieder schlucken konnte.

»Wir haben drei im Auge.« Sie lächelte ihm listig zu, als sie ihm mit seinen eigenen Worten antwortete. »Mich interessiert jedoch, was du von dieser Auswahl hältst.«

»Tatsächlich?« Max war ganz Ohr, vor allem weil er das Gefühl hatte, dass Adrienne darauf zusteuerte, ihm zu sagen, er gehöre zu den dreien. »Und warum?«

»Weil der Auserwählte dein Kontaktmann in New York sein wird, wenn du die Immobiliensparte in London übernimmst.«

Zum zweiten Mal an diesem Abend hatte Adrienne etwas gesagt, das beinahe dafür gesorgt hätte, dass Max sich an seinem Scotch verschluckte. »Wenn *ich* das Londoner Büro übernehme?« *Heilige Scheiße.*

»Aber Max, du wirkst überrascht.« Sie neigte den Kopf zur Seite und ihr listiges Lächeln vertiefte sich.

Das lag daran, dass er verdammt überrascht *war.* »Ich wusste nicht, dass ich ein Anwärter auf diese Stelle bin.«

»Jeder ist ein Anwärter auf *jede* Stelle. Kannst *du* sie ausfüllen?«

»Ohne Frage.« Diese Beförderung brachte ihn ein paar Stufen höher auf der Karriereleiter als die, um die er sich bemüht hatte, aber er konnte sie ausfüllen.

»Gut.« Sie nickte ihm knapp zu. »Das war eins der wenigen Dinge, bei denen Hugh und ich uns einig waren. Ich könnte es auf den Tod nicht ausstehen, wenn wir mit einer Sache falschlägen.«

»Sie werden sehen, dass keiner von Ihnen hiermit falschliegt.«

»Das dachte ich mir. Du hast schon früher einige Zeit in London verbracht.« Das war keine Frage. Sie wusste ganz genau, wann er dort gewesen war und wie lange.

»Einen Sommer als Student.« Gleich nachdem sein Leben nur noch ein Scherbenhaufen gewesen war. »Und ein weiteres Jahr, als ich meinen MBA gemacht habe.«

»Ein Joint Degree an der Columbia University und der London School of Economics, wenn ich mich recht entsinne.«

Natürlich entsann sie sich recht, aber Max nickte trotzdem.

»Na, dann wird das ja wie eine Heimkehr für dich, nicht wahr? Deine Beförderung wird am Montag verkündet. Am dritten Juli fängst du in London an.«

»Juli? Das ist …« Er rechnete im Kopf nach. »… in sieben Wochen.«

»Ja. Wann hast du das letzte Mal Urlaub gehabt?«

»Ich war gerade in Europa.«

»Und du hast beinahe die gesamte Zeit gearbeitet. Ich spreche von *Urlaub*. Lange ausschlafen, endlos fernsehen, Angeln gehen. Aus-span-nen. Du weißt doch noch, was das ist, oder?«

»Vage.«

»Eben. Wenn du weiter so arbeitest wie bisher, leidest du bald an einem Burn-out. Nimm dir Urlaub.«

»Ich brauche keinen …« Er unterbrach sich, als sie ihm einen strengen Blick zuwarf.

»Nimm dir die Zeit frei, Max. Du hast dir das verdient. Ich schicke dir eine E-Mail mit den Kandidaten für die Stelle als Seniorpartner.«

»Okay.«

»Gut. Ach, und noch was, Max: Herzlichen Glückwunsch.«

»Danke, Mrs. Bergen.«

Adrienne stieß noch einmal mit ihm an, bevor sie sich abwandte, davonging und ihn mit seinen Gedanken allein ließ.

London. Er hatte den Job in London bekommen. In weniger als zwei Monaten wäre sein Leben in Manhattan beendet und er würde auf die andere Seite des Atlantiks ziehen. Aber das war okay, denn an diesem Abend war ihm klar geworden, dass ihn hier nichts mehr hielt.

Als wollte ihm das Universum unbedingt beweisen, wie sehr er sich irrte, vibrierte in diesem Moment sein Handy in der Innentasche seiner Jacke. Er holte es heraus und schaute auf das Display. Dort leuchtete ihm ein Bild seiner Großeltern entgegen, eins von ihrem fünfzigsten Hochzeitstag, ein Foto, das er nicht hatte austauschen können, nachdem Martin vor neun Monaten verstorben war.

Max machte sich auf den Weg durch die Menge, den Blick auf die Türen am anderen Ende der Bar gerichtet. Er strich mit dem Finger übers Display und hielt sich das Handy ans Ohr. »Hallo, Ava, warte bitte mal eine Sekunde.«

Seine Großeltern hatten nie kitschige Kosenamen gehabt. Sie hatten nie Grams oder Pops, Grandma oder Granddad genannt werden wollen. Immer waren sie nur Martin und Ava gewesen … obwohl es jetzt nur noch Ava gab.

Max stieß die Glastür auf und betrat die große Dachterrasse der Bar. Auch hier hielten sich ein Dutzend Leute auf, entweder weil sie rasch eine Zigarette rauchen oder ein privates Gespräch führen wollten. Keiner von ihnen war unter der Überdachung hervorgetreten, denn es hatte angefangen zu nieseln und niemand wollte nass werden.

»So, jetzt kann ich reden«, sagte Max, lehnte sich an die Wand und starrte hinaus in den Regen und die hellen Lichter der Stadt.

»Oh, wenn du beschäftigt bist, kann ich später noch mal anrufen.«

»Für dich bin ich nie zu beschäftigt.« Das war gelogen, was ihm klar wurde, kaum dass er die Worte ausgesprochen hatte. Seit Martins Tod hatte er Ava nur einmal gesehen, als sie zu Thanksgiving nach New York gekommen war. Er hatte versprochen, Weihnachten nach Cruickshank zu fliegen, aber diese Reise hatte er abgesagt, weil er aus beruflichen Gründen in New York bleiben musste. Genau wie seinen Besuch im Februar … und im April.

Er konnte sich auch nicht erinnern, wann er sie das letzte Mal angerufen hatte – vermutlich, als er seinen Besuch im April abgesagt hatte. Und jetzt würde er nach Europa gehen, sodass es künftig nicht mehr allzu viele Gelegenheiten für einen Besuch gäbe.

»Eine gute Unterhaltung und ein bisschen frische Luft kommen mir gerade recht.« Letzteres entsprach nicht direkt den Tatsachen. Die Luft um ihn herum war rauchgeschwängert.

»Ich will dich nur nicht mit dieser Sache belästigen, wenn du beschäftigt bist …« Sie brach ab und zögerte.

»Ava, ich kann jetzt reden. Wirklich. Also raus mit der Sprache.« Dies war ein Abend voller unerwarteter Gespräche. Erst das etwas eigenartige Zusammentreffen mit Kendall, dann die wie immer unerfreuliche Begegnung mit seiner Mutter und seinem Stiefvater und nicht zuletzt sein sagenhafter Sprung auf der Karriereleiter. Jetzt konnte er mit allem fertigwerden, was seine Großmutter ihm zu sagen hatte.

»Ich werde das Haus verkaufen.«

Okay, vielleicht doch nicht.

Max stieß sich von der Wand ab und straffte die Schultern. »Du … willst das Haus verkaufen?«

»Es wird Zeit für mich, mir etwas Kleineres zu suchen. Es ist einfach zu groß für mich, Max. Ich bin es leid, allein in diesem alten Haus herumzugeistern. Ich fühle mich einsam hier ohne Martin.« Sie klang entschlossen, aber die Trauer in ihrer Stimme war geradezu mit Händen greifbar und übertrug sich noch stärker auf ihn, als es heftiger anfing zu regnen.

Plötzlich verspürte er heftige Schuldgefühle. Er hatte versprochen, sie zu besuchen und ihr dabei zu helfen, die Dinge durchzugehen, die Martin hinterlassen hatte.

»Egal«, meinte sie betont fröhlich. »Eigentlich rufe ich an, weil ich dich fragen wollte, ob es hier irgendetwas gibt, das du haben möchtest. Ich will nur ungern etwas weggeben oder verkaufen, an dem du besonders hängst.«

Seine ganze Vergangenheit hing an dem verdammten Haus. Eine Vergangenheit, mit der er sich auf keinen Fall auseinandersetzen wollte.

Wenn Ava jedoch verkaufen wollte, musste er ihr helfen, und zwar bevor er auf einen anderen Kontinent zog. Also sah es jetzt ganz danach aus, dass er seinen Sommer in Cruickshank, North Carolina, verbringen würde, an einem Ort, den er in den letzten vierzehn Jahren so gut wie irgend möglich gemieden hatte.

Nicht, dass ihm eine andere Wahl geblieben wäre.

2. KAPITEL

Alles ganz wunderbar

Das Schnipp, Schnipp, Schnipp der Gartenschere klang Caro in den Ohren. Sie stand in Avas Hauswirtschaftsraum, in dem man sich seiner schmutzigen Schuhe und Arbeitskleidung entledigen und sich säubern konnte. Stängel und Blätter frisch geschnittener Blumen sammelten sich im Porzellanwaschbecken. Sie und Ava hatten den ganzen Morgen im Garten gearbeitet, Blumen geschnitten, Unkraut gejätet, Dünger verteilt und Samen ausgebracht.

Caro hatte Avas Wunsch, neue Blumen auszusäen, hinterfragt, denn wenn das Haus verkauft würde, hätte Ava sehr wahrscheinlich nichts mehr von der Herbstblüte.

»Na ja, zum einen habe ich das Saatgut bereits gekauft und werde es nicht einfach wegwerfen. Die Samen verdienen eine Chance, zu keimen, zu wachsen und zu blühen wie alles andere auch.« Mit ihren gummibehandschuhten Händen hatte Ava auf ihren weitläufigen Garten gedeutet. »Und zweitens: Ein Teil von mir wird immer noch hier sein, selbst wenn ich fort bin.« Sie hatte gestrahlt. »Und drittens: Die neuen Eigentümer werden den Garten so in seiner ganzen Herbstpracht sehen können.«

Es war immer noch schwer vorstellbar, dass Ava das dreistöckige viktorianische Gebäude verkaufen wollte, das Caro seit ihrem fünften Lebensjahr als eine Art zweites Zuhause betrachtete.

Großer Gott. Allein schon der Gedanke, dass Ava nicht mehr hier sein würde, verursachte ihr Herzschmerz. Sie musste aufhören, sich ständig die Brust zu reiben, wenn sie sich nicht mit einer besonders dornigen Rose oder, schlimmer noch, mit der Gartenschere stechen wollte.

Ihr blieb nichts anderes übrig, als den Sommer und die Zeit, die ihr noch mit Ava blieb, zu genießen. Außerdem war es ja nicht so, dass Ava Cruickshank verlassen wollte. Sie beabsichtigte nur, in ein kleineres Haus umzuziehen. Etwas Pflegeleichtes, das nicht so viel Arbeit machte, keine zwei gewundenen Treppen und mehrere Geschosse hatte. Zwar kam sie immer noch gut zurecht, war aber immerhin schon fast fünfundachtzig.

Caro blickte von ihrer Arbeit auf und nach draußen in den Garten. Vergeblich hielt sie Ausschau nach Avas gelbem Sonnenhut im Meer der bunten Blüten. Also suchte sie stattdessen nach einem der beiden vierbeinigen Freunde, von denen sie wusste, dass sie im Garten herumliefen.

Beauregard, Avas Hund aus dem Tierheim, entfernte sich nie weit von ihr. Normalerweise wedelte er dabei ständig mit seinem langen, buschigen Schwanz. Irgendwo in der Nähe würde sich auch Caros derzeitiger Pflegehund aufhalten: Tibbett, ein Basset mit Schlappohren und traurigen Augen.

Sie brauchte ein paar Minuten, um das Trio zu finden, aber schließlich entdeckte Caro sie auf der anderen Seite des Wintergartens.

»Was zum Teufel …?«

Die alte Dame stand ganz oben auf einer Leiter, beugte sich gefährlich weit vor und versuchte das Rankgerüst am Haus zu erreichen. Caro ließ Gartenschere und Blumen ins Waschbecken fallen, sprintete aus der Hintertür und rannte über den Rasen.

»Ava! Was tust du da oben?«

»Ich schneide meinen Jasmin«, erklärte Ava ruhig, ohne sich auch nur umzudrehen.

Es war zum Verzweifeln. »Das sehe ich! Komm sofort da runter!«

»Alles in Ordnung, Caro.«

Beau winselte neben Caro. Offenbar war auch er der Meinung, dass nicht alles in Ordnung war. Tibbett hingegen steckte ungerührt seinen Kopf in einen Strauch in der Nähe und schnupperte an den Blüten.

»Warum? Glaubst du, du kannst das besser?«

»Nein, ich glaube, wenn du fällst, brichst du dir sämtliche Knochen.«

Ava hielt inne, drehte sich um und schaute zu Caro hinunter. »Und was passiert, wenn du fällst?«

»Dann rolle ich mich ab. Zum letzten Mal: Komm da runter.«

»Na schön.« Vorsichtig stieg Ava die Leiter hinab, bis sie vor Caro stand. »Und wie gedenkst du, die Zweige ganz oben zu erreichen?«, fragte sie, die Augenbrauen weit über den Rand ihrer Sonnenbrille hochgezogen. »Du weißt schon, dass ich gut zwölf Zentimeter größer bin als du, richtig?«

»Mir ist bewusst, dass du größer bist als ich, danke schön. Ich werde schon zurechtkommen.« Damit hielt Caro ihr die Hand hin, um die Gartenschere entgegenzunehmen, bevor sie die Leiter erklomm.

»Na gut. Und wenn du schon da oben bist, kannst du auch gleich das lose Stück des Rankgerüsts reparieren, das wieder festgenagelt werden muss. Da oben, knapp über dem Fenster.«

Caro entdeckte die Stelle, an der ein Nagel herausgefallen war. »Wenn du mir Hammer und Nägel holst, bringe ich das in Ordnung.«

»Wunderbar«, hörte sie Ava sagen, bevor die alte Dame loslief. »Kommt, Jungs«, rief sie und beide Hunde folgten ihr fröhlich bellend.

Caro machte dort weiter, wo Ava aufgehört hatte, kletterte dabei immer höher und schnitt den Jasmin zurück, wo es nötig war. Auch sie kam bestens zurecht und überallhin … bis auf ein kleines Stück in der oberen rechten Ecke. Sie sah sich um, und ihr Blick fiel auf den Sims des Wintergartens, einen Sims, den sie schon sehr oft benutzt hatte, damals, als sie bei ihren Besuchen in Max' Schlafzimmer durchs Fenster geklettert war.

Einen Moment hielt sie mit ihrer Arbeit inne, starrte zu ebendiesem Zimmer hinauf und dachte an jene langen Sommernächte zurück.

Zum zweiten Mal an diesem Nachmittag verspürte sie einen Stich mitten ins Herz, zwang sich aber, den Schmerz zu verdrängen. Es war schließlich nicht das erste Mal, dass dieses alte Gebäude traurige Erinnerungen in ihr weckte. Zwar war es auch ihr zweites Zuhause, aber zugleich lauerten darin eine Unmenge von Gespenstern aus der Vergangenheit auf sie.

Sie nahm einen Fuß von der Leiter, streckte das Bein und fand gerade eben Halt mit der Spitze ihres roten Sneakers …

»Wer ist denn da oben?«

Die wohlvertraute Stimme hatte auf Caro dieselbe Wirkung, als hätte jemand einen Eimer Eiswasser über ihr ausgeleert. Einen Sekundenbruchteil lang glaubte sie, Gespenster zu hören, aber als sie den Kopf wandte, blieb ihr nur ein Augenblick, um zu begreifen, dass Max zu ihr hochschaute, dann rutschte sie mit dem Fuß ab und fiel …

Genau auf ihn.

Es rumste zweimal: Erst gingen Caro und Max in einem Durcheinander aus Gliedern, Schreien und Stöhnen zu Boden, dann krachte die Metallleiter, die sie im Fallen umgerissen hatte, gegen die Hauswand.

Max hatte das meiste abbekommen, war auf dem Rücken im Gras gelandet, während sie auf seinem langen, harten Körper lag. Ihr Gesicht war an seine Brust gepresst – war die vor vierzehn Jahren auch schon so muskulös gewesen? –, und als sie einatmete, nahm sie Maximillian Abbotts ganz eigenen Duft war – würzig, ein wenig salzig und absolut maskulin.

Es kostete sie ihre ganze Willenskraft, das Gesicht nicht in den Stoff seines Hemdes zu drücken und noch tiefer Luft zu holen. Stattdessen schaute sie auf und ihre Blicke trafen sich. Für den Bruchteil einer Sekunde schien so etwas wie Sehnsucht in seinen blauen Augen aufzuflackern. Aber ebenso schnell war dieser Augenblick auch schon wieder verflogen.

»Hast du die Absicht, den ganzen Tag hier liegen zu bleiben?«

»Ich … Nein … Tut mir leid.« Mit den Händen auf seiner Brust stemmte sie sich hoch, um aufzustehen. Dummerweise war sie erneut so überrascht von den stählernen Muskeln unter ihren Handflächen – ehrlich, war er schon vor vierzehn Jahren so stark gewesen? –, dass sie abrutschte und auf ihn zurückfiel. Da sie nicht noch ein drittes Mal auf ihm landen wollte, ließ sie sich nach links gleiten. Ihre langen Beine rutschten zur Seite, sodass sie jetzt rittlings auf einem seiner Oberschenkel saß, was noch viel schlimmer war, als auf ihm zu liegen. Als sie diesmal versuchte, ihre Position zu verändern, traf sie ihn mit dem Knie im Schritt.

»Ufff«, stöhnte Max, bevor er mit beiden Händen ihre Oberarme packte und sie mit Leichtigkeit von sich hob.

Caro kämpfte sich auf die Beine, wirbelte herum und sah zu, wie er langsam aufstand. Er trug eine dunkelblaue Jeans und ein graues T-Shirt, das eng an seinem Oberkörper anlag – und seine viel zu breite Brust betonte –, ihm aber lose um die Taille hing.

»Es tut mir leid«, wiederholte sie. »Habe ich dir wehgetan?« Unwillkürlich senkte sie den Blick, als sie unbeholfen mit der Hand in Richtung seines Schritts deutete.

Seine Miene verhärtete sich, bevor er wegsah und sich Gras und Erde von der Kleidung klopfte. »Ich habe schon Schlimmeres erlebt.«

Mit dir. Das sprach er zwar nicht aus, aber sie schien es trotzdem laut und deutlich zu hören. Sofort stand ihr vor Augen, was damals geschehen war … wie sie in seiner Wohnung in Chapel Hill gewesen war … und ihm den Verlobungsring zurückgegeben hatte.

»Was tust du hier?« Sein Tonfall war weder unhöflich noch schneidend, aber es war offensichtlich, dass er sich nicht freute, sie zu sehen.

»Du weißt, dass ich immer noch für Ava arbeite, oder?« Sie hatte damit angefangen, als ihre Mutter erkrankt war. »Ich komme immer dienstags und freitags und im Grunde, wann immer sie mich braucht.«

»Ach ja.« Er nickte. »Das hatte ich vergessen.« Allerdings verriet seine Miene, dass er wohl doch nicht gewusst hatte, dass sie immer noch regelmäßig hierherkam. Aber es gab inzwischen eine Menge Dinge, die sie nicht mehr voneinander wussten.

Er hatte ohne Zweifel Geheimnisse. Sie selbst hatte definitiv eins – eins, das sie seit acht Jahren vor ihm verbarg.

»Ich hatte keine Ahnung, dass du zu Besuch kommen würdest. Sonst wäre ich jetzt nicht hier.«

»Schon gut, Caro. Wenn du so oft hier bist, werden wir einen Weg finden müssen, wie wir in den nächsten Wochen miteinander umgehen können.«

Sie brauchte eine Weile, um die Bedeutung seiner Worte zu erfassen. »In den nächsten … paar Wochen?«

»Ich bleibe bis Ende Juni. Hat Ava dir das nicht gesagt?«

Moment, welchen Monat haben wir jetzt? Fieberhaft überlegte sie. Es fiel ihr schwer, über dem Nebel in ihrem Kopf und seinem Duft, der ihr immer noch in der Nase hing, einen klaren Gedanken zu fassen. *Jetzt haben wir … wir haben Mitte Mai. Nein, nein, nein, nein, nein, nein. Nein!*

»Nein, das hat sie nicht erwähnt. Bis Ende *Juni*?«, wiederholte sie ein wenig heiser.

»Caro, mit wem redest du?« Avas Stimme ertönte hinter dem Haus, und Sekunden später trat sie um die Ecke – dicht gefolgt von Beau und Tibbett –, blieb aber wie angewurzelt stehen, als sie den Neuankömmling erblickte. »Max! Du bist gekommen!«, rief sie und warf die Arme in die Luft – einen Hammer in der einen und eine Schachtel Nägel in der anderen Hand. Schnell legte sie alles auf dem Gartentisch neben dem Pool ab, bevor sie die letzten Meter bis zu ihrem Enkel überbrückte. »Komm in meine Arme!« Damit drückte sie ihm einen Kuss auf seinen glatt rasierten, markanten Kiefer, bevor sie ihn fest umarmte.

Als sie ihn wieder losließ, trat sie einen Schritt zurück und ließ den Blick von Caro hinüber zu der Leiter, die am Boden lag, und dann wieder zu Max wandern.

»Was ist passiert?«

»Ich habe das Gleichgewicht verloren und bin auf Max gefallen.« Caro musterte Ava immer noch misstrauisch. Warum hatte sie sie nicht gewarnt? Sie redeten nie über Max, aber eine kleine Andeutung wäre wirklich nett gewesen. Dann hätte sie etwas Zeit gehabt, sich darauf einzustellen.

Aber wem wollte sie eigentlich etwas vormachen? Sie konnte sich nicht auf Max einstellen. Nichts konnte verhindern, dass ihre Hände schweißnass wurden. Nichts konnte den schnellen, unregelmäßigen Schlag ihres Herzens beruhigen, das im Moment zu versuchen schien, ihr aus der Brust zu hüpfen.

»Tatsächlich«, sagte Ava und schaute wieder ihren Enkel an. »Und? Ist sie abgerollt?«

Max runzelte verwirrt die Stirn. »Wie bitte?«

»Ist Caro abgerollt? Sie hat mich dazu gebracht, von der Leiter zu steigen, denn sie meinte, wenn ich falle, breche ich mir sämtliche Knochen, während sie einfach abrollen würde, wenn sie fällt. Und? War es so?«

»Ganz und gar nicht.« Lachend schüttelte Max den Kopf.

Es war nur ein kurzes Lachen, aber es versetzte Caro einen Stich.

»Weißt du, deine Sorge um mich ist schier überwältigend, Ava.« Caros Worte fielen ein wenig schärfer aus als beabsichtigt, vielleicht weil sie sich fühlte, als hätte man ihr ein Messer in die Brust gerammt. Sie musste dringend die Reißleine ziehen und eine Möglichkeit finden, dieser Situation so schnell wie möglich zu entfliehen.

Ava biss sich auf die Unterlippe, eindeutig bemüht, ihr Lächeln zu verbergen. »Es tut mir leid. Hast du dir wehgetan?«

»Nein, Max hat das meiste abbekommen.«

»Gut.« Ava tätschelte ihm die Brust. »Er war schon immer ein sicherer Landeplatz«, sagte sie, bevor sie Caro einen bedeutungsschweren Blick zuwarf.

Und damit bin ich raus.

»Ich gehe jetzt. Mit den Blumen im Hauswirtschaftsraum bin ich nicht ganz fertig geworden. Und jetzt, da Max hier ist …« Sie deutete in seine Richtung. »… kann er auch das Rankgitter in Ordnung bringen.«

»Ava, wann hast du dir denn einen zweiten Hund zugelegt?«, fragte Max und bückte sich, um Tibbett und Beau zu streicheln, die beide um ihn herumstrichen und an seinen Schuhen schnupperten.

»Habe ich nicht. Tibbett ist Caros Pflegehund.«

Er blickte auf, immer noch beiden Hunden den Kopf kraulend. »Pflegehund? Ich hätte nicht gedacht, dass Sweet Pea bereit wäre, dich mit einem anderen Hund zu teilen.«

Noch ein schmerzhafter Stich in Caros Brust. Sweet Pea war der gelbbraune Cockerspaniel-Mix ihrer Mutter gewesen. Sie hatte sehr weiche Ohren und ein unglaublich niedliches Gesicht gehabt. Als Caros Mutter gestorben war, hatte Sweet Pea eine sehr enge Bindung zu Caro aufgebaut – und umgekehrt.

»Sweet Pea ist vor drei Jahren gestorben«, erklärte Caro, als würde es ihr nichts ausmachen.

Aber das tat es. Sie hatte diesen Hund so verdammt geliebt. Dass Sweet Pea gestorben war, hatte ein weiteres Loch in ihr Leben gerissen. Noch jemand, ohne den zu leben sie hatte lernen müssen … so wie ohne den Mann, der jetzt vor ihr stand. Nach Sweet Peas Tod hatte Caro sich nicht vorstellen können, je wieder einen eigenen Hund zu haben. Genau deshalb nahm sie jetzt nur noch vorübergehend Pflegehunde auf.

Ein Ausdruck von Traurigkeit huschte über Max' Gesicht. Er stand auf und öffnete langsam den Mund, aber Caro schnitt ihm das Wort ab. Sie wollte nicht hören, was er zu sagen hatte.

Sie konnte es nicht ertragen.

»Ich gehe jetzt«, wiederholte sie. »Bis demnächst. Komm, Tibbett, wir wollen los.« Sie klopfte sich auf den Oberschenkel, wandte sich ab und eilte zum Haus, in der Hoffnung, dass der Hund ihr folgen würde.

Sie musste so schnell wie möglich fort von Max.

Max sah Caro nach, als sie ging. In ihm herrschte ein wahres Gefühlschaos, und er verspürte widersprüchliche Empfindungen, die er nicht verstand, die er auch nicht verstehen *wollte*. Hinzu kam, dass etwas in seiner Brust sich anfühlte wie … ein Fremdkörper. Warum es ihn so überrascht hatte, zu erfahren, dass Sweet Pea gestorben war, hätte er nicht sagen können. Doch wenn er darüber nachgedacht hätte, wie alt sie mittlerweile hätte sein müssen, wäre ihm der Gedanke vermutlich von allein gekommen.

Er erinnerte sich an den Abend, an dem Sweet Pea Teil der Familie geworden war, als wäre es gestern gewesen. Das war an Rachels Geburtstag gewesen, dem letzten Geburtstag vor ihrer Krebsdiagnose. Das Wohnzimmer war mit rosa und goldenen Girlanden geschmückt, die Caro und ihre Schwester Lucy in stundenlanger Arbeit kunstvoll aufgehängt hatten. Caro hatte ihn aufgeregt die Treppe hinaufgezogen, um ihm den winzigen schlafenden Welpen zu zeigen, den sie am Nachmittag aus dem Tierheim geholt hatte.

Großer Gott, das war jetzt sechzehn Jahre her.

Er hatte nicht gewusst, dass Sweet Pea tot war. Nicht, dass er Caro in der Zwischenzeit nie gesehen hätte, aber zum letzten Mal waren sie sich vor neun Monaten auf Martins Beerdigung begegnet – nicht gerade der beste Moment für eine kurze Plauderei. Lange Gespräche hatten sie sowieso schon seit Ewigkeiten nicht mehr geführt.

Seit vierzehn Jahren hatten sie nicht mehr so viele Sätze miteinander gewechselt wie eben. Es war sehr viel schwerer, sich von ihr zu distanzieren, wenn sie auf ihm lag. Immer noch dachte er daran, ihren Körper auf seinem zu spüren, an ihre weichen braunen Haare in seinem Gesicht. Das Einzige, was ihn zu erden vermochte, war der Schmerz in seinen Hoden.

Allerdings fühlte er sich beinahe jedes Mal so, wenn er sie sah. Heute war es aber definitiv noch schlimmer gewesen, zumal ihr Duft ihm nach wie vor in der Nase hing.

Noch immer roch sie nach Zitrusfrüchten … Diesmal war es etwas Zitroniges gewesen.

Max ließ sie nicht aus den Augen, bis sie um die Ecke verschwunden war. Tibbett, der Basset, folgte ihr auf den Fersen. Für eine so kleine Person lief sie ziemlich schnell.

Frustriert stieß Max die Luft aus. Das war nicht die Heimkehr, die er sich erhofft hatte. Er hätte es vorgezogen, Caro so lange wie möglich aus dem Weg gehen zu können. Stattdessen war ausgerechnet sie diejenige gewesen, die ihm als Erste begegnete … und sie war buchstäblich auf ihn drauf gefallen.

»Hast du Hunger?«, fragte Ava neben ihm, als wäre nichts geschehen.

Er wandte sich seiner Großmutter zu, die Brauen zusammengezogen. »Hast du das mit Absicht gemacht?«

»Was meinst du?«, fragte sie unschuldig und riss die grünen Augen auf.

»Sie hierherbestellt, als ich kam?«

»Caro ist jeden Dienstag hier. Sie arbeitet immer noch für mich, Max.«

»Ja, das sagte sie bereits. Sie wusste auch nicht, dass ich kommen würde. Ich glaube nicht, dass sie hier gewesen wäre, wenn sie es gewusst hätte.«

»Schatz.« Ava trat einen Schritt vor und lächelte ihn lieb – und doch irgendwie streng – an, als sie ihm die Hand auf die Brust legte. »Wenn ich meine Pläne jedes Mal ändern würde, wenn du mir *sagst*, dass du kommst, dann müsste ich sie sehr oft ändern.«

Ah ja, das war ein nicht besonders subtiler Seitenhieb. »Okay, damit hast du recht. Aber diesmal habe ich dir nicht nur *gesagt*, ich würde kommen, sondern dir vor zwei Tagen meinen Flugplan geschickt. Du *wusstest*, dass ich hier sein würde.«

»Ich muss deine E-Mail übersehen haben.« Sie zuckte die Achseln.

Die E-Mail übersehen? Sie schaute jeden Morgen beim Kaffeetrinken in ihr E-Mail-Postfach. Aber vielleicht sollte er ihr das trotzdem durchgehen lassen. Schließlich war er nicht in der Position, den Moralapostel zu spielen.

»Wo liegt das Problem mit dem Rankgitter, das Caro erwähnt hat?«

»Da oben ist eine Latte lose.« Sie deutete auf einen Punkt über dem Fenster.

»Lass mich das in Ordnung bringen, bevor wir reingehen und Mittag essen.«

»Das sollte uns genug Zeit geben, sicherzustellen, dass Caro fort ist, bevor wir ins Haus gehen.« Sie zwinkerte ihm zu, bevor sie Hammer und Nägel vom Gartentisch holte.

Das fing ja gut an. Der Sommer würde lang werden.

Kopfschüttelnd hob Max die Leiter auf und lehnte sie an die Mauer.

Nachdem er das Rankgitter repariert hatte, brachte er die Leiter zurück in den Geräteschuppen, während Ava ins Haus ging, um für das Mittagessen aufzudecken. Beau lief neben ihr her und wedelte mit dem langen, buschigen Schwanz.

Als Max die Tür des Schuppens zumachte, sah er sich um und beschloss, eine Runde um das Haus und durch den Garten zu drehen, um zu sehen, wie gut alles in Schuss war. Zum Anwesen gehörten etwas mehr als zwölftausend Quadratmeter Land. Das Grundstück, das in Ordnung gehalten werden musste, war also nicht gerade klein.

Auf den ersten Blick waren das Gewächshaus und die Remise in Ordnung, aber er nahm sich vor, später noch einmal genauer nachzuschauen. Der Pool sah gut aus, das Wasser war kristallklar und wartete nur darauf, dass jemand hineinsprang. Das würde er in diesem Sommer weidlich nutzen. Es war schon eine Weile her, dass er Zeit und Gelegenheit gehabt hatte, zu schwimmen, wann immer er wollte. Sicher, in seinem Wohnhaus gab es einen Innenpool, aber er konnte schließlich nicht arbeiten, wenn er im Wasser war. Dagegen konnte er eine ganze Menge Geschäftliches erledigen, während er auf seinem Fahrradergometer trainierte, und problemlos einen Lauf oder eine Kraftsportübung unterbrechen, um eine E-Mail zu beantworten.

Der Rasen war ein bisschen hoch gewachsen und sollte vermutlich gemäht werden, aber Unkraut war nirgends zu sehen und die Blumenbeete standen in verschwenderischer Blüte. Der Rosengarten prangte in Weiß, Rosa, Rot und Gelb, das Beet mit den Tausendschönchen in Violett und Weiß, und obwohl es bereits Mai war, standen noch ein paar rot-orange Tulpen in voller Pracht. Die Hartriegelsträucher waren voller Blüten und bildeten einen schönen Hintergrund für die Blumenbeete.

Das Beste bewahrte er sich bis zum Schluss: den Obstgarten ganz hinten. Ein paar Pfirsichbäume trugen schwer an Früchten, die vermutlich in einem Monat reif sein würden. Bei dem Gedanken an Pfirsichkonfitüre auf warmem, frisch gebackenem Brot lief ihm das Wasser im Mund zusammen. Diese Konfitüre war Avas ganz besondere Spezialität und nichts konnte ihr wirklich gleichkommen.

Der Obstgarten rief eine Fülle an Erinnerungen hervor, die fast sein halbes Leben umfassten. Erinnerungen daran, wie Caro und er zwischen den Baumstämmen herumgerannt waren und so getan hatten, als wären sie auf der Flucht vor Aliens, Tigern oder feindlichen Piraten. Daran, wie sie Decken ausgebreitet und aus Picknickkörben gegessen hatten, bevor sie sich hingelegt und in den vorbeiziehenden Wolken Muster ausgemacht hatten. Daran, wie sie, inzwischen älter, an warmen Sommerabenden gemeinsam unter den Sternen gelegen und sich heimlich geliebt hatten.

Aber all das war längst vorbei und er wollte diesen Erinnerungen nicht weiter nachhängen.

Als er zurück zum Haus ging, kam ein scharlachroter Vogel angeflogen und landete auf der Vogeltränke. Die Kardinäle liebten diesen Garten, und als er näher hinschaute, sah er noch drei weitere in den Bäumen umherhuschen. Immer musste er an Ava denken, wenn er diese Vögel sah.

Er ging an der mächtigen Eiche vorbei, die ziemlich genau in der Mitte des Gartens stand, und schaute hoch. Auf halber Höhe des Stamms versteckte sich ein altes Baumhaus zwischen den Ästen. Martin und Caros Dad Wes hatten es gebaut, als Max seinen dritten Sommer hier verbrachte. Überrascht stellte er fest, wie gut es noch in Schuss war, obwohl es bereits sechsundzwanzig Jahre alt war.

Kurz war er versucht, hinaufzuklettern und es sich genauer anzusehen, aber Ava wartete im Haus auf ihn. Außerdem barg auch dieser Ort unzählige unwillkommene Erinnerungen. Als sie noch Kinder waren, hatte er unzählige Stunden mit Caro dort oben verbracht und gemeinsam hatten sie Abenteuer erlebt oder geplant. Als Teenager hatten sie sich dort hinaufgeschlichen, um Abenteuer anderer Art zu erleben. In diesem Baumhaus hatte er seine Unschuld verloren.

Nein, es gab wirklich keinen Grund, sich heute ausgerechnet damit auseinanderzusetzen. Er war noch keine Stunde hier, hatte die Nase aber bereits gestrichen voll.

Wieder am Haus angekommen, betrat Max es durch die Hintertür, durchquerte den Hauswirtschaftsraum, der voll von geschnittenen Blumen und halb gefüllten Vasen war, und ging in die Küche. In der Luft hing der Duft von in der Pfanne brutzelndem Schinkenspeck. Sein Magen knurrte laut, denn das Frühstück am Morgen war längst vergessen. Er sah sich um und verspürte eine Zufriedenheit, wie er sie lange nicht mehr empfunden hatte.

Obwohl dieser Ort mit so viel Ballast belastet war, fühlte er sich hier zu Hause.

Die Küche war umgebaut worden, bevor Ava und Martin vor so vielen Jahren eingezogen waren, danach aber nicht mehr stark verändert worden. Der Fußboden war immer noch der raue Steinboden, der sich so vertraut unter seinen Füßen anfühlte. Arbeitsplatten aus Holz thronten auf den kunstvoll verwitterten weißen Unterschränken. Edelstahlarmaturen – tatsächlich das Einzige, was im Laufe der Jahre erneuert worden war – glänzten um die Wette. Die rückwärtige Wand wurde überwiegend von Kupfertöpfen und -pfannen eingenommen, die dort an Haken hingen, an der einen Seite stand ein großer gemauerter Ofen, auf der anderen lag eine geräumige Speisekammer.

Max und Caro hatten so manchen Nachmittag auf den Stühlen an der Mittelinsel verbracht und zugesehen, wie Caros Mutter ihnen die besten Erdnussbuttersandwiches mit Konfitüre zubereitete, die es gab: luftiges Weißbrot, cremige Erdnussbutter, hausgemachte Erdbeerkonfitüre. Sie hatte es ihnen diagonal in Dreiecke geschnitten und jedem dazu ein Glas eiskalte Milch eingeschenkt.

Verdammt, Caro war wirklich überall an diesem Ort. Sämtliche Erinnerungen trugen ihre Fingerabdrücke.

»Na endlich!«

Avas verärgerte Stimme riss Max aus seinen Gedanken, und sein Blick fiel auf sie, wie sie neben dem Herd stand und eine orange-gelbe Tomate aufschnitt.

»Es gibt Sandwiches mit gegrilltem Speck, Salat und Tomate zum Mittagessen. Wasch dir die Hände und hol das Brot raus«, sagte sie mit einem Blick über die Schulter. Die Bewegung brachte ihren grau melierten Zopf zum Schwingen.

»Jawohl, Ma'am.« Er nickte und ging zur Spüle.

»Was hast du da draußen so lange gemacht?«

»Nur eine Runde über das Grundstück gedreht.«

»Du meinst, du hast dich vergewissert, dass nicht alles heruntergekommen ist?« Ihre Hand verharrte in der Luft, als sie ihn erneut ansah, die Brauen hochgezogen.

»Das habe ich nicht gesagt. Ich wollte nur sehen, wie lange ich noch auf einen Pfirsichauflauf warten muss.«

»Mmmhmm.« Kopfschüttelnd wandte sie sich wieder ihrer Aufgabe zu, die Tomate in dünne Scheiben zu schneiden. »Du sollst wissen, dass für die Gartenarbeiten schon lange gesorgt ist. *Ich* habe Adam Goodson vor fünf Jahren angestellt, damit er den Rasen mäht. Das war, als die Hitze anfing, Martin zu sehr zu schaffen zu machen, obwohl er das einfach nicht zugeben wollte. Was den Pool angeht: Davey Brinks ist seit neun Jahren der Pooljunge – oder sollte ich sagen Poolmann? Egal. Und Nathan Sanders, Handwerker und Mädchen für alles, kommt einmal pro Woche.«

»Du hast einen Handwerker, der einmal die Woche kommt?«, fragte Max und griff nach dem sauberen Handtuch, das sie sich über die Schulter gelegt hatte, um sich die Hände abzutrocknen.

»Ja.«

»Warum stand dann Caro auf einer Leiter, von der sie dich ihrer Aussage nach herunterholen musste?«

»Weil ich meinen Jasmin beschnitten habe. Das ist keine Aufgabe, die ich von ihm erledigen lasse, sondern nur jemandem mit erfahrenem grünen Daumen anvertraue. Und so jemand ist sie.«

»Das war sie schon immer«, sagte er, hängte Ava das Handtuch wieder über die Schulter und ging zur Speisekammer.

Als er den Brotkasten öffnete, entdeckte er darin einen halben Laib Sauerteigbrot. »Ja!« Er seufzte. »Das ist von Browned

Butter.« Die Bäckerei war die beste der Stadt, ihr Brot besser als alles, was er je in New York, Paris oder sonst wo bekommen hatte. Er hielt sich das Brot unter die Nase und atmete den Duft tief ein, als er die Speisekammer verließ.

»Wo sonst sollte ich mein Brot kaufen?«, fragte Ava, während sie den brutzelnden Speck wendete. »Also, zurück zu Caro …«

»Was ist mit ihr?«

»Du weißt, dass sie viel hier sein wird. Versuch besser nicht, sie abzuschrecken.«

»Ich denke nicht im Traum daran«, erwiderte er und legte den Brotlaib auf den Küchentresen.

»Mmmhmm.« Ava runzelte die Stirn. Ihre skeptische Miene verriet, dass sie ihm kein Wort glaubte.

»Ich bin sicher, wir finden eine Lösung. Und soweit ich mich entsinne, behauptet Caro sich recht gut.«

»Also gut, solange ihr beide nur anständig miteinander umgeht … Ich bin einfach nur froh, dass du hier bist, und ich möchte die Zeit, die ich mit dir verbringen kann, genießen. Aber, Max, ich werde Caro nicht bitten, nicht zu kommen.«

»Das würde ich auch nicht von dir verlangen.« Er schüttelte den Kopf, selbst überrascht, wie ehrlich er das meinte.

Es stimmte, dass er nicht in Caros Nähe sein wollte. Aber er wusste auch, dass Ava und Caro eine besondere Beziehung verband, die nicht geendet hatte, als er und Caro sich getrennt hatten. Er hatte nicht die Absicht, diese Beziehung zu stören. Solch ein Arschloch war er einfach nicht … Na ja, jedenfalls nicht immer.

Er würde es einfach ertragen müssen, Caro von nun an häufiger um sich zu haben, auch wenn er keine Ahnung hatte, wie er damit fertigwerden sollte.

3. KAPITEL

Die heilende Kraft von Nachos

Der Duft von Zitronen und Nadelholz stieg Caro in die Nase, als sie Quigley's Irish Pub betrat. Die Mahagoniböden waren frisch gewischt, die Stühle standen mit der Sitzfläche nach unten auf den Holztischen. Voller Wohlbehagen sah sie sich um.

Die Wände bestanden aus unverputzten Ziegeln, alte irische Kunstgegenstände standen und hingen überall. Es gab etliche Buntglaspaneele, die einen Heiligen oder ein Schaf oder ein kompliziertes Knotenmuster zeigten, dazu ein Dutzend antike Uhren, ein paar präparierte Tierköpfe und einen Schrein mit Gemälden und Fotos der Familie Quigley, die bis in die frühen Jahre des neunzehnten Jahrhunderts zurückreichten.

Mitten im Raum hing ein ziemlich beeindruckender Kronleuchter, gebaut aus vielen unterschiedlichen Flaschen verschiedener irischer Whiskymarken. Die Decke bestand aus demselben dunklen Mahagoni wie die Fußböden, und für die Beleuchtung sorgten nackte Eisenrohre, von denen Edison-Glühlampen herabhingen.

Genau wie Avas Haus war auch Quigley's Irish Pub eine Art zweites Zuhause für Caro. Einen großen Teil ihrer Kindheit war sie in diesem Gebäude ein und aus gegangen. Es gehörte der Familie ihrer besten Freundin, die inzwischen ihre Schwägerin war: Lilah. Seit zwölf Jahren arbeitete Caro an zwei Abenden pro Woche im Pub. Da sie viel zu viel an Max denken musste – einfach nur zu Hause herumsitzen und nichts tun konnte sie nicht –, hatte sie beschlossen, an diesem Abend früher anzufangen. Zwei Stunden früher, um genau zu sein.

Sie verstaute ihre Handtasche hinter der Bar, bevor sie in die Küche ging. Als sie die schwere Tür aufstieß, wurde sie vom Duft von Zwiebeln, Knoblauch, Peperoni und frischem Koriander empfangen, dazu von Rockmusik. Die beiden Männer, die sich gerade auf den abendlichen Gästeansturm vorbereiteten, waren Roman und Ezekiel »Zeke« Forester. Seit neun Jahren arbeiteten die beiden zusammen und seit vier Jahren waren sie verheiratet.

Sie waren ein interessantes Paar, passten aber irgendwie gut zusammen. Zeke war knapp eins dreiundachtzig groß, kahlköpfig und hatte Arme, mit denen er eine Tür aus den Angeln heben konnte – was er tatsächlich bei mehr als einer Gelegenheit bewiesen hatte. Nebenher diente er als Rausschmeißer, wenn es einmal ein Problem mit einem randalierenden Gast oder auch zweien gab.

Die andere Hälfte des Paars war Roman. Er war eins achtundneunzig groß und schlaksig und trug die langen braunen Haare immer zu einem Knoten festgesteckt. Etliche Piercings schmückten seine Ohren und seine linke Augenbraue, Tätowierungen bedeckten jeden Quadratzentimeter beider Arme.

Caro berührte den Touchscreen der Musikanlage und regelte die Lautstärke ein paar Dezibel herunter. »Hallo, Gentlemen.«

»Hey, Caroline.« Roman war gerade dabei, einen Berg frischer Tomaten in Scheiben zu schneiden, und blickte von seiner Arbeit auf.

»Du bist ein bisschen früh dran«, meinte Zeke und gab gehackte Erdbeeren von einem Schneidebrett in einen bereits dampfenden Topf auf dem Herd.

»Ein bisschen. Bei Ava habe ich heute früher Feierabend gemacht.« Sie zuckte die Achseln, als wäre das nichts Besonderes. »Bitte, sag mir, dass heute Abend dein Erdbeer-Rhabarber-Auflauf auf der Karte steht.«

»Das tut er tatsächlich«, erwiderte Zeke nickend.

»Hältst du für mich ein Stück zurück?«

»Immer.« Er grinste sie an.

Auf den ersten Blick wirkte Zeke einschüchternd, aber im Grunde seines Herzens war er ein Kuschelbär. Man brauchte ihn nur im Umgang mit seinen Hunden zu beobachten, um zu erkennen, dass er ein durch und durch weiches Herz hatte. Cupcake war ein flauschiger Zwergspitz, Peanut ein Pitbull-Mix und beide waren seine Babys und vorher Caros Pflegehunde gewesen.

»Ich wollte euch nur informieren, dass ich schon da bin. Ich gehe nach vorn, um schon mal alles vorzubereiten …« Sie deutete Richtung Bar. »… und mir ein bisschen Appetit aufs Abendessen zu holen. Ich hoffe, es wird gut.«

»War es das jemals nicht?« Roman zog eine mit einem helllila Ring gepiercte Augenbraue in die Höhe.

Caro lächelte, stellte die Musik wieder lauter und verschwand durch die schwere hölzerne Schwingtür zur Bar. Sie angelte ihr Smartphone aus der Gesäßtasche ihrer Jeans und verband es mit der Stereoanlage in der Ecke. Dann öffnete sie ihre Playlist und scrollte einige ihrer Lieblingskünstler durch.

»Wenn es jemals einen passenden Moment für Jagged Little Pill gibt, dann jetzt«, sagte sie sich und drückte auf Play.

Die Harmonika aus »All I Really Want« erklang, und Caro drehte die Musik so laut auf, dass selbst ihre Gedanken übertönt wurden. Als sie allerdings in der Bar herumtanzte und die Stühle von den Tischen holte und aufstellte, musste sie erneut an Max denken … und daran, wie gut er aussah. *Verdammt, er sieht wirklich unglaublich gut aus!*

Dass sie ihn nicht mehr liebte, bedeutete ja nicht, dass sie blind war. Und wie muskulös und durchtrainiert er war, hatte sie gespürt, als sie auf ihm gelandet war. Unwillkürlich fragte sie sich, wie er wohl nackt aussehen mochte.

Nein. Nein. Nein, nein, nein. Nein, das willst du gar nicht wissen.

Diese Richtung durfte sie auf keinen Fall einschlagen. Es wäre eine Sackgasse, wie sie nur zu gut wusste. Stattdessen musste sie einen Weg finden, die nächsten Wochen zu überstehen, in denen Max in der Stadt weilte, und ihr Geheimnis vor ihm zu bewahren. Die eine Sache, von der er keinesfalls erfahren durfte.

Caro hatte »Die Abenteuer von Pumpkin und Bean« geschrieben, als sie fünfundzwanzig war. Ein Kinderbuch, das auf ihrer gemeinsamen Kindheit beruhte. Max war Bean, sie Pumpkin.

Pumpkin war schon Caros Kosename gewesen, bevor sie überhaupt zur Welt gekommen war, und daran war Jeremy schuld. Ihr Bruder war drei, als ihre Mutter mit ihr schwanger geworden war, und hatte darauf beharrt, dass ihr immer weiter anschwellender Bauch nur auf die Kürbiskerne zurückzuführen sei, die sie so gern aß. Offenbar hatte er geglaubt, einer der Kerne sei in Rachels Bauch aufgegangen und hätte eine Frucht angesetzt. Der einzige Mensch, der Caro wirklich noch Pumpkin nannte, war ihr Vater, und sie vermutete, dass Ava die einzige Person war, die Max noch Bean nannte.

Jenes erste Buch war eine Liebeserklärung an ihn gewesen, ein Versuch, ihn zurückzugewinnen, ihn nach dem Fehler, den sie vor so vielen Jahren begangen hatte, um eine zweite Chance zu bitten … Jedenfalls bevor sie nach New York geflogen war und dort erkennen musste, dass es zu spät war.

Sie hatte in einem Café unweit seiner Wohnung gesessen und

versucht, ihren ganzen Mut aufzubringen, um an seine Tür zu klopfen. Und dann hatte er das Café betreten, Arm in Arm mit einer schönen Blondine.

Das Café hatte zwei Etagen, sie saß oben. Max hatte sie nicht entdeckt, aber sie hatte die beiden bestens sehen können. Sie sah alles. Wie er die Frau anschaute. Wie er sie berührte. Wie er sie küsste.

Und da wurde ihr klar, dass er die Vergangenheit hinter sich gelassen hatte. Das sagte sie sich, als sie nach Cruickshank zurückkehrte … und in den folgenden Jahren immer wieder – so oft, dass sie es nicht mehr zählen konnte. Irgendwann hatte sie dann ebenfalls von sich behaupten können, die Vergangenheit hinter sich gelassen zu haben.

Allerdings nur insofern, als dass sie ihn nicht mehr liebte, aber sie konnte nicht vor ihrer gesamten gemeinsamen Vergangenheit davonlaufen. Das war schlicht unmöglich, seitdem sie die Abenteuer von Pumpkin und Bean zu einer Buchreihe verarbeitet hatte. Fünf Bände gab es bereits und der sechste sollte im Herbst erscheinen.

Soweit sie wusste, hatte Max keine Ahnung davon. Seit ihrer Trennung hatte er in Cruickshank nur noch mit Ava und Martin Kontakt gehabt. Die beiden erwähnten Max prinzipiell nicht gegenüber Caro und Caro nicht gegenüber Max. Und da sie ihre Bücher unter dem Namen C. E. Buchanan veröffentlichte, würde er vermutlich auch im Internet nicht auf sie stoßen, wenn er jemals nach Caroline Buchanan suchte.

Aber jetzt, da er den Sommer in der Stadt verbringen würde, war sie sich nicht mehr sicher, ob es gelingen würde, die Bücher vor ihm geheim zu halten. Nicht jeder wusste, dass Max Bean war … und den Wenigen, die es wussten, war nur zu klar, dass er nichts davon erfahren sollte.

Vielleicht konnte es klappen.

Als »You Oughta Know« erklang, versuchte sie, sich ganz auf die Musik zu konzentrieren. Die Flasche Zitrusreiniger in ihrer Hand wurde zum Mikrofon, während sie von einem Tisch zum anderen hüpfte und die Tischplatten reinigte. Sie fühlte sich so viel besser, nachdem sie aus vollem Halse mitgesungen hatte, dass sie auf Replay drückte und das Stück noch einmal mitsang. In den nächsten vierzig Minuten arbeitete sie alles ab, was getan werden musste, bevor der Pub am Abend öffnete, und dabei genoss sie ihr eigenes kleines Konzert … bis die Musik auf einmal verstummte.

Caro blickte auf und entdeckte hinter der Bar Gavin Quigley, der sie aufmerksam aus warmen schokoladenbraunen Augen beobachtete.

Gavin war Lilahs jüngerer Bruder, und obwohl das Quigley's ein Familienunternehmen war, hielt er den Laden an den meisten Abenden am Laufen. Er wohnte in der Wohnung im dritten Stock über dem Pub, sodass sein Arbeitsweg aus gerade einmal zwei Treppen bestand.

»Alanis Morissette?«, fragte er mit hochgezogenen Brauen. »Wer hat dir wehgetan?«

»Niemand«, log sie.

Gavin sagte dazu nichts, aber seine Brauen schossen noch weiter in die Höhe, sodass sie unter seinen schwarzen Haaren verschwanden, die immer so aussahen, als wäre er gerade mit den Fingern hindurchgefahren. Der Mann sah unglaublich gut aus und er wusste das. Dass sein Spitzname GQ war – so wie die Abkürzung für *Gentlemen's Quarterly*, dem Männermagazin von Condé Nast –, tat ein Übriges, um sein Ego weiter zu steigern.

Dass er sie immer noch musterte und dabei den kräftigen Dreitagebart auf seinem markanten Unterkiefer zwischen Daumen und Zeigefinger rieb, war auch nicht gerade hilfreich für Caro.

Die Geste sorgte dafür, dass der Stoff des rechten Ärmels seines schwarzen T-Shirts sich über dem Bizeps spannte.

»Das ist eine lange Geschichte. Das heißt«, setzte sie hinzu, »sie ist eigentlich nicht lang, aber eine Geschichte.«

»Eine, die du mir lieber erst erzählen möchtest, wenn Lilah auch hier ist?«

»Ja.« Nach Möglichkeit wollte sie nicht allzu oft wiederholen, was an diesem Nachmittag passiert war. Jedes Mal, wenn sie daran dachte, wie sie auf Max gefallen war, wand sie sich innerlich so heftig, dass ihr ganzer Körper bebte. Sie war sich nicht sicher, ob sie sich noch schlimmer hätte blamieren können.

Andererseits, so, wie sie sich kannte, vermutlich schon.

»Okay.« Gavin nickte und sah sich im Pub um. »Was bleibt noch zu tun?«

»Ich habe den Bierstand überprüft. Alle Anlagen sind voll bis auf die mit dem Asheville Abbey Ale.« Ein volles Fass Bier wog über sechzig Kilo, und sie versuchte lieber gar nicht erst, sich damit abzumühen.

»Tja, du bist zwar eine starke Maus, aber so stark nun auch wieder nicht.«

»Haha.« Caro verdrehte die Augen und warf einen Satz Besteck in den halb vollen Behälter neben sich. »Ich mag klein sein, aber mit dir werde ich immer noch fertig.«

»Daran habe ich nicht den geringsten Zweifel«, erwiderte Gavin, griff nach ihrem Smartphone und ließ die Musik weiterlaufen.

»Du kannst etwas anderes wählen, wenn du möchtest.« Mit einem Löffel wedelte sie in seine Richtung.

»Nee, lass mal, Alanis passt schon.« Kopfschüttelnd drückte er auf Play und die Akkorde von »You Learn« erfüllten die Bar. Er legte das Handy auf den Tresen, bevor er begann, Luftgitarre zu spielen, dabei rhythmisch mit dem Kopf zu nicken und durch den Raum zu tanzen.

Eigentlich wollte sie ihm die Befriedigung nicht geben, aber sie hielt nur wenige Augenblicke durch, bis das Lachen, das sie zu unterdrücken versuchte, sich Bahn brach. In derselben Sekunde, in der sie so reagierte, wie er gewollt hatte, warf er die Arme hoch, als wäre er der Champion, und hüpfte im Takt der Musik herum. Das behielt er bei, während er die Holztür zur Küche aufstieß und dahinter verschwand.

Die nächsten dreißig Minuten verflogen in Windeseile, und die Zusammenarbeit mit Gavin schaffte es, Caros Laune deutlich zu heben.

Ein paar Stücke später – als die ersten leisen Klänge von »Ironic« ertönten –, drehte Gavin richtig auf. Er benutzte den Besenstiel als Mikrofon und gab alles, als er pantomimisch und höchst dramatisch den Text mitsang. Er sang das ganze Lied mit, und zum Schluss lachte Caro so heftig, dass ihr die Rippen schmerzten.

Als die Musik endete, folgte lauter Applaus. Caro und Gavin schauten sich um und entdeckten Lilah hinter der Bar, die den beiden sichtlich amüsiert zuschaute.

»Ich weiß zwar nicht, was das war, aber es war äußerst unterhaltsam.« Sie hörte auf zu klatschen, kam hinter der Bar hervor und warf sich die dunkelbraunen Haare über die Schultern.

»Danke.« Gavin verneigte sich tief. »Ich werde den ganzen Abend hier sein.«

»Gehört das zum neuen Ablauf, bevor die Bar öffnet?«

»Nur heute. Es war nötig, jemanden aufzumuntern.« Wenig subtil deutete Gavin mit dem Kopf nach links, wo Caro stand.

Lilahs braune Augen verengten sich. »Was ist passiert?«

»Das würde ich gern besprechen, wenn es etwas zu essen gibt … und Alkohol.«

»Klingt nach etwas Ernstem.«

»Ja.« Gavin nickte bestätigend. »Ich habe nur mitbekommen, dass sie zwei Stunden zu früh gekommen ist und Alanis gehört hat.«

»Hmm.« Lilahs intensiver Blick wurde beinahe durchdringend. »Lass sehen, ob ich von allein dahinterkomme.«

Solange ihre Freundschaft schon währte, war es für Caro nahezu unmöglich gewesen, etwas vor Lilah zu verbergen. Das lag nicht nur daran, dass sie einander nie belogen – obwohl auch das dazugehörte –, nein, Lilah besaß außerdem eine ganz besondere Fähigkeit. Sie konnte jemanden so prüfend anschauen, dass man beinahe das Gefühl hatte, sie könnte die Gedanken der betreffenden Person lesen. Das war einer der Gründe, warum Caros Bruder Jeremy mit nahezu nichts ungestraft davonkommen konnte. Das Gleiche galt für ihre Kinder.

Caro war der Meinung, Lilah sollte sich als Wahrsagerin betätigen oder Leuten aus der Hand lesen und ihr Talent richtig nutzen. Allerdings nutzte sie es schon recht gut, wenn sie an der Bar des Quigley's arbeitete. Außerdem brachte es ihr reichlich Trinkgeld ein.

Da intensiver Blickkontakt der Schlüssel zu Lilahs besonderen Fähigkeiten war, sah Caro sofort nach unten und beschäftigte sich intensiv mit ihrem violetten Nagellack. Wenn Lilah raten wollte, dachte Caro gar nicht daran, es ihr leichter zu machen.

»Ist irgendwas mit deinem Dad?«

»Meinem Dad geht es gut.« *Mensch, ich muss mich dringend um meine Nagelhäute kümmern.*

»Lucy auch?«

»Jep.« Caro schüttelte den Kopf und zupfte sich Serviettenfusseln ab, die an ihrem schwarzen Tanktop hingen. Ihre jüngere Schwester lebte in L. A. und arbeitete an ihrer Musik- und Schauspielkarriere. Caro hatte sie angerufen, um ihr von Max zu erzählen, hatte aber nur die Voicemail erreicht.

»Und wie steht es mit Ava? Auch alles gut?«

Caro gab einen Laut des Unbehagens von sich und rieb sich die Handflächen an ihren Oberschenkeln. Warum fingen jetzt ihre Hände an zu schwitzen?

»Aaah, wir kommen der Sache näher.«

Caro zwang sich, sich zu konzentrieren, und setzte eine so neutrale Miene auf wie nur irgend möglich, bevor sie wieder aufblickte. »Ava geht es bestens.« Allerdings hatte sie noch ein Hühnchen mit Ava zu rupfen wegen des abgekarteten Spiels mit Max.

Lilahs Augen verengten sich ganz kurz, bevor ihre prüfende Miene sich aufhellte. »Okay, dann wollen wir mal. Was zu essen und Drinks.«

»W…wie bitte?«, fragte Caro perplex. Lilahs plötzlicher Themenwechsel brachte sie aus dem Gleichgewicht … auch eine von Lilahs Taktiken.

»Halt, warte, hast du etwa schon durchschaut, was los ist?«, fragte Gavin.

»Vielleicht.« Lilah grinste.

»Das kann nicht sein.« Caro schüttelte den Kopf.

»Wir werden sehen. Außerdem kann ich mit vollem Magen besser denken und ich hatte zum Mittagessen nur die Hälfte von Emilias Sandwich mit Erdnussbutter und Konfitüre sowie ein paar junge Möhren. Und da Caro schon früh angefangen hat, sieht es ganz so aus, als hätten wir viel Zeit, um uns zusammenzusetzen und zu essen. Wie wär's also, wenn ihr beide hier die Vorbereitungen zu Ende bringt …« Sie deutete Richtung Bar. »… und ich nach hinten gehe und Zeke und Roman helfe, uns was Leckeres zuzubereiten?«

Caros Magen antwortete mit einem langen, leisen Knurren. Ganz offensichtlich hatte der Rest Pizza vom Vortag, den sie zum Mittag gegessen hatte, nicht lange vorgehalten.

»Hey, da ihr beide gestern Abend nicht hier wart, als wir das Fass angestochen haben – wollt ihr das neue Mango Tango Tangerine Weizen probieren?«, fragte Gavin und ging hinter die Bar, um die Grundlage für die Margaritas fertigzustellen.

»Oh, klingt überaus verlockend.« Lilah nickte und wandte sich in Richtung Küche.

Misstrauisch sah Caro ihr nach, als sie hinter der Tür verschwand. Sie hatte es doch nicht wirklich bereits durchschaut … oder?

Sie schnappte sich das Tablett mit den Salz- und Pfefferstreuern, ging damit von Tisch zu Tisch und verteilte sie darauf. Jetzt blieb ihnen nur noch, die Serviettenspender aufzufüllen. Gerade war sie mit dem letzten Tisch fertig geworden, als Lilah aus der Küche zurückkam, beladen mit einem riesigen Servierteller mit Koreanischen Nachos.

Bulgogi, Kimchi, Weißer Queso, geriebener Cheddar, Koriander und Frühlingszwiebeln, aufgetürmt auf frisch frittierten Wan Tans. Dazu ein paar kleine Schüsseln mit extra Käse und Sour Cream.

Zusätzlich zur typisch irischen Pub-Küche wurde im Quigley's auch koreanisches Essen serviert. Es gab immer verschiedene Kimchis von mild bis feurig-scharf, koreanische süße Pfannkuchen mit Vanilleeis und Bulgogi, üblicherweise aus mariniertem gegrilltem Rindfleisch, manchmal aber auch aus Schweinefleisch. Und auch wenn es vermutlich Blasphemie war, Caro hätte jederzeit ohne Zögern ein koreanisches Barbecue einem Carolina-Barbecue vorgezogen. Vielleicht war sie ja ein wenig parteiisch, aber für sie gab es hier das verdammt beste Essen in der Stadt.

Lilahs und Gavins Eltern hatten sich auf der Osan Air Base in Südkorea kennengelernt. Desmond Quigley war Flieger und Nari arbeitete auf dem Stützpunkt. Sie brachte den stationierten Soldaten und Soldatinnen Koreanisch bei. Die beiden hatten sich ineinander verliebt, und als Desmond seinen Dienst abgeleistet hatte, war er mit seiner frisch Angetrauten in die Vereinigten Staaten zurückgekehrt.

»Das Bier schon eingeschenkt?«, fragte Lilah auf dem Weg in die Ecknische, die schon seit Kinderzeiten immer *ihre* gewesen war.

»Bin dabei«, rief Gavin, während er einen Bierkrug, der sich langsam mit goldener Flüssigkeit füllte, unter den Zapfhahn hielt.

Caro holte drei Teller und drei Bestecksätze, bevor sie ebenfalls zu ihrer Nische eilte. Sie ließ sich auf einem Platz gegenüber von Lilah nieder und griff nach einem Wan Tan. Als sie in das herrlich knusprige Teil biss, stöhnte sie vor Behagen.

»Großer Gott, sind die fantastisch.«

»Es gibt nichts Besseres«, pflichtete Lilah ihr bei und schob sich ein Wan Tan in den Mund.

Gavin stand gleich darauf ebenfalls vor der Nische, stellte den Bierkrug und drei Gläser auf den Tisch und rutschte auf einen Platz neben Caro.

»Nachos. Ausgezeichnete Wahl«, erklärte er und schenkte allen Bier ein.

Caro biss bereits in das nächste Wan Tan, diesmal ein mit Kimchi und Käse bedecktes.

»Also, nun erzähl uns schon, dass Max wieder in der Stadt ist«, sagte Lilah, bevor sie einen Schluck von ihrem Bier trank.

Caro bekam einen Hustenanfall, weil sie sich an einem Stück Wan Tan verschluckt hatte. Dass die Gewürze im Kimchi zugleich ihre Geschmacksnerven attackierten, machte die Sache nicht unbedingt besser. Offensichtlich hatte Lilah sich für die Variante entschieden, die einem die Tränen in die Augen trieb.

»Max?« Überrascht schaute Gavin zwischen den beiden Frauen hin und her. »Es geht um Max?«

Caro, die dringend etwas brauchte, um ihre Kehle zu spülen, nahm einen Schluck von ihrem Bier. Gott sei Dank hatte Gavin ein fruchtiges Weizenbier gewählt. Hätte er sich für ein India Pale Ale entschieden, hätte das die Schärfe des Kimchi nur noch verstärkt.

Diese Lektion hatte Caro auf die harte Tour gelernt.

»Wie, zum Teufel, bist du darauf gekommen?« Sie musste erneut husten und nahm sich eine Serviette.

»Das war ganz einfach.« Lilah zuckte die Achseln und hob die rechte Hand, einen Finger hochgereckt. »Erstens: Du hast Alanis Morissette gehört«, sagte sie und streckte einen zweiten Finger hoch. »Zweitens, du hast die Jeans angezogen, die deinen Po so richtig toll zur Geltung bringt.«

»Stimmt, das tut sie.« Gavin beugte sich leicht zur Seite und musterte Caros Jeans.

»Klappe.« Sie rammte ihm den Ellenbogen in die Seite und gab sich größte Mühe, das Kompliment nicht mit einem Lächeln zu quittieren.

»Und du hast dich für ein dramatisches Augen-Make-up sowie für einen grellroten Lippenstift entschieden. All das tust du immer dann, wenn du dringend etwas mehr Selbstvertrauen brauchst.« Mit der linken Hand deutete Lilah auf Caros Mund, während der dritte Finger ihrer rechten Hand in die Höhe schoss. »Drittens: Du bist ins Stottern geraten, als ich Avas Namen erwähnte, aber du hast die Wahrheit gesagt, als du meintest, es gehe ihr gut.« Ein vierter Finger reckte sich hoch. »Außerdem habe ich ihn auf meinem Weg hierher vor Avas Haus gesehen«, kam sie zum Schluss.

Gavin lachte auf.

Caro klappte der Unterkiefer herunter und sie holte übertrieben tief Luft. »Du wusstest es bereits!« Das klang schwer entrüstet, aber Caro kostete es Mühe, nicht ebenfalls zu lachen. Typisch Lilah, ausgerechnet in dem Moment vorbeizufahren, als Max gerade draußen war.

»Ja! Aber ich war mir nicht sicher, ob *du* es weißt. Als gute Freundin wollte ich es dir schonend beibringen. Aber offensichtlich war das nicht nötig. Also, was ist passiert? Und nichts auslassen, ja? Erzähl uns alles.« Mit einem Wan Tan wedelte sie in Caros Richtung, bevor sie davon abbiss.

»Ja, alles. Das hier ist ein sicherer Hafen. Wir sind alle eine Familie.« Sanft stieß Gavin ihr den Ellenbogen in die Seite. »Und wenn du etwas darüber gelernt hast, was es bedeutet, ein Quigley zu sein, dann, dass du deine Familie so viel wie möglich mit deinen Problemen belasten solltest.« Er zwinkerte ihr zu, bevor er nach den Nachos griff und sich einen Wan Tan, der mit allen nur denkbaren Zutaten beladen war, in den Mund schob.

»Okay, in Ordnung.« Caro befreite den nächsten Wan Tan, den sie sich nahm, von Kimchi und gab stattdessen einen ordentlichen Löffel Sour Cream darauf, bevor sie davon abbiss. »Aber ihr dürft nicht über mich lachen.«

»Oh, das wird ja richtig gut«, meine Lilah grinsend und rieb sich voller Vorfreude die Hände. »Was hast du angestellt?«

Caro erzählte von Anfang an, und als sie fertig war, lachten sie alle drei.

4. KAPITEL

Unplugged

Nach dem Mittagessen legte Ava sich zu einem Nickerchen hin. Zwar verspürte sie leichte Gewissensbisse, weil Max gerade erst angekommen war, aber die Gartenarbeit und die Wärme hatten sie erschöpft.

»Das geht in Ordnung«, beruhigte Max sie. »Ich muss auspacken und möchte mir den Rest des Hauses genauer ansehen. Wenn du es verkaufen willst, will ich dafür sorgen, dass wir den bestmöglichen Preis dafür erzielen.«

Allein schon über den Verkauf zu reden, ließ ihm das Herz schwer werden, aber Ava schien wild entschlossen, und er würde alles für sie tun, was in seiner Macht stand.

Ava tätschelte ihm den Kopf, als wüsste sie, was er dachte, bevor sie nach oben ging.

Und dann machte sich Max an die Arbeit. Er brauchte ein paar Stunden für eine erste Bestandsaufnahme, schaute sich den Rest des Anwesens an, die einzelnen Zimmer und den allgemeinen Zustand des Hauses. Ava und Martin hatten mehr getan, als das schöne alte viktorianische Gebäude und das zugehörige Grundstück instand zu halten.

Dann drehte er eine Runde um den Block, um zu sehen, wie sich die Nachbarschaft entwickelt hatte. Die nähere Umgebung spielte eine wichtige Rolle für den Wert des Anwesens, und er kam schnell zu dem Schluss, dass auch diesbezüglich alles in bester Ordnung war.

Die Straße, in der Ava wohnte, trug den passenden Namen Dogwood Drive, Hartriegelweg. Die Bäume, die sie beidseits säumten, präsentierten sich in üppiger rosa und weißer Blütenpracht – so wie in der ganzen Stadt, wenn es Frühling wurde. In diesem Jahr hatte der Frühling offenbar erst spät begonnen, denn noch stand alles in voller Blüte.

Sosehr ihm der Anblick der blühenden Bäume jetzt auch gefiel, im Herbst, wenn sich das Laub purpurrot färbte, waren sie noch schöner. Dasselbe galt, wenn die umliegenden Berge ihre Farbe von Grün zu Gold wechselten, die Blätter hellorange, rot und gelb zu leuchten begannen.

Aber auch der Winter war wundervoll, vor allem zu Weihnachten, wenn die Stadt sich in eine arktische Landschaft verwandelte. Alle Geschäfte in der Innenstadt schmückten ihre Schaufenster für das Fest. Und wenn es schneite? Dann wurde die Stadt zu einem richtigen Winterwunderland. Blieb noch der Sommer, wenn die Früchte reiften, das Wetter warm war und Lake Lennox alle Menschen, die über Badebekleidung verfügten, und sogar einige, die darauf verzichteten, geradezu magisch anzog. Obendrein war die Gegend mit ihren vielen Flüssen und Seen bei Anglern sehr geschätzt.

Tatsächlich lohnte es sich immer, Cruickshank zu besuchen, und so war das ganze Jahr über Saison. Die ruhige Kleinstadt genoss einen hervorragenden Ruf. Aber da das nächste Hotel gut fünfzehn Meilen entfernt war, mussten viele Besucher sich außerhalb der Stadt einmieten und konnten sie nur tagsüber besuchen. Dadurch gingen Cruickshank jede Menge gute Geschäfte verloren, zumal die wenigen verfügbaren Unterkünfte üblicherweise lange im Voraus ausgebucht waren. Es gab ein paar Hütten draußen am See sowie hier und dort ein paar historische Gaststätten und gemütliche Frühstückspensionen.

Das alles reichte aber nicht, um die Nachfrage zu befriedigen. Der Tourismus in der Stadt war ein Wachstumsmarkt. Ein paar Häuser in Avas Straße waren bereits zu Gästeunterkünften umgewandelt worden, und Max glaubte, dass dem prachtvollen viktorianischen Gebäude vermutlich das gleiche Schicksal blühte. Die Straße lag nur wenige Blocks vom Stadtzentrum entfernt, sodass es bequem zu Fuß zu erreichen war.

Außerdem bot das alte Haus sehr viel Platz. Fünf Schlafzimmer, jedes mit eigenem Badezimmer, ein Dachgeschoss, das leicht in eine größere Suite umgewandelt werden konnte, und eine Remise, die sich zu einem privaten Bungalow umbauen ließ.

Obwohl das Gebäude also enormes Potenzial hatte, mochte er nicht daran denken, dass ein anderer als Ava darin wohnen würde. Dieser Ort war ihm mehr ein Zuhause gewesen als jeder andere.

Die Holzdielen knarzten, als er in dem Schlafzimmer umherlief, das er bewohnt hatte, seit er als Sechsjähriger zum ersten Mal hier gewesen war. Seine beiden Koffer lagen offen auf dem übergroßen Himmelbett, die Schubladen der antiken Kommode füllten sich langsam mit seinen Sachen.

Seit seiner Jugend war dieses Zimmer etliche Male verändert worden. Die Kirschbaummöbel waren neu arrangiert, die blaue Bettwäsche durch weiße ersetzt worden. Die karierten Vorhänge am Erkerfenster waren duftigen weißen Gardinen gewichen. Die Wände waren nicht mehr hellgrün gestrichen, sondern blassgrau. Zweifellos war der neue Anstrich nötig gewesen, um die vielen kleinen, von Reißzwecken verursachten Löcher zu verstecken, die von den Postern herrührten, die er im Laufe der Jahre an die Wände geheftet hatte.

Zunächst hatte der Superheld Captain America den größten Raum eingenommen, später aber Gesellschaft vom Logo der Boston Red Sox bekommen, als Max begann, sich die Spiele zusammen mit Martin anzusehen. Kaum im Teenageralter, hatte er seine Postersammlung um Nirvana, Incubus, Green Day und Pearl Jam erweitert.

Von alldem war nun aber nichts mehr da, stattdessen schmückte ein halbes Dutzend gerahmter Zeichnungen die Wände. Jedes Zimmer in diesem Haus beherbergte eine eigene kleine Kunstausstellung, was nicht weiter verwunderlich war, weil Ava hier wohnte. Sie war nicht nur eine versierte Künstlerin, sondern unterrichtete auch Kunstgeschichte und sammelte Kunstwerke. Sie und Martin hatten über fünfundzwanzig Jahre lang als Professoren an der Harvard-Universität gelehrt, Martin allerdings im Fach Englisch.

Max war sich nicht sicher, ob die Zeichnungen von seiner Großmutter oder einem anderen lokalen Künstler angefertigt worden waren. Normalerweise malte Ava, auch wenn sie hier und da Zeichnungen anfertigte. Er trat näher an die Bilder heran, betrachtete die Details. Die Motive stammten allesamt aus Cruickshank, eines zeigte die Blue Ridge Mountains, andere Läden in der Innenstadt, Sweeny Park, Lake Lennox, den Weingarten und die Hauptstraße, die von den blühenden Hartriegelbäumen gesäumt war, für die Cruickshank berühmt war.

Lange brauchte er nicht, um zu erraten, wer der Künstler war, und sein Verdacht bestätigte sich, als er die kleine Signatur in der Ecke entdeckte. Seufzend trat er einen Schritt zurück und schüttelte den Kopf.

Er griff nach seinem Waschzeug und betrat das angrenzende Badezimmer. Sechseckige weiße Fliesen bedeckten den Boden und reichten bis halbhoch an die Wände, wo sie von derselben blassgrauen Farbe abgelöst wurden, die sich auch im Schlafzimmer fand.

Flauschige weiße Handtücher hingen vom Handtuchhalter an der Wand, dunkelgraue Badematten lagen auf dem Boden. Sie fühlten sich weich unter seinen nackten Füßen an. Die antike Porzellanwanne war immer noch in beinahe perfektem Zustand, lediglich die Armaturen waren gegen dunkel gebürstete, vernickelte ausgetauscht worden, genau wie in jedem anderen Badezimmer im Haus.

»Wie in einem Wellnesshotel«, murmelte Max, als er den großen Regenduschkopf entdeckte.

Manche fanden das sicher großartig, aber angesichts der Tatsache, dass er an Vierzehn-Stunden-Arbeitstage gewöhnt war und sich nie wirklich ein ganzes Wochenende freinahm, war er sich nicht sicher, ob er sich überhaupt noch entspannen konnte. Zwar befand er sich eigentlich im Urlaub, hatte aber jeden Anruf, jede SMS und jede E-Mail beantwortet, die er von seinem Assistenten bekommen hatte. Er hatte sich um alles gekümmert, während er zugleich Avas Anwesen genauer unter die Lupe nahm.

Dass er nicht multitaskingfähig war, konnte man ihm wahrlich nicht vorwerfen.

Max hörte das Ping seines Handys und stellte seine Kulturtasche auf die Ablage, bevor er ins Schlafzimmer zurückging. Nach seinem letzten Telefonat war der Akku schon ziemlich leer gewesen, sodass er das Handy zum Laden auf dem Nachttisch gelassen hatte. Als er auf das beleuchtete Display schaute, sah er, dass eine E-Mail von Ava eingegangen war, und öffnete sie.

Re: Flugplan

Ich habe die E-Mail mit deinen Flugdaten erhalten.
Da dies eindeutig der beste Weg ist, mit dir zu kommunizieren: Für welche Uhrzeit möchtest du deine Reservierung zum Abendessen bestätigen? 6:00, 6:10, 6:20 oder 6:30?

Max verdrehte die Augen, musste aber lächeln. Er ließ sein Handy weiter auf dem Nachttisch laden und ging nach unten, wo seine Großmutter ihren üblichen abendlichen Drink im Wintergarten einnahm.

Und was für ein Wintergarten das war! Nicht genug damit, dass er von Weiß-, Creme- und Gelbtönen beherrscht war, nein, die riesigen Fensterfronten ermöglichten einen 180-Grad-Blick in den Garten. Ava saß auf einem ziemlich plüschigen Sofa, die Füße auf einen Schemel gelegt und ein aufgeschlagenes Buch in der Hand. Beau schlief auf dem Kissen neben ihr ausgestreckt in der Sonne.

»Du hast meine E-Mail bekommen?« Sie lächelte ihn zuckersüß an, als wüsste sie gar nicht, was passiv-aggressiv bedeutete.

»Aber sicher. Und ich dachte mir, ich antworte lieber persönlich. Ist das ein Gin Tonic?« Er nickte zu dem Glas in ihrer Hand hinüber. Ein paar Zitronenscheiben schwammen in der klaren Flüssigkeit.

»Ich wollte etwas Erfrischendes nach meinem Tag im Garten.«

»Was hältst du davon, wenn ich mir auch einen mache, mich dann zu dir setze und wir übers Abendessen reden?«

»Das wäre perfekt. Ich habe einige Dinge auf der Bar stehen lassen für den Fall, dass du auch einen willst. Was du sonst noch brauchst, findest du im kleinen Kühlschrank.«

Max ging ins Wohnzimmer und steuerte die eingebaute Bar in der Ecke an. Der verglaste Aufsatz enthielt im zweiten und dritten Regal verschiedene Trinkgläser, im ersten eine Sammlung Spirituosen. Der Gin stand auf der dicken Eichenholzplatte, gleich daneben lag ein Schneidebrett mit Zitronenscheiben. Er öffnete den kleinen Kühlschrank unter dem Tresen. Darin entdeckte er einen Kühler mit Eis und eine kalte Flasche Tonicwater.

Nachdem er alles, was er brauchte, in ein Glas gegeben hatte, nahm er sich ein Stäbchen aus dem Behälter auf dem Tresen und rührte um, um sich den Drink zu mixen. Mit dem Glas in der Hand umrundete er die Bar, blieb aber einen Moment wie angewurzelt stehen, als sein Blick auf die offene Doppeltür zu Martins Arbeitszimmer fiel.

Das war das eine Zimmer im Haus, das er noch nicht betreten hatte. Er war noch nicht bereit dafür. Einen oder zwei Tage brauchte er noch … und vielleicht eine ganze Flasche Scotch. Nur gut, dass die Bar hinter ihm eine reiche Auswahl bot.

Leise seufzend ging Max zurück in den Wintergarten. Ava schlug ihr Buch zu und legte es auf den kleinen Tisch neben sich, als er sich ans andere Ende des Sofas setzte, sodass Beau zwischen ihnen lag. Der Hund hob den Kopf, als Max sich setzte, und streckte seine Beine, sodass seine Pfoten sich in Max' Oberschenkel drückten. Ein paar Mal atmete er tief ein und aus, bevor er sich wieder entspannte und erneut einschlief. Ava kraulte ihm den Bauch, bevor sie sich Max zuwandte.

»Also, wird das jetzt die ganze Zeit so laufen, die du hier bist? Der Hauptkommunikationsweg zwischen dir und mir besteht in deinem Smartphone?«, fragte sie, bevor sie einen Schluck von ihrem Drink nahm.

»Hey, du hattest dich hingelegt. Aber ich gebe zu, dass ich einen leichten Tunnelblick hatte, während ich das Anwesen unter die Lupe nahm.«

»Du hast aber nicht nur das getan. Ich weiß, dass du auch gearbeitet hast. Ich dachte, du machst hier Urlaub?«

»Das tue ich.«

Sie hob die Brauen und verzog den Mund. Missbilligend schaute sie ihn an. »In welcher Welt ist es Urlaub, wenn man den ganzen Tag am Telefon hängt?«

»In meiner Welt.«

»Na, dann braucht deine Welt dringend eine neue Ausrichtung. Hast du nicht eine überqualifizierte Assistentin, mit der du schläfst, die sich um all den Kram kümmern kann?«

»Ich habe einen äußerst qualifizierten Assistenten, der mit allem fertig wird. Es handelt sich jedoch um einen Mann, und obwohl Edward wirklich gut aussieht, haben wir nie miteinander geschlafen.« Kopfschüttelnd nahm Max einen Schluck von seinem Drink. »War das deine nicht ganz so subtile Art, mich zu fragen, ob ich jemanden date?«

Aus großen Augen sah Ava ihn unschuldig an. »Ich habe keine Ahnung, wovon du sprichst. Vor allem weil du mir nie etwas über dein Liebesleben erzählst.«

»Tja, nun, hier besteht ein gewisser Interessenkonflikt.«

»Caro?«

»Wer sonst?«

Avas grüne Augen wurden schmal. »Caro fragt nicht nach dir, Max, genauso wenig, wie du nach ihr fragst. Wenn ich nicht wüsste, dass ihr eine gemeinsame Vergangenheit habt, würde ich glauben, ihr wärt Wildfremde füreinander.«

»Wir sind Fremde füreinander …« *Mittlerweile.* Seit ihrer Trennung wusste Max so gut wie nichts über sie. Warum sollte es ihn interessieren, was sie tat? Sie gehörte der Vergangenheit an, und es war sinnlos, sich damit auseinanderzusetzen.

Obwohl er sich selbst belog, wenn er behauptete, dass er nicht irgendwo tief in seinem Innersten wissen wollte, ob Caro mit jemandem ausging. Aber diese Frage konnte er nicht stellen, denn dann würde er sich als scheinheiliger Heuchler erweisen angesichts dessen, worüber er sich gerade mit seiner Großmutter unterhielt. Also beschloss er, dieses Thema auf keinen Fall anzuschneiden. Außerdem, wenn er anderthalb Monate in

Cruickshank verbrachte, würde er das sowieso früher oder später erfahren.

»Gibt es einen Grund, warum du mein Schlafzimmer in eine Ausstellung ihrer Zeichnungen verwandelt hast?«

»Die Bilder hängen schon seit drei Jahren in dem Zimmer. Es liegt nicht an mir, dass dir das bisher nicht aufgefallen ist.«

Seit drei Jahren? Okay, er war in dieser Zeit nur einmal zu Besuch gekommen, zu Martins Beerdigung, und da war er in Gedanken mit ganz anderen Dingen beschäftigt. So viel um die Ohren zu haben, dass er nicht nachdenken musste – diesem Muster folgte er seit etwa einem Jahr. Und er hatte sogar zu viel um die Ohren gehabt, um mit seiner Großmutter zu reden. Deshalb wusste Ava nichts über sein Liebesleben … beziehungsweise das Fehlen eines solchen.

»Und nur damit du's weißt, ich gehe mit niemandem aus«, informierte er sie, bevor er noch einen Schluck von seinem Drink nahm.

»Dem entnehme ich, dass du keinen einzigen Grund hast, den ganzen Tag am Telefon zu hängen, während du *hier* bist, bei *mir*. Du machst hier nicht nur *Urlaub*, es gibt auch keine Freundin, mit der du Kontakt halten musst.«

»Gut argumentiert.«

»Wetten, dass du es nicht schaffst, eine ganze Woche auf das Smartphone zu verzichten?«

»Was, wenn jemand Kontakt mit mir aufnehmen muss? Freunde zum Beispiel?« Dabei hatte er seit Monaten mit niemandem mehr abgehangen. Sein bester Freund vom College war der Einzige, mit dem er wirklich in Kontakt geblieben war, und der lebte in San Francisco.

»Ändere deine Mailboxansage. Sag, dass du im Urlaub bist und man bei einem Notfall deinen Assistenten anrufen soll.« Sie zögerte keine Sekunde, diese Lösung zu präsentieren. »Was Vanessa und Kenneth angeht – wenn sie dich nicht erreichen können, werden sie einfach mich anrufen.«

»Besonders wahrscheinlich ist das nicht.« Er runzelte die Stirn. »Ich habe ihnen nicht erzählt, dass ich dich besuche.«

»Sie wissen nicht, dass du hier bist?«

»Nein.« Max schüttelte den Kopf, hob sein Glas an die Lippen und nahm noch einen Schluck von der kalten, perlenden Flüssigkeit. Er hoffte, sie würde den bitteren Geschmack fortspülen, den er im Mund hatte.

Ava wusste darüber Bescheid, wie gespannt seine Beziehung zu seiner Mutter und seinem Stiefvater war. Wie auch nicht? Seit dem Tod seines Vaters war er jeden Sommer nach Cruickshank abgeschoben worden, damit die viel beschäftigten wichtigen Doktoren sich nicht den ganzen Tag mit ihm abgeben mussten. Teufel noch mal! Kaum dass er alt genug dafür war, hatten sie ihn ins Internat gesteckt.

»Außerdem rufen sie mich nie an. Wenn sie etwas von mir wollen, dann lassen sie einen ihrer Assistenten Kontakt mit meinem Assistenten aufnehmen, wie sie das immer tun. Aber ich bezweifle stark, dass das geschehen wird.«

Ava zog die Brauen zusammen, und ihr Mund wurde zu einem schmalen Strich, so wie immer, wenn sie über seine Mutter sprachen. Er wusste, dass sie versuchte, ihre Meinung für sich zu behalten, beziehungsweise sie wenigstens ihm gegenüber nicht laut auszusprechen, aber ihm war schon lange klar, dass sie wenig von ihrer ehemaligen Schwiegertochter hielt.

Ava und Martin hatten ihren Sohn verloren, Vanessa ihren Mann. Aber während Ava und Martin Max umso mehr geliebt hatten, hatte Vanessa ihn von sich gestoßen … ihn weniger geliebt. Er war sich ziemlich sicher, dass Landons Tod dazu geführt hatte, dass sie gar keine Liebe mehr empfinden konnte.

Vielleicht hatte er ja etwas gemein mit seiner Mutter. Dass er die Liebe seines Lebens verloren hatte, hatte auch ihn unfähig gemacht, sich erneut zu verlieben.

Da er dieses Thema aber lieber vermeiden wollte, kam er wieder auf Avas Wette zurück. »Na schön, aber wie willst du mich erreichen, wenn ich kein Telefon dabeihabe?«

Ava lächelte. »Siehst du, auch daran habe ich bereits gedacht.« Damit langte sie zu dem Tisch neben sich hinüber, und als sie den Arm triumphierend hochreckte, hielt sie ein schwarzes Klapphandy in der Hand. »Das ist Martins altes Telefon. Es funktioniert noch.«

»Du hast den Vertrag nie gekündigt?«

Ava zuckte die Achseln. »Die Rechnungen werden automatisch beglichen.«

»Du musst sie nur anrufen und kündigen.«

»Wenn dir das so wichtig ist, schreib es auf die Liste der Dinge, die zu erledigen sind, während du hier bist. Aber tu das erst, wenn du die Woche ohne dein Smartphone überstanden hast.«

»Angenommen, ich lasse mich auf diese Wette ein – und ich werde sie ganz sicher gewinnen –, was bekomme ich dann?«

»Außer schöne Stunden mit deiner Großmutter?«

»Ja. Darüber hinaus.«

»Meinen Ananas-Kokosnuss-Kuchen mit Schlagsahne.«

»Abgemacht.« Ohne Zögern streckte Max die Hand aus, Handfläche nach oben.

»Auch keine E-Mails«, sagte Ava und legte das Klapphandy hinein. »Kein Facebook, kein Instagram, kein Twitter.«

»Das ist kein Problem für mich.« Max schüttelte den Kopf. »Ich bin seit ungefähr zehn Jahren nicht mehr auf Social Media unterwegs.«

Max war noch auf dem College gewesen, als die sozialen Medien immer wichtiger wurden. Natürlich hatte er eigene Konten gehabt, aber nachdem er hatte mit ansehen müssen, wie viele Leute ihre Karriere mit einem dämlichen Bild oder Posting ruinierten, hatte er sie ganz schnell wieder gelöscht.

»Das wird also ein Kinderspiel für dich.«

»Ich will aber einen ganzen Kuchen, nicht nur ein Stück«, präzisierte er. Noch nie war er eine Wette eingegangen, die er verloren hatte.

»Nun, da das geklärt ist, würde ich mich tatsächlich freuen, wenn du mir von deiner Arbeit berichtest. Erzähl mir mehr über den Deal, der deine Bosse dazu gebracht hat, dir so lange Urlaub zu gewähren.«

Max zögerte, nahm einen Schluck von seinem Drink, um sich noch einen Moment Aufschub zu verschaffen. Er schaute aus dem Fenster, gerade als zwei Kardinäle aus der Eiche zu Boden schossen, bevor sie davonflogen.

»Was?«, fragte Ava und stupste ihn an.

»Ich habe dir nicht die ganze Wahrheit gesagt«, eröffnete Max. »Ich wollte es dir lieber persönlich statt am Telefon sagen, aber den Urlaub habe ich nicht dem letzten Abschluss zu verdanken. Ich bin befördert worden.«

»Tatsächlich? Herzlichen Glückwunsch!« Strahlend lächelte sie ihn an. »Auf welche Position?«

»Ich übernehme die Immobiliensparte … in London.«

Avas Lächeln erlosch schlagartig und sie holte erschrocken Luft. »London?«

»Im Juli fange ich dort an.«

Langsam nickte sie. »Ich freue mich sehr für dich.«

Max musterte sie aus schmalen Augen. »Tatsächlich?«

»Ja.« Nun begann sich wieder ein Lächeln auf ihrem Gesicht auszubreiten. Sie beugte sich über den schnarchenden Hund zwischen ihnen und drückte Max den Arm. »Ich bin nur überrascht und egoistischerweise auch ein wenig traurig, dass du wegziehst. Das wird ein etwas längerer Flug, wenn ich dich besuchen will.«

»Ich weiß. Aber wir können kreuz und quer durch Europa reisen, wenn du zu Besuch kommst.«

»Ein Silberstreifen am Horizont.« Wieder drückte sie seinen Arm. »Ich bin sehr stolz auf dich, Bean.«

Bean war der Kosename, den sein Vater ihm gegeben hatte, die Kurzform von Love Bean. Ava und Martin hatten ihn auch immer benutzt.

In diesem kleinen Kosenamen und in der schlichten Berührung seines Armes steckten viel mehr Liebe, als Max seit Monaten zuteilgeworden war. Sie erfüllte seine Brust mit einer Wärme, von der nicht gewusst hatte, wie sehr er sie vermisst hatte.

Vielleicht war dieser Urlaub, die Zeit, die er mit Ava verbrachte, genau das, was er brauchte … trotz der Komplikation namens Caro.

Womöglich hatte Max unterschätzt, wie sehr er die Ablenkung durch ständige Geschäftigkeit brauchte.

Nachdem er seinen Gin Tonic mit Ava genossen und gemeinsam mit ihr einen Schlachtplan für das Abendessen ausgearbeitet hatte, hatte er Edward angerufen, um ihm mitzuteilen, was ab jetzt während seines Urlaubs galt, den Ansagetext seiner Voicemail geändert und seiner Großmutter sein Smartphone ausgehändigt. Er hatte sich großartig gefühlt, als sie der Musik von Fleetwood Mac lauschten und Pasta Carbonara und Rucolasalat – frisch gepflückt aus Avas Gemüsegarten – zubereiteten. Er war vollkommen zufrieden gewesen, als sie sich ein paar Folgen Jeopardy! anschauten, die Ava aufgezeichnet hatte.

Doch als die dritte Stunde anbrach, wurde er langsam hibbelig.

Vielleicht lag es daran, dass er seit Jahren nie mehr als zwei Stunden lang nicht in seinen E-Mail-Eingang geschaut, auf Nachrichten von Kunden geantwortet oder sich über die Börsenkurse informiert hatte. Max war zwar nicht in den sozialen Medien aktiv, aber er war alles andere als unplugged. Warum hätte er das auch sein sollen?

Es gab keine einzige Aktivität, keine Veranstaltung, die ihn daran hinderte, sein Smartphone hervorzuholen. Genau dafür gab es WLAN in Flugzeugen und Pausen während Theaterstücken und Opern. Das Einzige, was ihn davon abhalten konnte, zum Smartphone zu greifen, war ein Kinobesuch. Aber er war schon seit drei oder vier Jahren nicht mehr im Kino gewesen.

Wer hatte schon Zeit für so etwas?

Ein weiterer Grund für seine innere Unruhe war womöglich das, was sie beide sich jetzt ansahen. Seine Großmutter hatte eine Show ausgesucht, in der Häuser umgestylt wurden, und diese Show war so absolut unrealistisch, dass es irrsinnig war.

Die Terminsetzungen konnten nie und nimmer stimmen. In welcher Welt konnte eine Küche in vierundzwanzig Stunden komplett erneuert werden? Oder ein ganzes Haus in zwei Wochen renoviert? Vielleicht klappte es, wenn man alles mit Klebeband und Gebeten zusammenhielt. Außerdem war auch das Budget, das angeblich zur Verfügung stand, so lächerlich, dass er fast durchdrehte. Kein respektabler Bauunternehmer konnte zu solchen Preisen arbeiten und davon leben.

Und dann dieses angebliche Ehepaar, das mit den Eigentümern der Häuser durch die Läden streifte und dabei so tat, als könnte man alles, was man brauchte, bei einem einzigen Besuch finden, und als würden sie die Dinge, für die sie sich entschieden, behalten können. Es war schlicht unmöglich, dass das maßgefertigte Ledersofa und der von den Amischen getischlerte Fernsehschrank für die viertausend Dollar erschwinglich waren, die das Umstyling des Wohnzimmers angeblich kostete.

»Alles in Ordnung mit dir?« Fragend sah Ava ihn an.

»Aber sicher, mir geht's gut.«

»Ganz sicher? Denn wenn du weiter so an deiner Uhr rumspielst, wirst du sie womöglich noch kaputt machen.«

Max schaute hinunter auf die Rolex an seinem Handgelenk, und erst jetzt wurde ihm bewusst, dass er den Verschluss immer wieder öffnete und schloss.

Wie lange mache ich das jetzt schon?

»Ganz sicher.« Er nickte, schloss den Verschluss wieder und rückte die Uhr an seinem Handgelenk zurecht. Bevor er den Ellenbogen auf der Armlehne des Ledersofas ablegte, warf er aber noch einen Blick auf das Zifferblatt. Es war erst kurz nach neun, das hieß, die vierte Stunde ohne Smartphone war kaum angebrochen.

Verdammt, ihm stand eine *sehr lange* Woche bevor.

Ava sagte nichts mehr, aber sie grinste ihn wissend an, bevor sie sich wieder dem Fernseher zuwandte. Als die Folge endete, legte sie die Fernbedienung auf den Tisch zwischen ihnen.

»Du gehst zu Bett?«, fragte er und warf erneut einen Blick auf seine Uhr. Neun Uhr dreißig. Wie war es nur möglich, dass gerade einmal zwanzig Minuten vergangen waren?

»Ja. Für Beau und mich war es ein langer Tag. Zeit, in die Falle zu gehen.«

Der Hund, der leise schnarchend auf dem dicken Kissen zu Avas Füßen gelegen hatte, reckte den Kopf, als er seinen Namen hörte. Ava schob die Fußstütze ihres Sessels zurück, stand auf, und Beau drückte die Brust zu Boden und reckte den Hintern hoch, um sich gründlich zu strecken. Dann richtete er sich auf und eilte zur Hundetür in den Hauswirtschaftsraum. Sein langer puscheliger Schwanz wedelte dabei eifrig hin und her. Offensichtlich kannte er den Tagesablauf seines Frauchens ganz genau.

»Du überstehst die Nacht?«, fragte Ava und streckte sich ebenfalls ausgiebig.

»Mir geht's gut«, wiederholte Max, aber inzwischen hegte er große Zweifel an diesen Worten, zumal er normalerweise nicht vor Mitternacht schlafen ging.

Ava hatte offenbar auch ihre Zweifel, denn sie neigte den Kopf zur Seite und musterte ihn lange und abschätzend. »Weißt du, es tut dir vielleicht ganz gut, ein bisschen aus dem Haus zu gehen. Ich bin mir nicht sicher, ob du dich noch erinnerst, aber das Quigley's liegt nur ein Stück weiter oben an der Straße.«

Da Lilah Quigley Caros beste Freundin war, hatte er den Pub im Laufe seiner Kindheit und Jugend viel öfter besucht, als er zählen konnte. Und da die Quigleys Caro gegenüber mehr als loyal waren, war er sicher, dass sie sich nicht freuen würden, ihn zu sehen, wenn er dort aufkreuzte. Außerdem war Lilah mit Caros Bruder Jeremy verheiratet. Wenn er den Pub betreten würde, begäbe er sich also zwangsläufig in die Höhle des Löwen.

»Ich weiß sehr gut, wo das Quigley's liegt, danke.«

»Hey, ich wollte nur sichergehen …« Kapitulierend hob Ava die Hände, ihr Tonfall bewusst unschuldig. »… da es schon so lange her ist, dass du hier warst.«

»Ich habe nichts über Cruickshank vergessen, Ava. Aber ich weiß deine Sorge zu schätzen. Vermutlich schaue ich einfach nur weiter fern.« Er deutete auf den Bildschirm, auf dem gerade die nächste Folge der Umstyling-Show startete.

»Wie du willst.« Sie beugte sich über ihn und küsste ihn auf die Stirn. Als sie sich wieder aufrichtete, schenkte sie ihm ein mildes Lächeln. Mit der Hand strubbelte sie leicht seine Haare durch, wie sie das immer getan hatte, als er noch klein war. »Nacht, mein Love Bean.«

»Nacht.«

»Ich bin froh, dass du hier bist.«

»Ich auch«, erwiderte er und trotz seiner aktuellen inneren Unruhe entsprach das der Wahrheit.

Avas Schritte verklangen auf der Treppe und Max wandte sein Augenmerk wieder dem Fernseher zu. Er zwang sich, die Sendung aufmerksam zu verfolgen, und bemühte sich nach Kräften, nicht auf die Uhr zu schauen. Aber als Beau ins Haus zurückgerannt kam – die Hundeklappe schwang hinter ihm heftig hin und her, während er die Treppe hinauf Ava nachsprintete –, schaute Max doch auf sein Handgelenk.

Drei Minuten. Ganze drei Minuten waren vergangen, und in diesen drei Minuten wiederholte der Typ auf dem Bildschirm immer wieder die Lüge, dass jeder ein Heimwerker sein und alles selbst erledigen konnte. Doch das war falsch. Ein YouTube-Video machte niemandem zum Experten, wenn es darum ging, ein Haus neu zu verkabeln, ja, noch nicht einmal einen Toaster.

»Okay, so wird das nichts«, grummelte er, schaltete den Fernseher ab und stand vom Sofa auf. Seine Jacke hing an einem Haken neben der Haustür, seine Schuhe standen auf einer Matte links daneben. Er schlüpfte hinein und schnappte sich das Klapphandy, das auf dem Ständer in der Nähe der Tür lag.

»Ava«, rief er, als er das Telefon in seine Jackentasche gleiten ließ und nach dem Hausschlüssel griff. »Ich gehe aus.«

Es dauerte ein paar Sekunden, bevor sie antwortete, aber dass sie lächelte, war ihr deutlich anzuhören. »Viel Spaß!«

Als Max nach draußen trat, war er froh, die Jacke angezogen zu haben. Es war deutlich abgekühlt, die nachmittägliche Wärme von einundzwanzig Grad war nach Sonnenuntergang rasch gewichen. Wahrscheinlich würde die Temperatur in der Nacht bis auf elf oder zwölf Grad sinken.

Er hatte kein Ziel im Auge, als er Avas Haus verließ, und ging einfach in Richtung Stadtzentrum. Da Cruickshank nur etwa vierzehn Quadratkilometer umfasste, dauerte es im Allgemeinen nicht lange, irgendein Ziel in der Stadt zu erreichen, selbst wenn man zu Fuß unterwegs war.

Das Stadtzentrum gruppierte sich um zwei Hauptstraßen, beide mit Kopfstein gepflastert: die Malcolm Lane und die Alexander Avenue. Sie waren nach den Stadtgründern benannt und wurden von bunten Geschäftsfronten und efeuberankten Ziegelmauern gesäumt.

Als Max an den Läden vorbeiging, schaute er sich die kunstvoll gestalteten Auslagen der Schaufenster von Kathleen's Corner Bookstore, Browned Butter Bakery, Dancing Donkey Café sowie einer Handvoll Antiquitätenläden und Boutiquen an.

Einige der Geschäfte waren neu, und es gab etliche Restaurants, die er noch nicht kannte. Die meisten waren bereits geschlossen oder wurden es gerade, in einigen wenigen saßen noch ein paar späte Gäste beim Essen. Auch der Hochzeitsausstatter Dusty Floral war neu, ebenso wie Cheese Wheel & Wine und Hamish's Fine Furnishings.

Max wanderte ziellos umher, und bevor es ihm bewusst war, stand er vor dem Quigley's, das ihm mehr als nur vertraut war.

Das Erdgeschoss war leuchtend rot gestrichen und hatte schwarze und goldene Verzierungen, sodass das Gebäude einem schon aus der Ferne ins Auge fiel. Der erste und der zweite Stock waren aus Ziegeln gemauert und unter den Fenstern hingen große, reich bepflanzte Blumenkästen. Das Gebäude schien im Schein der umgebenden schmiedeeisernen Straßenlaternen zu leuchten. Wie ein Signalfeuer in der Nacht.

Quigley's Pub war eine Institution, eine Legende, und das schon seit 1904, als ein Ire namens Charles Angus Quigley es eigenhändig erbaut hatte. Der Pub hatte nicht nur die Prohibition und die große Wirtschaftskrise überstanden, sondern sogar einem Feuer getrotzt, das beinahe den ganzen Straßenzug in Asche gelegt hatte.

Er lag mitten im Stadtzentrum an der Kreuzung von Malcolm Lane und Alexander Avenue. Man konnte ihn fast als das Herz von Cruickshank bezeichnen. Zugleich war es das Gebäude, das am häufigsten als Orientierungspunkt genannt wurde, wenn man jemandem den Weg weisen wollte, der neu oder auf Besuch in der Stadt war. Da Cruickshanks Einwohnerzahl bei etwa 4.300 lag, war es leicht, einen Touristen als solchen zu erkennen, vor allem wenn der sich verlaufen hatte.

Aber Max hatte sich nicht verlaufen … Oder etwa doch?

Eigentlich hatte er nicht hierherkommen wollen und wollte es auch immer noch nicht, aber als er sich umschaute, wusste er nicht, wohin er sonst gehen sollte. Auch wenn er das alte Cruickshank nicht vergessen hatte, so wusste er doch längst nicht alles, was sich hier in den letzten Jahren getan hatte. Es gab ein neues Cruickshank, in dem er sich erst noch zurechtfinden musste.

Davon abgesehen meldete sich die Stimme in seinem Kopf zunehmend lauter zu Wort, als er vor dem Gebäude stand, und wies darauf hin, dass es keine Rolle spielte, welch enge Beziehung Caro zum Quigley's hatte. Er selbst hatte schließlich auch eine. Und da er und Caro sich vor seinem einundzwanzigsten Geburtstag getrennt hatten – und er danach nicht mehr regelmäßig nach Cruickshank gekommen war –, hatte er in dem Pub noch nie einen Drink genommen. Jedenfalls nicht legal.

Also war es an der Zeit, das zu ändern.

5. KAPITEL

Grüne Mudslides und grünäugige Eifersucht

Egal zu welcher Jahreszeit oder an welchem Abend in der Woche, das Quigley's war immer gut besucht. An diesem Dienstagabend war es völlig überlaufen. Der Pub war rappelvoll, unter den Besuchern befanden sich viele Collegestudenten, die den Beginn ihrer Sommerferien genossen.

Caro mochte es, wenn sie an den Abenden in der Bar viel zu tun hatte. So verging nicht nur die Zeit wie im Fluge, sondern sie, Caro, war so beschäftigt, dass sie keine Zeit hatte, über *irgendetwas* nachzudenken. Und wenn sie an diesem Abend etwas nötig hatte, dann auf jeden Fall, *nicht* über *irgendetwas* nachzudenken.

»Wir brauchen noch Tequila«, rief sie und warf die leere Flasche in den Altglasbehälter in der Ecke, wo sie laut klirrend auf die anderen Flaschen prallte. »Ich laufe eben schnell nach hinten. Braucht sonst noch einer was?«

»Fast kein Jack mehr da.« Lilah hob die Flasche hoch und zeigte, dass sie nur noch etwa zu einem Viertel gefüllt war. »Die Jungs da drüben in der Ecke ordern ständig nach.«

»Dann bringe ich zwei mit.«

»Gute Idee.« Lilah nickte, bevor sie ein Tablett Schnapsgläser aus der Flasche füllte.

»Bring auch Rum mit«, bat Gavin, der gerade einen ordentlichen Schuss in den Mixer gab. »Die Schwestern mit den rosa Federboas wollen in den Erdbeer-Daiquiris anscheinend schwimmen lernen.«

Armer Gavin! Für ihn gab es nichts Schlimmeres, als den ganzen Abend Cocktails zu mixen. Caro warf ihm einen mitfühlenden Blick zu, bevor sie durch die Schwingtür nach draußen in die Küche entschwand. Die Koreanischen Nachos waren das Spezialangebot des Abends und der scharfe Duft der Gewürze stieg ihr in die Nase. Es war vermutlich schon kurz vor zehn, aber die Jungs arbeiteten immer noch eine Bestellung nach der anderen ab.

»Habt ihr da draußen genauso viel zu tun wie wir hier hinten?«, fragte Roman, als sie an ihm vorbeiging.

»Noch mehr«, erwiderte Caro und entschwand um die Ecke.

»Kann ich mir nicht vorstellen«, rief Zeke ihr nach.

Nachdem sie den Code auf dem Ziffernschloss zum Vorratsraum eingegeben hatte, stieß Caro die Tür auf. Hier drinnen herrschte tadellose Ordnung, wie sie Desmond in seinen Jahren bei der Air Force eingebläut worden war, und dieser Standard war im Quigley's stets beibehalten worden.

Alles hatte seinen Platz. Die Regale mit den hochprozentigen Getränken standen auf der linken Seite, geordnet nach Art des Getränks und in alphabetischer Reihenfolge. Caro nahm sich einen leeren Karton vom Stapel neben der Tür und füllte ihn mit allem, was vorn in der Bar benötigt wurde. Sicherheitshalber packte sie noch eine Flasche Wodka dazu, um ihren Vorrat aufzufüllen, bevor sie den Raum verließ.

Sie hatte die Küche schon zur Hälfte durchquert, als die Holztür zum Gastraum aufschwang und Lilah hereinkam. Ihre sanften braunen Augen waren schmal, ihr Mund leicht verkniffen. Sie wirkte sichtlich beunruhigt.

»Was ist los?«, fragte Caro und blieb stehen.

Lilah griff zu, nahm ihr den Karton mit den Flaschen ab und stellte ihn auf den Tresen neben ihnen. »Max ist hier.«

»Echt jetzt?« Nur gut, dass Lilah ihr den Karton abgenommen hatte, sonst wäre er vermutlich zu Boden gekracht. Caro eilte zum Fenster, stellte sich auf die Zehenspitzen, spähte in den Gastraum hinaus und sah, wie Max sich auf einen der wenigen leeren Plätze an der Bar setzte.

»Weiß er, dass du heute Abend hier arbeitest?«, fragte Lilah. Sie stand jetzt gleich neben Caro und schaute ebenfalls aus dem Fenster. Die Quigleys waren alle hochgewachsen und auch Lilah war fast eins achtzig groß. Daher brauchte sie sich nicht auf die Zehenspitzen zu stellen.

Caro wandte sich ihr zu, die Stirn gerunzelt. »Ich glaube nicht, dass er weiß, dass ich hier arbeite.«

»Hmm, und was willst du jetzt tun? Wenn du möchtest, kannst du nach Hause gehen.«

»Was?« Dramatisch wedelte Caro mit der Hand Richtung Gastraum. »Da vorn ist die Hölle los. Ich lasse dich und Gavin nicht im Stich.«

»Wir kommen schon zurecht.«

Caro schüttelte den Kopf. Mit der Lüge brauchte sie ihr nicht zu kommen. »Ich weiß, dass du versuchst, mich zu schützen, Lilah, aber er bleibt eine ganze Weile in der Stadt. Ihm aus dem Weg zu gehen ist einfach unmöglich. Ich muss mich also daran gewöhnen, ihm zu begegnen.«

»Bist du sicher, dass du das kannst?«, wollte Lilah wissen und hob den Karton vom Tresen.

»Ja.« Caro straffte die Schultern. »Wie sieht mein Lippenstift aus?«

»Leidenschaftlich.«

»Perfekt.« Und damit schob Caro die Tür auf und trat hinaus in die Bar, um sich mit ihrer Vergangenheit auseinanderzusetzen … die irgendwie zur Gegenwart geworden war.

Mann, war das Leben kompliziert.

Ihr Blick landete sofort auf Max. Er sah zur Seite, abgelenkt durch Garry Baum, der auf dem Hocker neben ihm saß und lautstark das Spiel der Braves gegen die Dodgers im Fernsehen kommentierte.

»Oh nein! Dann schenkt ihnen den Sieg doch gleich!« Gary gestikulierte wild in der Luft herum, bevor er sich sein Bier schnappte.

Caro lief zu den beiden und blieb vor ihnen stehen. »Hallo, Max. Was möchtest du trinken?«, fragte sie ihn, als wäre er einfach nur irgendein Gast.

Sofort wandte er ihr seine Aufmerksamkeit zu und riss erstaunt die Augen auf. »Du arbeitest hier?«

»Na ja, es wäre ziemlich eigenartig, wenn ich dich bedienen wollte, wenn ich nicht hier arbeiten würde.« Sie lehnte sich gegen den Tresen und setzte ein höfliches Lächeln auf. Eine Sekunde verweilte sein Blick auf ihren Lippen. In diesem Moment war sie noch dankbarer dafür, sich ausgerechnet für diesen Lippenstift entschieden zu haben. Alles, was diesen Mann aus der Fassung brachte, war umso besser für sie, vor allem weil sie selbst schon den ganzen verdammten Tag durcheinander war.

»Was kann ich dir servieren?«, fragte sie erneut und zwang ihn damit, ihr wieder in die Augen zu sehen.

Max räusperte sich und schüttelte den Kopf. »Habt ihr eine Karte?«

»Natürlich.« Sie nahm eine Karte mit etwa einem Dutzend laminierter Seiten aus dem Regal. »Schau nach, was du möchtest. Ich bin gleich wieder bei dir«, sagte sie und ging weiter, um Theo Taylor und Oscar Belmont zu bedienen.

Caros verstorbene Mutter hatte zwei beste Freundinnen gehabt: Juliet Taylor und Lorraine Belmont. So kam es, dass Caro zusammen mit Theo und Oscar aufgewachsen war – kleine Brüder, um die sie nie gebeten hatte – und beide Männer nur zu gut über die ganze Geschichte zwischen Max und ihr Bescheid wussten.

Ihre Mienen verrieten überdeutlich, wie sehr sie die Show genossen.

»Soll ich nachschenken?«, fragte sie.

»Das Abbey Ale, bitte.« Theo schob ihr die leeren Biergläser zu, ein Lächeln zuckte unter dem dunkelbraunen Bart, der sein Kinn bedeckte. Der Mann verbreitete Holzfäller-Atmosphäre: Er trug immer irgendein kariertes Hemd.

»Max ist also wieder in der Stadt«, meinte Oscar kaum hörbar. In seinen Augen blitzte es ein wenig boshaft.

Oscar hatte schon immer Ärger gemacht und tat es heute umso mehr. Als Kind war er ziemlich dürr gewesen, aber seine langen Glieder wiesen inzwischen kräftige Muskeln auf. Er hatte braune Haut, goldbraune Augen und ein markantes Kinn mit Dreitagebart, der sein gewinnendes Lächeln erst so richtig zur Geltung brachte.

An Oscar war vieles tödlich. Er war nicht nur höllisch charmant, sondern auch unglaublich weichherzig und konnte Menschen und Tiere gleichermaßen für sich gewinnen – Letzteres war in seinem Beruf ziemlich wichtig, da er Tierarzt war.

»Ja, offensichtlich ist er das.« Caro nickte, nahm ihre beiden Gläser, stellte sie in die Schüssel mit benutztem Geschirr, holte zwei neue und füllte sie an dem Zapfhahn neben sich.

»Alles in Ordnung da drüben?«, fragte Gavin, der eine Show daraus machte, den Schlagrahmspender kräftig zu schütteln.

»Alles in bester Ordnung.« Zuckersüß lächelte sie ihn an.

»Lilah und ich können für dich mit einspringen, wenn du nach Hause gehen möchtest.«

Ihr Lächeln erlosch schlagartig. »Es ist alles in Ordnung, Gavin. Ich laufe nicht davon. Ich werde damit fertig.« Wenn sie es nur oft genug wiederholte, wurde es vielleicht sogar wahr. Schließlich war es nicht so, dass sie nicht mit Max interagieren konnte … Die Situation war nur … ein bisschen unangenehm.

»O-kay«, antwortete er gedehnt, als glaubte er ihr kein einziges Wort. Seine Aufmerksamkeit wandte sich Theo und Oscar zu, die ihm beide mit Blicken zu verstehen gaben, er solle das Thema ruhen lassen.

Nun, sie musste es ihnen einfach beweisen, oder? Sie konnte sich normal verhalten. Sie war dazu in der Lage.

»Wo ist Clint?«, fragte Caro nach Oscars Liebhaber, als sie den beiden die frischen Gläser hinstellte.

Oscars boshafter Gesichtsausdruck schwand. »Wir haben uns getrennt. Es hat sich herausgestellt, dass er mehr als einen Partner braucht.«

Theo räusperte sich und griff nach seinem Glas. »Du bist hier nicht die Einzige, die Probleme mit Männern hat.«

»Ich habe keine Probleme mit Männern.« Caro schüttelte den Kopf.

»Natürlich nicht«, meinte Oscar, bevor er einen Schluck von seinem Bier nahm.

Caro verdrehte die Augen, bevor sie sich anderen Gästen zuwandte. Als sie schließlich zu Max zurückkam, blätterte er immer noch die Karte durch.

»Was Ansprechendes gefunden?«

Er blätterte eine Seite weiter, hob den Blick und deutete auf die Frauen von der Junggesellinnen-Abschiedsparty in der Ecke, die alle einen Daiquiri in der Hand hielten. »Diese Erdbeer-Daiquiris scheinen interessant zu sein.«

»Du willst einen Erdbeer-Daiquiri?«, fragte Caro erstaunt.

»Ich weiß es noch nicht. Nehmt ihr frische Erdbeeren dafür?« Bei dieser Frage neigte er leicht den Kopf zur Seite und zog die Brauen ein wenig zusammen, sodass eine leichte Falte auf seiner Stirn entstand.

»Ja.«

»Und welchen Rum nehmt ihr?«

»Jeden, den du haben willst.« Mit der Hand deutete sie auf die Rumflaschen, die aufgereiht im Regal an der Wand standen.

Max starrte die Auswahl einen Moment an, schüttelte dann den Kopf. »Hmm, ich weiß nicht. Vielleicht lieber kein Rum. Serviert ihr Frozen Margaritas?«

Was, zum Teufel, sollte das? Versuchte er mit Gewalt, Probleme zu machen? Sie konnte sich nicht erinnern, dass er je viel für Mixgetränke übriggehabt hatte. War das seine Revanche dafür, dass sie auf ihn gefallen war – und ihm das Knie in die Weichteile gerammt hatte?

»Ja, tun wir. Und bevor du fragst, wir mixen sie frisch, und du kannst dir aussuchen, welchen Tequila aus unserem Angebot du dafür haben möchtest.«

Er nickte, starrte die Reihe Tequila-Flaschen an, bevor er sich wieder ihr zuwandte und erneut den Kopf schüttelte. »Nein, das ist auch nicht das, was ich möchte.« Wieder schaute er einen Moment in die Karte, hob dann erneut den Blick und ein leichtes Lächeln umspielte seine Mundwinkel. »Ich nehme Quigley's Irish Mudslide. Mit allem.«

»Im Ernst?« Das konnte doch nur ein Witz sein. Der Drink stand nicht einmal in der Karte!

»Ihr bietet den doch noch an, richtig? Ich hatte nie Gelegenheit, einen zu trinken. Jedenfalls nicht legal«, sagte er, klappte die Karte wieder zu und legte sie auf den Tresen.

»Ja, tun wir immer noch. Kommt sofort.« Caro schnappte sich

die Karte vom Tresen und räumte sie weg, bevor sie sich umdrehte und in die Küche eilte.

Natürlich hatte er den aufwendigsten Drink gewählt, den sie zubereiteten. Quigley's Irish Mudslide war der einzige Drink, für den Eiscreme und weitere acht Zutaten benötigt wurden.

Seit Gavin und Lilah abends in der Bar arbeiteten, hatten sie sich dafür ausgesprochen, Quigley's Irish Mudslide von der Karte zu streichen. Desmond war darüber nicht glücklich gewesen, war es doch der Lieblingsdrink seiner Mutter gewesen. Aber schließlich hatten sie sich auf einen Kompromiss geeinigt: Er wurde einmal im Monat als Spezialangebot des Abends gemixt, die ganze Woche um St. Patrick's Day und am 23. Dezember, an dem Grandma Quigley Geburtstag gehabt hatte. Und obwohl er nicht auf der Karte aufgeführt war, stand er doch als Geheimtipp auf ihrer Webseite. Wenn ihn also jemand bestellte, bekam er ihn auch.

Caro holte den Eiscremebehälter aus dem Gefrierschrank und einen Eisportionierer aus der Schublade, bevor sie in die Bar zurückging, wo der Mixer in einer Ecke stand.

»Du machst doch wohl Witze?«, fragte Lilah flüsternd. »Er hat den Mudslide bestellt?«

»Allerdings«, erwiderte Caro und nahm den Deckel vom Eiscremebehälter. Sie grub den Portionierer so heftig hinein, dass es sie nicht überrascht hätte, wenn gleich ihre ganze Hand in der Eiscreme verschwunden wäre.

In dem Rezept spielte die Drei eine wichtige Rolle. Drei Eiskugeln. Ein Schuss Baileys, ein Schuss Kahlúa und ein Schuss Jameson. Und dann drei Tropfen grüne Lebensmittelfarbe.

Sie drückte den Deckel auf den Mixer, schaltete ihn ein und wandte Max dabei die ganze Zeit den Rücken zu. Sie war sich nicht sicher, ob er ein selbstgefälliges Grinsen zur Schau trug oder nicht, und falls ja, dann wollte sie es nicht sehen.

Sie griff nach einem der hohen Gläser, legte es schräg und drehte es langsam, um den komplizierten Schokoladenstrudel an die Glasinnenseite zu bringen. Als sie oben angekommen war, war der Drink fertig gemixt. Es war merkwürdig befriedigend zu sehen, wie die grüne Flüssigkeit die frei gebliebenen Stellen im Glas füllte und einen hübschen Kontrast zur dunklen Schokolade bildete.

Das änderte aber nichts daran, dass die Zubereitung schrecklich lästig war.

Gavin neben ihr reichte ihr den Sahnespender.

»Danke.« Geschickt bedeckte sie das leuchtende Grün mit einer Sahnehaube. Darüber wurde Raspelschokolade gestreut und den Abschluss bildete eine whiskygetränkte Kirsche.

Caro war so damit beschäftigt gewesen, den Drink zuzubereiten, und hatte so entschieden darauf geachtet, nicht zu Max hinüberzuschauen, dass ihr die Gruppe junger Frauen, die inzwischen in den Pub gekommen war, nicht aufgefallen war. Jetzt aber sah sie sie sofort, als sie sich mit Max' Drink in der Hand umdrehte.

Die Frauen hatten sich an einem Tisch neben der Tür versammelt und einen weiteren Stuhl dazugeholt, um aus dem Achter- einen Neuner-Tisch zu machen. Alle trugen Cowboyhüte und eng anliegende weiße T-Shirts. In großen Blockbuchstaben quer über ihrer Brust stand NADINES LETZTES RODEO geschrieben, dazu war die Silhouette einer Frau auf einem Bullen abgebildet, die sich mit dem Lasso einen Mann einfing. Zwei der Frauen kamen zur Bar und begannen sofort, mit Max zu flirten. Eine von ihnen hatte sich den Sheriffstern einer Trauzeugin an die Brust geheftet, die andere trug einen Minirock mit Kuhfellmuster.

»Oh.« Die hellgrünen Augen der Minirock-Trägerin begannen zu leuchten. »Was ist das?«, fragte sie und nickte zu dem Drink hinüber, den Caro vor Max abstellte.

»Ein Quigley's Irish Mudslide«, antwortete Max.

»Ist der gut?«, wollte Miss Sheriff-Trauzeugin wissen.

»Schauen wir mal.« Max wandte sich wieder Caro zu, ein vieldeutiges Lächeln auf den Lippen, bevor er sich einen Schluck durch den Strohhalm gönnte. Er schloss die Augen und seufzte wohlig auf, wandte sich dann wieder den beiden Frauen zu. »Einfach umwerfend.«

»Das ist aber ein ziemlich mädchenhafter Drink für einen Kerl, oder?«, fragte der Minirock neckisch lächelnd.

Max zuckte die Achseln und nahm noch einen Schluck. »Im Grunde ist es ein alkoholhaltiger Milchshake und ich habe eine Schwäche für Eiscreme. Das Beste aus beiden Welten.«

Ja, Caro wusste ganz genau, wie sehr Max Eiscreme liebte. Er hatte nie Cookies aus dem Keksglas stibitzt, aber wenn Eiscreme-Sandwiches im Gefrierschrank lagen, waren sie vor ihm absolut nicht sicher. Wenn er Eis als Appetizer bestellen konnte, hatte er das getan. Und selbst wenn die Temperaturen deutlich unter dem Gefrierpunkt lagen, hatte er immer noch eine Eiswaffel, einen Eisbecher oder am besten gleich einen ganzen Karton Eiscreme gewollt.

Der Max, den sie früher gekannt hatte, hätte nie ein angebotenes Eis ausgeschlagen. Offenbar änderten sich manche Dinge nicht.

»Hast du noch andere Schwächen?«, fragte Miss Minirock. Ihr neckisches Lächeln wurde nur noch breiter.

»Für schöne Blondinen mit grünen Augen.«

Ah ja, sein Geschmack, was Frauen anging, hatte sich offenbar geändert. Nicht, dass das für Caro eine Rolle spielte. Er konnte mögen, wen immer er wollte.

Minirock kicherte, während Miss Sheriff-Trauzeugin zu Caro hinüberschaute, und schon geschah das, worauf sie gewartet hatte, seit die beiden an die Theke gekommen waren.

»Wir nehmen neun Quigley's Irish Mudslides. Und die Rechnung geht auf mich«, erklärte Miss Sheriff-Trauzeugin und wollte ihre Kreditkarte über den Tresen reichen.

»Nein, die geht auf mich«, mischte Max sich kopfschüttelnd ein, und sein charmantes Lächeln, das sie so gut kannte, aber schon sehr lange nicht mehr gesehen hatte, breitete sich auf seinem Gesicht aus. »Auf die zukünftige Braut und euch Ladys!«

»Ohhh«, quietschte Minirock, packte Max am Unterarm und beugte sich vor, um ihn auf die Wange zu küssen. »Danke schön!« Als sie sich von ihm löste, hinterließ sie einen grellrosa Lippenstiftabdruck auf seiner Haut. »Ich heiße Aubrey«, erklärte sie grinsend.

»Max«, erwiderte er lächelnd.

Heftige Wogen von Eifersucht trafen Caro mit solcher Wucht, dass sie sich wunderte, warum es sie nicht umwarf. Sie wollte Minirocks Lippenstiftfleck von seiner Wange reiben und ihre Hände von seinem Arm reißen. Sie wollte ihm seinen grünen Drink ins Gesicht kippen – oder in den Schoß. Die Entscheidung fiel ihr schwer.

Aber *warum* war sie eifersüchtig? Es sollte ihr doch egal sein, mit wem Max flirtete. Und doch …

Erst Sekunden später fand Caro ihre Sprache wieder und konnte all die hochkochenden Emotionen hinunterschlucken. Mann, schmeckten die bitter!

»Kommt sofort«, sagte sie, drehte sich um und eilte zurück in die Küche. Sie brauchte mehr Eiscreme, viel mehr Eiscreme … und vielleicht ein paar Sekunden, um sich schreiend abzureagieren.

Caro war eifersüchtig.

Vieles hatte sich in den letzten vierzehn Jahren verändert, aber Max konnte immer noch in ihr lesen wie in einem offenen Buch.

Er hatte keine Ahnung, welcher Teufel ihn ritt, dass er begann, mit Aubrey zu flirten, aber in der nächsten Stunde hörte er gar nicht mehr damit auf.

Vielleicht lag es daran, dass er tief in seinem Inneren – sehr, sehr tief – wusste, dass Caro ihn noch immer nicht kaltließ, und er einfach sehen wollte, welche Wirkung er noch auf sie hatte.

Das war so ähnlich, als drückte er auf einer schmerzenden Wunde herum, um festzustellen, ob es immer noch wehtat. Und, siehe da, das tat es.

Mit seinem Mudslide hatte Max einen Trend gesetzt. Nachdem er neun davon für seine neuen Freundinnen bestellt hatte, ging auch die andere Mädchengruppe, die sich bisher an Erdbeer-Daiquiris gehalten hatte, dazu über, den grünen Drink zu bestellen. Als Nächstes tauchten ein paar Collegestudenten auf, die am See zelteten, und schlossen sich der Party an.

Er sah zu, wie Caro eine Stunde lang den Mixer bediente. Zwischen den Mudslide-Bestellungen servierte sie anderen Gästen ihre Getränke, darunter auch ihm. Wahrscheinlich hätte er es bei seinem ersten Drink bewenden lassen sollen, aber stattdessen bestellte er sich einen Scotch und machte es sich gemütlich.

Wann immer Aubrey an die Theke kam, um sich mit ihm zu unterhalten, warf Caro ihm schräge Blicke zu, aber er war nicht der Einzige, der flirtete. Jeder Mann, der an die Theke trat, um eine Bestellung aufzugeben, machte Caro schöne Augen, und sie flirtete ungeniert zurück.

Der Mann, der sich im Moment an den Tresen lehnte, grinste sie breit an und zeigte dabei seine zu stark gebleachten Zähne. »Wie heißt du, Schönste?«

»Caroline.« Lächelnd zapfte sie ihm ein neues Bier.

Ungeniert musterte er sie von oben bis unten. »Bist du so süß, wie der Song behauptet?«

»Noch süßer.«

Erneut fragte Max sich, ob sie mit jemandem ausging. Noch ein Gedanke, der schmerzte.

Vermutlich hätte er seine früheren Freunde fragen können, aber er wollte nicht noch mehr vielsagendes Grinsen provozieren.

Kurz nach seiner ersten Bestellung hatte er Theo und Oscar an der Theke entdeckt. Als neben ihm Plätze frei wurden, kamen sie zu ihm herüber und sie nahmen gemeinsam einen Drink. Max hatte mehr als ein paar lang zurückliegende Sommer mit den beiden Jungs abgehangen, und es war nett gewesen, einander auf den neuesten Stand zu bringen, auch wenn ihm nicht entgangen war, dass die beiden ganz genau beobachteten, wie er und Caro miteinander umgingen.

Vor zehn Minuten waren sie gegangen, nachdem sie ihm beide Glück gewünscht hatten. Er brauchte kein Glück. Ihm ging es prima. Er und Caro waren durchaus in der Lage, sich in der Gegenwart des jeweils anderen zivilisiert zu benehmen. Sie waren schließlich erwachsen.

»Hey, Süße«, rief ein weiterer Gast mit australischem Akzent, als er an die Bar trat. »Kann ich noch ein Grapefruit India Pale Ale haben?« Nickend wies er auf den Zapfhahn, als er seinen Bierkrug abstellte.

»Nur wenn du dich weiter mit diesem Akzent mit mir unterhältst. Was tust du ausgerechnet hier im kleinen alten Cruickshank?«, fragte sie, griff nach dem Krug und begann ihn zu füllen.

Der Aussie legte beide Hände flach auf die Theke und beugte sich näher an sie heran.

Max verstand nicht, was der Typ zu ihr sagte, denn genau in diesem Moment stieß der betrunkene Braves-Fan, der immer noch zum Fernseher hinüberbrüllte, einen besonders lauten

Schrei aus. Ganz offensichtlich nahm er heftigen Anstoß an dem Dodger, der gerade einen Homerun erzielt hatte.

Und er brüllte immer noch wütend, als Caro den Kopf in den Nacken warf und lachte. Auch das konnte Max nicht hören, aber vielleicht war das auch besser so. Ihr Lachen hatte schon immer die seltsamste Wirkung auf ihn gehabt.

Er kippte den Rest von seinem Scotch herunter und stellte das leere Glas auf die Theke. Wahrscheinlich sollte er jetzt gehen.

Leider redete der Aussie immer noch mit Caro, und das gefiel ihm ganz und gar nicht.

»Kann ich noch einen haben?«, rief Max ihr zu.

Caro schaute kurz zu ihm herüber, immer noch das Lächeln im Gesicht, das sie dem Aussie geschenkt hatte. Großer Gott, ihr Lippenstift trieb ihn noch in den Wahnsinn.

»Sicher.« Sie nickte. »Ich muss eine neue Flasche holen. Bin gleich zurück«, fügte sie hinzu und riss sich von ihrem Gesprächspartner los.

Der Aussie musterte sie eingehend von hinten, was kein Wunder war, denn ihre engen Jeans brachten ihren straffen Hintern sehr vorteilhaft zur Geltung.

Verdammt, sah sie gut aus. Zu gut. Wahnsinnig gut.

Oh ja, er sollte jetzt wirklich aufhören zu trinken.

»Du brauchst noch einen«, flüsterte Aubrey ihm träge ins Ohr, als sie auf den Stuhl neben ihm glitt. So hielt sie es schon den ganzen Abend, teilte ihre Zeit zwischen der Junggesellinnen-Abschiedsparty und ihm auf.

»Ja, sie haben dort hinten unheimlich viel zu tun.«

»Nur wegen all dieser Mudslides. Dank dir habe ich einen neuen Lieblingsdrink.«

»Tatsächlich?« Er drehte sich auf seinem Hocker und ihre Knie stießen leicht zusammen.

»Mmmhmm. Ich werde noch jahrelang davon träumen.« Sie neigte den Kopf zur Seite und fuhr sich langsam mit der Zunge über die Lippen.

Damit wollte sie Max zweifelsohne dazu bringen, daran zu denken, wie sie an anderen Dingen leckte. Eine Geste, die höllisch aufreizend war … Aber warum hatte sie keinerlei Wirkung auf ihn?

Und dann stand Caro wieder vor ihm und ihr zitroniger Duft stieg ihm über die Theke in die Nase. Das war an diesem Abend immer wieder passiert.

Ja, er wusste verdammt genau, warum Aubrey keine Wirkung auf ihn hatte.

»Dein Scotch«, sagte Caro, schob ihm seinen Drink hin und nahm das leere Glas an sich.

»Danke. Ich hätte gern noch ein Wasser dazu und was auch immer Aubrey gern möchte.«

»Cranberry und Wodka.« Sie packte an seinen Bizeps und drückte zu. »Danke, Max. Ich bin gleich zurück.« Sie ließ los, rutschte vom Barhocker und ging in Richtung Damentoilette davon.

»Merkst du gar nicht, dass sie nur mit dir flirtet, damit du ihr Drinks ausgibst?«, fragte Caro.

Jep, sie war eifersüchtig. Erneut drückte er metaphorisch auf die schmerzende Wunde.

»Was kümmert dich das?«

»Tut es nicht. Mir war nur noch nicht klar, dass du beschlossen hast, ein Sugar-Daddy zu werden. Dir ist doch bewusst, dass sie vermutlich zehn Jahre jünger ist als du, oder?«

»Warum kümmert dich das, Caro?« Er griff nach seinem Scotch und trank einen großen Schluck. »Es sollte dir doch egal sein, mit wem ich flirte. Ich bin alleinstehend, habe heute Abend frei, und ich habe mich entschieden, meine Zeit damit zu verbringen, mich mit einem hübschen Mädchen zu unterhalten.«

»Recht hast du.« Sie nickte langsam, füllte ein hohes Glas mit Eis und griff nach dem Wasserhahn. »Was du tust, ist mir egal.«

Warum trafen ihn diese Worte härter als erwartet? Warum wollte er, dass es ihr nicht egal war? Er verstand einfach nicht, was mit ihm los war. Das verwirrte ihn, machte ihn wütend und ließ ihn unüberlegt handeln.

Das war wohl auch der Grund, warum er noch einmal den Mund aufmachte. »Sie ist in etwa im gleichen Alter wie die anderen Mädchen, mit denen ich ausgehe.«

Die Lüge war kaum über seine Lippen gekommen, da knallte Caro das Glas auf die Theke und schob es so schwungvoll zu ihm herüber, dass es umkippte und Eis und kaltes Wasser in seinem Schoß landeten.

6. KAPITEL

Was, wenn ich nie über dich hinwegkomme?

Es war ein Unfall, ein Missgeschick. Caro hatte nicht vorgehabt, das Glas so heftig über die Theke zu schubsen.

Oder doch? Nach Max' letzter Bemerkung hatte ihr Verstand ausgesetzt. In ihren Ohren hatte es zu klingeln begonnen, und eine Eifersucht, wie sie sie noch nie empfunden hatte, war in ihr hochgekocht.

Es herrschte nur einen Moment schockierte Stille, bevor Max zusammenzuckte und der Lärm im Pub sie mit voller Wucht traf.

»Was, zum Teufel, soll das, Caro?!« Max sprang auf, die Eiswürfel auf seinem Schoß fielen klappernd zu Boden.

»Oops«, sagte sie und griff nach dem leeren Glas auf der Theke.

»Oops?« Er packte den Saum seines Shirts und versuchte es auszuwringen.

Die Bewegung lenkte ihren Blick zwischen seine Beine. Der Stoff klebte ziemlich unsittlich an seinem Schritt.

»Oh Gott!«, schrie Aubrey, als sie neben Max auftauchte.

Na toll. Da war sie wieder.

»Möchtest du, dass ich dir die Rechnung fertig mache?«, fragte Caro liebenswürdig.

Max presste die Lippen zusammen, vermutlich damit ihm nichts weiter herausrutschte. Stattdessen nickte er einfach nur.

Caro wandte sich der Kasse zu, wohl wissend, dass Dutzende Augenpaare auf ihr ruhten. Als sie sich umdrehte, sah sie, dass Gavin sich auf die Unterlippe biss, um ein Lachen zu unterdrücken. Lilah hingegen stand der Mund offen.

»Habe ich Halluzinationen? Oder hast du das wirklich gerade getan?«

»Es war ein Unfall«, beteuerte Caro kaum hörbar, während sie die Rechnung für Max vorbereitete.

»Na ja, Unfall hin oder her, ich glaube, du hast das Gegenteil von dem erreicht, was du erreichen wolltest.« Lilah nickte zu Max hinüber.

Caro drehte sich gerade weit genug um, um einen Blick über die Schulter werfen zu können. Was sie sah, weckte augenblicklich den Wunsch in ihr, sich einen ganzen Eimer Eiswasser zu schnappen und über Max auszuleeren. Aber das wäre vermutlich kontraproduktiv gewesen.

Er stand immer noch da, wo sie ihn zurückgelassen hatte, während Aubrey und drei weitere Mädchen von der Junggesellinnen-Abschiedsparty versuchten, ihn mit Servietten abzutrocknen. Sie fassten ihn überall an.

Caro wandte sich wieder der Kasse zu und holte tief Luft, bevor sie sie durch die Nase entweichen ließ.

»Du siehst immer aus wie ein zorniger Drache, wenn du das tust.«

»Jetzt ist nicht der richtige Zeitpunkt für Witze.« Caro drückte den Knopf zum Ausdrucken der Quittung.

»Das war kein Witz.« Lilah hielt ihr einen Stift hin. »Versuch bitte, ihn nicht damit zu erstechen. Okay?«

»Haha«, erwiderte Caro sarkastisch, schnappte sich den Stift und ging zurück zu Max. In dem Moment erkannte sie, dass er versuchte, die Mädchen von ihren Bemühungen abzuhalten, aber deren Hände waren wirklich überall. Es sah so aus, als versuchte er, einen Kraken abzuwehren.

»Es ist wirklich alles in Ordnung, aber danke. Nein, es ist gut, ganz sicher. Ich komme zurecht.«

»Bitte sehr.« Sie legte den Rechnungsausdruck und den Stift auf den Tresen.

»Kann ich ein paar Papierhandtücher haben oder irgendwas anderes, um ihn abzutrocknen?«, fragte Aubrey und ließ einen Haufen zusammengeknüllter nasser Servietten auf den Tresen fallen.

»Sicher.« Caro schob ihr ein trockenes Geschirrtuch über den Tresen, drehte sich um und verschwand in Richtung Damentoilette. Dort schloss sie sich in einer Kabine ein, lehnte sich gegen die Tür und atmete langsam tief ein und aus, um sich zu beruhigen.

Was war nur los mit ihr? Warum war das gerade passiert? Die wahnsinnige Eifersucht dröhnte ihr immer noch in den Ohren. Das war so dumm. Ihre Beziehung war lange vorbei. Inzwischen waren sie praktisch Fremde.

Erst nach ein paar Minuten hatte sie sich so weit gefangen, dass sie die Toilette verlassen konnte. Gegen das Gefühl bitterer Enttäuschung, das sie überkam, als sie den Gastraum betrat, konnte sie nichts tun. Aubrey und alle anderen Frauen der Junggesellinnen-Abschiedsparty waren inzwischen gegangen … und Max ebenfalls.

Das war gut so. Es war ihr egal, was er trieb. Egal, mit wem er schlief.

Nur offensichtlich war es ihr doch nicht egal.

Ding, ding, ding, ding …

Der Glockenschlag der antiken Standuhr erfüllte das Wohnzimmer mit seinem Klang und kündigte eine neue Stunde und einen neuen Tag an. Es war Mitternacht, und seitdem Max zurück in Avas Haus war, lümmelte er sich in Martins abgewetztem Lederstuhl herum.

Natürlich hatte er vorher seine nasse Kleidung ausgezogen und geduscht. Aber dann war er nach unten gegangen und hatte sich noch einen Scotch eingeschenkt. Einen doppelten.

Der Glockenschlag verstummte eine Sekunde, bevor er neu einsetzte und die Stunde verkündete.

Ding. Caro war eifersüchtig gewesen.

Ding. Er ebenfalls.

Ding. Waren das Überreste früherer Instinkte?

Ding. Oder mehr?

Ding. Wenn es mehr war, änderte das auch nichts.

Ding. Zwischen ihnen würde nie wieder etwas sein.

Ding. Vierzehn Jahre war das jetzt her.

Ding. Und er dachte gar nicht daran, diese Tür erneut zu öffnen.

Ding. Das konnte er nicht.

Ding. Ihr Bruch war endgültig.

Ding. So wie der Tod.

Max ließ den Blick von der Uhr hinüber zu der offenen Doppeltür wandern, die in Martins Arbeitszimmer führte. Ein Arbeitszimmer, das nie wieder von einem der größten Männer betreten werden würde, die er je gekannt hatte.

Max war sich ziemlich sicher, dass auch sein Vater groß gewesen war, aber er konnte sich kaum an ihn erinnern. Er war noch zu klein gewesen, um mehr als ein paar Erinnerungsfetzen an ihn zu haben. Bruchstücke nur. Nicht genug, um den Menschen wirklich zu kennen. An seinen Großvater jedoch hatte er ein ganzes Leben voller Erinnerungen.

Es war Martin gewesen, der ihm beigebracht hatte, Baseball zu spielen, zu angeln, Auto zu fahren. Es war Martin, der ihm seine Liebe zu den Red Sox eingeimpft hatte, seine modische Vorliebe für farbige Anzugjacken, seine Freude an Scotch. Es war Martin, der ihm beigebracht hatte, frei und selbstständig zu leben.

Es war Martin, der den größten Einfluss darauf gehabt hatte, zu wem er geworden war. Aber wer war er, Max, tatsächlich geworden?

Martin wäre nicht stolz auf das gewesen, was Max an diesem Abend getan hatte. Oder was er zum Schluss zu Caro gesagt hatte. Ja, er hatte sie provoziert, wollte sehen, ob sie eifersüchtig reagieren würde, aber er hatte ihr auch eine Lüge aufgetischt, die einfach nur grausam war. Er hatte den Schmerz in ihrem Gesicht gesehen, bevor sie das Glas über die Theke geschoben hatte.

Vermutlich hatte er die kalte Dusche verdient.

Aber er hatte es nun einmal wissen wollen. Und jetzt, da er es wusste, herrschte absolutes Chaos in seinem Kopf.

Eifersucht hin oder her, sie waren nicht mehr dieselben Menschen. Zumindest er war nicht mehr die Person, die er gewesen war, der Mensch, den sie gekannt hatte. Er war nicht mehr der naive Junge, der geglaubt hatte, Liebe könne alle Hindernisse überwinden. Der an sie geglaubt hatte – an sie beide. Er hatte aufgehört, dieser Junge zu sein, als alles in Scherben gelegen hatte.

Die Monate vor und nach Rachels Tod waren hart gewesen. Härter als alles, was er je in seinem Leben durchgemacht hatte. Der Abstand zwischen ihm und Caro war langsam immer größer geworden, als hätten Schlingpflanzen sich zwischen zwei Felsbrocken gezwängt und sie auseinandergedrückt. Es schien unmöglich und doch war es passiert.

Ihretwegen hatte er sich für die Universität von North Carolina in Chapel Hill entschieden. Caro wäre finanziell niemals in der Lage gewesen, außerhalb des Staates zu studieren. Und er hatte ihr damals unbedingt nahe sein wollen, nichts anderes zählte mehr als das. Sie hatte an erster Stelle für ihn gestanden.

Aber im Laufe der Jahre hatten ihre Prioritäten sich geändert. Irgendwann hatte er nicht mehr die erste Stelle für sie eingenommen. Zu Anfang hatte er dafür Verständnis gehabt. Wer würde sich nicht aufopferungsvoll um die im Sterben liegende Mutter kümmern? Rachel war für ihre Familie immer der Fels in der Brandung gewesen, und als sie starb, hatte Caro diese Verantwortung übernommen und ihn von sich gestoßen. Sie hatte darauf beharrt, sich um jeden zu kümmern, aber nicht zugelassen, dass er für sie da war.

Für jeden anderen wurde sie zum Fels in der Brandung, aber er durfte nicht dasselbe für sie sein.

Täglich hatten sie miteinander geredet, dann nur noch jeden zweiten Tag, dann zweimal die Woche. Irgendwann nur noch einmal wöchentlich. Natürlich hatten sie einander SMS geschickt, aber das war nicht dasselbe. Nichts war mehr dasselbe, und schließlich schienen sie sich jedes Mal zu streiten, wenn sie miteinander redeten.

Sie sollte ihn an einem Wochenende im April besuchen, sagte aber im letzten Moment ab, so wie bereits unzählige Male zuvor. Ihr sei etwas dazwischengekommen und sie habe keine Zeit. Sie versprach, ihn dafür am nächsten Wochenende zu besuchen, aber das nächste Wochenende wurde zum Sargnagel ihrer Beziehung.

An jenem Wochenende warf Caro ihre Pläne um – ihrer beider Pläne –, und zwar für immer.

Max ging für das Sommersemester zur London School of Economics. Sie hatten geplant, dass Caro mitkommen und ein paar Monate im Ausland leben würde. Um Kunstgalerien zu besuchen und nach Herzenslust zu zeichnen. Um ein Abenteuer mit der Liebe ihres Lebens zu erleben. Da Max' Wohnung von Ava und Martin bezahlt wurde, musste sie sich über Mietkosten keine Sorgen machen und für alles andere hatte sie mit diversen Gelegenheitsjobs in der Stadt mehr als genug Geld verdient und gespart.

Sie hatte sich einen Pass besorgt, eine Liste all der Orte aufgestellt, die sie besuchen wollte. Ava und Martin hatten ihr sogar zwei funkelnagelneue Koffer gekauft.

Aber an jenem Wochenende eröffnete sie ihm, dass sie nicht mit nach London gehen würde. Das wäre ihr erster Sommer gewesen, den sie nicht gemeinsam verbrachten, seit sie sich kennengelernt hatten. Aber wie sich herausstellte, sollte es nur der erste von vielen solchen Sommern sein, denn sie sagte ihm nicht nur, sie wolle nicht mit nach London gehen, sondern auch im Herbst nicht gemeinsam mit ihm auf die Universität in Chapel Hill. Nie wieder wollte sie gemeinsam mit ihm irgendwohin gehen.

»Ich kann das einfach nicht mehr, Max. Ich kann nicht sein, was du brauchst«, hatte sie ihm eröffnet.

»Wir schaffen das. Es geht um uns beide. Das kann nicht das Ende sein. Nicht so. Ich liebe dich, Caro«, hatte er dagegengehalten.

»Ich liebe dich auch, Max. Aber manchmal ist Liebe einfach nicht genug.«

Alles Weitere hatte sich wie in Zeitlupe abgespielt und ihm das Herz gebrochen. Was er seit Monaten befürchtet hatte, war eingetroffen. Es war vorbei. Zwischen ihnen war es aus. Caro wollte nicht mehr kämpfen. Nicht für ihn. Nicht für sie beide. Das hatte sie sehr deutlich gemacht, als sie sich den Verlobungsring vom Finger zog und ihn ihm zurückgab. Ihm sein Herz zurückgab.

Er wusste nicht, warum er diesen Augenblick jetzt noch einmal durchlebte, als versuche er, zu begreifen, was *wirklich* geschehen war. Doch es spielte keine Rolle. Nichts davon spielte mehr eine Rolle. Er liebte sie nicht mehr.

Aber was war es dann, was er in seiner Brust spürte? Was war das für ein Gefühl, das dort vorherrschte, seit sie von der Leiter gefallen war und auf ihm gelegen hatte? Seitdem sie ihn berührt hatte? Seitdem er sie berührt hatte? Ein Gefühl, das er seit vierzehn Jahren nicht mehr gespürt hatte.

Es fühlte sich eigenartig nach Hoffnung an … und das jagte ihm eine höllische Angst ein.

In dieser Nacht träumte Caro von Max. Von seinem liebevollen Lächeln … von ihrer Hand in seiner … von seinen Lippen auf ihren … wie er sich auf ihr bewegte, während sie wollüstig seinen Namen stöhnte.

Am Morgen erwachte sie verschwitzt und keuchend, in ihr ein Schmerz, der nicht nur ihr Herz erfasste. Als sie wieder zu Atem gekommen war, schnappte sie sich das Kissen neben sich, drückte es auf ihr Gesicht und stieß einen langen Schrei aus.

All das war so verdammt verwirrend, dass sie kaum geradeaus denken konnte. Ihre Beziehung war vorbei. Schon sehr lange. Sicher, sie fand ihn immer noch attraktiv, so ärgerlich das auch war, aber sie empfand nichts mehr für ihn. Warum also, *warum*, hatte sie am Abend zuvor so eifersüchtig reagiert?

Wenn sie ihm das nächste Mal begegnete, würde sie sich vermutlich etwas Besseres zur Entschuldigung einfallen lassen müssen als ein einfaches *Oops*.

Sie zog das Kissen weg und warf es neben sich, bevor sie zu Tibbett in seinem Korb auf dem Boden hinunterschaute. Er starrte mit seinen süßen traurigen Augen zu ihr hoch. In der Nacht hätte sie wirklich liebend gern ein bisschen Trost beim Kuscheln mit dem Hund gesucht, aber nicht jeder Hundehalter war bereit, seinen Hund ins Bett zu lassen, deshalb versuchte sie, den Tieren beizubringen, in ihrem eigenen Korb zu schlafen.

Sie stand auf und ließ sich auf den Boden sinken. Der weiche Teppich tat ihren Knien gut, als sie zu Tibbett kroch und sich neben ihn legte.

»Wozu sind Männer gut?«, fragte sie und drückte ihr Gesicht in sein Fell.

Tibbett leckte ihr über die Wange.

»Na schön, es gibt auch ein paar gute männliche Wesen auf der Welt. Du bist eins davon«, erklärte sie und begann ihm die Brust zu kraulen. Das, so hatte sie sehr schnell gelernt, war seine große Schwäche. Sein Schwanz begann gegen den Rand des Korbes zu klopfen und sie lachte, reckte sich hoch und küsste ihn zwischen die Ohren.

Sie lächelte. Jetzt sah der Einstieg in den Tag schon erheblich besser aus. Das war die Macht eines Hundes. Es war unmöglich für Caro, keine Bindung zu ihren Pflegetieren aufzubauen, sosehr sie das auch versuchte.

Schon in der Highschool hatte sie ehrenamtlich für das Tierheim Cruickshank Cats and Dogs Rescue gearbeitet und auf diese Weise hatte sie vor so vielen Jahren ihre geliebte Sweet Pea gefunden. Nach Sweet Peas Tod hatte sie sich entschieden, Hunde bis zur Vermittlung in Pflege zu nehmen, und dabei war es geblieben.

Typischerweise wurden ihre Pflegehunde innerhalb etwa eines Monats adoptiert und in den letzten drei Jahren hatte sie für achtundzwanzig Vierbeiner ein endgültiges Zuhause gefunden. Hinzu kamen unzählige Tiere, die sie Samstag für Samstag ehrenamtlich am Stand des Tierheims und im Welpen-/Hunde-Yoga-Unterricht, den sie zweimal im Monat erteilte, vorgestellt und vermittelt hatte.

Die Arbeit im Tierheim war eine ihrer größten Leidenschaften, und es ließ sich nicht leugnen, dass sie eine gute Vermittlerin für ihre vierbeinigen Freunde war, auch wenn es ihr jedes Mal, wenn sie einen Pflegehund ziehen ließ, ein wenig das Herz brach.

Besser ein wenig als richtig.

Diese kleineren Verluste konnte Caro ertragen. Schmerz in kleinen Dosen, über lange Zeiträume verteilt. Es waren die großen Verluste, die sie vernichteten, und im Laufe der Jahre hatte sie weit mehr solcher Verluste erlitten, als fair war.

Aber es hatte keinen Sinn, darüber zu grübeln … schon gar nicht unter den jetzigen Umständen.

»Bereit, in den Tag zu starten?«, fragte sie Tibbett.

Er antwortete, indem er sich auf den Rücken rollte und darum bettelte, noch länger gekrault zu werden.

»Na schön.« Caro grinste und gab seiner Forderung nach. Als hätte sie jemals anders gehandelt. »Du weißt aber, dass du einen Cookie bekommst, wenn du aufstehst, richtig?«

Beim Wort »Cookie« rollte Tibbett sich erneut herum, stand aus seinem Korb auf und trottete zur Tür. Seine langen Ohren schwangen hin und her.

»Ganz so weit sind wir noch nicht, Tibs. Aber du musst raus«, sagte sie, stand ebenfalls auf und folgte ihm.

Es gab drei Dinge, die Caro brauchte, um morgens in Gang zu kommen: eine heiße Dusche, eine Tasse Kaffee und einen Dreierlei-Schoko-Donut – na gut, fein, zwei Dreierlei-Schoko-Donuts – von Browned Butter. Die kleine Glocke über der Tür bimmelte, als sie mit Tibbett den Laden betrat und ihr der Duft von frisch gebackenem Brot und Kleingebäck in die Nase stieg und das Wasser im Mund zusammenlaufen ließ.

»Hey, Caro«, rief Theo Taylor ihr entgegen, der hinter dem Tresen ein Backblech voller Zucker-Cookies in Tulpenform in die gläserne Auslage stellte. Jeder einzelne Cookie war mit buntem Zuckerguss verziert.

»Hey, Theo.« Caro lächelte ihm müde zu.

»Geht's dir gut?«, fragte er und schaute sie prüfend an.

Wenn er seine blauen Augen direkt auf jemanden richtete, konnte demjenigen leicht schwindelig werden, denn Theo ließ jeden in Verzückung geraten. Er war unglaublich sexy und verstand es, überaus leckeres Gebäck herzustellen – das machte ihn zu einem der begehrtesten Junggesellen von Cruickshank.

Na ja, die meisten Leute, die Theo kannten, dachten das … Eine ganz große Ausnahme war Caros kleine Schwester Lucy.

Lucy und Theo trennten nur zwei Jahre, und da ihre Mütter sehr enge Freundinnen gewesen waren, waren sie zusammen aufgewachsen. Sie hatten gemeinsam die Schule besucht, hatten denselben Freundeskreis, aber Lucy und Theo waren nie Freunde gewesen. *Niemals.*

Bis heute verstand Caro nicht, woher die Feindseligkeit zwischen den beiden rührte, machte sich aber auch nicht die Mühe dahinterzukommen. Natürlich stand sie auf der Seite ihrer Schwester, trotzdem himmelte sie Theo an.

»Ich werd's überleben.« Caro zuckte mit den Achseln. Er war am Abend zuvor im Pub gewesen, und obwohl er den Eiswasser-Zwischenfall nicht mitbekommen hatte, wusste er doch ganz genau, warum es ihr nicht gut ging.

»Klingt nicht sehr überzeugend.«

»Vielleicht fühle ich mich ein bisschen besser, nachdem mir eine anständige Portion Kohlenhydrate und Zucker auf die Beine geholfen hat.«

»Zwei Dreierlei-Schoko-Donuts?«

»Du kennst mich ja so gut.« Sie grinste.

»Willst du auch was für Tibbett?«, fragte er und tütete ihre Donuts ein.

Es gab eine große Auswahl an Cookies, die ebenfalls für Hunde geeignet waren, aber auch bei den Zweibeinern reißenden Absatz fanden.

»Ja, ich habe ihm heute Morgen einen versprochen und ich brauche auch ein paar extra für die anderen Hunde. Gib mir drei Erdnussbutter- und drei Süßkartoffel-Cookies.«

»Gute Wahl.« Er nickte, öffnete die Auslage und gab die Cookies in eine zweite Tüte. »Die gehen aufs Haus«, sagte er und reichte sie ihr.

»Nein, Theo, das ist nicht nötig.«

»Doch, das ist es.« Sein Gesichtsausdruck verriet überdeutlich, dass sie nicht gewinnen konnte. »Lass wenigstens einmal zu, dass jemand etwas für dich tut.«

»Danke.« Caro hielt die Tüte hoch, bevor sie und Tibbett kehrtmachten und zur Tür gingen.

Draußen brach Caro einen Süßkartoffel-Cookie in zwei Hälften. Tibbett machte sofort Sitz und schaute aus seinen verdammt traurigen Augen, die bei jedem das Herz zum Schmelzen brachten, zu ihr hoch.

»Braver Junge.«

Er beugte sich vor und nahm ihr sacht den halben Cookie aus der Hand.

»Du kriegst noch mehr im Dancing Donkey«, versprach sie ihm, als er sein Leckerli verzehrt hatte.

Daraufhin kam er wieder auf die Beine und ging schwanzwedelnd voraus.

Seit drei Wochen war Tibbett nun bei Caro in Pflege und er hatte den Tagesablauf recht schnell verinnerlicht. Das wollte etwas heißen, denn für Caro war kein Tag wie der andere. Mittwochs arbeitete sie im Café, das nur vier Läden vom Browned Butter entfernt war.

Das Dancing Donkey war eins von vielen haustierfreundlichen Unternehmen in Cruickshank, was nicht sonderlich überraschte, denn das Café gehörte Lorraine Belmont. Lorraine hatte vor achtzehn Jahren das Tierheim Cruickshank Cats and Dogs Rescue ins Leben gerufen, war aber noch einen Schritt weitergegangen und hatte ihren Laden tierfreundlich gestaltet.

Das Café hatte zwei riesige Schaufenster, die eine Menge Sonnenlicht hereinließen und die mintgrünen Wände strahlen ließen. In dem einen waren Kaffeesorten und andere Waren ausgestellt, in dem anderen tummelten sich etliche Hunde, die zur Vermittlung freigegeben waren. Ein stabiles Gehege aus Holz sorgte dafür, dass sie blieben, wo sie waren, und darin hielten sich jeden Tag drei bis vier der wohlerzogensten Hunde aus dem Tierheim auf. Über dem Gehege hing ein Schild, auf dem stand: *Adoptier mich.*

Viele, sehr viele Hunde hatten auf dem Umweg über das Café ein neues Zuhause gefunden.

Als Caro und Tibbett eintraten, standen die Leute Schlange am Tresen. Da sie erst am späten Morgen anfing, verpasste sie den frühen Ansturm, aber auch nach neun hatten sie immer noch reichlich Kundschaft im Café. Um diese Tageszeit machten sich die Touristen zu Unternehmungen bereit, und wenn sie dafür einen Schuss Koffein brauchten, war das Dancing Donkey die beste Anlaufstelle dafür.

Caro und Tibbett gingen zum Gehege. Darin saßen bereits zwei andere Hunde: Rusty, ein Labradormischling mit rotbraunem Fell, und Éclair, ein Beagle.

»Hallo, ihr Hübschen«, sagte sie, bevor sie Tibbett in das Gehege ließ. Sie nahm ihm die Leine vom Geschirr ab, bevor sie Rusty und Éclair den Kopf kraulte. »Ich habe Leckerlis für euch alle.« Damit griff sie in die Tüte, holte die Erdnussbutter-Cookies heraus und gab jedem einen ganzen Cookie. Rusty bekam obendrein die übrig gebliebene Hälfte von dem Süßkartoffel-Cookie.

»Das habe ich gesehen«, rief jemand hinter dem Tresen.

Caro blickte auf und sah, dass Sasha Belmont gerade Milch an der Espressomaschine aufschäumte. Da Sasha Lucys beste Freundin war, standen sie und Caro sich ebenfalls sehr nahe. Allerdings war die ganze Belmont-Familie praktisch schon immer ihre Familie gewesen.

Sasha grinste – wie eigentlich immer – und das brachte ihre natürliche Schönheit noch mehr zur Geltung. Sommersprossen auf gebräunter Haut, ein dichter Lockenschopf, mit dem sie gern prahlte, und goldbraune Augen, die ebenso beeindruckend waren wie die ihres Bruders.

Alle Belmonts hatten solche Augen.

»Was?«, fragte Caro gespielt unschuldig, als sie sich hinter den Tresen begab. »Er ist größer als die anderen. Er braucht ein größeres Leckerli.«

»Aha.« Nur einen Augenblick später erlosch Sashas Grinsen und sie senkte die Stimme. »Tatsächlich hat er heute ein größeres Leckerli verdient. Aus seiner Adoption ist nichts geworden.«

»Oh nein.« Caro schob ihre Handtasche in ein Regalfach. »Aber er ist doch so ein Süßer.«

»Ich weiß.« Sasha schüttelte den Kopf. »Die Leute hatten Angst, er könnte zu groß für ihr Kleinkind sein und es umreißen. Wir werden trotzdem ein Zuhause für ihn finden.«

»Ja, das werden wir.« Caro schaute hinüber zu dem Labrador, der immer noch vergnügt auf seinem Cookie herumkaute. Sasha hatte ihn seit ein paar Wochen in Pflege, und er wünschte sich nichts sehnlicher als einen Ort, den er als sein Zuhause betrachten konnte. Caro war sich ziemlich sicher, dass Sasha den Hund selbst adoptiert hätte, wenn sie nicht bereits zwei eigene Hunde gehabt hätte, die beide einmal Pflegehunde gewesen waren.

Caro war die einzige Helferin im Tierheim, die noch jedem Pflegehund hatte widerstehen können … bis jetzt.

»Also, wo soll ich heute arbeiten?«

»An der Kasse.« Sasha nickte hinüber zu Gabby Mulligan, die gerade einem Kunden die Rechnung fertig machte. »Sie muss zum Unterricht.«

»Was liegt heute an?«, wandte Caro sich fragend an Gabby.

»Einführung in die Umweltwissenschaft.« Gabby nahm seit zwei Jahren an verschiedenen Einführungskursen teil und versuchte sich an einem Fachgebiet nach dem anderen.

»Das ist mal ganz was anderes als Französisch und Frauenforschung wie im letzten Semester.«

»Ja, na ja, der Professor ist scharf.«

Die Frau am Tresen, die gerade einen Schluck von ihrem eisgekühlten Latte genommen hatte, musste lachen und verschluckte sich. Sie begann zu husten, immer noch lachend, als Gabby sich vorbeugte.

»Also, ich meine, *wirklich* scharf«, betonte sie. »Und am Ende des Semesters machen wir eine Exkursion. Ich kann's kaum erwarten, ihn in Shorts zu sehen.«

»Und ich kann's kaum erwarten, alles darüber zu hören, Gabby.« Die Frau lachte erneut und steckte grinsend ein paar Dollar in das Trinkgeldglas.

»So wie ich Gabby kenne, bin ich mir ziemlich sicher, dass wir alle es kaum erwarten können, die Story zu hören.«

»Ich werde euch auf dem Laufenden halten.« Gabby zwinkerte ihnen zu, trat von der Kasse zurück und begann, sich die Schürze aufzubinden. »Bis morgen«, wandte sie sich an Sasha, holte sich ihren Rucksack aus dem Regalfach und eilte zur Tür.

Caro übernahm und bediente weiter an der Kasse, während Sasha sich um die Bestellungen kümmerte. Nach etwa einer Stunde war der Ansturm vorbei, und als der letzte Kunde den Laden verlassen hatte, gesellte sich Caro zu Sasha an das Doppelspülbecken, um ihr beim Abwasch zu helfen.

»Wo ist deine Mom?«

»Sie hat den Röster mit Magic Morning Blend gefüllt und ist dann nach Asheville gefahren. Ein Tierheim dort ist mit Hunden überfüllt. Sie haben nicht genug Platz für die Tiere, deshalb holt sie ein paar von dort, um sie hier auf Pflegestellen zu verteilen.«

Nicht alle Tierheime in Asheville verzichteten darauf, Streuner zu töten. Wenn sich niemand dieser Hunde erbarmte, hatten sie keine Chance.

»Ach, die Ärmsten.« Caro schüttelte den Kopf und schaute zu den Hunden hinüber, die alle friedlich in der Sonne dösten. Mehr als alles auf der Welt wünschte sie sich, für alle ein Zuhause zu finden.

»Das werden wir.« Sacht stieß Sasha ihre Hüfte gegen Caros.

»Was?« Verdutzt sah Caro sie an.

»Wir finden für sie alle ein Zuhause.«

»Habe ich das eben etwa laut gesagt?«

»Nein«, erwiderte Sasha grinsend. »Ich wusste einfach, was du denkst.«

»Bin ich so leicht zu durchschauen?«

»Manchmal.« Sie nickte.

Caro verdrehte die Augen. Ein lauter Piepton signalisierte, dass die Kaffeebohnen im Röster fertig waren. »Kümmere du dich darum. Ich mache das hier draußen fertig.«

Sasha schnappte sich ein Handtuch und trocknete sich die Hände daran ab, während sie durch die Schwingtür nach hinten eilte. Caro arbeitete weiter und summte die Stücke von Taylor Swift mit, die aus dem Lautsprecher erklangen.

Als sie mit dem Abwasch fertig war, überprüfte sie den Füllstand der Kaffeekannen. Gerade hatte sie den Startknopf betätigt, um eine frische Kanne Cruickshank Caramel Crunch aufzubrühen, als hinter ihr die Türglocke bimmelte. Sie drehte sich nach dem neuen Kunden um, und ihre gute Laune, die sie sich den ganzen Morgen über bewahrt hatte, verflog.

Max stand vor ihr und wirkte genauso verdutzt wie sie.

»Das glaub ich einfach nicht«, murmelten sie beide wie aus einem Munde. Unter anderen Umständen wäre das lustig gewesen, aber zwischen ihnen beiden kam einfach kein Sinn für Humor auf. Sie dachte immer noch an den Abend zuvor … und er anscheinend auch.

»*Hier* arbeitest du auch?« Er nahm seine Sonnenbrille ab und schob sie sich auf den Kopf.

»Sicher.«

»Aha.« Seine Augen wurden schmal, als versuchte er sich etwas zusammenzureimen, aber dann schüttelte er den Kopf, als wäre es eigentlich egal. »Ist es sicher für mich, hier zu sein? Oder wirfst du mir gleich etwas anderes in den Schoß? Heißer Kaffee ist ein bisschen gefährlicher als Eiswasser.«

»Ich weiß nicht, wovon du redest. Das gestern Abend war ein Missgeschick.«

Seine Miene verfinsterte sich. »Sicher.«

»Wenn ich wieder etwas auf dich verschütten würde, wäre deine neue Freundin sicher mit Freuden bereit, auch das wegzuwischen.«

»Ich bin sicher, dass Aubrey das tun würde. Ich werde sie fragen, wenn ich zurück in ihr Zimmer gehe, und lasse es dich wissen.«

Er hatte also *tatsächlich* mit ihr geschlafen, nicht, dass es ihr etwas ausmachte. Er konnte schlafen, mit wem er wollte. Das ungute Gefühl in ihrem Magen hatte nichts mit ihm zu tun. Das lag einfach nur an den Donuts von vorhin – zu viel Zucker.

»Nicht nötig. Das ist mir egal.« Sie legte die Hände auf den Tresen und gab ihr Bestes, entspannt und locker zu wirken. »Was möchtest du trinken, Max?«

Er schaute hoch zur Tafel über ihr, ließ den Blick nur kurz darüber schweifen, bevor er sich entschied. »Einen Haselnuss-Latte, extra stark.«

»Kommt sofort.«

Caro ließ den Tresen los und drehte sich um. Je schneller sie ihm sein Getränk servierte, desto schneller war sie ihn wieder los. Max starrte immer noch die Tafel an, als sie ihm den Becher hinschob.

»Ist das alles?«

»Nein.« Er schüttelte den Kopf, den Blick immer noch nach oben gerichtet. »Aubrey möchte einen Dirty Chai Latte mit nur einem Schuss Espresso. Oh, und bitte mit Ziegenmilch.«

Als Caro diese Bestellung hörte, wusste sie sofort, dass er in Wirklichkeit nur Scheiße laberte.

»So, möchte sie das?«

Max sah sie an und nickte. »Ja, das mag sie am liebsten und sie braucht ein Stärkungsmittel nach der letzten Nacht.«

»Darauf möchte ich wetten«, murmelte Caro und drehte ihm das Kassendisplay zu, damit er zahlen konnte. Dann wandte sie sich um und kümmerte sich um die zweite Bestellung.

Sie war fast fertig, als Sasha mit einem Karton voller Beutel mit frisch geröstetem Magic Morning Blend von hinten kam.

»Oh, mein Gott! Max?« Sasha quietschte förmlich, als sie den Karton auf den Tresen fallen ließ und ihn umrundete, die Arme weit ausgebreitet.

»Hey, Sash«, begrüßte er sie und drückte sie an sich.

Caros Eifersucht wuchs ins Unermessliche, als sie sah, wie Sasha ihn umarmte. Nicht, dass Sasha jemals etwas für ihn empfunden hatte. Er hatte sie immer wie eine kleine Schwester behandelt, genau wie Lucy. Sie waren Freunde.

Das Problem war nur, dass Sasha ihn umarmen konnte, und Caro vermisste seine Umarmungen plötzlich so sehr, dass ihr das Atmen schwerfiel.

»Ich hatte keine Ahnung, dass du in der Stadt bist.« Sasha löste sich von ihm und knuffte ihn sanft gegen den Arm.

»Ich bin erst gestern angekommen und bleibe bis Ende Juni.«

»Oh, wirklich?« Sie warf Caro einen raschen Blick zu.

Caro hatte keine Ahnung, was ihr Gesichtsausdruck in dem Moment verraten mochte, aber was immer es war, Sasha biss sich auf die Unterlippe, um ein Lächeln zu überspielen. »Es ist schön, dich zu sehen, Max.«

»Es ist auch schön, dich zu sehen, Sash. Aber ich sollte mich jetzt besser beeilen. Ich will nicht, dass die hier kalt werden«, meinte Max und griff nach den beiden Bechern auf dem Tresen.

»Du hast den Zimt vergessen«, sagte Caro, bevor sie darüber nachdenken konnte.

Er erstarrte und blickte auf. »Was?«

»Bei Avas Bestellung.« Caro deutete auf einen der beiden Becher. »Sie nimmt immer einen Dirty Chai mit einem Schuss Espresso, Ziegenmilch und einem Hauch Zimt. Und du kannst ihr auch gleich diese Kaffeebohnen mitnehmen«, fügte sie hinzu, nahm zwei Beutel aus dem Karton und ließ sie in eine braune Papiertüte fallen. »Sie hat sie vor ein paar Tagen bestellt.«

Wenn Caro es nicht besser gewusst hätte, hätte sie meinen können, einen Ausdruck von Belustigung in seinem Gesicht zu erkennen, so als amüsierte es ihn, bei einer Lüge ertappt worden zu sein. Er hängte sich den Henkel der Tüte über das Handgelenk, griff nach den beiden Bechern, drehte sich um und ging.

Caro versuchte immer noch, sich einen Reim auf seinen Gesichtsausdruck zu machen, als Sashas Stimme sie in die Realität zurückholte.

»Du wusstest, dass er in der Stadt ist?«

»Ja«, bestätigte sie nickend, bevor sie Sasha in allen Einzelheiten erzählte, was am Tag zuvor geschehen war.

»Echt jetzt?« Sanft schlug Sasha mit dem Geschirrtuch, das sie in der Hand hielt, nach Caros Hüfte. »Ich fasse es einfach nicht, dass du mir nicht erzählt hast, dass er zurück in der Stadt ist.«

»Ich habe versucht, nicht daran zu denken.«

»Verstehe. Hast du's Lucy gesagt?«

Caro schüttelte den Kopf. »Ich habe noch nicht mit ihr gesprochen. Gestern Abend vor meiner Schicht im Quigley's habe ich sie angerufen, aber sie ist nicht rangegangen. Später hat sie mir eine SMS geschickt. Darin stand, dass sie den ganzen Tag gefahren ist und sich später melden würde.«

Da Lucy der große Erfolg bisher verwehrt geblieben war, zahlte sie ihre Rechnungen, so gut sie konnte. Genau wie Caro ging sie mehreren Jobs nach – von Ausfahren von Blumenarrangements über Kellnern bis hin zu Hunde-Urlaubsbetreuung. Sie hatte immer zu tun.

»Tja, das wird ein interessanter Sommer.«

Caro ließ den Atem entweichen und drehte sich zu der Tür um, durch die Max entschwunden war. »Besonders wird er auf jeden Fall. So viel ist sicher.«

Max' Laune war zunehmend schlechter geworden, nachdem er am Morgen aufgewacht war. Es fing damit an, dass er einen ausgewachsenen Kater hatte, dann hatte er feststellen müssen, dass kein Kaffee mehr im Haus war. Deshalb war er zum Dancing Donkey gegangen.

Er hatte nicht damit gerechnet, Caro hinter dem Tresen stehen zu sehen, aber er war sicher, dass Ava gewusst hatte, dass sie dort sein würde, als sie ihn an diesem Morgen losgeschickt hatte. Warum nur hatte er das Gefühl, dass hinter jeder Tür, die er öffnete, Caro stand oder etwas an sie erinnerte?

Als hätte es noch eines Beweises bedurft, traf ihn der Duft nach Zitrone wie ein Schlag ins Gesicht, als er zurückkam und die Küchentür öffnete. Ein süßer, säuerlicher, zuckriger Duft, der ihm das Wasser im Mund zusammenlaufen ließ und seinen Magen zum Knurren brachte.

Es roch genauso wie Caro.

Genau dieser Duft hatte seine Lungen gefüllt, als sie am Tag zuvor auf ihn gefallen war. Dieser Duft hatte ihn dazu verleitet, die Nase in ihrem Haar zu vergraben und tief einzuatmen. Eine Reaktion auf sie, gegen die er sich nicht wehren konnte.

Es war genau derselbe Duft, der ihm am Vorabend im Quigley's in die Nase gestiegen war. Jedes Mal, wenn sie nahe genug war, hatte er einfach tief einatmen müssen. Auch an diesem Morgen hatte er ihn wahrgenommen. Trotz des intensiven Kaffeearomas im Café hatte seine Nase Caros zitronigen Duft gerochen. Das war einer der Gründe, warum er ihrem Blick ausgewichen war. Es war einfach zu viel für ihn gewesen.

Und jetzt erfüllte dieser Duft Avas Küche und hüllte ihn vollkommen ein.

Max sah sich um und entdeckte seine Großmutter am Herd, wo sie in einem riesigen dampfenden Topf rührte. Auf dem Küchentresen standen und lagen Messbecher, Butterpapier, eine Dose Zucker, zwei Eierkartons, die nur noch Eierschalen enthielten, ein Zestenreißer und ein Stapel ausgepresster Zitronen herum.

»Was bereitest du zu?«

»Lemon Curd. Für den Markt am Wochenende. Wie war's im Dancing Donkey?«, fragte sie zurück, drehte die Temperatur herunter und schaute ihn an.

»Was glaubst du denn?« Stirnrunzelnd und mit finsterem Blick stellte er den Beutel mit Kaffeebohnen auf den Tresen, bevor er ihr den Dirty Chai Latte reichte, um den sie gebeten hatte.

»Wie meinst du das?«, fragte sie unschuldig.

Max zog die Brauen hoch. »Du wusstest, dass Caro heute Morgen dort arbeitet, genau wie du gewusst hast, dass sie gestern Abend im Quigley's arbeiten würde.«

»Ich habe ihre Termine nicht im Kopf.«

»Klar doch.« Er glaubte ihr keine Sekunde.

»Na schön, wie war dann der gestrige Abend?«

Er nahm einen tiefen Schluck aus seinem Kaffeebecher, weil er noch ein bisschen mehr Koffein brauchte, bevor er ihr alles erzählte. »Sie hat mir ein Glas Eiswasser in den Schoß gekippt.«

»Aaaalso nicht gut?«

»Nein, nicht gut.«

»Deine Hose ist heute wieder trocken, also halb so wild.« Sie versuchte nicht einmal, ihr Lächeln zu verbergen, als sie begann, den Tresen aufzuräumen und zu säubern.

»Eins der wenigen Dinge, die heute Morgen gut für mich laufen.« Er stellte seinen Kaffeebecher ab, schnappte sich die Tüte mit den Kaffeebohnen und ging zur Speisekammer. Als er sie betrat, entdeckte er zwei weitere Tüten Kaffee im Regal. »Ich dachte, der Kaffee wäre dir ausgegangen?«, fragte er, als er in die Küche zurückkam.

»Ich habe die Tüten gefunden, als du schon weg warst.« Sie zuckte die Achseln und wechselte sofort wieder das Thema. »Also, was hast du letzte Nacht angestellt?«

»Wie kommst du darauf, dass *ich* etwas angestellt hätte?«

Ava hob nur leicht die Brauen.

Na gut, schön, er hatte etwas getan, aber das würde er seiner Großmutter gegenüber nicht zugeben. Schließlich wusste er selbst nicht, warum er am gestrigen Abend so wild darauf erpicht gewesen war, Caro eifersüchtig zu machen … oder an diesem Morgen. Aber als sie Aubrey erwähnt hatte, hatte er einfach nicht anders gekonnt.

Er hatte wieder auf der schmerzenden Wunde herumdrücken müssen.

»Wir kommen einfach nicht mehr miteinander aus.« Max schüttelte den Kopf.

»Du weißt aber schon, dass eure Trennung jetzt vierzehn Jahre her ist, richtig?«

»Ja, das ist mir sehr wohl bewusst.«

»Hmm.« Ava griff nach ihrem Chai Latte und trank einen Schluck. »Und was hat dich dann gestern Abend so lange wachgehalten?«

»Ich konnte einfach nur nicht schlafen«, tat er die Frage achselzuckend ab.

»Hat der viele Scotch geholfen?«

Max konnte nicht anders, er musste lächeln. »Dir entgeht aber auch nichts.«

»Du bist schon mit vierzehn nie mit etwas davongekommen und du kommst auch mit vierunddreißig nicht damit durch.«

»Mir würde im Traum nicht einfallen, das zu versuchen.«

»Hmm, der Sommer ist noch lang. Du könntest mir beweisen, dass ich mich irre.«

»Allerdings.« Max griff erneut nach seinem Becher, leerte ihn in einem Zug und warf ihn in den Müll. »Wie lange hast du eigentlich vor, dich in unsere Angelegenheiten einzumischen?«

»Wovon redest du?«

»Komm schon, Ava. Du hast nicht nur gewusst, dass sie hier sein würde, als ich gestern ankam, sondern hast mir gestern Abend eine Falle gestellt und heute früh schon wieder.«

»Na schön«, gab sie zu, allerdings ohne einen Hauch von Schuldbewusstsein in ihrer Miene. »Vielleicht habe ich es gewusst. Aber ich mische mich nicht in ihre oder deine Angelegenheiten ein, Max. Caro *lebt* in Cruickshank, sie *arbeitet* in Cruickshank. Du wirst also immer wieder auf sie treffen, solange du hier bist, zumal sie auch *für mich* arbeitet. Caro wird hier sein, und ich muss darauf bestehen, dass du das akzeptierst.«

Er hob beide Hände zum Zeichen, dass er sich geschlagen gab. »Ich habe dir gestern schon gesagt, dass ich das akzeptiere.«

»Und wie kommt es dann, dass sie dir gestern Abend Eiswasser in den Schoß gekippt hat?«

Max antwortete nicht, denn sonst hätte er lügen müssen.

»Schau, Bean.« Sie tätschelte ihm den Arm. »Ich glaube nur, dass ihr noch ein paar Dinge zwischen euch klären müsst. Und ich bin noch nie in meinem Leben gut darin gewesen, mich aus Dingen rauszuhalten, also ist mir nicht ganz klar, warum du glaubst, ich würde jetzt damit anfangen.«

Max lachte. Er konnte nicht anders. »Ich weiß auch nicht, warum du damit anfangen solltest.«

»Es ist ja nicht so, dass ich glaube, dass ihr zwei wieder zueinanderfindet.«

»Na dann ist's ja gut, denn das wird nicht geschehen.«

Sie redete weiter, als hätte er nichts gesagt. »Aber ihr zwei müsst miteinander reden und dann nach vorn schauen. Frieden schließen. Oder meinetwegen einen Waffenstillstand. Irgendetwas. Wie ich schon sagte, es ist jetzt vierzehn Jahre her, und das Leben ist zu kurz, als dass ihr immer noch gekränkt sein solltet.«

»Ich bin nicht gekränkt.« *Nicht mehr.* Er war darüber hinweg. Ihm ging es gut. Sicher, er machte einen Bogen um die Liebe, seit seine Beziehung zu Caro zerbrochen war, aber das lag nur daran, dass er nicht mehr naiv war. Er wusste jetzt besser Bescheid. Er wusste, dass Liebe allein nicht genug war.

Ava zog die Brauen noch höher. Offenbar glaubte sie ihm kein Wort. »Was bist du dann?«

»Ich weiß es nicht.« Er schüttelte den Kopf.

»Na, dann sieh zu, dass du es herausfindest.« Ava tätschelte ihm den Arm, bevor sie sich wieder ihrem Topf Lemon Curd widmete.

Oh ja, aber das war leichter gesagt als getan.

7. KAPITEL

Geister, die wir kannten

Kurz nach vier endete Caros Schicht im Dancing Donkey. In ihrem Kopf herrschte immer noch ein Tohuwabohu. All ihre Gedanken kreisten um Max, und es gab nur einen Menschen, mit dem sie reden wollte.

Auf dem Heimweg schaute sie bei Petal and Thorn vorbei – dem Blumenladen mit angeschlossener Gärtnerei, wo sie montags arbeitete – und stellte sich einen Strauß aus den schönsten Blumen zusammen, die sie gerade dahatten: violette Iris, rosa Löwenmäulchen, korallenrote Pfingstrosen und gelbe Rosen. Sie brachte Tibbett nach Hause, wo er mit Leia, der Deutschen Schäferhündin ihres Vaters, abhängen konnte, und eilte zu dem alten Jeep Wagoneer ihrer Mom, der in der Einfahrt stand. Ihr Ziel lag etwa fünf Meilen außerhalb der Stadt, also musste sie das alte Mädchen in Anspruch nehmen.

Caro startete den Motor, ließ die Autofenster herunter und schob eine CD mit Stücken von Dolly Parton in den CD-Player. Der Wagen war Baujahr 1991, und bei einer der wenigen Modifikationen, die Caro vorgenommen hatte, hatte sie das Stereosystem austauschen lassen, als es vor zehn Jahren den Geist aufgegeben hatte.

Die Gitarrenklänge von »Jolene« drangen durch die Lautsprecher, als sie aus der Einfahrt auf die Straße einbog und sich auf den Weg machte. Heute war einer jener schönen Frühlingsnachmittage, für die Cruickshank berühmt war: zweiundzwanzig Grad Celsius, blauer Himmel, zwitschernde Vögel, blühende Blumen.

Das spiegelte allerdings ganz und gar nicht die Gefühle wider, die in ihrem Herzen tobten – Reue, Schmerz, Sehnsucht, Trauer, Wut … und eine Eifersucht, die sie nicht verstand.

Himmel, sie war so schrecklich durcheinander. Genau deshalb musste sie mit dem weisesten Menschen reden, den sie kannte.

Mit ihrer Mutter.

Die letzten Akkorde von »Nine to Five« verklangen gerade, als Caro den Caster Field Friedhof erreichte. Dolly Parton war immer eine der Lieblingssängerinnen von Rachel gewesen, und Caro spielte schon aus Gewohnheit immer Rachels Musik, wenn sie ihr Grab besuchte. Das half ihr, sich in die richtige Stimmung zu versetzen, sodass sie sich ihrer Mutter näher fühlte.

Nachdem sie die Autofenster geschlossen hatte, schnappte sie sich die Tasche, die sie zu Hause bei ihrem Vater gepackt hatte, und die frischen Blumen vom Beifahrersitz. Dann stieg sie aus und wandte sich dem Pfad zu ihrer Linken zu, dem Pfad, der unter den Kronen der Hartriegelbäume hindurchführte. Ein paar Blütenblätter rieselten herab und wurden von der leichten Brise umhergewirbelt. Der Winter war lang und kalt gewesen und die Bäume hatten erst spät geblüht. Jetzt aber verloren auch die letzten ihre Blüten und kleideten sich in die grünen Blätter des Sommers.

Der Weg zu Rachels Grab war nicht lang, nur etwa achthundert Meter einen Hügel hinauf. Es lag direkt unter einem Rot-Ahorn, dessen junge Blätter noch tiefrot waren, mit Ausblick auf die Berge – der perfekte Ruheort für ihre Mutter.

»Hey, Mom«, sagte Caro, kniete sich ins Gras und zog mit den Fingern die eingravierte Inschrift auf dem hellgrauen Marmorgrabstein nach.

RACHEL EVELYN BUCHANAN

Beiden Töchtern hatte sie denselben zweiten Vornamen gegeben.

GELIEBTE TOCHTER, EHEFRAU, MUTTER
UND FREUNDIN

Aber sie war so viel mehr als das. Für Caro war sie der sprichwörtliche Fels in der Brandung gewesen. Wie konnte jemand, der so liebevoll und positiv war, so früh schon aus dem Leben gerissen werden? Als sie starb, war sie gerade einmal sechsundvierzig Jahre alt.

Caro nahm die verwelkten Blumen aus der Vase, die auf dem Grab stand – Lilien, die ihr Vater mitgebracht hatte, als er vor einer Woche hier gewesen war. Da Rachel genau wie Ava einen grünen Daumen besessen und diesen an Caro weitervermittelt hatte, versuchte jeder, der das Grab besuchte, es immer mit frischen Blumen zu schmücken.

Die nächsten paar Minuten verbrachte Caro damit, alles auszutauschen, die verwelkten Blumen zu entsorgen und die Vase mit frischem Wasser zu füllen, das sie mitgebracht hatte. Sie arrangierte die Löwenmäulchen neu, sodass sie perfekt zur Geltung kamen, bevor sie sich ins Gras setzte und mit dem Rücken an den Grabstein lehnte. Aus ihrer Tasche holte sie die Thermosflasche hervor und tat, was sie immer tat, wenn sie ihre Mutter besuchte: Sie machte es sich bequem und versetzte sich gedanklich in eine andere Welt … eine Welt, in der Rachel noch am Leben war.

Caro stellte sich ihre Mutter immer so vor, wie sie gewesen war, bevor sie krank wurde. Nur wenige graue Strähnen in ihren dunkelbraunen Haaren, winzige Fältchen in den Mund- und Augenwinkeln. Diesmal versetzte Caro sich im Geist in die Küche ihrer

Eltern, Sonnenlicht erfüllte den Raum, und durch die offenen Fenster strich eine leichte Brise herein, die die gelben Vorhänge sacht im Wind flattern ließ. Ihre Mutter trug ihr Lieblingskleid, ein blaues mit rotem Blütenmuster, das immer noch ganz hinten in Caros Kleiderschrank hing und das zu tragen sie sich einfach nicht überwinden konnte.

»Max ist also wieder in der Stadt«, sagte die imaginäre Rachel, als sie die Vase mit den Blumen vom Küchentresen nahm und auf den Tisch stellte. Sie wartete die Antwort nicht ab, sondern drehte sich um und ging zum Kühlschrank, um den Krug mit dem Eistee herauszuholen.

»Ja.« Caro nickte und rückte eines der Löwenmäulchen, das einfach nicht an Ort und Stelle bleiben wollte, wieder zurecht. »Er ist gestern angekommen und wird ein paar Wochen bleiben.«

Rachel warf ihrer Tochter einen Blick zu, bevor sie ihnen beiden Tee einschenkte. »Ein paar Wochen, soso. Der Sommer war immer eure Zeit.«

»War – früher einmal, aber heute nicht mehr.«

»Nicht mehr, seit du ihm das Herz gebrochen hast?«

»Hey.« Caro runzelte die Stirn. »Ich bin auch nicht ohne Blessuren davongekommen.«

»Das habe ich auch nie behauptet.« Rachel schüttelte den Kopf, setzte sich Caro gegenüber und schob ihr eins der beiden Gläser Tee hin. »Das ist jetzt aber schon lange her. Warum also schaust du drein, als wäre es erst gestern passiert?«

»Nachdem ich dich verloren hatte, war sein Verlust das Schmerzlichste, was mir je widerfahren ist. Immer wenn ich ihn sehe, erlebe ich diesen Schmerz aufs Neue.«

»Und anders als ich ist er immer noch da, aber du kannst ihn nicht haben?«

»Ja.« Stöhnend ließ Caro den Kopf in ihre Hände sinken.

»Ach, Pumpkin.« Rachel berührte Caros Haare, durchkämmte sie sanft mit den Fingern. »Sieh mich an. Rede mit mir. Sag mir, was in deinem wunderschönen Kopf vorgeht.«

Caro blickte auf und sah ihre Mutter an. »Es ist alles so kompliziert. Einerseits will ich ihn immer noch, nur ist er nicht mehr derselbe. Er ist einfach nicht mehr *mein* Max.«

»Woher weißt du das? Du hast doch kaum Kontakt zu ihm gehabt. Er könnte immer noch ganz genau derselbe Max sein. Er könnte immer noch *dein* Max sein.«

»Tja, das macht mir nur noch mehr Angst.«

»Warum?« Rachel lehnte sich in ihrem Stuhl zurück und musterte ihre Tochter.

»Weil ich meinen Max immer lieben werde. Deshalb ist es für mich leichter, wenn ich denke, dass es ihn nicht mehr gibt.« Caro redete jetzt so leise, dass ihre Worte kaum noch zu verstehen waren, und trotzdem tat es weh, sie auszusprechen.

»Leichter?« Rachels Blick wurde weich, Traurigkeit und Schmerz ließen das Blau ihrer Augen noch intensiver erscheinen. »Ich dachte eigentlich, du wüsstest, dass das Leben nicht leicht ist.«

Caro schaute hinunter auf den Tee auf dem Tisch, strich mit dem Finger durch das Kondenswasser, das sich auf dem Glas gebildet hatte. »Ich habe schon so viel auf die harte Tour gelernt. Ich brauchte einfach mal eine Auszeit …« Ihre Stimme brach beim letzten Wort, in ihren Augen brannte es und ihr Blick verschwamm.

»Ich weiß, du hattest viel zu viel zu bewältigen.«

Caro schluckte, bevor sie wieder zu ihrer Mom aufblickte. »Ich weiß nicht, was ich tun soll.«

Rachel langte über den Tisch und legte die Hand auf Caros …

Kalt fühlte sie sich an, von der Wärme, an die sie sich erinnerte, war nichts zu spüren. »Du wirst es herausfinden. Das tust du immer.«

»Versprochen?« Caro blinzelte, Tränen liefen ihr über die Wangen.

»Versprochen.« Rachel nickte, auch ihre Augen schwammen jetzt in Tränen.

»Du fehlst mir.« Caro legte ihre andere Hand auf die ihrer Mutter.

»Du fehlst mir mehr.« Rachel lächelte traurig, als sie dem Beispiel ihrer Tochter folgte und ihre zweite Hand auf Caros legte.

»Mir fehlst du am meisten«, flüsterte Caro.

Caro schloss die Augen, holte tief Luft und atmete heftig aus. Als sie die Augen wieder öffnete, war sie zurück auf dem Friedhof und ihre Hände umklammerten die kalte Thermosflasche mit süßem Eistee.

»Mir fehlst du am meisten, Mom«, wiederholte sie, während ihr die Tränen übers Gesicht rannen. Eine leichte Brise spielte mit ihren Haaren. »Ich brauche einfach nur ein Zeichen, was ich jetzt tun soll. In welche Richtung ich gehen soll. Gib mir ein Zeichen, Mom. Irgendeins«, flehte sie, den Blick in die Ferne gerichtet, wo dunkle Wolken sich zusammenzogen und auf Cruickshank zukamen.

Das Unwetter, das sich am Abend genähert hatte, erreichte die Stadt in der Nacht, setzte sich dort fest und begann mit einem gewaltigen Donnerschlag. Es blitzte und donnerte so heftig, dass Tibbett praktisch sofort anfing zu winseln. Im Allgemeinen reagierte er stets gelassen, aber Gewitter verabscheute er. Caro hielt es nicht lange aus, bis sie ihre eigene Regel brach, ihn ins Bett holte und in eine Decke wickelte. Er kuschelte sich an sie, ließ sich trösten und beruhigte sich. Kurz darauf war er eingeschlafen und sein leises Schnarchen war über dem prasselnden Regen so eben noch zu hören.

»Du vertraust mir«, flüsterte sie und ließ seine weichen Ohren sanft durch ihre Finger gleiten. »Ich sorge dafür, dass du sicher bist.«

Wie sich herausstellte, war Tibbett nicht der Einzige, der Körperkontakt brauchte. Caro war immer noch sehr aufgewühlt nach ihrem Besuch auf dem Friedhof, und sie presste ihr Gesicht in sein warmes Fell, während sie an ihre Mutter dachte und daran, was sie wegen Max unternehmen sollte.

Du wirst es herausfinden. Das tust du immer.

Sie hatte keine Ahnung, was sie tun sollte, aber sie wusste, dass sie diese merkwürdige Spannung zwischen ihnen nicht länger ertrug. Sie waren erwachsen. Es musste doch möglich sein, dass sie sich beide im selben Raum aufhielten, ohne dass es peinlich oder schmerzlich wurde.

Aber um das zu erreichen, musste sie mit Max reden.

Das konnte sie. Dazu war sie fähig.

»Ich kann das«, flüsterte sie.

Als Tibbett ihre Stimme hörte, drehte er den Kopf und leckte ihr über die Wange. Caro schloss die Augen und atmete gegen die zunehmende Enge in ihrer Brust an.

Donnerstags arbeitete Caro in Kathleen's Corner Bookstore und auch hierhin nahm sie ihre Pflegehunde mit. Die Ladeninhaberin Hazel – Kathleens Urenkelin – hatte in einer Ecke ein bequemes Hundebett aufgestellt und ein Schild darübergehängt, auf dem stand: »Gib mir ein Zuhause.«

Jeden Donnerstag wurden neue Bücher angeliefert, und da

kam ein zusätzliches Paar Hände im Buchladen immer gelegen. Es tat gut, sich an einem dunklen, trübsinnigen Tag mit etwas so Anspruchslosem zu beschäftigen wie der Aufnahme der neuen Bücher in die Inventarliste und dem Einordnen in die Regale.

Allerdings fing Caro an diesem Morgen erst spät damit an, denn kaum hatte sie das Gebäude betreten, eilte sie schon in die Ecke mit den Kinderbüchern und räumte ihre eigenen dort ausgelegten Bücher weg.

Verwirrt sah Hazel ihr dabei zu. »Was tust du da?«

»Ich räume ein wenig um. Ich dachte, eine neue Präsentation wäre gut.«

»Ohne ein einziges von deinen Büchern?« Eine steile Falte bildete sich auf Hazels Stirn. »Weißt du, Autoren haben es normalerweise gern, wenn ihre Bücher besonders gut ausliegen. Magst du mir erzählen, was los ist?«

Es hatte keinen Zweck, um den heißen Brei herumzureden. Caro seufzte und schaute die Ladeninhaberin an. »Max ist zurück in der Stadt und bleibt den Sommer über, und ich will nicht, dass er von den Büchern erfährt.«

Hazel zog die Brauen hoch. »Du glaubst, niemand erzählt ihm davon?«

»Ich habe keine Kontrolle darüber, was andere Leute tun oder nicht tun. Aber wenigstens über das hier …« Sie deutete auf den Tisch mit den Büchern. »… habe ich Kontrolle …« Sie schaute Hazel hoffnungsvoll an.

»Ich werde nichts sagen.« Sie schüttelte den Kopf. »Ist das alles, was dich heute nervös macht?«

»Ich weiß nicht. Irgendwas fühlt sich … nicht gut an.« Geistesabwesend rieb Caro sich über die Brust. »Ich weiß nicht, ob es daran liegt, dass er wieder in der Stadt ist, oder … an etwas anderem.«

»Vielleicht am Wetter?«

»Das spielt sicherlich auch eine Rolle«, meinte Caro und schaute aus dem Fenster zum dunkelgrauen Himmel hoch und auf die nasse Straße hinaus. Wenigstens blitzte und donnerte es nicht mehr.

»Na dann … Ich bin sicher, du findest raus, was los ist.« Hazel griff nach einem Stapel Romane und nahm sie mit in den Belletristikbereich.

Caro jedoch brauchte nicht erst herauszufinden, was los war. Sie wusste es bereits. Es lag an Maximillian Abbott. Warum jagte es ihr mehr Angst ein, auch nur darüber nachzudenken, wie sie mit ihm reden sollte, als alles, was sie schon seit wirklich langer Zeit hatte tun müssen?

Die Glocke über der Tür bimmelte, und Caro schaute hinüber, als Sheila Connor den Laden betrat. Ihre beiden Kinder Ryan und Camille stürmten in hellblauen und violetten Regenjacken vorneweg.

»Hi, Miss Caro!«, riefen sie und steuerten zielstrebig die Kinderbuchabteilung an.

»Hi«, erwiderte sie lachend. Sie kannte die beiden Kinder der Connors sehr gut. Ryan war eng mit ihrem Neffen Matthew befreundet.

»Macht langsam«, rief Sheila ihnen zu, als sie ihren Schirm im Ständer neben der Tür deponierte. Sie wandte sich an Caro und seufzte vor Erschöpfung. »Die Schule fällt heute aus. Ein Baum ist umgestürzt und hat die Stromleitung zerrissen. Und die beiden sprühen schon den ganzen Morgen vor Energie. Es wäre schön, wenn sie rausgehen könnten, aber daraus wird nichts.«

»Ja, Lilah hat mich vorhin angerufen. Sie ist in derselben misslichen Lage.«

»Ich habe beschlossen, die beiden mit Büchern und Eiscreme zu bestechen.«

»Gute Idee«, meinte Hazel, als sie hinter einem der Regale hervorkam.

»Das dachte ich auch.« Sheila nickte. »Außerdem ist ihr Vater sonst immer derjenige, der die spaßigen Sachen mit ihnen macht. Heute bin ich mal dran.«

Hazel und Caro lachten.

»Perfektes Timing. Die von dir bestellten Bücher wurden geliefert, und ich habe sie eben erst ausgepackt«, sagte Caro, trat hinter den Verkaufstresen und holte den Bücherstapel hervor.

»Mom?«, war plötzlich Camilles sanfte Stimme zu vernehmen und alle drehten sich nach dem Mädchen um. Die Kleine saß auf dem Boden und Tibbett hatte seinen Kopf in ihren Schoß gelegt. Er schaute so bewundernd zu der Siebenjährigen hoch, wie Caro das von diesem Hund noch nie gesehen hatte.

Der Anblick verschlug ihr den Atem, und erneut schnürte es ihr die Kehle zu, so wie in der letzten Nacht. In diesem Moment wurde ihr klar, dass sie ihn jetzt verlieren würde.

Camille und Ryan brauchten genau zwölf Minuten, um ihre Mutter zu überreden, den Hund zu adoptieren. Den Ausschlag allerdings gab der Moment, in dem Tibbett auf Sheilas Schoß kletterte und ihr die Wange leckte. Sie schmolz dahin. Cruickshank Cats and Dogs Rescue gewährte den Leuten eine dreiwöchige Probezeit, aber Caro wusste jetzt schon, dass der Hund nicht zurückkommen würde. Sie hatte ein Zuhause für ihn gefunden, und genau das sagte sie ihm, als sie ihr Gesicht in sein Fell drückte und ihm »Leb wohl« zuflüsterte.

Und obwohl sie wusste, dass er nun endlich seine Familie gefunden hatte, brach sie in Tränen aus, als er gemeinsam mit seinen neuen Besitzern den Buchladen verließ.

»Ach, Liebes.« Hazel zog Caro in die Arme und hielt sie, während sie weinte.

Was war nur los mit ihr? Tibbett war der neunundzwanzigste Pflegehund, für den sie ein Zuhause gefunden hatte, und noch nie war sie deshalb so traurig gewesen. Noch nie hatte es sich so angefühlt, als wäre gerade ein Stück von ihr selbst mit dem Hund fortgegangen.

Warum erinnerte sie das an jene andere Zeit, als jemand von ihr fortgegangen war und ein Stück von ihr mitgenommen hatte? Warum hatte die Tatsache, dass Max hier war, diese Büchse der Pandora voller Emotionen geöffnet? Es war ja nicht so, dass sie ihn im Laufe der Jahre nie wiedergesehen hatte. Warum also war es diesmal so anders?

Sie hatte keine Ahnung, aber sie wusste: Sie musste einen Weg finden, die Büchse der Pandora wieder zu schließen … um ihr Herz sicher zu verwahren.

Am Donnerstag verbrachten Max und Ava den ganzen Morgen und den Nachmittag auf dem Dachboden. Der Regen trommelte leise auf das Dach, während aus dem Bluetooth-Lautsprecher, den Ava von Raum zu Raum mit sich trug, Stücke von Elton John erklangen. Sie gingen Kartons, Kisten und andere Behälter durch, die seit Jahren nicht mehr angefasst worden waren. Darin befanden sich abgelegte Kleidungsstücke, Festtagsdeko, Bücher, Zeitschriften, Spielzeug und eine Unmenge anderer Dinge, die Ava und Martin im Laufe der Jahre angesammelt hatten, weil sie sich nicht davon trennen mochten.

Auch jetzt noch konnte Ava eine Reihe von Dingen, die sie durchgeschaut hatten, einfach nicht entsorgen. Max hatte es bisher nur geschafft, sie dazu zu überreden, ein paar wenige Dinge wegzuwerfen. Darunter ein Karton voller Lichterketten, deren Lichter nur noch teilweise funktionierten.

»Aus den noch leuchtenden Lämpchen kann man noch eine

ganze Lichterkette machen«, war der Einwand seiner Großmutter gewesen.

Oder eine alte Küchenmaschine, die seit den Achtzigerjahren nicht mehr funktionierte. »Aber das war ein Hochzeitsgeschenk deiner Großtante Muriel«, hatte Ava protestiert.

Und schließlich drei Kartons voller vergilbtem Seidenpapier und zerknitterten Geschenktüten. »Die lassen sich alle noch mal verwenden«, hatte Ava eingewandt.

Er hatte sie auch dazu bewogen, ein paar Dinge zu verschenken: alte Bettwäsche und Handtücher, einzelne Geschirr- und Besteckteile, an die sie sich nicht einmal mehr erinnerte, und einen Karton mit Sportutensilien, die ziemlich viele Gebrauchsspuren aufwiesen, aber immer noch verwendbar waren.

Max hatte drei Baseballbälle und zwei abgewetzte Baseballhandschuhe gefunden, die er in einen Karton packte, um sie selbst zu behalten. Die Handschuhe hatte Martin benutzt, als er Landon beigebracht hatte, Bälle zu fangen … und er hatte sie auch benutzt, als er Max dasselbe beibrachte. In seinem Karton lagen außerdem ein paar von Martins Fliegen, eine Lederjacke, die seinem Vater gehört hatte, eine alte Schreibmaschine und eine Holzpalette von Ava, die so dick mit Farben beschmiert war, dass sie wie ein Kunstwerk wirkte. Er wollte sie sich einrahmen lassen.

Er hatte seinen Spaß dabei, die Dinge durchzuschauen und den alten Geschichten zu lauschen, die Ava ihm in seiner Kindheit unzählige Male erzählt hatte … und neuen, die er noch gar nicht kannte. Sie redete von Landon und Martin, von ihrer Zeit in Boston und ihrer Lehrtätigkeit in Harvard.

»Wozu hast du diese flammenlosen Kerzen?«, fragte Max, als er eine Tupperdose öffnete.

»Als Deko für Halloween und Weihnachten. Sie eignen sich perfekt für ausgehöhlte Kürbisse und als Fensterdekoration.«

»Ah ja.« Max nickte, schloss den Deckel und schnappte sich einen Karton voll mit VHS-Kassetten. »Okay, die hier können wir aber wegwerfen.«

Ava spähte in den Karton, bevor sie zu ihm hochblickte und energisch den Kopf schüttelte. »Oh nein, das können wir nicht!«

»Brauchst du wirklich alte Episoden von M*A*S*H?« Max wedelte mit der Hand über dem Karton herum. »Du weißt, dass du die auch streamen kannst, wenn du sie dir ansehen willst.«

»Das sind keine alten Episoden von M*A*S*H! Das sind Heimvideos, die Martin aufgenommen hat. Er ist darauf zu sehen, ebenso wie dein Vater und du.«

An einige dieser Videos erinnerte Max sich, aber es war schon eine ganze Weile her, dass er sie gesehen hatte. Er war noch so klein gewesen, als sein Vater starb, dass sie zu den einzigen Erinnerungen an ihn zählten, die er hatte.

»Caro hat mir dieses Ding gekauft, mit dem man die Kassetten digitalisieren kann. Sie hat schon einen ganzen Karton voller Kassetten bearbeitet. Das Programm ist auf Martins Computer. Nach diesen Kassetten hatte ich bereits gesucht, sie aber nicht gefunden. Kannst du sie bitte nach unten bringen und in sein Arbeitszimmer stellen?«

Es war immer noch Martins Arbeitszimmer … und würde es immer bleiben.

Max zögerte nur einen Moment, dann nickte er. »Ja, mache ich.« Er bückte sich und hob den Karton auf, bevor er ganz langsam die zwei Treppen nach unten stieg.

Etwas mehr als achtundvierzig Stunden war er nun schon im Haus seiner Großeltern, und es gab nur noch einen Raum, den er nach wie vor nicht betreten hatte: Martins Arbeitszimmer. Nicht nur die Kassetten, die er trug, steckten voller Erinnerungen.

Max stellte den Karton im Arbeitszimmer gleich neben der Tür ab, blieb auf der Schwelle stehen und schaute sich um. Das Bücherregal an der rechten Wand quoll nahezu über: Hardcover, Taschenbücher, ledergebundene Ausgaben. Mitten im Regal stand eine antike Kaminuhr, die sieben Minuten vorging, wie sie das immer getan hatte.

»Warum sieben Minuten?«, hatte Max einmal gefragt.

»Weil das mehr als fünf und weniger als zehn sind«, hatte Martin erklärt, als wäre das die offensichtlichste Antwort der Welt.

Bis heute ließ Max all seine Uhren und Armbanduhren sieben Minuten vorgehen. Er kam nie zu spät und dachte immer an seinen Großvater, wenn er auf die Uhr schaute.

Sein Blick glitt am Panoramafenster vorbei, das auf den Vorgarten hinausging, und hinüber zu den beiden Aktenschränken aus Mahagoni an der linken Wand. Etwa dreißig gerahmte Fotos standen auf den Schränken, alle perfekt so angeordnet, dass kein Bild das andere verdeckte.

Max war mit diesen Aufnahmen aufgewachsen. Er konnte die Augen schließen und sah sie vor sich, und dennoch faszinierten sie ihn immer noch so sehr, dass er näher treten musste, um genauer hinzuschauen.

Der größte Rahmen war ein antiker Silberrahmen. Darin steckte ein Bild von Ava und Martin an ihrem Hochzeitstag vor fast sechzig Jahren. Ava war schon immer eine Art Hippie gewesen und auf dem Bild trug sie ein langes Spitzenkleid und weiße Blüten in ihren blonden Haaren. Martin, der auf Sean Connery als James Bond stand, trug eine weiße Smokingjacke und eine schwarze Fliege.

Diese Fliege lag jetzt in dem Karton voller Dinge, die Max behalten wollte.

Die nächste Reihe Fotos bildete eine Zeitleiste von Landons Leben. Eins zeigte ihn als Neugeborenen, eingewickelt in eine gelbe Decke mit Löwenmotiv. Auf einem weiteren war er etwa zwei oder drei Jahre alt und lächelte fröhlich in die Kamera. Er hatte dieselbe Haar- und Augenfarbe wie Martin ... und wie Max.

Das nächste Bild zeigte seinen Vater mit sechs oder sieben Jahren. Er stand mit Ava und Martin auf einem Pier, alle drei hielten mächtige Eiswaffeln in den Händen. Dann ein weiteres, auf dem sie alle in Schneeanzügen außerhalb des alten Hauses in Boston vor drei Schneemännern unterschiedlicher Größe standen. Da musste Landon in der Mittelstufe gewesen sein.

Es gab Fotos von jedem einzelnen Schulabschluss: Vorschule, Grundschule, Mittelschule, Highschool und College. Ava und Martin wirkten so verdammt stolz, wie sie da neben ihrem Sohn standen. Das einzige Foto, das fehlte, war das von der Verleihung seines Doktortitels in Ingenieurwissenschaften, denn Landon war zwei Monate vor der Zeremonie gestorben.

Eine Handvoll Bilder zeigten Martin und Ava auf den verschiedenen Reisen, die sie im Laufe der Jahre gemacht hatten: in Griechenland, Australien, China, Russland, Italien, Brasilien. Sie hatten ihr Leben gelebt, hatten so viele Abenteuer gemeinsam bestanden. Sicher, auch er, Max, war beruflich viel unterwegs und hatte viele dieser Orte und Länder ebenfalls besucht, aber immer allein.

Ein Foto von Landon zeigte ihn, wie er beim Wandern seinen zweijährigen Sohn in einem Baby-Tragerucksack auf dem Rücken hatte. Martin, der neben ihnen stand, sah aus wie Gandalf – mit einem Wanderstock, der Ähnlichkeiten mit einem Zauberstab hatte, und einem Bart. Die Entscheidung, sich einen wachsen zu lassen, hatte er in seinen Vierzigern getroffen.

Drei Generationen männlicher Abbotts auf einem Foto ... und jetzt war nur noch er, Max, übrig. Eine Welt, in der es Landon gab, hatte er kaum gekannt. Er wusste nicht, was er alles mit seinem

Vater versäumt hatte, denn er war damals noch zu klein gewesen, um sich zu erinnern. Eins wusste er aber ganz genau, nämlich was ihm fehlte, seit Martin nicht mehr war. Er war der einzige Vater gewesen, den er wirklich gekannt hatte.

Sein Blick blieb an einem Bild hängen, das sie beide beim Zelten zeigte. An diesen Ausflug würde er sich sein Leben lang erinnern. Nie würde er die Nächte vergessen, in denen er in den tintenblauen Himmel gestarrt und nach Sternschnuppen Ausschau gehalten hatte, nie den Geschmack frisch geangelter, in einer gusseisernen Pfanne gebratener Forellen, nie den tiefen Klang von Martins Stimme, der ihm vom Leben und von der Liebe erzählte.

Liebe. Die hatte für Max nicht so funktioniert, wie Martin es beschrieben hatte. Martin hatte fast sechzig Jahre mit der Liebe seines Lebens verbracht. Er war auf eine Goldader gestoßen und glaubte, jeder andere könnte das auch. Nein, der Mann war nicht naiv gewesen. Schließlich hatte er einen der größten Verluste erlitten, die es gab – er hatte sein Kind begraben müssen –, aber er hatte immer daran geglaubt, dass das Leben sehr viel mehr Gutes als Schlechtes bereithielt.

Stets hatte er sich die Hoffnung bewahrt.

Langsam ließ Max den Blick weiter zu der Gruppe Fotos auf der rechten Seite wandern. Bis jetzt hatte er es vermieden, sie anzuschauen, denn sie zeigten ihn und Caro. Sie beide in Gummistiefeln in Pfützen herumplanschend. Sie beide als Piraten verkleidet, wie sie ihre Köpfe aus den Fenstern des Baumhauses steckten. Sie beide beim Radschlagen im Garten mit Jeremy, Lilah und Lucy.

Ein merkwürdiges, unbehagliches Gefühl rührte sich in seiner Brust, als er das Foto betrachtete, das sie beide auf einer Parkbank zeigte. Er hatte den Arm um Caros Schultern gelegt, zog sie an sich und küsste sie auf die Wange. Sein Unbehagen verstärkte sich nur noch, als er sich auf das Foto konzentrierte, das die ganze Familie Buchanan zusammen mit Ava, Martin und Max zeigte. Sie alle rannten in Weihnachtspyjamas draußen herum und versuchten, Schneeflocken mit der Zunge aufzufangen.

Aber das Bild, das anzuschauen wirklich Beklemmungen verursachte, zeigte ihn und Caro am Abend des Abschlussballs der Highschool. Er trug eine hellrote Smokingjacke, die perfekt zu Caros rotem Kleid passte. Ihr braunes Haar fiel ihr locker über die Schultern.

An den Abend erinnerte er sich, als wäre es gestern gewesen. Abendessen bei Bernadine's, dem kleinen französischen Bistro, das immer Caros Lieblingsrestaurant gewesen war. Dann der Weg Hand in Hand durch die Innenstadt bis zur Duncan-Finley Barn, die im Grunde Cruickshanks Freizeitzentrum war, in dem die meisten Veranstaltungen stattfanden. Die Scheune war mit Lichterketten geschmückt, die sich um jeden Pfosten wanden und von den Dachsparren hingen. Er hatte stundenlang eng umschlungen mit Caro getanzt, seine Hände auf ihren Hüften, seine Lippen an ihrem Ohr, seine Nase in ihren Haaren, seine Lunge von ihrem Zitrusduft erfüllt.

Als der Ball vorüber war, schlichen sie sich auf den Dachboden der Garage ihrer Eltern, wo eine Luftmatratze und zwei Flaschen Champagner auf sie warteten. Das war nicht ihr erstes Mal gewesen – zum Teufel, nicht einmal ihr hundertstes –, aber etwas an ihrem Liebesspiel in jener Nacht hatte ihn verändert.

Er hatte Caro beinahe schon sein ganzes Leben lang geliebt, aber in dieser Nacht wurde ihm klar, dass er nicht nur in sie verliebt war, sondern sie von ganzem Herzen liebte. Plötzlich wusste er, dass sie die eine war, und daran gab es nicht den geringsten Zweifel. Sie gehörten zusammen. Nie wieder wäre er in der Lage, sich an eine andere zu binden.

Und in diesem Punkt hatte er recht behalten.

Warum hatte Martin all diese Bilder von Caro und ihm behalten?

Das merkwürdige, unbehagliche Gefühl in seiner Brust hatte sich in etwas anderes verwandelt, in einen stechenden Schmerz, und ihm wurde bewusst, dass er die Hand ausgestreckt hatte und seine Finger sich langsam dem Rahmen näherten, in dem das Foto vom Abschlussball steckte. Er wollte es nicht mehr sehen, es umdrehen und mit dem Bild nach unten auf den Aktenschrank legen. Als er jedoch den Rahmen berührte, zuckte er zurück, als hätte er sich daran verbrannt. Er war nicht in der Lage, etwas daran zu ändern, wie Martin sein Arbeitszimmer hinterlassen hatte.

Dieser Raum gehörte seinem Großvater, und er hatte sich dafür entschieden, dieses Bild aufzustellen, auch wenn Max nicht verstand, warum. Also drehte er sich um und ging hinaus, während ihm zugleich klar wurde, dass er über eine ganze Reihe von Dingen hinwegkommen musste, falls er diesen Raum erneut betreten wollte.

Er ballte beide Hände fest zu Fäusten, bevor er sie wieder öffnete und seine Finger ausschüttelte. Jetzt brauchte er dringend Bewegung. Er musste raus aus dem Haus. Brauchte Luft zum Atmen.

Also stieg er zurück in den zweiten Stock und rief die Treppe zum Dachboden hinauf: »Ava? Ich gehe raus, eine Runde laufen.«

Sie steckte den Kopf aus der offenen Tür, schaute zu ihm hinunter und runzelte die Stirn. »Es regnet.«

»Es nieselt nur noch. Ich bin nicht aus Zucker und werde mich nicht auflösen. Versprochen.«

Aus schmalen Augen musterte sie ihn. »Geht es dir gut?«

Am liebsten hätte er Ja gesagt, aber das entsprach nicht der Wahrheit. »Ich war eben zum ersten Mal seit letztem Jahr in Martins Arbeitszimmer. Jetzt muss ich unbedingt wieder einen klaren Kopf bekommen.«

»In Ordnung.« Sie nickte langsam. »Ich lege mich möglicherweise hin und mache ein Nickerchen. Aber nimm das Klapphandy mit. Wenn es wieder anfängt zu schütten, komme ich, um dich abzuholen.«

»Das tue ich«, stimmte er zu, bevor er in sein Zimmer ging.

Keine fünf Minuten später öffnete Martin die Haustür und trat hinaus auf die Veranda. Kaum draußen, atmete er tief durch und ließ kühle, frische Luft in seine Lungen strömen. Er hoffte, auf diese Weise schneller seinen Kopf frei zu bekommen.

Ein paar Minuten lang machte er Dehnübungen, bevor er loslief, hinaus in den leichten Nieselregen, der sich auf seine Haare, seine Haut und seine Kleidung legte. Es war schon eine ganze Weile her, dass er das letzte Mal im Regen gelaufen war, und es fühlte sich gut an, als er sich Richtung Innenstadt wandte.

Wenn er lief, hatte er üblicherweise Musik an, die ihn antrieb, und konnte sich so auf etwas anderes konzentrieren als auf seine Gedanken. Das war jetzt – ohne Smartphone, nur mit dem alten Klapphandy – allerdings nicht möglich. Aber vielleicht brauchte er ja auch genau das, keinerlei Ablenkung, den Zwang, sich auseinanderzusetzen … womit auch immer er sich auseinandersetzen musste.

Du weißt genau, womit du dich auseinandersetzen musst, meldete sich eine Stimme in seinem Kopf, die Martins Stimme bemerkenswert ähnlich war.

Immer noch gingen ihm die Fotos im Arbeitszimmer durch den Kopf: sein Vater, Martin, Caro. Seine Vergangenheit. Ein schmerzlicher Pfad. Mit einigem davon war er fertiggeworden – oder hatte das zumindest geglaubt –, bei anderem wusste er nicht einmal, wie er das anstellen sollte.

Nun ja, diesen Dingen aus dem Weg zu gehen wird nicht helfen. Du musst dich ihnen stellen.

Max blieb in Bewegung, beschleunigte, als er nach links abbog. Vielleicht hörte er immer noch Martins Stimme in seinem Kopf, oder vielleicht trugen ihn seine Füße auch einfach nur einen Pfad entlang, den er viel öfter gegangen war, als er zählen konnte. Er wusste nicht, ob seine Erinnerung oder sein Instinkt die Führung übernommen hatte, aber er war schon ein gutes Stück die Straße entlanggelaufen, als er begriff, dass er in den Avondale Drive eingebogen war.

Das war die Straße, in der die Buchanans wohnten. Wo Caro wohnte.

8. KAPITEL

Du schon wieder

Caro lehnte sich im Fahrersitz ihres Autos zurück und starrte durch die Windschutzscheibe, auf die der Nieselregen niederging. Der Wagen stand in der Einfahrt, der Motor war bereits aus, aber der CD-Player lief noch. Sie musste das Lied einfach zu Ende hören, konnte sich nicht überwinden, Dolly mitten in »I Will Always Love You« abzuwürgen.

Ihr brannten die Augen, ihre Nasenspitze kribbelte. An dieses Gefühl hatte sie sich in den letzten vierundzwanzig Stunden gewöhnen müssen. Begonnen hatte es mit dem Besuch am Grab ihrer Mutter, dann war Tibbett adoptiert worden, und jetzt lauschte sie einem Lied, das sie mit Max verband, seitdem sie sich getrennt hatten.

Aber dieser Max ist er nicht mehr. Er ist nicht mehr mein *Max.*

Er könnte immer noch ganz genau derselbe Max sein, wiederholte die Stimme ihrer Mutter in ihrem Kopf. *Er könnte immer noch dein Max sein.*

Nein, das konnte er nicht. Ihren Max gab es nicht mehr, genauso wie es seine Caro nicht mehr gab. Sie waren zwei fremde Menschen, lebten getrennte Leben. Wenn ihr irgendetwas in den letzten beiden Tagen klar geworden war, dann das.

Und was, wenn du dich irrst?

Es spielte keine Rolle, ob sie sich irrte. Diesen Weg konnte sie nicht noch einmal einschlagen, wollte ihn nicht noch einmal gehen. Sie hatte schon viel zu viel um die Ohren, konnte nicht noch mehr bewältigen. Ihr Herz schmerzte bereits zu sehr, nachdem sie es nur ein ganz klein wenig für Tibbett geöffnet hatte.

Sie hatte den Fehler begangen, sich in den Hund zu verlieben, und was hatte ihr das gebracht? Sie saß in einem Auto, hörte Dolly Parton und weinte. Ihr Herz würde in eine Million Scherben zerspringen, wenn sie noch einmal jemandem Einlass dort gewährte … ganz besonders Max.

Verdammt, warum machst du dir darüber so viele Sorgen? fragte sie sich und strich mit den Fingern unter ihren Augen entlang.

Bisher hatte sie es nicht einmal geschafft, wie eine vernünftige Erwachsene mit ihm zu reden. Und jetzt hatte sie Angst davor, sich erneut in ihn zu verlieben?

Caro wünschte sich, mit Lucy reden zu können. Ihre Schwester fehlte ihr so sehr, dass ihr erneut Tränen in die Augen schossen. Aber nachdem sie schon wieder angerufen hatte, ohne dass Lucy sich meldete, schickte sie ihr eine SMS mit dem Text: *Ruf mich unbedingt heute Abend an.*

Die letzten Töne des Liedes verklangen, und Caro atmete aus, lehnte den Kopf zurück und blinzelte die letzten Tränen fort. Sie brauchte nur ein bisschen Hilfe, um diese Sache zu überstehen, jenes Zeichen, um das sie ihre Mutter am Vortag gebeten hatte, irgendetwas, um ihr einen Stoß in die richtige Richtung zu geben. Aber bis dahin musste sie …

»Reiß dich zusammen, Buchanan«, sagte sie, zog sich die Kapuze ihrer Regenjacke über den Kopf und stieg aus dem Auto.

Sie lief auf ihre Wohnung über der Garage zu, als sie im Garten ihrer Mutter ein leises Winseln hörte. Sofort blieb sie stehen, drehte sich um und schaute suchend zu den Rosensträuchern hinüber, die neben der Statue des Heiligen Franziskus wuchsen. Von da drüben war das Geräusch gekommen, dessen war sie sich ziemlich sicher. Nur etwa zehn Sekunden stand sie still da, lauschte und wartete, bevor sie das Winseln erneut vernahm. Einer der Büsche zitterte leicht und zeigte damit, woher es kam.

Es gab eine Menge Wildtiere in North Carolina – Waschbären, Opossums, Eichhörnchen, Stinktiere –, aber das war bestimmt keins. Dieses Winseln hätte Caro überall sofort erkannt. Es stammte von einem Hund. Und die hohe Tonlage ließ darauf schließen, dass es vermutlich ein Welpe war.

Sie lief hinüber zum Garten und steckte ihre Schlüssel in die Jackentasche, bevor sie in die Hocke ging. Die Sträucher bildeten ein dichtes Gewirr aus dornigen Zweigen, aber sie fand eine Stelle, wo sie sie vorsichtig auseinanderschieben konnte. Im selben Moment erblickte sie einen Welpen, klatschnass und schlammbedeckt.

Der Kleine wog sicher keine fünf Kilo, und er schaute aus den traurigsten schokoladenbraunen Augen zu ihr auf, die sie je gesehen hatte. Trotz des Schlamms konnte sie erkennen, dass er rötlichbraunes Fell hatte. Um den Hals trug er ein Seil, das sich in den dornigen Rosenzweigen verfangen hatte.

»Oh, Süßer«, sagte Caro leise und streckte vorsichtig die Hand aus. »Ich werde dich da rausholen.«

Das arme Tier war sichtlich verängstigt, und als es vor Caros Hand zurückscheute, kam es mit den Dornen in Berührung und winselte schmerzerfüllt. Es versuchte, sich zu verkriechen, aber das Seil um seinen Hals schnürte sich noch enger zu.

»Ich will dir nicht wehtun«, flüsterte Caro. »Ich möchte dich nur da rausholen.« Wieder streckte sie dem Welpen die Hand entgegen, gerade nahe genug, dass er daran schnuppern konnte.

Es dauerte nur Sekunden, bis er zaghaft mit der Schnauze ihre Hand anstupste und sie ableckte.

»Okay, das ist schon mal ein Fortschritt.« Caro bewegte sich langsam und vorsichtig, streckte die Finger zum Hals des Hundes aus und kraulte ihn ganz leicht, bevor sie versuchte, das Problem mit dem Seil zu lösen. Aber es hatte keinen Zweck. Das Seil war zu verheddert. »Das müssen wir irgendwie anders versuchen.« Sanft ließ sie die Zweige zurückgleiten und gab sich dabei größte Mühe, den Hund nicht damit zu treffen.

»Caro?«

Diese tiefe, sexy Stimme hätte sie immer und überall erkannt, aber sie zu hören war so überraschend, dass Caro aufschrie und mit dem Hintern in das nasse, schlammige Gras plumpste. Doch ihr Schrei war nicht das einzige Geräusch, das die Stille zerriss. Aus den Rosensträuchern erklang ein schrilles Quieken.

»Mist.« Mühsam rappelte sie sich auf, Schuhe, Beine und Hände voller Schlamm. »Da drinnen hat sich ein Welpe verfangen und ich kann ihn nicht rausholen. Er hängt in den Dornen fest und tut sich andauernd weh.« Da sie sowieso schon dreckig war, ließ sie sich auf die Knie ins Gras sinken. Dann schob sie sacht wieder die Zweige zurück. Der Welpe schien noch verängstigter als zuvor.

»Du lieber Himmel«, stieß Max hervor. »Ist das Werkzeug deiner Eltern noch in der Garage?«

»Ja.« Sie blickte auf und sah ihn zum ersten Mal richtig. Er war nassgeregnet, Wassertropfen hingen auf seiner Haut und in seinen Haaren, der Stoff seines T-Shirts klebte an ihm und betonte seinen muskulösen Oberkörper.

Oh Gott, warum sah er so gut aus, während sie völlig verdreckt war? Jetzt war sie beim Klang seiner Stimme zum zweiten Mal gestürzt. Das war so verdammt unfair.

»Der Code ist noch derselbe?«

»Was?« Kopfschüttelnd versuchte sie den Nebel in ihrem Kopf zu vertreiben. Gott verdamme sein dummes, viel zu attraktives Gesicht.

Ein amüsiertes Grinsen umspielte seine Mundwinkel und ein vertrautes Gefühl machte sich in Caros Brust breit.

Mist.

»Der Code, um die Garage zu öffnen – ist es immer noch der Geburtstag deiner Mom?«

»Oh … Ja.« Caro nickte.

»Bin gleich wieder da.« Damit drehte er sich um und lief davon.

Caro konnte nicht anders. Ihr Blick hing wie gebannt an seinen Laufshorts, die an seinem Hintern klebten.

»Konzentrier dich«, rief sie sich zur Ordnung und wandte sich wieder dem Welpen zu. Im Moment gab es sehr viel Wichtigeres als Max' Kehrseite. »Wir werden dich da rausholen.«

Wir? Oh nein. Nein, nein, nein, nein, nein. Wir *gibt es nicht mehr. Es gibt nur Caro und es gibt Max. Zwei völlig und absolut verschiedene Menschen. Ein* Wir *gibt es nicht. Nie mehr.*

Keine Minute später war Max zurück. »Damit sollte es klappen.« Er hielt eine Schere hoch und ließ sich neben ihr zu Boden sinken. »Schiebst du die Zweige zurück, während ich ihn freischneide?«

»Ja.« Sie nickte, versuchte, sich auf die dornigen Zweige in ihren Händen zu konzentrieren und nicht darauf, wie sich seine Nähe anfühlte … die Wärme, die von seiner Haut ausging.

»Schon gut, Kleiner«, flüsterte er dem Welpen zu, während er sich ihm langsam mit der Hand näherte. Sein Arm streifte Caros und sie bekam prompt eine Gänsehaut. Nicht, dass ihm das aufgefallen wäre, aber sie war trotzdem froh, eine Regenjacke anzuhaben.

Der Hund drückte seine schmutzige kleine Nase in Max' Handfläche und schnupperte. Der wartete eine Sekunde, bevor er sanft am Hals des Welpen entlangstrich und einen Finger unter das Seil schob. Drei gekonnte Schnitte später war das Tier befreit.

Max nahm den Welpen vorsichtig in die Hände und hob ihn aus dem Rosenstrauch heraus. Er warf einen kurzen Blick auf den Bauch – sie erkannten beide, dass es sich um eine Hündin handelte –, zog ihn dann an seine Brust und saute sich damit sein T-Shirt ein.

»Wir bringen dich jetzt rein, kleine Lady, und sorgen dafür, dass du warm und trocken wirst und was zu futtern kriegst«, sagte Max und drückte das zitternde Hundemädchen zärtlich an sich. In seinen muskulösen Armen wirkte es unglaublich winzig. Er löste eine Hand von dem Tier und hielt sie Caro hin, um ihr aufzuhelfen. Offenbar spürte er, wie sie zögerte, denn er lächelte. »Komm schon, Caro, das ziehen wir gemeinsam durch.«

Sie ergriff seine Hand und ließ sich von ihm auf die Beine helfen.

Dabei war sie sich nicht sicher, warum ihr Magen gerade einen Purzelbaum schlug – lag es daran, dass Max *wir* gesagt hatte? Oder daran, dass sie seine Hand berühren konnte?

An beidem. Definitiv an beidem.

Max folgte Caro auf dem Weg zum Haus. Die Rückseite ihrer kurzen Jeans war von ihrem Sturz durchnässt und dreckig, und auch wenn er nicht hingucken wollte, konnte er einfach nicht anders. Sie hatte schon immer einen tollen Hintern gehabt und daran hatte sich nichts geändert. Nur noch kurviger war sie geworden, und sosehr er sich auch bemühte, er konnte nicht verhindern, dass er im Geist diese Kurven neu erforschte.

Als wüsste das Universum, dass er Hilfe brauchte, um sich auf das Wesentliche zu konzentrieren, leckte eine winzige Zunge über sein Kinn. Er schaute hinunter auf den Hund in seinen Armen, direkt in diese traurigen braunen Augen.

»Bald geht es dir wieder gut«, versicherte er der winzigen Hündin und kraulte ihr den Hals. Sie reagierte, indem sie ihm noch einmal übers Kinn leckte.

Caro holte ihre Schlüssel aus der Jackentasche, schloss die Haustür auf, trat ein und zur Seite, um Max hereinzulassen. Dieser Seiteneingang führte direkt in den Hauswirtschaftsraum und von dort in die Küche.

Lang war es her, dass Max durch diese Tür getreten war, aber als er sich umschaute, hatte er das Gefühl, es wäre erst gestern gewesen. Dieselbe Pflanze hing im Fenster, die Wände waren immer noch cremeweiß gestrichen, im Regal an der Wand standen jede Menge Schuhe.

Ein paar davon gehörten eindeutig Menschen mit sehr viel kleineren Füßen. Zweifellos den Enkelkindern, denn Jeremy und Lilah hatten drei Kinder. Er hatte sie bei Martins Beerdigung im letzten Jahr kennengelernt. Am Kühlschrank hingen jede Menge Bilder aus Malbüchern und Gemälde von Handabdrücken, die zu Tieren umgewandelt worden waren.

Im Flur näherte sich das Klicken von Krallen auf Hartholzboden und gleich darauf betrat eine Deutsche Schäferhündin die Küche. Sie war etwas klein für ihre Rasse, wirkte aber trotzdem bedrohlich. Der Welpe in Max' Armen begann zu zittern und stieß einen seltsamen Laut aus – leise, halb winselnd, halb bellend. Dabei drängte sich das Hundemädchen enger an ihn und barg das Gesicht in die Wärme seiner Achselhöhle.

»Leia, ganz sachte«, sagte Caro, als die Hündin auf sie zukam, sich Max näherte und ihre feuchte Nase an sein Bein drückte, während sie zu dem Hund in seinen Armen hochschnupperte. »Sie wird brav sein.« Caro schaute Max an. »Aber sie möchte von dir gestreichelt werden.«

Max rückte den Welpen auf seinem Arm zurecht, bevor er Leia die Hand entgegenhielt, damit sie daran schnüffeln konnte. Sie leckte ihm über die Fingerknöchel, bevor er sie zwischen den Ohren kraulte.

»Und jetzt sitz. Du kannst die Kleine genauer untersuchen, wenn sie sauber ist«, wandte Caro sich an die Schäferhündin. Die setzte sich und schaute Caro interessiert an, während ihr langer, buschiger Schwanz über den Fliesenboden wedelte.

»Wow, ich habe noch nie einen Hund gesehen, der so gut gehorcht. Beau ist schon gut, aber nicht so gut.«

»Ja, ihr Vorbesitzer war ein Polizist im Ruhestand, der Hunde ausgebildet hat. Sie wurde ins Tierheim gebracht, als er starb«, erklärte Caro ihm, während sie die Jacke auszog. »Ich habe sie als Pflegehündin mit nach Hause genommen, und mein Vater brauchte nur etwa vier Stunden, um zu entscheiden, dass er sie behalten wollte. Sie ist ihm einfach nicht von der Seite gewichen. Das war die schnellste Adoption, die ich je hatte.« Sie hängte ihre Jacke an das Regal neben der Tür, bevor sie die Schuhe abstreifte. »Um ehrlich zu sein, ich glaube, sie bringt den Pflegehunden mehr bei, als ich das kann.«

Auf nackten Füßen – ihre Zehennägel waren rosa lackiert – ging Caro hinüber zu dem großen Spülbecken neben Waschmaschine und Wäschetrockner und ließ warmes Wasser ein. Max' Schuhe waren nicht schlammverkrustet wie ihre, aber vom Regen ein wenig durchweicht, deshalb streifte er sie ebenfalls ab und stellte sie auf die Fußmatte neben ihre.

Das Bild der nebeneinanderstehenden Schuhe hatte etwas an sich, das ihm die Luft abschnürte. Eine Sehnsucht nach einem

Leben, zu dem es nicht gekommen war? Schnell wandte er sich ab, weil er den Anblick nicht ertragen konnte.

Caro prüfte mit der Hand die Wassertemperatur, bevor sie Max ansah. »Alles vorbereitet. Du kannst sie reinsetzen.« Mit einem Kopfnicken deutete sie auf die Spüle.

Max setzte die Hündin sanft ab, und sie jammerte leise, flüchtete sich in eine Ecke, versuchte, an der Wand der Spüle hochzuklettern und dem Wasserstrahl zu entkommen.

»Sie hat einen langen Körper«, stellte Max fest.

»Da steckt definitiv ein Dackel mit drin, wenn sie nicht sogar ein reinrassiger Dackel ist. Sie ist so dürr«, meinte Caro und setzte vorsichtig die Vorderpfoten des Hundes wieder auf den Boden des Spülbeckens.

Die Kleine wollte erneut ausbrechen, aber Max streichelte sie sanft mit den Fingern unterm Kinn und versuchte sie zu beruhigen. So klein, wie sie war, war er überzeugt, dass Caro sie auch allein hätte baden können, aber da er nun einmal hier war, konnte er ruhig auch helfen. Leider standen sie dabei so nahe nebeneinander, dass ihre Arme sich berührten. Haut auf Haut.

Bei der Berührung erstarrte Caro. Einen Moment hielt sie inne, dann räusperte sie sich und flüsterte: »Danke.« Und dann griff sie in das Regal über ihnen, nahm einen Becher heraus und füllte ihn mit Wasser, um es langsam über den Rücken der Hündin zu gießen. Das Wasser verfärbte sich schwarz und zugleich wurde das rotbraune Fell besser sichtbar. »Ist schon gut«, murmelte Caro tröstend. »Ich verspreche dir, du wirst dich viel besser fühlen, wenn du den ganzen Dreck losgeworden bist.«

Sie brauchte mehrere Becher voll Wasser, bevor es sich nicht mehr dunkel verfärbte, und erst da fiel ihnen auf, dass ein wenig Blut ins Spülbecken lief. Als der Schlamm aus dem Fell herausgewaschen war, fand Caro auch einige der Stellen, aus denen es sickerte: Der Welpe hatte eine Schnittwunde auf einer Vorderpfote, eine weitere verlief über den Rücken, wo der Strick gewesen war, eine dritte an der Seite.

»Ich glaube, die sind alle nicht tief, aber wir werden sie trotzdem zum Tierarzt bringen, damit er sie sich genauer anschaut.«

»Wir?«

»Ja. Hast du nicht gesagt, wir ziehen das gemeinsam durch?«

»Stimmt. Das habe ich.« Er warf ihr einen Blick zu. »Ich dachte nur, ich müsste mich mit dir darüber streiten.«

»Na ja, ich würde es vorziehen, mich nicht mehr mit dir zu streiten.« Sie drehte sich zu ihm um, legte den Kopf ein Stück zurück und sah ihn aus graubraunen Augen an.

Zum ersten Mal an diesem Nachmittag konnte er ihr Gesicht richtig anschauen – wie auch nicht, wenn man so nah beieinanderstand? – und erkannte, dass etwas nicht in Ordnung war. Ihre Augen waren verquollen und gerötet. Auch ihre Nasenspitze war gerötet, ihre Lippen waren geschwollen. Sie hatte geweint.

Sie wirkte traurig, und er verspürte das Verlangen, diese Traurigkeit zu verscheuchen.

»Es tut mir leid«, sagte er, ohne nachzudenken, meinte es aber ehrlich. »Wegen der Geschichte im Pub am Dienstag und im Café am Mittwoch. Ich habe mich wie ein Arschloch aufgeführt.«

Ihre Augen weiteten sich. Sie war eindeutig überrascht. Kurz zögerte sie, bevor sie nickte. »Danke, dass du das gesagt hast. Und jetzt halte sie bitte gut fest. Die Seife wird ein bisschen brennen, und ich bin sicher, dass ihr das nicht behagen wird.«

Max sorgte dafür, dass er die Hündin fest im Griff hatte, während Caro nach einer Flasche Shampoo griff, etwas davon auf ihre Hände gab und darin aufschäumte. Kaum hatte sie die wunde Stelle auf dem Rücken der Hündin berührt, da jammerte diese laut vor Schmerz und wehrte sich gegen Max' Griff.

»Schon gut«, sagten sie beide wie aus einem Mund.

Das Hundemädchen brauchte eine Weile, um seine Fluchtversuche aufzugeben und sich zu beruhigen, aber Caro und Max arbeiteten weiter zusammen. Max hielt die Hündin so, dass Caro jede Stelle erreichen konnte. Solange die Kleine seine Hände spürte, hielt sie brav still, aber sie nutzte ein paar Gelegenheiten, sich kräftig zu schütteln und dabei Wasser und Seife nach allen Seiten sowie auf Caros und Max' Arme zu spritzen.

Caro hatte gerade begonnen, den Bereich hinter den Hundeohren zu waschen, als sie die Frage stellte, von der er annahm, dass sie ihr unter den Nägeln brannte. »Also, warum hast du dich wie ein Arschloch verhalten?«

Weil der Junge, der damals in dich verliebt war, immer noch existiert und sehen wollte, ob du genauso eifersüchtig bist wie er. Aber die Wahrheit konnte er ihr nicht sagen … zumindest nicht die volle Wahrheit.

»Ich schätze, ich wollte einfach eine Reaktion aus dir rauskitzeln.«

»Tja, das hast du geschafft. Das hat sich bei der Eiswassergeschichte gezeigt.«

»Ich dachte, das wäre ein Unfall gewesen.« Er musterte sie kurz von der Seite.

Sie war dabei, das Shampoo vom Kopf der Hündin zu spülen – und bemüht, nichts davon in deren Augen gelangen zu lassen –, deshalb schaute sie ihn nicht an. Trotzdem bemerkte er das Grinsen, das ihre Mundwinkel umspielte. »Ja, ein absichtlicher.«

»Ein absichtlicher?« Unwillkürlich musste er lachen.

»Ja, so nennen wir das, wenn meine Neffen und Nichten mutwillig etwas anstellen.« Sie hielt inne, füllte erneut den Becher mit Wasser und goss es über den Rücken des Hundes, um die letzten Schaumreste zu entfernen. »Das tut mir übrigens leid.« Sie stellte das Wasser ab, bevor sie zu ihm hochschaute, die Augenbrauen hochgezogen. »Obwohl es ja offensichtlich gut funktioniert hat, was dich und die kleine Miss Minirock angeht?«

»Aubrey? Nein, nicht so richtig. Ich bin übrigens nicht mit ihr auf ihr Zimmer gegangen.« Er war sich nicht sicher, warum er das Bedürfnis hatte, ihr das zu erzählen … oder das, was ihm als Nächstes über die Lippen kam. »Und ich habe mich noch widerlicher verhalten, als ich sagte, sie sei im selben Alter wie die Frauen, mit denen ich üblicherweise ausgehe. Das war gelogen.«

»Um mich zu ärgern?«

»Ja.«

»Schön zu hören.« Wenn er es nicht besser gewusst hätte, hätte er geglaubt, ihre Augen ein bisschen zum Leuchten gebracht zu haben.

Aber warum sollte die Wahrheit eine solche Wirkung auf sie haben? Und warum bedeutete ihm das etwas?

Viel Zeit, über diese Fragen nachzudenken, blieb ihm nicht, denn das Hundemädchen schüttelte sich so heftig, dass das Wasser ihm bis ins Gesicht spritzte.

Caro schwirrte ein wenig der Kopf, als sie ein frisches Handtuch aus dem Schrank holte, den Welpen aus dem Spülbecken hob und an ihre Brust drückte. Um der Wahrheit die Ehre zu geben, schwirrte ihr bereits der Kopf, seit Max vor fünfzehn Minuten aufgetaucht war.

»Ich wollte auch mit dir reden«, sagte sie, während sie versuchte, dem Hund den Kopf abzutrocknen. »Ich wünsche mir wirklich, dass wir … uns vertragen … oder zumindest diese Spannung überwinden können, die zwischen uns herrscht.«

»Du meinst, wir sollen die Waffen ruhen lassen und uns wie erwachsene Menschen benehmen?«

»Ja, das meine ich.«

»Abgemacht.« Er lächelte, lehnte sich mit der Hüfte gegen das Spülbecken und verschränkte die Arme vor der Brust. Allerdings ließ er sie gleich wieder sinken und rümpfte die Nase, während er den Schlamm anstarrte, der an seinem T-Shirt klebte.

»Du wirst dich umziehen müssen, bevor wir zum Tierarzt fahren.« Mit einem Kopfnicken deutete sie auf sein T-Shirt.

»Nicht nur ich.« Er deutete auf ihre Shorts. »An dir hängt noch sehr viel mehr Schlamm.«

»Das ist mir vollkommen bewusst, glaub mir. Es gibt nichts Schöneres als das Gefühl nasser Unterwäsche auf der Haut.« Kaum hatte sie das ausgesprochen, wurde ihr bewusst, dass ihre Wangen sich rosa verfärbt haben mussten. Sie fühlten sich jedenfalls deutlich wärmer an als eben noch. »Ich … So habe ich das nicht gemeint. Ich …«

»Ich weiß, was du gemeint hast.« Max lachte kopfschüttelnd.

»Wenn … du … ähm … dein T-Shirt ausziehst, kannst du sie halten, während ich dir etwas zum Wechseln gebe.« Jetzt mussten ihre Wangen knallrot sein. »Nur damit … du weißt schon … der ganze Dreck nicht wieder in ihrem Fell landet.«

Gott, warum war sie so nervös? Sie hatte Max schon unzählige Male mit nacktem Oberkörper gesehen. Ja, sie hatte ihn schon wer weiß wie oft nackt gesehen. Zum Teufel noch mal, er war in ihr gewesen!

Und dennoch fühlte es sich irgendwie ungewohnt und neu an … So als hätte sie sich in jemanden verguckt, den sie eben erst kennengelernt hatte.

Max griff nach dem Saum seines T-Shirts und zog es sich in einer geschmeidigen Bewegung über den Kopf. Prompt verschlug es Caro den Atem. Sie riss die Augen auf, während sie jeden Quadratzentimeter seiner muskulösen Arme, seiner breiten Brust und seines Sixpacks auf sich wirken ließ.

Du lieber Himmel! Er war schon immer gut gebaut gewesen, aber inzwischen war sein Körper ein wahres Meisterwerk. Da gab es so viele Stellen, die sie am liebsten mit den Fingern betastet und erforscht hätte. Sie schluckte hart, ihre Kehle war auf einmal schrecklich trocken.

»So.« Erneut schluckte sie und reichte ihm den Welpen, als wäre er ein frisch gewickeltes Baby. »Okay.« Sie gönnte sich eine kurze Atempause von seinem überwältigend scharfen Körper und ging hinüber zu Waschmaschine und Trockner in der Ecke. Im Trockner wartete eine Ladung sauberer Wäsche, also öffnete sie die Tür, holte eine Shorts, einen Slip und ein T-Shirt heraus.

Als sie sich wieder umdrehte, galt Max' Aufmerksamkeit den Kleidungsstücken in ihrer Hand, insbesondere dem winzigen blauen Stringtanga. In seinen Augen loderte eine Glut, die ihr Herz schneller schlagen ließ.

»Ich … ähm … ziehe mich eben schnell um … und bringe dir dann was zum Wechseln.«

Max räusperte sich. Inzwischen waren auch seine Wangen leicht gerötet. »Ich brauche nur ein T-Shirt. Meine Shorts sind schon wieder trocken.«

»In Ordnung.« Sie nickte, ging ein paar Schritte rückwärts, den Blick immer noch auf seine nackte Brust und seine Arme gerichtet, bevor sie sich umdrehte und fast über Leia gestolpert wäre. Die Hündin saß immer noch geduldig wartend und beobachtend auf der Türschwelle, bewegte sich jetzt aber zur Seite, um Caro an sich vorbeizulassen.

Sie konnte gar nicht schnell genug wegkommen.

Was, zum Teufel, war das eben?

Mit bebenden Fingern berührte sie ihre glühenden Wangen. Der Hauswirtschaftsraum war tatsächlich nicht besonders groß, aber er fühlte sich geradezu winzig und beengt an, als Max mit nacktem Oberkörper und dem Welpen auf dem Arm dastand. Das Motiv wäre ein echter Blickfang in einem Wandkalender gewesen.

Die letzten zwanzig Minuten waren womöglich die bizarrsten ihres Lebens gewesen. Wie konnte es sein, dass sich alles zwar vertraut, zugleich aber auch völlig neu anfühlte?

Auch wenn sie im Moment keine Antwort darauf wusste, so sagte ihr Gefühl ihr doch, dass sie vermutlich dahinterkommen würde, jetzt, da sie einen Waffenstillstand geschlossen hatten.

Die nächste Stunde war die kürzeste, die Max seit seiner Ankunft in Cruickshank erlebt hatte. Vielleicht lag das daran, dass sie so beschäftigt waren … oder vielleicht daran, dass er mit Caro zusammen war.

Sie brachten das Hundemädchen dazu, ein bisschen Wasser zu trinken, und obwohl die Wasserschale nicht groß war, schaffte die Kleine es hineinzufallen und musste erneut abgetrocknet werden.

Caro rief in der Tierarztpraxis an und vereinbarte einen Termin. Derweil behielt Max Leia im Auge, als diese den Welpen unter die Lupe nahm. Die Kleine jammerte und winselte, versuchte, sich hinter Max' Füßen in Sicherheit zu bringen, aber als die Deutsche Schäferhündin ihr das Gesicht leckte, beruhigte sie sich.

Als nächste Aufgabe stand die Fütterung an. Caro bereitete Rühreier zu – auch für Leia –, und nachdem sie abgekühlt waren, fütterte sie den Welpen aus der Hand damit. Da die Kleine unbedingt näher an sie und das Futter heranwollte, versuchte sie Max vom Schoß zu klettern, aber er schaffte es, sie festzuhalten.

»Du musst langsamer machen, Kleine«, ermahnte Caro den Welpen und hielt ihm noch ein Stück Rührei auf der Handfläche hin. Obwohl er offenbar großen Hunger hatte, nahm er die einzelnen Bissen recht sanft aus Caros Hand.

»Wir sollten der Kleinen einen Namen geben«, meinte Max.

Caro schaute zu ihm hoch, sichtlich zögernd. »Ich … ähm … normalerweise gebe ich den Hunden keine Namen. Meistens haben sie bereits einen in dem Tierheim bekommen, aus dem wir sie haben, oder sind Streuner. Dann gibt ihnen Lorraine oder Sasha einen Namen.«

»Warum nicht du?«, fragte Max und umfasste den sich windenden Welpen etwas fester.

»Eine meiner dummen Regeln, damit ich mich nicht zu sehr an meine Pflegetiere binde.«

»Und? Funktioniert's?«

»Nein.« Sie schüttelte den Kopf. »Es fühlt sich jedes Mal schlimmer an als zuvor.«

»Wie meinst du das?«

Traurig runzelte sie die Stirn und hielt der Kleinen noch ein Stück Rührei hin. »Tibbett ist heute adoptiert worden. Der Basset, den ich bei deiner Großmutter dabeihatte.«

»Ahh.« Er nickte. »Hast du deshalb geweint?«

Ihr Stirnrunzeln vertiefte sich. »Woher weißt du, dass ich geweint habe?«

»Ach komm, Caro.« Er schüttelte den Kopf. »Ich weiß, dass wir einander nicht mehr so gut kennen wie früher, aber ich kann immer noch sehen, wenn du traurig bist.«

Sie seufzte, bevor sie sich ihm öffnete: »Ich habe heute in Kathleen's Corner gearbeitet, und in derselben Sekunde, in der seine neuen Besitzer den Laden mit ihm verließen, bin ich in Tränen ausgebrochen. Hazel hat mich nach Hause geschickt.«

»Vielleicht sollte es ja so sein. Wenn Tibbett nicht adoptiert worden wäre und du nicht frühzeitig nach Hause gekommen wärst, hättest du die Kleine hier nicht gefunden«, meinte Max und kraulte die Hündin zwischen den Ohren. Sie wand sich ein bisschen auf seinem Schoß, bevor sie ihren langen Körper auf seinen Oberschenkeln ausstreckte.

»Das stimmt.« Nachdenklich zog sie die Brauen hoch.

»Was jetzt?«

»Ich denke nur über den zeitlichen Ablauf nach. Was hat dich übrigens hierhergeführt?«

»Ich wollte einfach nur laufen, und ehe ich mich's versah, fand ich mich in dieser Straße wieder. Ich wusste, dass ich dich um Entschuldigung bitten musste. Vielleicht haben mich meine Füße deshalb in diese Richtung getragen.«

»Ja.« Caro nickte und gab dem Hundemädchen das letzte Stück Rührei. »Vielleicht.«

»Also, was geschieht als Nächstes mit ihr? Nach dem Tierarztbesuch?«

»Ich schaue die Suchmeldungen im Haustierregister durch. Überprüfe, ob irgendjemand sie vermisst gemeldet hat. Vielleicht trägt sie ja auch einen Chip. Man wird sie scannen.«

»Es gibt ein Haustierregister mit Suchmeldungen?«

»Ja, alle Tierheime, Tierschutzorganisationen und Tierärzte in einem Umkreis von hundertfünfzig Kilometern können darauf zugreifen. Ich habe es vor ein paar Jahren erstellt.«

»Beeindruckend.«

»Danke.« Achselzuckend tat sie sein Lob ab. »Dadurch wurden viele Menschen wieder mit ihren Haustieren vereint.«

»Das heißt, wenn sie nicht im Register steht und keinen Chip trägt, wirst du sie als Pflegehündin übernehmen?«

»Höchstwahrscheinlich. Und das Tierheim behält gefundene Hunde mindestens zwei Wochen, bevor sie sie zur Vermittlung freigeben.«

»Sie braucht also einen Namen.«

Seufzend stellte Caro den leeren Teller zurück auf den Tisch. »Du hast recht. Den braucht sie.«

»Was hast du gerade gesagt?«

»Dass sie tatsächlich einen Namen braucht.«

»Nein«, erwiderte er kopfschüttelnd. »Das andere.«

»Dass du recht hast?«

»Genau das.« Er grinste.

Sie verdrehte die Augen, lachte aber dabei, was ein seltsames Gefühl in seiner Brust auslöste. »Dachtest du an einen bestimmten Namen?«, fragte sie.

Er schaute auf die Hündin hinunter und kraulte sie an einer Stelle, die unverletzt war. »Wie wär's mit etwas wie Kiki oder Gigi oder Zuzu?«

»Wenn da kein Muster erkennbar ist!«

»Hey, das sind lustige Namen.«

Caro lächelte und hob besänftigend die Hände. »Ich sage nicht, dass sie das nicht sind. Aber sie bestehen alle nur aus zwei Buchstaben, die sich wiederholen.«

»Okay. Woran dachtest du denn? Und erzähl mir nicht, du hättest keine Ideen, auch wenn du sie nicht laut ausgesprochen hast.« Max kraulte die Hündin immer noch, und offenbar hatte er die richtige Stelle gefunden, denn sie rollte sich langsam auf den Rücken und gewährte ihm damit leichteren Zugang zu ihrem Bauch.

»Vielleicht liegt es daran, dass ich heute ihre Musik gehört habe, aber was hältst du von Dolly?«

»Oh, das ist ein guter Name.« Er nickte bedächtig. »Allerdings stelle ich mir unter Dolly einen blonden Hund vor, einen Golden Retriever zum Beispiel. Oder einen lockigen Pudel.«

»Okay, da ist was dran. Wie wäre es mit Rosie? Weil wir sie in den Rosensträuchern gefunden haben?«

»Gefällt mir, aber …«

»Passt immer noch nicht.« Caro schaute auf die Hündin hinab, die jetzt mit den Beinen in der Luft strampelte, während Max ihr weiter den Bauch kraulte. Die Augen hatte sie voller Wonne geschlossen, die kleine Zunge hing ihr aus dem Maul. »Ich fände einen Jungennamen, der als Kurzform für einen Mädchennamen verwendet wird, irgendwie süß. Lou zum Beispiel oder Joey oder Georgie.«

»Wie wär's mit Frankie?«, fragte Max. »Du hast sie unter der Statue des Heiligen Franziskus gefunden. Frankie als Kurzform von Frances.«

»Mensch, ja! Frankie! Das passt perfekt zu ihr.«

»Siehst du? Wir haben es geschafft.« Max hielt die Hand hoch, Handfläche nach vorn, und Caro gab ihm ein High five.

Die schlichte Geste hatte etwas Vertrautes, und obwohl ihre Hände sich nur ganz kurz berührten, spürte er noch lange die Wärme ihrer Haut in seiner Handfläche. Unwillkürlich schloss er die Hand, um sie ein bisschen länger zu bewahren.

»Okay.« Er räusperte sich. »Wie geht's jetzt weiter?«

Caro warf einen Blick auf ihre Armbanduhr. »Der Termin beim Tierarzt ist um zwei. Wir sollten uns also auf den Weg machen.«

»Klingt gut.« Max nickte und sie standen beide auf. Daraufhin erhob sich auch Leia von ihrem Platz neben ihnen und wollte ganz offensichtlich mit.

»Du kannst mit ihr spielen, wenn wir zurückkommen.« Caro kraulte Leias Kopf. »Leia muss noch mal raus, bevor wir gehen, und Frankie hier …« Sie langte zu dem Hundemädchen auf Max' Armen. »… sollte am besten auch noch mal raus. In meiner Wohnung habe ich ein passendes Geschirr, außerdem brauche ich saubere Schuhe.«

Gemeinsam gingen sie zur Tür. Caro hielt Frankie, während Max sich seine Sneakers und eine Jacke anzog, die sie ihm reichte. Dann gingen sie nach draußen.

Es regnete schon wieder. Das leichte Nieseln war inzwischen stärker geworden. Caro zog sich die Kapuze ihrer Jacke über den Kopf, als sie den Pfad hinunter zu ihrer eigenen Wohnung lief. Max und Frankie blieben unter dem Dachüberstand stehen und Max' Blick wanderte automatisch zu der kleinen Dachwohnung über der Garage hinüber. Ein Schmerz, mit dem er nicht gerechnet hatte, breitete sich von seinem Herzen über seine Brust bis hinein in seine Arme aus.

Caro war im Sommer nach ihrem Highschool-Abschluss dort oben eingezogen. Auch wenn sie in Cruickshank geblieben war, um bei der Pflege ihrer Mutter zu helfen, wollte sie doch ein bisschen Unabhängigkeit, und das kam vor allem Max zugute. In jenem Sommer – ihrem letzten gemeinsamen Sommer – hatte er mehr oder weniger in ihrer Dachwohnung gelebt. Jede Nacht war er dort in ihren Armen eingeschlafen.

Eine feuchte, schnuppernde Nase stupste seinen Oberschenkel an, und Max schaute hinunter: Leia stand vor ihm. Offensichtlich wollte sie nicht länger im Regen bleiben als unbedingt nötig und hatte sich mit ihrer Pinkelpause beeilt. Max öffnete ihr die Tür, und Leia zögerte keine Sekunde, bevor sie ins Haus zurücklief.

Caro war schon nach knapp drei Minuten zurück, einen Schirm in der einen Hand, ein grünes Hundegeschirr in der anderen. Sie gesellte sich zu ihnen unter den Dachüberstand und legte Frankie das Geschirr an.

»Schauen wir mal, ob sie an der Leine geht«, sagte sie und setzte den Welpen auf dem Boden ab. Dann öffnete sie den Regenschirm – das Geräusch und die plötzliche Bewegung ließen Frankie zusammenzucken –, bevor sie auf den Weg hinaustrat.

Frankie rührte sich nicht.

»Komm schon«, sagte Caro und zog sanft an der Leine. »Ich bin sicher, du musst mal.«

Doch Frankie verweigerte sich.

Max lachte, ging um sie herum, zog sich seine Kapuze über den Kopf und eilte zum Rasen. Dort kauerte er sich nieder und klopfte mit den Händen gegen seine Oberschenkel. »Komm, Frankie«, rief er. »Alles gut hier draußen. Nur ein bisschen nass.«

Die Hündin ließ den Blick zwischen Max und Caro hin und her wandern, bevor sie sich langsam in Bewegung setzte und auf Max zutapste. Caro hielt den Schirm über sie, während sie zum Rasen hinübergingen.

Max stand auf, trat einen Schritt zurück, die Hündin folgte ihm, und so ging es ein paar Minuten lang weiter, bevor sie sich endlich hinhockte.

»Was für eine Inszenierung.« Caro schüttelte den Kopf. »Frankie scheint mir eine Dramaqueen zu sein.«

»Nur gut, dass sie auch niedlich ist.«

»Allerdings.« Lachend drückte Caro ihm die Leine in die Hand. »Ich hole schnell ein Handtuch und schließe das Haus ab.«

Sie war im Nu zurück, und er sammelte Frankie auf, bevor sie zu dem alten Jeep gingen. »Ich fasse es nicht, dass du den immer noch hast«, sagte er, als er sich auf dem Beifahrersitz niederließ.

Auch das war ein Ort, der viel zu viele Erinnerungen weckte. Rachel hatte sie in diesem Auto herumgefahren, als sie noch Kinder waren, und als er und Caro ihren Führerschein hatten, waren sie damit sehr oft gemeinsam losgezogen … und hatten es unzählige Male miteinander auf der Rückbank getrieben.

Er fragte sich, ob sie wohl an jene Zeiten zurückdachte … aber wenn dem so war, ließ sie sich nichts anmerken.

»Er funktioniert immer noch tadellos«, sagte Caro und tätschelte das Lenkrad. Sie startete den Motor und sofort erklang Musik. Die ersten Takte von »Here You Come Again« erfüllten den Wagen.

»Siehst du? Dolly.« Caro deutete auf den CD-Player, bevor sie rückwärts aus der Einfahrt fuhr.

»Ja, sehe ich. Hat dich irgendwas Besonderes dazu inspiriert, diese Musik zu spielen?«

»Ich habe gestern meine Mom besucht.« Sie warf einen Blick zu ihm hinüber, als sie nach rechts in die Straße einbog.

Ein trauriges Lächeln umspielte seine Mundwinkel. »Ich muss auch immer an deine Mom denken, wenn ich Dolly höre.«

»Sie war ihre Lieblingssängerin.«

Schon irgendwie seltsam, dass Rachels Tod ihn härter getroffen hatte als der Tod seines Vaters, aber so war es nun einmal. Sie war wie eine Mutter für ihn gewesen, ebenso wie Ava – viel mehr als die Frau, die ihn zur Welt gebracht hatte.

Die paar Male, die er in der Stadt gewesen war, hatte er immer ihr Grab besucht. Diesmal war er noch nicht dort gewesen, aber das lag daran, dass noch ein anderes Grab auf ihn wartete.

»Ich muss sie besuchen … und Martin. Aber ich weiß nicht, ob ich dazu schon bereit bin«, erklärte Max und streichelte mit dem Zeigefinger Frankies Kopf. Sie zu liebkosen schien zu helfen, die schmerzlichen Empfindungen in seiner Brust zu lindern.

Vielleicht half aber auch, dass er endlich darüber redete, wie er sich in den letzten Tagen gefühlt hatte. Ach, zum Teufel, nein, im ganzen letzten Jahr. Waffenstillstand hin oder her, das Verhältnis zu Caro war alles andere als perfekt. Und auch wenn sie einander nicht mehr so gut kannten, verstand sie das. Konnte seinen Verlust besser als jeder andere nachempfinden, abgesehen von Ava.

»Es ist in Ordnung, wenn du es nicht bist.«

»Deshalb musste ich raus und laufen.« Jetzt, da er angefangen hatte zu reden, konnte er gar nicht mehr aufhören. »Ich war heute zum ersten Mal in seinem Arbeitszimmer und es war einfach … alles zu viel für mich.«

Caro hielt an einer roten Ampel. »Max.« Sie flüsterte seinen Namen, und er wandte sich zu ihr, um sie anzusehen. Ihr Gesichtsausdruck war weich, das berührte sein Herz. »Du musst nichts erzwingen. Du wirst dir über alles klar werden, wenn du dir die nötige Zeit lässt.« Sie langte zu ihm hinüber, fasste nach seinem Unterarm und genau wie vorher schon brannte seine Haut unter ihrer Berührung.

Als sie einander ansahen, hatten sie plötzlich beide das Gefühl, dass es im Wagen drückend heiß war. Sie rührten sich nicht, bis lautes Hupen vom Wagen hinter ihnen Caro veranlasste, die Hand von seinem Arm zu nehmen und sich wieder auf die Straße zu konzentrieren.

9. KAPITEL

Von Anfang an

»Tja, sie trägt keinen Chip«, sagte Oscar, der Tierarzt, und legte den Scanner neben dem Welpen auf den Tisch. »Und ich bezweifle, dass Frankie jemanden hat, der sie sucht … oder dieser Jemand sucht nicht gerade allzu eifrig.«

»Wie kommst du darauf?«, fragte Max und runzelte die Stirn, wie er es immer tat, wenn er sich über etwas aufregte.

Er ist nicht der Einzige, der erkennt, was im anderen vorgeht, schoss es Caro durch den Kopf.

»Nun, nach ihrem Gebiss zu urteilen«, sagte Oscar und schob sanft die Lippen des Welpen beiseite, »müsste sie vier oder fünf Monate alt sein. Aber ihre Pfoten sagen mir, dass sie zu klein für ihr Alter ist. Sie sollte vermutlich zwei bis zweieinhalb Kilo mehr wiegen. Ich schätze, dass sie schon ein bis zwei Wochen auf sich allein gestellt ist, vielleicht auch länger, aber sie ist schon eine ganze Weile nicht mehr vernünftig ernährt worden. Offenbar hat sie ein wenig zu fressen finden können, aber sie ist unterernährt. Niemand hat sich um das arme Ding gekümmert.«

»Wird sie sich erholen?« Fragend sah Max den Tierarzt an.

Caro machte sich selbst sehr große Sorgen um die Hündin, aber Max so besorgt um das Tier zu sehen, fand sie unglaublich süß.

»Ja.« Oscar nickte und leuchtete ihr in die Augen. »Wenn sie erst mal ein bisschen Fleisch auf die Rippen bekommt und Medikamente, wird Frankie sich gut erholen.«

»Nun, sie hat gut gefressen, als ich sie vorhin gefüttert habe. Ich habe ihr nach dem Baden etwas Rührei gegeben und sie hat es praktisch inhaliert. Ich musste sie von Hand füttern, damit sie nicht zu hastig frisst.«

»Du brauchst nie lange, um Tiere dazu zu bringen, dir aus der Hand zu fressen.« Oscar blickte von der kleinen Hündin auf und grinste Caro an.

»Was du nicht sagst«, murmelte Max.

Sowohl Caro als auch Oscar wandten sich ihm zu, und seine Miene verriet überdeutlich, dass er das nicht hatte laut aussprechen wollen. Hätte sie es nicht besser gewusst, hätte sie sich eingebildet, dass er leicht errötet war.

Aber vielleicht lag es einfach nur am Licht.

Kopfschüttelnd lachte Oscar. »Auf jeden Fall freue ich mich, dass ihr beiden miteinander auskommt. Die Spannung zwischen euch im Pub neulich Abend war ja kaum auszuhalten.«

»Ja, nun, das haben wir hinter uns«, meinte Caro.

»Sieht ganz so aus.« Erneut lachte Oscar. »Also, was hast du mit Frankie vor?« Sanft kraulte er der Hündin das Kinn und sie schloss genießerisch die Augen.

»Ich werde sie auf jeden Fall in Pflege nehmen, bis sie sich erholt hat. Allerdings hatte ich schon eine Weile keinen Welpen mehr.« Normalerweise übernahm sie ältere Hunde, aber in den letzten Jahren waren auch ein paar Welpen dabei gewesen. »Das wird interessant werden.«

»Klingt nach einem Plan. In diesem Sommer passieren viele interessante Dinge.« Oscar ließ den Blick vielsagend zwischen ihr und Max hin und her wandern.

Subtil, Oscar, sehr subtil.

Dreißig Minuten später hatten Max, Caro und Frankie die Untersuchung hinter sich und verließen die Praxis. Oscar hatte Frankie alle nötigen Erstimpfungen verabreicht und sie auf Herzwürmer getestet. Außerdem hatte er Caro ein Medikament gegen Ohrenentzündungen sowie eine Salbe für die Wunden an Rücken und Pfote der Hündin mitgegeben.

Caro trug die Kleine jetzt vor ihrer Brust in ihrer Jacke, den Reißverschluss so hochgezogen, dass Frankie ihren Kopf unter Caros Kinn drücken konnte. Max hatte zwar nichts für Wetten übrig, war sich aber sicher, dass der Welpe blitzschnell Caros Herz erobern würde.

»Müssen wir nicht bezahlen?«, fragte er, als Caro einfach am Empfangstresen vorbeiging.

»Schon erledigt«, erwiderte sie kopfschüttelnd. »Für Tiere des Tierrettungsvereins gibt es einen Fonds.«

»Ihr müsst großzügige Spender haben.«

»Eigentlich nur einen.«

»Ava?«

»Na ja, ursprünglich Ava und Martin.« Caro nickte, stieß die Tür nach draußen auf und sie traten unter den Dachüberhang hinaus. Immer noch regnete es in Strömen. »Magst du noch zum Zoogeschäft mitkommen, bevor wir zurückfahren? Es ist gleich um die Ecke und Frankie braucht ein passendes Geschirr mit Leine.«

»Ja, ich bringe das nur eben ins Auto …« Er hielt die Tüte mit den Medikamenten hoch. »… und hole deinen Schirm.«

Caro zog den Autoschlüssel aus der Jackentasche und reichte ihn Max. Ihre Finger berührten sich, und wieder schienen Funken zwischen ihnen zu sprühen. Zum gefühlt hundertsten Mal zwang Max sich dazu, die Hand zurückzuziehen.

Er trat in den Regen hinaus. Wenn es immer noch gewittert

hätte, hätte er den nächsten Blitz angezogen wie ein verdammter Blitzableiter – dessen war er sich sicher.

Es war ein absolut irrsinniges Gefühl. Inzwischen wusste er wieder ganz genau, warum er sich so lange von Caro ferngehalten hatte – er hatte sich einfach nicht im Griff, wenn es um sie ging. Das war schon immer so gewesen. Nur Abstand konnte ihn retten, und er hatte keinen blassen Schimmer, was er jetzt tun sollte.

Eine Minute später, als sie sich beide unter den Schirm drängten und auf den Weg zur Hauptstraße machten, erkannte er, dass er die nächste Hürde beseitigen wollte.

Er wollte sie neu kennenlernen.

»Darf ich dich etwas fragen?« Er warf ihr einen kurzen Seitenblick zu.

»Ja.«

»Warum hast du nach Sweet Pea nicht wieder einen Hund adoptiert?« Sie schwieg einen Moment zu lange und er sah sie prüfend an. »Du musst nicht antworten, wenn du nicht möchtest.«

»Das ist nicht das Problem. Sweet Pea hat meiner Mom gehört. Sie war so ziemlich das letzte Bindeglied zu ihr. Und als sie starb ... na ja, es fühlte sich so an, als hätte ich meine Mom noch einmal verloren.«

»Das kann ich verstehen.«

»Es war leichter für mich ... mich nicht wieder emotional zu binden. Oder das zumindest zu versuchen.«

Irgendwie hatte er das Gefühl, dass sie dabei nicht nur über Hunde sprach, und so gern er das Thema weiter vertieft hätte, wäre es vermutlich unpassend, weiter nachzubohren, jetzt, da sie wieder vernünftig miteinander reden konnten.

Außerdem begann das Klapphandy in seiner Tasche zu klingeln. Er zog es hervor, warf einen Blick auf das Display, auf dem HOME aufblitzte.

»Tut mir leid, das ist Ava.« Er hätte sie früher anrufen sollen, hatte sie aber nicht um ihren Mittagsschlaf bringen wollen. Er klappte das Handy auf und hielt es sich ans Ohr.

»Hey, Ava.«

»Wo steckst du? Ich hätte erwartet, dass du inzwischen wieder zu Hause bist.«

»Ich bin mit Caro zusammen. Wir haben ein Hundemädchen gefunden und sind gerade aus der Tierarztpraxis raus. Oscar hat sie untersucht.«

Einen Moment blieb es still in der Leitung. »Du hast einen Welpen gefunden? Mit Caro?«

»Ja.«

»Und alle sind noch am Leben? Keine gebrochenen Knochen?«

»Sehr witzig. Ich bin in spätestens einer Stunde zurück.«

»Okay, ich kann's kaum erwarten, heute Nachmittag ausführlich davon zu hören.« Ihre Stimme verriet, dass sie grinste, und er wusste, dass er, kaum zur Tür hereingekommen, sofort ausgequetscht werden würde. »Viel Spaß, Bean.«

»Bye.« Er verdrehte die Augen, als er das Handy zusammenklappte und zurück in seine Tasche schob. »Tut mir leid«, entschuldigte er sich noch einmal und wandte sich Caro zu.

Mit verwirrtem Stirnrunzeln schaute sie ihn an.

»Was?«

»Warum benutzt du Martins altes Klapphandy?«

»Woher weißt du, dass es seins ist?«

»Erstens, weil ich den Klingelton kenne. Ich kann nicht mal mehr zählen, wie oft ich das Ding anrufen musste, um herauszufinden, wo er es liegen gelassen hatte.«

»Das kann ich mir nur zu gut vorstellen.« Max lachte beim Gedanken an seinen Großvater. Nicht, dass Martin ein zerstreuter Professor gewesen wäre, er hatte nur mit Handys nichts anfangen können. »Ich benutze es, weil ich mich auf eine Wette mit Ava eingelassen habe. Sie hat sich ziemlich daran gestört, wie viel ich am ersten Tag hier gearbeitet habe, und war anscheinend der Meinung, das passe einfach nicht zu einem Urlaub.«

»Recht hat sie. Im Urlaub zu arbeiten ist irgendwie nicht sonderlich logisch.«

»Also sagte sie, wenn ich eine Woche lang auf mein Smartphone verzichte und stattdessen dieses Ding benutze, wolle sie mir ihren Ananas-Kokosnuss-Kuchen mit Schlagsahne backen.«

»Oh …« Caro stöhnte und dieser Laut ging Max durch Mark und Bein. »Den habe ich schon seit Jahren nicht mehr gegessen.«

»Dann ist das ja umso mehr Anreiz für dich, nett zu mir zu sein. Dann gebe ich dir vielleicht etwas ab.«

»Unter den Umständen werde ich an den Kuchen denken, wenn ich wieder mal den Drang verspüre, dich mit Wasser zu überschütten.«

»Ja, bitte, tu das.«

Caro lachte und auch das ging ihm durch Mark und Bein. Himmel, wie sehr hatte ihm das gefehlt.

Sie hat dir gefehlt. Wieder meldete sich Martins Stimme in seinem Kopf und diesmal klang sein Großvater sogar ein bisschen verärgert.

»Und, wie kommst du damit zurecht, nicht zu arbeiten?«, fragte sie, als sie stehen blieben, um die Autos vorbeizulassen, bevor sie die Straße überquerten.

»Bis jetzt sind es ja nur zwei Tage. Ich bin noch dabei, mich daran zu gewöhnen. Außerdem habe ich mich auch nicht komplett abgeschottet. Ava hat mir zugestanden, morgens mit meinem Assistenten Edward zu telefonieren. Große Sorgen mache ich mir nicht. Er kann mit allem allein klarkommen – das kann er schon seit Jahren. Der Mann muss unbedingt befördert werden, wenn ich nach New York zurückgehe.«

Das war eine der letzten Maßnahmen, die er treffen wollte, bevor er nach England abreiste. *England.* Warum löste diese Vorstellung plötzlich Beklemmungen in ihm aus?

Gerade als er diesen Gedanken verdrängen wollte, geschah etwas, das ihn sofort vergessen ließ, was ihm gerade durch den Kopf gegangen war.

Sie bogen in eine Seitenstraße ein und sein Blick fiel auf einen mächtigen fünfstöckigen Backsteinbau. Max brauchte das Schild ZU VERKAUFEN gar nicht erst zu sehen, um zu erkennen, dass das Gebäude leer stand. Die Fenster waren mit Brettern vernagelt, das Gras vor dem Haus war hoch und voller Unkraut und die im Winter erfrorenen Blumen standen noch in den Beeten.

»Was ist mit der Kincaid Spring Factory passiert?« Er verharrte, als sie dem Gebäude direkt gegenüberstanden, und Caro blieb neben ihm stehen.

»Eine Firma in Asheville hat sie vor fünf Jahren oder so aufgekauft. Ihnen gehört auch das Gebäude, aber sie konnten einfach keinen Käufer dafür finden. Es würde sehr viel Geld kosten, es zu sanieren, also werden sie es möglicherweise abreißen, um das Grundstück als Bauplatz zu verkaufen. So hieß es jedenfalls.«

»Wie bitte?« Entsetzt sah Max sie an. »Das kann man doch nicht abreißen! Das Gebäude ist vermutlich zweihundert Jahre alt. Und die Architektur ist umwerfend, italienisch beeinflusster viktorianischer Stil. Schau doch nur, wie kunstvoll das Mauerwerk gestaltet ist, und diese Bögen sind wahre Kunstwerke. Und dann die Fenster, die ebenfalls einfach umwerfend sind …«

»Hey, Max, beruhig dich.« Besänftigend hob Caro die Hand. »Ich habe nicht gesagt, dass ich das gutheiße, und dasselbe gilt für die meisten Einwohner der Stadt. Weil es ein historisches Gebäude ist, muss der Stadtrat mehrheitlich den Abriss befürworten, und das wird nicht geschehen.«

»Na, immerhin etwas.« Er starrte an dem Gebäude hoch und das Räderwerk in seinem Kopf setzte sich in Bewegung. Das Räderwerk, das ihm so viel Geld eingebracht hatte … das Räderwerk, das ihn so erfolgreich machte.

Max schob einen Einkaufswagen durch einen Gang im Zoofachgeschäft Whiskers und Wags, während Caro ihm folgte und sich größte Mühe gab, nicht seinen Hintern zu bewundern.

Na schön, vielleicht nicht gerade größte Mühe.

Sie war immer noch ein wenig aus dem Gleichgewicht aufgrund der Geschehnisse der letzten paar Stunden. Die seltsame, unbehagliche Spannung zwischen ihnen hatten sie überwunden und … waren wieder Freunde geworden? Vielleicht lag es ja an der Rettungsaktion für Frankie, dass sich ihr Verhältnis gezwungenermaßen geändert hatte.

Vielleicht war es auch einfach unvermeidlich, dass sie ihren Weg fanden zu … was auch immer der jetzige Zustand war.

»Ich bin einfach nur der Meinung, dass ihr Türkis besser steht als Violett«, sagte Max und hielt dabei zwei Halsbänder hoch.

Alle anderen Farben hatte er rigoros abgelehnt. Anscheinend hatte er sowohl einen Blick für Immobilien, die Millionen wert waren, als auch für modische Hunde-Accessoires.

»Tatsächlich?«, fragte Caro und rückte Frankie auf ihrem Arm zurecht. »Was meinst du?« Damit hielt sie die Hündin dicht an die Halsbänder. Diese zögerte eine Sekunde und stupste dann das türkisgrüne an.

»Siehst du? Frankie ist derselben Meinung. Und die hellrosa Leine passt am besten dazu.«

»Da du dir dessen so sicher bist, meinetwegen.« Caro grinste kopfschüttelnd.

»Und ich bezahle.«

»Dagegen werde ich mich nicht wehren.«

»Gut.« Er nickte. »Denn wir haben noch nicht alles, was wir für sie brauchen.«

Erst zwanzig Minuten später standen sie an der Kasse, und Frankie bekam ein neues Hundebett, eine kuschelige rosa Decke und ein paar Spielzeuge: einen Drachen in Regenbogenfarben, einen blauen Narwal und ein violettes Schnabeltier.

»Dir ist aber schon klar, dass ich sie nur in Pflege nehme, ja?«, wollte Caro wissen, als er seine Kreditkarte zückte.

»Ja«, gab er spöttisch grinsend zurück.

»Was?«

»Nichts. Du kannst das alles ihrer neuen Familie mitgeben oder behalten. Die Entscheidung liegt bei dir. Aber jetzt soll sie ihren Spaß damit haben. Sie verdient es, ein bisschen verwöhnt zu werden.« Er kraulte die Hündin unter dem Kinn. »Oder auch sehr.«

Dagegen konnte Caro nun wirklich nichts sagen. Frankie verdiente es, über alle Maßen verwöhnt zu werden.

Max nahm die Einkaufstaschen an sich, bevor sie das Geschäft verließen und zurück zum Auto gingen. Inzwischen hatte es aufgehört zu regnen, und da sie sich nicht mehr gemeinsam unter den Schirm drängen mussten, lag etwas mehr Abstand zwischen ihnen, als sie erneut an der Kincaid Factory vorbeigingen. Max betrachtete das Gebäude intensiv, und Caro schwieg, bis sie daran vorbei waren.

»Also, was an dem Gebäude fasziniert dich so sehr?«

Er wandte sich ihr zu, die Brauen hochgezogen. »Woher weißt du, dass ich davon fasziniert bin?«

»Vermutlich aus demselben Grund, aus dem du vorhin wusstest, dass ich traurig war. Ein paar Dinge haben sich nicht geändert. Ich weiß, wie du guckst, wenn dich etwas nicht mehr loslässt.«

Vor allem weil er meistens sie auf diese Weise angeschaut hatte.

»Cruickshank hat keine Hotels, jedenfalls nicht im Ortskern. Und ich glaube, dass dieses Gebäude womöglich perfekt dafür geeignet ist, in ein kleines Luxushotel umgewandelt zu werden.«

Völlig unerwartet stieg ein wenig Hoffnung in ihr auf. Angenommen, seine Firma kaufte die Fabrik, würde er dann die Stadt besuchen müssen? Öfter hierherkommen?

Andererseits, welche Rolle spielte es, wenn Max öfter in Cruickshank war? Auch wenn sie beide sich im Moment vielleicht vertrugen, hatte sich doch sonst nichts geändert. Die leise Hoffnung erlosch, und Caro wollte sich nicht zu sehr mit der Frage beschäftigen, warum sie überhaupt aufgekeimt war.

Warum nur hatte ein einziger Nachmittag in seiner Gegenwart sie derart durcheinandergebracht?

»Soll ich fahren?«, fragte Max, als sie das Auto erreichten. »Sie sieht so aus, als hätte sie es sehr bequem.« Nickend deutete er auf den Welpen, der in Caros Jacke eingeschlafen war.

»Soll ich dich bei Ava absetzen?«

»Und das Risiko eingehen, dass Ava uns beide gleichzeitig ausfragt? Besser nicht.«

»Du hast recht. Sie wird sehr viel hartnäckiger nachbohren, wenn wir gemeinsam aufkreuzen.«

»Sie wird unerträglich sein. Außerdem habe ich meine Laufrunde nicht beenden können und es regnet nicht mehr.« Kurz deutete er zum Himmel hinauf.

»Gut. Ich möchte Frankie nur ungern in ihrem gemütlichen Schlaf stören«, sagte Caro, schaute dabei auf den Welpen hinab und lächelte unwillkürlich. Das Hundemädchen war irrsinnig süß. »Du fährst.«

Sie umrundete das Auto und stieg auf der Beifahrerseite ein. Als sie es sich bequem machte, musste sie daran denken, wie richtig und normal es ihr schien, ihn am Steuer zu sehen. Sie hatte so viele Erinnerungen an Max in diesem Auto. Daran, wie er sich über die Mittelkonsole beugte, wie er mit der Handfläche ihren Hinterkopf fasste, die Finger in ihren Haaren vergrub und sie an sich zog, um sie zu küssen. Daran, wie er sie auf die Rückbank legte, die Hände unter ihr Kleid schob.

Der Mann hatte magische Hände. Damals war sie unter seinen Berührungen in null Komma nichts dahingeschmolzen. Insgeheim fragte sie sich, ob das wohl immer noch so wäre.

Großer Gott, sie musste sich unbedingt zusammenreißen. Kaum hatte Max den Motor angelassen, öffnete sie die Lüftungsschlitze, um sich ein wenig abzukühlen.

»Alles in Ordnung mit dir?«

»Ja. Frankie ist wie ein kleiner Ofen.« Das war gelogen – ja, der Hund war sehr warm, aber das war nicht der Hauptgrund dafür, dass ihre Wangen glühten. »Also, erzähl, was wirst du zuerst wegen des Lagerhauses unternehmen?«, fragte sie, um sich von den Gedanken an seine Hände abzulenken.

»Ich werde dafür sorgen, dass mein Assistent sich die Baupläne besorgt und seine Einschätzung abgibt, um zu sehen, ob ich recht habe, dass die Immobilie gut für ein Hotel geeignet wäre.«

»Hast du dich schon mal geirrt? Mit deiner ersten instinktiven Einschätzung?«

Max warf ihr einen Blick zu, als er nach rechts abbog. »Nein.« Er schüttelte den Kopf, bevor er sich wieder auf die Straße konzentrierte. »Ich erkenne das immer auf den ersten Blick.«

Auch wenn er sie nur eine Sekunde angeschaut hatte, hatte sie doch den Ausdruck in seinen Augen wahrgenommen, der sie auf den Gedanken brachte, dass er nicht nur von der Einschätzung von Gebäuden redete.

Er hatte immer betont, er hätte bereits in dem Moment, in dem sie sich kennengelernt hatten, gewusst, dass sie seinem Lebensweg eine neue Richtung gegeben hatte. Im Alter von sechs Jahren hatte er noch nicht verstanden, was geschah, aber gespürt, dass sich etwas verändert hatte. Ein neuer Pfad hatte sich aufgetan.

Aber wie Caro auf die harte Tour gelernt hatte, endeten solche Pfade irgendwann. Das Leben nahm immer wieder unerwartete Wendungen.

Davon hatte es in den letzten Tagen viele gegeben, und als sie vor dem Haus ihres Vaters hielten, erwartete sie bereits eine weitere. Ein vertrauter schwarzer SUV parkte in der Einfahrt.

»Das gibt's doch nicht«, flüsterte Caro und Tränen traten ihr in die Augen. Sie blinzelte heftig, um sich zu versichern, keine Halluzination zu haben.

Lucy war zu Hause, und der kleine Mietanhänger an ihrem Wagen ließ darauf schließen, dass sie so schnell nicht wieder abreisen würde.

Eine Sekunde später kam ihre Schwester aus dem Haus. Sie trug Jeans und einen violetten Regenmantel, die dunkelbraunen Haare hatte sie zu einem unordentlichen Knoten hochgesteckt. Auf dem Weg zu ihrem Jeep blieb sie stehen, als sie den Wagen in der Einfahrt entdeckte. Verwirrt kniff sie die Augen zusammen und neigte den Kopf zur Seite.

»Ist das Lucy?«, fragte Max und schaltete den Motor aus.

»Ja«, sagte Caro, zog den Reißverschluss ihrer Jacke auf und hob die schlafende Frankie von ihrer Brust. »Kannst du sie einen Moment halten?« Sie wartete die Antwort nicht ab, sondern reichte die Hündin einfach über die Konsole an Max weiter.

Dann war sie wie der Blitz aus dem Wagen, schlug die Tür hinter sich zu und rannte die Einfahrt hinauf.

»Bist du wirklich gekommen?«, fragte sie und drückte Lucy fest an sich. Kaum hielt sie ihre Schwester in den Armen, flossen die Tränen in Strömen.

»Ja, ich bin wirklich hier«, erwiderte Lucy und erwiderte Caros Umarmung genauso fest.

Erst nach einigen Augenblicken löste sich Caro von ihrer Schwester. Lucy lächelte, als sie Caro die Tränen von den Wangen wischte. Sie hatte nie so nah am Wasser gebaut wie Caro, aber auch ihre haselnussbraunen Augen waren ein wenig feucht geworden.

Das Braun von Lucys Augen war ein wenig anders als das von Caros – eher mit einem Stich ins Grünliche als ins Gräuliche. Auch sonst sahen sie sich sehr ähnlich, wenn es auch einige Unterschiede gab. Beide Schwestern waren klein, aber Lucy war stolz auf die zweieinhalb Zentimeter, die sie größer war als Caro, und wies oft und gern darauf hin. Sie hatten beide dunkelbraunes Haar, aber während Caros einen rötlichen Schimmer aufwies, war Lucys eher kastanienbraun. Und obwohl sie beide eine feminine Figur hatten, wies Caro üppigere Kurven auf. Nur in einem Punkt waren sie völlig gleich: Sie hatten beide eine spitze Nase, die sie von ihrer Mutter geerbt hatten.

»Hast du deshalb nicht auf meine Anrufe reagiert?«, wollte Caro wissen und packte Lucy an den Armen.

»Ich habe dir doch mitgeteilt, dass ich mit dem Auto unterwegs bin.« Lucy grinste auf ihre typisch besserwisserische Art.

»Aber nicht quer durch die Staaten. Wusste Dad davon? Oder Jeremy? Sasha?«

»Nein, keiner wusste es.« Lucy schüttelte den Kopf. »Ich werde alles erklären, ich schwör's dir. Aber das Wichtigste zuerst: Ist der

Typ in unserer Einfahrt mit dem süßen Welpen auf dem Arm der, für den ich ihn halte?«

Caro ließ Lucys Arme los und drehte sich zu Max um, der neben dem Auto stand. Frankie schaute anbetungsvoll zu ihm hoch, während er ihr das Kinn kraulte. Als Caro sich wieder zu ihrer Schwester umdrehte, grinste die über das ganze Gesicht.

»Sieht so aus, als hätten wir beide eine Menge zu erklären«, meinte Lucy und zog vielsagend die Brauen hoch.

»Du wüsstest längst alles, wenn du auf meine Anrufe reagiert hättest.«

»Ich saß am Steuer. Sicherheit geht vor.«

»Okay, aber wenn du das nächste Mal quer durch die Staaten fährst, warn mich bitte vor.«

Ein Ausdruck von Schmerz und Trauer huschte über Lucys Gesicht. »Es wird kein nächstes Mal geben, Caro.«

Wieder griff Caro nach dem Arm ihrer Schwester. »Luce?«

»Später.« Sie schüttelte den Kopf. »Versprochen.«

»Okay.« Caro ließ los und Lucy ging um sie herum.

»Maximillian Abbott!«

»Hey, Kleine. Lange nicht gesehen«, sagte er und zog sie in eine einarmige Umarmung.

»Wie oft habe ich dir schon gesagt, du sollst mich nicht ›Kleine‹ nennen?«

»Und wie oft habe ich darauf gehört?«

Lucy verdrehte die Augen und knuffte ihn leicht gegen den Arm. »Du solltest doch eigentlich in New York sein.«

»Und du in Los Angeles.«

»Ja, sieht ganz so aus, als steckten wir beide voller Überraschungen. Und wer ist das?«, fragte sie und ließ Frankie an ihrer Hand schnuppern, bevor sie der Hündin den Kopf kraulte.

»Frankie. Caro und ich haben sie vor ein paar Stunden im

Rosengarten eurer Mutter gefunden. Der Nachmittag hat sich dadurch in eine Art Rettungsaktion verwandelt.«

»Ach wirklich? Ich kann's kaum erwarten, die ganze Geschichte zu hören.« Langsam ließ sie den Blick zwischen Max und Caro hin und her wandern, während sie offensichtlich zu begreifen versuchte, was hier vorging.

Willkommen im verdammten Club.

»Ich sollte mich jetzt besser auf den Weg machen. Ava wartet auf mich, und ich bin sicher, dass wir uns später noch ausführlich unterhalten können«, sagte er und reichte Frankie an Lucy weiter.

»Können wir das?«, fragte sie und rückte die Hündin in ihren Armen zurecht.

»Würde ich vermuten, da ich in den nächsten sechs Wochen in der Stadt sein werde.«

»Sechs Wochen«, wiederholte Lucy langsam und ließ erneut den Blick zwischen ihm und Caro hin und her wandern. »Interessant.«

»Tschüss, Frankie.« Damit kraulte er ein letztes Mal das Kinn der Hündin. »Tschüss, Kleine.« Er verwuschelte den Knoten auf Lucys Kopf.

»Hey!«

Lucy wich seiner Hand aus, und Max trat grinsend einen Schritt zurück. Sein Grinsen erlosch allerdings, als er zu Caro hinüberschaute. Unsicherheit stand jetzt in seiner Miene.

»Tschüss, Caroline. Wir zwei sehen uns morgen bei Ava.«

»Wir drei«, korrigierte Lucy. »Du wirst uns beide morgen sehen, aber kannst du Ava bitte nicht erzählen, dass ich hier bin? Ich möchte sie überraschen.«

»Geht klar.« Damit drehte er sich um und lief die Einfahrt hinunter.

Kaum war er außer Hörweite, stieß Lucy einen leisen Pfiff aus. »Verdammt, der Mann ist gealtert wie edler Wein.«

»Er ist okay.«

Sehr langsam – und dramatisch – wandte Lucy sich ihrer Schwester zu. »O-kay?«

»Ich meine, seine Muskeln sind, wie soll ich sagen, etwas ausgeprägter. Aber davon abgesehen sieht er ziemlich genauso aus wie immer.«

Lucy ließ den Kopf in den Nacken fallen und brach in schallendes Gelächter aus. »Ach, Caro, du gibst dir wirklich sehr große Mühe, nicht wahr?«

»Große Mühe womit?«

»So zu tun, als würde es dich nicht stören, dass er in der Stadt ist.«

»Es stört mich nicht. Und jetzt erzähl mir, was passiert ist.« Damit deutete Caro auf den SUV samt Anhänger. Sie wusste, dass Lucy sich in den letzten Monaten schwergetan hatte, hatte aber nicht im Entferntesten daran gedacht, dass ihre Schwester die Koffer packen und quer durch die Vereinigten Staaten flüchten würde. Schließlich war sie gerade erst eine Beziehung mit einem Typen eingegangen, in den sie sich schrecklich verliebt hatte. Jedes Mal, wenn sie von Scott redete, hatte sie völlig aus dem Häuschen gewirkt.

Jedenfalls so sehr aus dem Häuschen, wie das für Lucy möglich war.

Lucy holte tief Luft und ließ sie rasch wieder entweichen. »Sehr viel.«

»Was ist mit Scott?«

»Wir sind nicht mehr zusammen. Es hat nicht sollen sein. Genauso wie ich und Los Angeles nicht zusammengepasst haben. Ich bin dafür nicht geschaffen. Nicht für die Großstadt. Nicht für diese Umgebung. Nicht für diese Leute. Die letzten paar Monate waren …« Sie verstummte, schüttelte den Kopf. »… grässlich.«

»Oh, Luce.« Caro schüttelte den Kopf. »Warum hast du mir nichts gesagt?«

»Ich war noch nicht bereit, mir das einzugestehen, aber jetzt bin ich es. Nächstes Jahr werde ich dreißig. Ich habe einen Collegeabschluss, den ich noch keinen Tag genutzt habe, ein Bankkonto, das noch nie vierstellig war, und komme kaum über die Runden. Ihr alle musstet mir immer wieder finanziell aushelfen. Ich … habe einfach das Gefühl, versagt zu haben.«

»Du hast nicht versagt.« Caro griff nach Lucys Arm und drückte ihn. »Versagt hättest du, wenn du es gar nicht erst versucht hättest.«

»Ich weiß nicht recht.« Lucy zuckte die Schultern. »Ich habe gekellnert, Blumen ausgeliefert, Hunde Gassi geführt und so ziemlich jeden Teilzeitjob angenommen, den ich kriegen konnte, während ich von einem Vorsingen zum nächsten, von einem Konzert zum nächsten getingelt bin und nie etwas daraus geworden ist. Ich bin … einfach durch damit. Ich musste fort. Wollte nach Hause.«

Caro hatte das Gefühl, dass mehr hinter der Geschichte steckte, worüber Lucy aber noch nicht reden konnte. Trotzdem musste sie eine weitere Frage stellen. »Geht es dir gut?«

Lucy holte tief Luft und atmete durch die Nase aus, während sie die Schultern sinken ließ, als verspürte sie Erleichterung. »Jetzt ja.«

»Gut.« Erneut zog Caro ihre Schwester in die Arme, allerdings nicht so fest, weil Frankie zwischen ihnen war. »Dann lass uns jetzt ausladen, damit du dich ein wenig ausruhen kannst.«

»Bis jetzt habe ich nur meine ziemlich übel gelaunte Katze ins Haus gebracht. Flugreisen machen ihr absolut nichts aus, aber es hat sich gezeigt, dass sie vierunddreißigstündige Roadtrips hasst wie die Pest.«

»Oh, ich habe ganz vergessen, dass Estee auch hier sein muss.«

»Ja, viel Glück, wenn du versuchst ihre Aufmerksamkeit zu erlangen. Im Moment lässt sie sich von Leia trösten.« Hündin Leia nahm alle Lebewesen in ihr Rudel auf, ob sie nun zwei- oder vierbeinig waren. Sie und Estee hatten sich schon immer gut vertragen. »Und wir müssen sie mit Frankie bekannt machen.« Dabei knuddelte sie die Hündin.

»Weißt du«, sagte Caro, als sie gemeinsam zum Haus gingen, »wenn du mich informiert hättest, wäre ich nach Los Angeles geflogen und wir hätten gemeinsam zurückfahren können.«

»Das weiß ich und genau deshalb habe ich dir nichts gesagt. Caroline, ich weiß, dass du glaubst, dich immer noch um mich kümmern zu müssen, aber das musst du nicht.«

»Lucy, ich werde mich immer um dich kümmern wollen, genau wie du dich immer um mich kümmern willst. So funktioniert Familie nun mal. Zumindest funktioniert *unsere* Familie so. Akzeptier es einfach.« Sie schaute ihre Schwester an, bevor sie sie spielerisch mit der Schulter knuffte.

Lucy knuffte zurück. »Gut, ich akzeptiere das.«

»Das ist auch gut so.« Damit schlang Caro den Arm um Lucy und zog sie an sich, während sie den Pfad entlanggingen.

Caro hätte gelogen, wenn sie behauptet hätte, dass sie sich keine Sorgen um Lucy machte. Zwischen ihnen bestand ein Altersunterschied von vier Jahren, aber der Beschützerinstinkt der großen Schwester hatte in dem Moment von ihr Besitz ergriffen, als sie Lucy vor all den Jahren zum ersten Mal im Arm gehalten hatte.

Es gab nichts, was sie nicht für Lucy tun würde. Sie würde sie immer beschützen, selbst wenn sie nicht wusste, wovor.

10. KAPITEL

So viele Zeichen

In der nächsten Stunde hatte Caro alle Hände voll zu tun, aber das war auch gut so. Da sie sich darauf konzentrieren konnte, erst die Tiere zu versorgen und anschließend Lucy beim Einzug zu helfen, brauchte sie nicht über ihre neuen, seltsamen und komplizierten Gefühle für Max nachzudenken.

Die arme Frankie hatte bereits einen aufregenden Tag hinter sich und wusste nicht, wie sie sich verhalten sollte, als sie der dunkelgrauen Schottischen Faltohrkatze mit den orangen Augen begegnete, die obendrein das Bedürfnis hatte, sich abzureagieren. Estee verunsicherte sie wesentlich mehr als Leia. Sie schlich sich zwar langsam an die Katze heran, rannte aber sofort weg, wenn diese ihr von der Seite einen Blick zuwarf.

Wenig überraschend war es Leia, die das Problem aus der Welt schaffte und alle einander näherbrachte, indem sie anfing, mit einem der vielen Spielzeuge im Haus herumzutollen. Nachdem die drei etliche Male im Kreis um die Kücheninsel herumgerannt waren, waren sie müde und ließen sich als großes Fellknäuel im Hundebett im Wohnzimmer nieder – Estee ausgestreckt auf Leias Rücken, Frankie zusammengerollt zwischen Leias Vorderpfoten.

Jetzt, da die Haustiere schliefen, mussten die beiden Frauen nur ein paar Mal hin und her laufen, um Lucys Wagen auszuräumen. Der Anhänger konnte bis zum nächsten Tag warten.

Anschließend war es Zeit für Telefonate. Immer donnerstags traf sich die Familie zum gemeinsamen Dinner, und ihr Dad kam früh nach Hause, damit er das besondere Abendessen vorbereiten konnte, das er vorher sorgfältig geplant hatte. Normalerweise trudelten alle anderen erst nach fünf Uhr ein.

»Ich werde Lilah anrufen und ihr sagen, sie soll früher kommen. In der Schule ist heute der Strom ausgefallen und sie hat den ganzen Tag die Kinder zu Hause. Du willst vermutlich auch sie überraschen?«

»Klar doch.«

Jeremy und Lilah gehörte ein Haus, das nicht einmal einen Straßenblock entfernt war. Deshalb dauerte es kaum zehn Minuten, bis Lilah, Matthew, Christopher, Emilia und der Schnauzer Angus eintrafen. Kaum hatten sie Lucy erblickt, erklang ein vielstimmiger Freudenschrei, und alle stürzten sich auf sie, sodass sie zu Boden ging, und versuchten sie durchzukitzeln. Dadurch gerieten die Tiere erneut in Aufruhr und Angus erwies sich als der Rauflustigste unter ihnen.

Nach dieser stürmischen Begrüßung, als alle lachten und nach Atem rangen, kuschelte Emilia sich an Lucy und flüsterte ihrer Tante zu: »Du hast mir gefehlt.«

Lucys Blick wurde weich, und Tränen schimmerten in ihren Augen, als sie die Arme um Emilia schlang. »Du hast mir auch gefehlt«, erwiderte sie flüsternd.

Als Nächste traf Sasha ein. Lucy hatte sie angerufen, wusste sie doch nur zu gut, dass ihre Freundin nicht besonders erfreut sein würde, wenn sie nicht mit ihnen die Heimkehr hätte feiern können. Sie brachte sogar frische Focaccia, Tomaten und Mozzarella als Vorspeise mit, da Wes zwei weitere Münder zu stopfen hatte.

Das wäre allerdings ohnehin kein Problem gewesen, denn er bereitete sowieso immer viel zu viel zu.

Ihr Vater kam um halb fünf nach Hause, schlug die Küchentür hinter sich zu und rief: »Wo ist sie?«

»Hier drin«, antwortete Lucy, ließ Emilia vom Schoß gleiten und stand auf.

Eilige Schritte hallten durch den Flur, dann blieb Wes abrupt auf der Türschwelle stehen und strahlte vor Freude. Zum gefühlt hundertsten Mal an diesem Tag bekam Caro feuchte Augen. Und in dem Moment, als Wes Lucy in die Arme zog und leise sagte: »Meine Babys sind alle zu Hause«, strömten ihr die Tränen über das Gesicht.

Wes hielt Lucy ziemlich lange in den Armen, und als er sich wieder von ihr löste, hingen Tränen in seinem Bart. Nicht nur Caro konnte nicht damit umgehen, ihren Dad weinen zu sehen. Auch Lucy wischte sich mit den Fingern unter ihren Augen herum.

»Komm schon, Dad. Wir haben uns doch erst vor ein paar Monaten gesehen. Du tust ja, als wäre ich seit Jahren nicht mehr nach Hause gekommen.«

»Du lebst seit Jahren nicht mehr hier. Ich bin einfach nur froh, dass du wieder da bist.« Er beugte sich zu ihr hinunter und drückte einen Kuss auf ihre Stirn, bevor er einen Schritt zurücktrat. Dann entdeckte er das Fellknäuel, das sich auf Matthews Schoß zusammengerollt hatte.

»Wer ist das?«, fragte er, ging hinüber und blieb kurz stehen, um Estee zu begrüßen, die es sich auf der Rückenlehne der Couch bequem gemacht hatte, bevor er in die Hocke ging, um Frankie zu streicheln. Die Hündin drehte sich sofort auf den Rücken und präsentierte ihren Bauch.

»Das ist Frankie. Die Hündin, die Caro heute zusammen mit Max gerettet hat«, antwortete Lucy.

»Max? Das hast du vergessen zu erwähnen«, meldete Lilah sich zu Wort.

Wes schaute zu Caro hinüber, die Brauen hochgezogen. Er wusste natürlich, dass Max in der Stadt war. Sie hatte das am Vorabend kurz erwähnt, war aber nicht ins Detail gegangen.

Rachel war stets diejenige gewesen, die Dinge zur Sprache brachte, während Wes seine Kinder nie dazu gedrängt hatte, über Themen zu reden, über die sie nicht reden wollten. Er war schon immer der Ansicht gewesen, dass sie ihm schon von sich aus erzählen würden, was sie ihm sagen wollten. Nach Rachels Tod jedoch hatte sich gezeigt, dass diese Sichtweise für seine Kinder eher von Nachteil war … vor allem für Lucy.

»Ja, es war ein ereignisreicher Tag für Caro. Erst wurde Tibbett adoptiert und keine Stunde später fand sie einen neuen Pflegehund. Wir haben heute Abend eine Menge Gesprächsstoff«, meinte Lilah.

»So viel steht fest.« Sasha grinste.

»Ich werde mich eben waschen und umziehen, bevor ich mich daranmache, das Abendessen zuzubereiten. Ich bin ziemlich eingestaubt heute.« Wes war Elektriker und an manchen Tagen wurde er bei der Arbeit schmutziger als an anderen. Zurzeit arbeitete er auf einer Baustelle am anderen Ende der Stadt, derselben Baustelle, auf der auch das Bauunternehmen von Sashas Bruder tätig war.

»Wir werden dir alle helfen«, meinte Lucy.

Wes lächelte ihr noch einmal zu, bevor er durch den Flur auf sein Zimmer ging. Kaum war er außer Hörweite, stürzte Lilah sich auf Caro. »Also Max, hmm?«

»Wer ist Max?«, wollte Emilia wissen.

»Tante Caros ehemaliger Freund«, erklärte Lucy.

Emilias blaue Augen wurden groß. Sie war das einzige Kind

von Jeremy und Lilah, das Rachels Augenfarbe geerbt hatte. »Du hattest einen Freund?«

Na schön, es war tatsächlich schon lange her, dass Caro mit jemandem gegangen war, aber dass Emilia so tat, als wäre das die schockierendste Neuigkeit, die sie je gehört hatte, war alles andere als hilfreich.

»Das ist schon lange her«, erklärte Sasha Emilia.

»Sehr, sehr, sehr lange«, setzte Lucy hinzu.

»Danke.« Caro runzelte die Stirn. »Können wir bitte über was anderes reden?«

»Na klar.« Lilah grinste, bevor sie sich ihren Kindern zuwandte. »Wollt ihr helfen, malen oder euch einen Film ansehen?«

»Film«, antworteten Matthew und Christopher wie aus einem Mund. »Und darf ich Frankie auf den Arm nehmen?«, wollte Matthew von Caro wissen.

»Selbstverständlich.« Caro schaltete den Fernseher mit der Fernbedienung ein.

»Was ist mit dir, Emilia?«

»Ich möchte Pops beim Kochen mit Tante Lucy helfen.«

»Gut.« Lucy beugte sich hinunter, hob Emilia hoch, die ihr sofort die Arme um den Hals schlang, und trug sie in die Küche.

Auf dem Menüplan für diesen Abend standen Gnocchi mit Pesto und Pancetta, Zucchinisalat und Erdbeerkuchen. In der Küche wurde es laut und lebhaft, da sich alle an den Vorbereitungen und am Kochen beteiligten. CCRs »Born on the Bayou« erklang aus dem Bluetooth-Lautsprecher in der Ecke, dazu gesellte sich rasch das brutzelnde Geräusch der Pancetta, die Wes mit einem Bratenwender in der Pfanne hin und her schob.

Caro und Lilah saßen an der Kücheninsel, wo sie Gemüse putzten und zerkleinerten, während Lucy Emilia mit den Kräutern half. Sasha arrangierte die Vorspeisen, einen großen Teller mit Caprese-Salat, dazu die Focaccia, von der jetzt schon jeder naschte.

Kurz nach fünf öffnete Jeremy die Tür zum Hauswirtschaftsraum und betrat die Küche, wo er sich nach dem Neuankömmling umschaute.

»Ohne Scheiß!«, sagte er, zog Lucy in die Arme und schwenkte sie im Kreis herum.

»Daddy! Schimpfwort-Sparschwein!«, rief Emilia, die auf einem Barhocker an der Spüle saß und Basilikum wusch.

»Verflixt noch mal.« Grinsend setzte Jeremy Lucy ab. »Sie erwischt mich jedes Mal.« Anders als Caro und Lucy war Jeremy ebenso groß wie sein Vater. Er maß eins neunundachtzig, war schlank und muskulös und trug einen dichten dunkelbraunen Bart.

»Mom.« Emilia zupfte an Lilahs Bluse. »Mit den Kräutern bin ich fertig. Darf ich jetzt mit Matthew und Christopher fernsehen?«

»Ja, mein Schatz.« Lilah hob sie von dem Barhocker herunter und stellte sie auf den Boden.

Emilia ging zu ihrem Vater und schlang kurz die Arme um sein Bein, bevor sie ins Wohnzimmer rannte.

»Gehen, nicht laufen«, rief Jeremy und ihre kleinen Beine bewegten sich langsamer. »Also, was gibt's Neues?«, fragte er, öffnete den Kühlschrank und nahm für sich und Wes ein Bier heraus. Lilah schob ihr leeres Weinglas vor, und Jeremy, der den Wink verstand, griff nach der Flasche und schenkte allen nach.

Jetzt, da sie vollzählig waren, erzählte Lucy, warum sie nach Hause gekommen war. Es entsprach ziemlich genau dem, was sie schon zuvor Caro berichtet hatte. Aber die Art, in der Lilah Lucy musterte, und die Verunsicherung, die in Sashas Augen zu lesen war, verrieten Caro, dass nicht nur sie glaubte, es stecke noch mehr hinter dem Entschluss.

»Du weißt, dass wir dir immer den Rücken freihalten, ja?«, wollte Jeremy von Lucy wissen, legte ihr den Arm um den Nacken und zog sie näher an sich heran, um sie auf die Schläfe zu küssen.

»Komme, was wolle.«

»Das weiß ich.« Lucy lächelte schwach und traurig.

»Es ist nichts Schlimmes dabei, wenn man sich eine Auszeit gönnt, um sich neu zu orientieren«, fügte Lilah hinzu.

»Tja, ihr habt mich alle eine Weile am Hals, während ich genau das tue.«

»Gut.« Sasha nickte. »Du hast uns allen nämlich gefehlt.«

»Das stimmt«, bekräftigte Wes.

»So, da das jetzt geklärt wäre …« Lucy konzentrierte sich auf Caro. »Können wir bitte darüber reden, dass Max wieder in der Stadt ist und Caro den Tag mit ihm verbracht hat, um einen Hund zu retten?«

»Nicht den ganzen Tag. Nur den Nachmittag.« Stirnrunzelnd schaute Caro ihre Schwester an.

»Na schön.« Caro zuckte die Achseln. »Dann eben den Nachmittag.«

Caro konnte sich nicht einmal darüber ärgern, dass Lucy die Aufmerksamkeit auf sie gelenkt hatte, vor allem weil ihre Schwester breit grinste.

»Ja, darüber wüsste ich auch gern mehr. Nach dem Zwischenfall im Pub kann ich es kaum noch erwarten, zu hören, wie es weitergegangen ist«, stimmte Jeremy zu.

»Welcher Zwischenfall im Pub?« Lucy lehnte sich gegen den Küchentresen und angelte sich noch ein Stück Brot.

»Caro hat Max ein Glas eiskaltes Wasser in den Schoß gekippt, weil er mit einer Blondine um die zwanzig geflirtet hat«, erläuterte Sasha.

»*Was* hat Caro getan?«, warf Wes ein, der nicht länger den unbeteiligten Zuhörer spielte.

»Ich habe ihm kein Wasser in den Schoß gekippt. Ich … habe das Glas umgestoßen, weil er sich wie ein Arschloch benommen hat. Aber wir haben uns wieder versöhnt und jetzt ist alles prima.«

»Prima?«, fragte Jeremy.

»Das sah heute Nachmittag nach mehr aus«, schlug Lucy in dieselbe Kerbe.

»Und er sieht mehr als nur prima aus«, fügte Lilah hinzu.

»Hey!«, gab Jeremy sich entrüstet und drehte sich zu seiner Frau um.

»Schatz, du weißt doch, dass ich nur Augen für dich habe.« Sie tätschelte ihm die Brust. »Aber blind bin ich trotzdem nicht.«

»Das sind wir alle nicht«, stimmte Sasha kopfschüttelnd zu.

»Okay, können wir das jetzt ad acta legen?« Caro schaute sich im Kreis ihrer Familie um. »Ich kann euch nur sagen, dass Max und ich einen Punkt erreicht haben, an dem wir uns wieder im selben Raum aufhalten können, ohne uns dabei schrecklich unbehaglich zu fühlen. Das ist alles.«

»Klar doch.« Lucy grinste. »Ich glaube dir keine Sekunde. Anscheinend bin ich genau zur richtigen Zeit nach Hause gekommen.«

»Ich weiß nicht, was ihr denkt, was geschehen wird.« Caro schüttelte den Kopf. »Was zwischen Max und mir war, ist Vergangenheit. Er hat das hinter sich gelassen und ich auch.«

»Okay.« Jeremy nahm einen Schluck von seinem Bier. »Wollen wir wetten?«

»Um wie viel?«, fragte Wes.

»Dad!« Caro legte sich die Hand auf das Herz. »Auch du, Brutus?«

»Zwanzig Mäuse?«, fragte Lilah.

»Klingt gut«, meinte Lucy.

»Wetten wir darauf, wie lange es dauern wird, bevor ihre Vergangenheit zur Gegenwart wird?«, fragte Jeremy.

»Ich bitte dich.« Kopfschüttelnd sah Lucy ihren Bruder an. »Wir wissen doch alle, dass es bei dieser Wette darum geht, wann die beiden miteinander ins Bett steigen werden.«

»Können. Wir. Das. Bitte. Lassen!« Caro lief knallrot an und schaute Hilfe suchend zu ihrem Vater hinüber.

»Ja.« Jeremy schüttelte den Kopf. »Das will ich auch nicht unbedingt wissen.«

»Ach, kommt. Ich bin nicht so naiv, zu glauben, dass meine erwachsenen Kinder keinen Sex haben. Der Beweis dafür sitzt gerade in meinem Wohnzimmer.« Damit deutete Wes dorthin, wo sich seine drei Enkelkinder aufhielten.

»Ihr seid absolut unmöglich!«

»Also, es gewinnt, wer dem Datum am nächsten liegt? In beide Richtungen?«, hakte Sasha nach und alle nickten. »Ich sage, in zwei Wochen, also am ersten Juni.«

»Hmm.« Jeremy wirkte nachdenklich. »Am sechsten.«

»Ich nehme den fünfzehnten Juni«, meinte Wes.

»In einer Woche«, warf Lucy ein.

Lilah musterte Caro einen Moment aus schmalen Augen. »Am neunundzwanzigsten Mai.«

»Ihr seid mies. Wisst ihr das?« Stirnrunzelnd schaute Caro jeden Einzelnen an.

»Du willst nicht mitwetten?«, fragte Jeremy.

Caros Miene wirkte noch verärgerter und sie nahm einen Schluck von ihrem Wein. Nein, sie war nicht bereit mitzuspielen …

vor allem weil sie in gewisser Weise das Gefühl hatte, dass Max' und ihre Vergangenheit bereits zur Gegenwart geworden war.

Allerdings dachte sie gar nicht daran, das auch nur einem der Anwesenden zu sagen.

Außer dem stetigen Summen der laufenden Geschirrspülmaschine und CCRs »Have You Ever Seen the Rain« war in der Küche nichts zu hören, als Caro, Lucy, Lilah und Sasha sich mit ihren frisch aufgefüllten Weingläsern an den Tisch setzten. Leia, Estee und Frankie schliefen in dem Hundebett daneben, gefüttert, satt und zufrieden. Jeremy und Wes waren mit den Kindern nach Hause gefahren, um sie zu Bett zu bringen und ihnen Gutenachtgeschichten vorzulesen.

»Frankie ist eine ganz Süße«, sagte Sasha, als sie es sich bequem machte. »Sie hatte wirklich großes Glück, dass du sie entdeckt hast.«

Caro schaute hinüber zu dem Hundemädchen, das seinen kleinen Kopf auf Leias Pfote abgelegt hatte. »Wisst ihr, ich wundere mich schon die ganze Zeit über das Timing.«

»Wie meinst du das?«, wollte Lucy wissen.

Nachdenklich runzelte Caro die Stirn. »Na ja, Max hat mich darauf hingewiesen: Wenn Tibbett nicht adoptiert worden wäre, wäre ich nicht früher nach Hause gefahren und hätte die Kleine nicht gefunden. Hinzu kommt, dass Max genau zu dieser Zeit am Haus vorbeigejoggt ist.«

»Ich gehe noch einen Schritt weiter«, meinte Lilah. »Ohne das Gewitter und den Stromausfall in der Schule wären die Connors gar nicht erst in den Buchladen gekommen und hätten Tibbett nicht adoptieren können.«

Caro klappte die Kinnlade herunter und sie holte verdattert Luft.

»Was?«, fragte Sasha.

»Ich … gestern war ich auf dem Friedhof, um Mom zu besuchen, vor allem weil ich mit ihr über Max reden wollte. Als ich sie bat, mir ein Zeichen zu schicken, sah ich die ersten Gewitterwolken in der Ferne.«

»Heißt das, dass deine Mom dir Frankie genau im richtigen Augenblick geschickt hat, um dich und Max wieder zusammenzubringen?«, fragte Sasha.

»Klingt ganz nach ihr«, meinte Lilah grinsend und nahm einen Schluck von ihrem Wein.

»Tja, wenn sie ein Geschenk deiner Mom ist, glaube ich, dass du sie behalten musst.« Sasha deutete auf die Hündin. »Nur gut, dass du zwei Wochen hast, um dir darüber klar zu werden.«

Caro betrachtete Frankie und spürte, wie ihr das Herz schwer wurde. War sie wirklich schon bereit, wieder einen eigenen Hund zu haben? War sie bereit für auch nur eins der Dinge, die im Moment geschahen?

»Was meinst du?«, wandte sie sich an Lucy, die seltsam still geworden war.

Lucy neigte den Kopf zur Seite, ein trauriges Lächeln auf den Lippen. »Ich weiß nicht. Ich glaube nicht mehr an solche Zeichen«, sagte sie achselzuckend.

»Nicht?« Erstaunt runzelte Sasha die Stirn.

»Seit wann bist du so skeptisch?«, wollte Lilah wissen.

Unter dem Tisch stieß Caro ihre Schwester sanft mit dem Fuß an. »Ich glaube nicht, dass Frankie das Einzige war, was Mom mir geschickt hat. Du bist ziemlich genau vierundzwanzig Stunden später hier aufgetaucht.«

»Ja, schon, aber ich glaube nicht, dass das ein Zeichen war. Ich musste einfach weg von dem Scheißkerl, der sich mein Freund genannt hat.« Lucys Miene veränderte sich. Aus Traurigkeit wurde Zorn. Sie schien einen inneren Konflikt auszufechten und den anderen irgendetwas vorzuenthalten.

Prompt veränderte sich die Atmosphäre am Tisch. Die drei Frauen beugten sich vor, konzentrierten sich ganz auf Lucy. Natürlich war ihnen allen klar gewesen, dass mehr hinter dieser Geschichte steckte, und jetzt, da Lucy die Tür aufgestoßen hatte, konnten sie endlich mit Antworten rechnen.

»Was hat Scott getan?«, fragte Lilah in einem Ton, der keine Ausflüchte duldete.

»Ja, Lucy, was ist passiert?«, wollte auch Caro wissen.

Lucy nahm noch einen Schluck von ihrem Wein, bevor sie das Glas auf den Tisch stellte. Sie holte tief Luft und stieß sie mit einem frustrierten Seufzer wieder aus. »Ich werde euch alles erzählen, denn ihr müsst einfach ganz genau wissen, warum ich nach Hause gekommen bin.«

»Was du uns bereits gesagt hast, war also nicht der Grund?«, hakte Sasha nach.

»Zum Teil, aber es gibt noch mehr Gründe. Mehr, als Dad und Jeremy erfahren dürfen. Kreis des Vertrauens?«

Caro rutschte das Herz in die Hose, als sie diese drei Wörter hörte.

Nach Rachels Tod hatte jedes Familienmitglied diesen Verlust auf seine Weise zu bewältigen versucht. Wes war in seiner Trauer ertrunken, Jeremy hatte sich in ein zorniges Arschloch verwandelt, Lucy hatte sich von allen zurückgezogen, und sie, Caro, hatte sich abgelenkt und versucht, die Lücke, die Rachels Tod im Leben so vieler Menschen hinterlassen hatte, zu füllen. Dabei hatte sie sich komplett übernommen und wichtige Dinge außer Acht gelassen.

Genau das hatte zum Bruch mit Max geführt … aber er war nicht der Einzige, bei dem sie es vermasselt hatte.

Lucy hatte immer Kleidung getragen, die ihr zu weit war, um ihren Körper zu verbergen: Erst, als sie sich früher und schneller entwickelte als ihre Freundinnen, dann, als sie anfing zuzunehmen. Und es hatte auch funktioniert, als sie anfing, Gewicht zu verlieren.

Bis heute wusste Caro nicht, wie ihr das hatte entgehen können. Sie hatte es erst bemerkt, als es richtig schlimm geworden war. Erst als Lucy innerhalb von drei Monaten achtzehn Kilo abgenommen hatte. Die Bulimie hatte sich bereits entwickelt, als ihre Mutter noch lebte, als sie so schrecklich krank war und sie alle wussten, dass es nur noch eine Frage der Zeit war, bis sie von ihnen gehen würde. Lucy hatte keine Kontrolle über Rachels Tod, aber über ihren eigenen Körper.

Sasha war schließlich diejenige gewesen, die das erkannt und Caro und Lilah darauf aufmerksam gemacht hatte. Zu dritt hatten sie Lucy konfrontiert und zu diesem Zeitpunkt war der Kreis des Vertrauens entstanden. Was in diesem Kreis gesagt wurde, drang nie nach außen.

Außer Dr. Bloom – dem Therapeuten, den Caro für Lucy gefunden hatte – wussten nur die Menschen am Tisch, was geschehen war. Und obwohl im Laufe der Jahre der Kreis des Vertrauens von jeder von ihnen aus den verschiedensten Gründen einberufen worden war, ahnte Caro, warum es diesmal geschah.

»Kreis des Vertrauens.« Die drei Frauen nickten.

»Aber bevor ich euch erzähle, was los ist, müsst ihr alle mir versprechen, dass ihr mich in den nächsten Wochen nicht wie ein rohes Ei behandeln werdet.«

»Wir werden dich nicht so behandeln, als wärst du zerbrechlich, aber wenn wir etwas sehen, werden wir es auch sagen – das weißt du«, erklärte Lilah.

»Lilah.« Lucy tätschelte ihre Hand. »Ich hatte noch nie im Leben die Befürchtung, dass du nichts sagen würdest.«

Lilah kniff die Augen zusammen, aber ihre Lippen umspielte ein leichtes Lächeln. »Gut.«

»Okay.« Erneut holte Lucy tief Luft und stieß sie heftig wieder aus. »Was ich über L. A. sagte … na ja … dass es nicht die richtige Umgebung für mich ist, entsprach der Wahrheit. Zu Anfang hat es mir sehr gefallen, aber es wurde allmählich toxisch – oder war es vielleicht schon immer. Es hat mich langsam vergiftet, und ich habe Jahre gebraucht, um endlich dahinterzukommen. Ich kann euch nicht sagen, wie oft ich mir anhören musste, nicht der richtige Typ zu sein. Oder nicht die richtige Stimme zu haben. Oder was auch immer man an mir auszusetzen hatte. Jahrelang ging das so. Aber ich wusste, dass irgendwer eines Tages sehen und begreifen würde, wie gut ich tatsächlich bin. Inzwischen frage ich mich, ob ich mir die ganze Zeit bloß selbst etwas vorgemacht habe.«

»Bestimmt nicht«, widersprach Sasha heftig.

Lucy lächelte sie an. »Egal, ich konnte es ertragen. Ich konnte mit allem fertigwerden, was sie sagten. Diese Leute kannten mich nicht. Was für eine Rolle spielte also ihre Meinung?«

»Keine Rolle«, bekräftigte Caro.

»Das Problem war, ich lernte jemanden kennen, von dem ich glaubte, dass seine Meinung zählte.«

»Was hat der Mistkerl getan?«, wiederholte Lilah ihre Eingangsfrage.

»Zu Anfang war unsere Beziehung wundervoll.« Lucy schüttelte den Kopf. »Er war lieb und aufmerksam. Wenn ich mit ihm zusammen war, war alles gut. Ich war glücklich. So glücklich, dass ich darüber vergessen konnte, wie unglücklich ich gewesen war. Aber dann änderten sich die Dinge allmählich, und das so subtil, dass es mir zunächst nicht auffiel. Wir gingen gemeinsam ins Fitnessstudio, und er brachte mich dazu, zehn

Minuten länger auf dem Laufband zu trainieren, aber dabei machte er mir so viel Mut. *Du kannst das.* Und dann gingen wir gemeinsam essen, und er begann zu fragen: *Bist du sicher, dass du das nehmen willst?* Es dauerte nicht lange, und er fing an, das Essen für mich zu bestellen. Er aß, wonach ihm der Sinn stand, aber für mich gab es immer nur gegrillte Hähnchenbrust und Salat.«

»Entschuldige bitte, *womit* hat er angefangen?«, fragte Caro.

»Er sah zu, dass er vor mir im Restaurant ankam, und bestellte, bevor ich überhaupt da war. Aber das war noch nicht mal das Schlimmste. Er fing an, mich auf Dinge an meinem Körper aufmerksam zu machen. Er kniff mir in die Seite, in den Bauch oder meine Hüfte und sagte, daran müsse ich arbeiten.«

»Er hat *was* getan?« Inzwischen kochte Lilah vor Wut.

Lucy schloss die Augen und schüttelte den Kopf. Als sie sie wieder öffnete, schimmerten Tränen darin. »Ich habe so hart gearbeitet, um dorthin zu gelangen, wo ich bin.« Das Sprechen fiel ihr schwer. »Sowohl körperlich als auch mental. Und ich liebe meinen Körper. Ich liebe mein Aussehen. Er hat dafür gesorgt, dass ich an allem zu zweifeln begann, und zwar so sehr, dass mir bei unserem letzten Zusammensein schlecht wurde.«

»Du hast dich übergeben?«

»Ja.« Sie nickte, blinzelte, als ihr eine Träne über die Wange rollte. Sie wischte sie weg, aber weitere folgten. »Das war das erste Mal, dass ich so aufgelöst war, dass ich mich unfreiwillig übergeben habe. Ich hatte keinerlei Kontrolle darüber. In dem Moment wusste ich, dass es reichte. In derselben Nacht habe ich meine Sachen zusammengepackt und jetzt bin ich hier.«

»Luce, ich bin so stolz auf dich, dass es schon lächerlich ist«, erklärte Caro, während auch ihr Tränen in die Augen stiegen.

»Tatsächlich?«

»Wir alle sind es.« Lilah griff nach Lucys Hand. »Du hast erkannt, was los war, und aus eigener Kraft den Absprung geschafft. Das ist fantastisch, vergiss das niemals.«

»Genau.« Nickend rieb Sasha sich die Hände und ließ den Blick zwischen Caro und Lilah hin und her wandern. »Also, wer von uns bucht jetzt die Flüge nach L. A., damit wir diesen Mistkerl um seine Eier erleichtern können?«

»Er ist es nicht wert, dass ihr seinetwegen im Knast landet.« Lucy lächelte Sasha schwach zu.

»Nein, aber du bist es wert«, hielt Sasha dagegen.

»Ja, das ist sie.« Caro stand auf, trat neben Lucy und küsste sie auf den Scheitel. »Wir stehen hinter dir, jetzt und für alle Zeiten.«

»Jetzt und für alle Zeiten«, bekräftigten Sasha und Lilah.

»Ich bin wirklich froh, wieder zu Hause zu sein.« Lucy lächelte unter Tränen.

»Wir sind es auch«, pflichtete Caro ihr bei.

»Und nur damit ihr euch nicht zu viele Sorgen macht – ich weiß ja, dass ihr alle besorgt seid –, ich werde Dr. Bloom so lange aufsuchen, bis ich wirklich wieder mit mir im Reinen bin. Für nächste Woche habe ich mir schon einen Termin geben lassen.«

»Nun, damit ist meiner Meinung nach alles geklärt.« Lilah nickte.

»Ja, können wir uns wieder erfreulicheren Themen zuwenden? Zum Beispiel Caro und Max?« Lucy grinste.

»Wie lange soll ich noch Gesprächsthema sein?«, fragte Caro, setzte sich wieder hin und griff nach ihrem Weinglas.

»Bestimmt eine ganze Weile«, antwortete Sasha.

»Mindestens, bis er wieder abreist.« Lucys Grinsen wurde noch breiter.

Caro seufzte, wollte sich aber nicht beklagen. Immerhin konnte Lucy schon wieder Witze reißen.

11. KAPITEL

Aus Freunden werden Liebhaber, aus Liebhabern Freunde

Caro erwachte neben Frankie, die sich neben ihr auf der Decke zusammengerollt hatte. Caro hatte nicht einmal versucht, den Welpen dazu zu bewegen, in einem Hundekorb oder gar auf dem Fußboden zu schlafen. Ein Blick in die süßen braunen Augen, und es war um sie geschehen gewesen. Außerdem hatte sie nach allem, was mit Lucy geschehen war, dringend ein paar Kuscheleinheiten gebraucht.

Sie wusste, dass ihre Schwester sich berappeln würde. Zum einen, weil Lucy stark war. Zum anderen aber auch, weil hinter ihr drei ebenso starke Frauen standen, nämlich sie selbst, Lilah und Sasha. Sie alle würden für Lucy da sein, wenn sie etwas brauchte.

Ihre Schwester war nicht allein.

Und Caro war dankbar dafür, dass auch sie in dieser Nacht nicht allein gewesen war. Wie sich herausgestellt hatte, suchte auch Frankie ihre Nähe und eroberte ihr Herz mit jedem Augenblick mehr.

Caro schlug die Decke zurück. »Guten Morgen.« Sie streichelte der Kleinen die Flanke, und Frankie warf sich sofort auf den Rücken und präsentierte ihren Bauch. »Wie hast du geschlafen? Schön warm und gemütlich?«

Frankie wand sich spielerisch, ruderte mit den Pfoten in der Luft und warf den Kopf hin und her, um Caro spielerisch in die Finger zu zwicken.

»So ist das also!« Caro lachte, von derselben Freude erfüllt, die die Hündin schon am Vortag in ihr geweckt hatte.

Sie ließ Frankie ein bisschen spielen, bevor sie sie auf den Arm nahm und nach draußen trug. Schließlich wusste sie um das begrenzte Fassungsvermögen der Blase eines Welpen und wollte verhindern, dass es in ihrem Bett zu einem Malheur kam.

Draußen in der kühlen Morgenluft atmete sie tief ein. Der Freitag war hell und freundlich heraufgedämmert, das Gewitter war längst vorübergezogen und am klaren blauen Himmel zeigte sich kein einziges Wölkchen. Falls das Wetter eine Vorahnung darauf bot, wie sich der Tag entwickeln würde, würde er gut werden. Zumindest hoffte sie das, zumal sie etliche Stunden mit Max verbringen würde.

Tags zuvor hatten sie enorme Fortschritte gemacht, und sie hoffte, dass sich ihre Beziehung weiterhin so gut entwickeln würde, wenn auch nicht so, wie ihre Familie sich das vorstellte.

Das war unmöglich.

Ja, sie fühlte sich immer noch zu ihm hingezogen. Wie sollte sie auch nicht? Und bei den wenigen Malen, die sie sich berührt hatten, hatte sie geglaubt, ihre Haut stünde in Flammen. Aber das war schon immer so gewesen. Und sicher, der gestrige Nachmittag hatte ihr Gefühle in Erinnerung gerufen, die sie seit vierzehn Jahren nicht mehr verspürt hatte. Aber all das änderte nichts an den Tatsachen.

Sie lebten nicht am selben Ort. Im Laufe der Jahre waren sie einander fremd geworden, hatten sich unterschiedlich entwickelt.

Aber sind wir wirklich so anders als früher? Und warum fühlt es sich immer noch genauso an, wenn wir zusammen sind?

Caro schüttelte den Kopf, um sich in die Realität zurückzuholen. »Komm, Kleine«, sagte sie, hob Frankie aus dem Gras und stieg mit ihr die Treppe hinauf. »Machen wir uns fertig für das, was auch immer das hier ist.«

Etwa vierzig Minuten später wanderten Caro, Lucy und Frankie langsam die Alexander Avenue entlang. Das Schlüsselwort dabei war *langsam*.

Frankie versuchte, ihnen mit allen Mitteln zu zeigen, wie sehr sie die Leine verabscheute. Immer wieder versuchte sie, danach zu schnappen, und drehte sich wild im Kreis herum. Sowie sie eine Chance bekam, kaute sie auf dem hellrosa Nylon herum. Außerdem sauste sie auf dem Bürgersteig hin und her und geriet Caro und Lucy ständig vor die Füße.

Das wirkliche Problem war jedoch ein anderes: Je mehr Frankie herumtrödelte, desto länger brauchte Caro, um ihre zweite Tasse Kaffee zu bekommen.

»Okay, fürs Erste haben wir genug geübt.« Damit hob sie Frankie auf den Arm und die Hündin leckte ihr einmal quer über die Wange. »Danke, Frankie«, sagte sie, zog die Schulter hoch und wischte sich das Gesicht am T-Shirt ab.

»Du brauchst eindeutig einen stärkeren Koffein-Boost fürs Welpentraining«, sagte Lucy, als sie um die Ecke bogen. An diesem Morgen sah sie schon viel besser aus. Offenbar hatte eine Nacht Schlaf an einem sicheren Ort Wunder gewirkt.

»Ja, das und ordentlich Kohlenhydrate«, stimmte Caro zu. Ihr Magen knurrte, denn ihr stieg bereits der Duft frischen Gebäcks aus dem Browned Butter in die Nase.

»Hmm, apropos ...« Nervös beäugte Lucy die Glastür, als sie vor dem Laden stehen blieben. »Ich weiß nicht, ob ich reingehen sollte. Vielleicht holst du einfach etwas für uns beide und ich warte derweil hier draußen mit Frankie.«

»Hast du Angst vor Theo?«, fragte Caro und rückte Frankie auf ihrem Arm zurecht.

Lucy zuckte zusammen, die Lippen zu einem Schmollmund verzogen. »Ich habe vor niemandem Angst, schon gar nicht vor Theo Taylor.«

»Warum willst du dich dann hier draußen verstecken? Solltest du dir das Pflaster nicht einfach mit einem Ruck abreißen?«

»Das wird nicht einfach nur ein bisschen wehtun, so wie ein Pflaster, das man abzieht. Das wird die Hölle, wie bei einem Waxing der Bikinizone.«

»Du wirst eine ganze Weile hierbleiben. Wie willst du ihm da aus dem Weg gehen?«

»Darüber habe ich noch nicht weiter nachgedacht.«

»Außerdem sind deine besten Freunde auch seine besten Freunde.«

»Uff, na schön. Bringen wir es hinter uns.« Damit griff Lucy nach der Türklinke.

Die kleine Glocke über der Tür bimmelte und zeigte damit an, dass ein weiterer Kunde den Laden betreten hatte. Es war erst kurz nach neun und der morgendliche Ansturm war noch nicht vorüber. Vor dem Tresen hatte sich eine Schlange gebildet. Caro spähte zur Kasse hinüber, um zu sehen, wer dort bediente, und entdeckte den blonden Kopf von Juliet Taylor, Theos Mutter. Lucy ließ die Schultern sinken.

»Glaubst du, dass sie dich netter behandeln wird?«, flüsterte Caro. »Sie wird zur wütenden Bärenmutter, wenn sie rausfindet, was du getan hast.«

Juliet war ihrer Mutter wie eine Schwester gewesen und deshalb behandelte sie die Kinder der Buchanans wie ihre eigenen.

»Daran hege ich keinen Zweifel«, stimmte Lucy zu, bevor sie wieder zum Verkaufstresen blickte. »Mist«, flüsterte sie und erstarrte.

Caro drehte sich um und sah Theo zur Tür hereinkommen, die in die Backstube führte, ein Tablett voller Croissants in den Händen. Er hob den Blick, ließ ihn über die Warteschlange gleiten, dann blieb er stehen und erstarrte zur Salzsäule. Seine ärgerlich gerunzelte Stirn ließ klar erkennen, dass er Lucy entdeckt hatte. Der Zorn, der in seinen Augen aufblitzte, war selbst aus dieser Entfernung unübersehbar.

Wenn Blicke töten könnten, hätte Lucy jetzt zwei Meter unter der Erde gelegen. Obwohl Caro immer noch instinktiv versuchte, ihre Schwester zu beschützen, war ihr doch klar, dass Lucy diesen Kampf allein ausfechten musste. Außerdem hatten sie ihr am Abend zuvor versprochen, sie nicht wie ein rohes Ei zu behandeln, also entschied sie, sich so wie immer zu verhalten, wenn es um die beiden ging.

»Ich glaube, er freut sich, dich zu sehen«, flüsterte sie Lucy zu.

»Halt die Klappe«, fauchte Lucy.

Theo wandte den Blick ab, ging weiter zur Gebäckauslage und öffnete die Vitrine. Nachdem er die Croissants hineingelegt hatte, ging er zur Kasse hinüber, tippte seiner Mutter auf die Schulter und deutete hinüber zur Schlange vor dem Tresen.

Juliets Augen weiteten sich, als sie Lucy entdeckte. »Was, zum …!«, entfuhr es ihr so laut, sodass einige der Kunden in der Schlange zusammenzuckten und sich umsahen. »Lucy Evelyn Buchanan. Was tust du denn hier?«

»Sie hat deinen zweiten Vornamen genannt. Du steckst in Schwierigkeiten.«

»Halt die Klappe«, wiederholte Lucy und rammte Caro den Ellenbogen in die Rippen. Dabei geriet Frankie ein wenig in Bedrängnis und die Hündin zappelte in Caros Armen. »Tut mir leid, Frankie.« Sie tätschelte der Hündin den Kopf. »Aber sie hat es verdient.«

Juliet kam hinter dem Tresen hervor, war mit wenigen raschen Schritten bei ihnen, umarmte Lucy heftig und zog sie an sich. »Wie lange bleibst du auf Besuch?«

»Ich bin nicht zu Besuch hier. Ich ziehe für eine Weile wieder hierher.«

Das hatte Lucy nicht sehr laut gesagt, aber doch laut genug, dass Theo an der Kasse es gehört hatte. Prompt erstarrte er noch mehr, eine echte Leistung angesichts der Tatsache, dass er schon so stocksteif war, dass man befürchten musste, er würde in zwei Teile zerbrechen.

Besorgnis lag in Juliets Blick, als sie Lucy prüfend ins Gesicht schaute. »Du lässt mich wissen, wenn du etwas brauchst. Verstanden? Ganz egal, was.«

»Ja, Ma'am.«

»Okay, Kleines.« Noch einmal drückte sie Lucy, ließ sie dann los, beugte sich zu Caro hinüber und gab ihr einen Kuss auf die Wange. »Sieht so aus, als täte sich hier in letzter Zeit eine ganze Menge. Es wird Spaß machen, dabei zuzusehen. Bis später, ihr Lieben.« Sie zwinkerte ihnen zu, bevor sie hinter den Verkaufstresen zurückging.

»Das lief besser als erwartet.«

»Wir haben es noch nicht hinter uns«, murmelte Lucy leise, als sie in der Schlange vorrückten und jetzt vor Theo standen.

»Hallo.« Trotz seines dichten Barts konnte Caro seine Kinnmuskeln zucken sehen. Er schaffte es, ein Lächeln aufzusetzen, aber es war bar jeder Freundlichkeit.

»Theo.« Ein wenig hart kam der Name über Lucys Lippen.

»Wie immer?«, wandte er sich an Caro.

»Nein, heute nehme ich ein Dutzend Donuts, eine Schachtel Croissants, vier Süßkartoffel-Cookies und vier Erdnussbutter-Cookies.«

Theo tippte die Bestellung ein, während Caro präzisierte, welche Donuts sie wollte. »Und du?«, wandte er sich an Lucy, ohne auch nur aufzublicken.

»Cookies and Cream, außerdem Erdbeerkuchen.«

»Kommt sofort.« Immer noch schaute er sie nicht an, drehte ihnen den Bildschirm der Kasse zu und ging.

»Oh«, stellte Lucy flüsternd fest. »Heute lässt er dich bezahlen.«

»Hey, er gibt mir nicht immer Gratis-Donuts mit. Nur wenn er gut gelaunt ist … und das ist er nie, wenn du in der Nähe bist.«

»Was du nicht sagst.«

Max starrte auf die zehn randvollen Erdbeerkisten hinunter. Sie waren am Vortag geliefert und in der kühlen Garage gelagert worden, damit Ava sich heute darum kümmern konnte. Genauer gesagt, damit sie beide sich darum kümmern konnten.

In das Projekt dieses Tages war er voll eingebunden: Erdbeerkonfitüre. Sie würden sie zubereiten, in Gläser abfüllen und mit Etiketten versehen, um sie am nächsten Morgen auf dem samstäglichen Wochenmarkt zu verkaufen.

Er war ein großer Fan von Erdbeerkonfitüre, aber das beschränkte sich darauf, sie zu essen. Sie herzustellen war ein langwieriger, klebriger Prozess, und sie hatten vor, sehr viel davon zu produzieren. Der Tag würde lang werden, und dass er in der Nacht nur wenig und sehr unruhig geschlafen hatte, machte das Ganze nicht leichter. Er hatte geträumt – von ineinander verschlungenen Gliedern, weichen braunen Haaren, die er sich um die Finger gewickelt hatte, Haut, die nach Zitrusfrucht duftete und heiserem Stöhnen aus leicht geöffneten Lippen …

Beim Aufwachen hatte er geglaubt, nur von der Nacht des Abschlussballs vor so vielen Jahren geträumt zu haben. Angeregt durch Erinnerungen, die von den Bildern in Martins Arbeitszimmer geweckt und durch den Nachmittag, den er mit Caro verbracht hatte, verstärkt worden waren. Allerdings hatte sie in seinem Traum die Haare kürzer getragen, so wie jetzt, nur knapp über die Schultern reichend. Sie hatte nach Zitrone geduftet – nicht nach Orange wie damals –, ein Aroma, das ihn verfolgte, seit er nach Cruickshank zurückgekehrt war. Und auf ihren Lippen hatte der hellrote Lippenstift geleuchtet, den sie neulich Abend bei Quigley's aufgelegt hatte.

Sonderlich überraschend war es nicht, dass Caro seine Gedanken beherrschte, da Ava auf einer minutiösen Berichterstattung über den Vortag bestanden hatte. Er war der Meinung gewesen, dass es am geschicktesten war, sich ihrem Verhör zu stellen, weil sie ihn dann vielleicht in Ruhe lassen würde.

Doch er hatte sich geirrt.

»Ihr seid also wieder Freunde?«, hatte sie ihn bedrängt.

»Wir gehen freundschaftlich miteinander um. Kannst du dich nicht einfach damit zufriedengeben?«

»Hmm …« Ava hatte ihren Kaffee mit nach draußen genommen, um die Blumen zu gießen. Mit dieser Antwort war sie offensichtlich nicht zufrieden. Das hatte ihre dreißig Minuten später immer noch ärgerlich gerunzelte Stirn verraten, als sie ihn gebeten hatte, die Erdbeeren zu holen.

Max schnappte sich die erstbeste Kiste und ging damit zurück in die Küche. Gerade hatte er die letzte Kiste auf der Kücheninsel abgestellt, als die schwere Holztür aufschwang und Caro vor ihm stand, eine Tüte von Browned Butter in der einen und ein Tablett mit Kaffeebechern in der anderen Hand.

Die Haare hatte sie zu dem für sie typischen unordentlichen Knoten hochgesteckt, und sie trug einen rosa Pulli zu schwarzen Shorts, die ihre Kurven betonten. Ein leichtes Lächeln lag auf ihrem Gesicht.

Sie war immer noch unglaublich schön.

»Hey.«

»Hey«, gab er zurück, ebenfalls ein leichtes Lächeln auf den Lippen. »Hast du Frankie mitgebracht?«

»Ja.« Sie deutete hinter sich zur Tür. »Ava hat sie mir abgenommen. Im Moment macht sie ziemlichen Wirbel um Lucy. Ich dachte, ich lasse die beiden einen Moment allein.« Ihr Blick blieb an den Erdbeerkisten hängen und sie seufzte leise. »Na, das wird offenbar ein arbeitsreicher Tag. Gut, dass ich ein bisschen Treibstoff mitgebracht habe.« Damit hielt sie die Tüte und das Tablett mit den Bechern in die Höhe. »Koffein und Kohlenhydrate.«

»Gott segne dich.« Er trat einen Schritt vor und nahm ihr den Kaffee ab.

»Für dich habe ich einen Haselnuss-Latte besorgt, wie du ihn neulich bestellt hast.«

»Danke.« Er stellte das Tablett auf den Tresen und entdeckte seinen Namen auf einem der Pappbecher. Caro setzte die riesige Tüte von Browned Butter daneben ab und griff dann an ihm vorbei nach ihrem Kaffee.

Wieder stieg ihm ihr Zitronenduft in die Nase. Er musste sich höllisch zusammenreißen, sich nicht zu ihr umzudrehen, sie zu packen und sein Gesicht an ihren Hals zu drücken. Aber dann trat sie einen Schritt zurück, sodass sie gerade eben außer Reichweite war.

Schnell hielt er sich den Kaffeebecher unter die Nase und atmete tief ein, in der Hoffnung, dadurch den Kopf frei zu bekommen. Aber als Caro in der Tüte mit dem Gebäck herumkramte, wurde ihm klar, dass er heute keine Chance auf einen klaren Kopf hatte.

»Donuts«, sagte sie und öffnete die erste Schachtel.

Max stöhnte auf, als er hineinschaute und ein halbes Dutzend der Sorte »Dreierlei-Schoko« darin entdeckte. Dieser Donut war immer ihr Favorit gewesen. Ein weicher, luftiger Schokoladendonut, gefüllt mit cremig aufgeschlagener Milchschokolade und dick überzogen mit dunkler Schokoladenganache.

Einfach himmlisch.

Max hatte die Bäckerei noch nicht betreten, seit er in der Stadt zurück war, vor allem weil er ein ganzes Dutzend dieser Donuts gekauft und ganz allein verzehrt hätte. Zum Frühstück hatte er bereits ein vegetarisches Omelett gegessen, aber diesen Donuts hatte er noch nie widerstehen können … Warum also jetzt damit anfangen?

Sie griffen gleichzeitig in die Schachtel und lachten, weil sie beide automatisch nach dem größten Donut gegriffen hatten. Max war einen Tick schneller, Caro gab nach und angelte sich den zweitgrößten.

»Wohl bekomm's«, sagte sie und stupste ihren Donut gegen seinen.

Max zögerte nur eine Sekunde und sah zu, wie Caro in ihren Donut biss. Sie schloss die Augen und stöhnte leise vor Behagen. Dieses Stöhnen ging ihm durch und durch und ließ seine Haut prickeln.

Verdammte Scheiße!

Ihr beim Essen zuzusehen war die reinste Folter, also folgte er ihrem Beispiel und biss in seinen eigenen Donut. Er war genauso perfekt, wie er ihn in Erinnerung hatte.

»Also, wie hat Ava sich verhalten, als du gestern nach Hause gekommen bist?«, fragte Caro, bevor sie ein zweites Mal zubiss. Max' inneren Aufruhr schien sie nicht zu bemerken. Sie streckte die Zunge heraus, um sich ein wenig Schokolade von den Lippen zu lecken.

Reiß dich zusammen, Mann. Reiß dich zusammen!

»Ach, du kennst sie doch. Sie hat mich einem ausgewachsenen Verhör unterzogen, das sie heute Morgen fortgesetzt hat.«

»Da kann ich mich ja auf was gefasst machen. Immerhin ist sie durch Lucy ein bisschen abgelenkt.«

»Na ja, wenn sie nicht mehr abgelenkt ist, solltest du wissen, dass sie kein bisschen zufrieden mit dem war, was ich ihr erzählt habe. Ich habe ihr erklärt, dass wir uns jetzt vertragen, aber sie will, dass wir wieder Freunde werden.«

Caro lachte. »Wir waren keine Freunde mehr, seit ich zwölf war und du dreizehn …«

Sie verstummte, während sie beide sich anscheinend daran erinnerten, wie er sie im Garten hinter den Stamm der Eiche gezogen und zum ersten Mal geküsst hatte.

Noch immer hatte er in den Ohren, wie sie ganz leicht geschluckt hatte, bevor er den Mund auf ihre Lippen gepresst hatte. Sie hatten beide nicht gewusst, was sie taten, aber nicht lange gebraucht, um es herauszufinden.

Gott, er wollte sie wieder küssen, wollte ihren nach Schokolade riechenden Mund schmecken …

»Hältst du das für möglich?«, wollte Caro wissen. »Dass wir wieder Freunde werden?«

Er wusste es nicht, aber es blieb ihm erspart, darauf zu antworten, weil die Tür hinter ihnen aufgestoßen wurde. Ava ging voran, Frankie auf dem Arm, Lucy und Beau folgten ihr.

»Du wusstest schon gestern, dass Lucy zurück ist, und hast mir nichts davon gesagt?« Aus schmalen Augen musterte sie Max, die Stirn gerunzelt. »Du hast behauptet, du hättest mir alles erzählt.«

»Ich habe dir erzählt, wie wir Frankie gefunden haben.« Er deutete auf die Hündin. »Lucy war daran nicht beteiligt. Und sie hat mich gebeten, dir nichts zu verraten.«

»Aha, na gut. Aber wenn du den Teil verschwiegen hast, frage ich mich natürlich, was du mir sonst noch verschwiegen hast.«

Max verdrehte die Augen. »Nichts, gar nichts. Hier«, sagte er und griff nach dem Becher, auf dem Chai stand. »Vielleicht bessert das deine Laune ja ein wenig.« Er hielt ihr das Getränk hin und kraulte Frankie mit der anderen Hand den Kopf. Die Hündin leckte an seiner Hand und zappelte ein wenig in Avas Armen.

»Ich bin nicht schlecht gelaunt.« Ava rückte Frankie zurecht, bevor sie ihren Becher an sich nahm und den darauf geschriebenen Namen las. »Wer ist Aubrey?«

Es war äußerst ungünstig, dass Max gerade einen Schluck von seinem Kaffee genommen hatte, denn der geriet ihm prompt in den falschen Hals. Caro lachte, als er heftig hustend nach Atem rang.

»Du bist wirklich ulkig, sehr ulkig.« Max runzelte die Stirn.

»Danke, du auch.« Sie wandte sich an Ava. »Einfach nur ein Insiderwitz zwischen Max und mir.«

Aus schmalen Augen musterte Ava die beiden abwechselnd und nickte dann leicht. Aus welchem Grund auch immer – die Antwort schien sie zufriedenzustellen.

Gott, seine Großmutter war ihm immer wieder ein Rätsel. Das machte ihn zwar verrückt, aber er konnte sie sich auch nicht anders vorstellen.

In den nächsten Minuten aßen sie die Donuts auf, während Ava ihnen sagte, was sie vorhatte und welche Aufgaben jeder übernehmen sollte. Kein bisschen überraschend wurde ihm und Caro die Aufgabe zuteil, die Erdbeeren von ihren Stielansätzen zu befreien. Sie richteten sich an der Kücheninsel ihre Arbeitsplätze ein und machten sich an die Arbeit.

Natürlich wusste Max ganz genau, was Ava damit bezweckte, war aber naiverweise davon ausgegangen, dass sie von ihrem

Vorhaben ablassen würde, nachdem er und Caro am Vortag solche Fortschritte gemacht hatten. Aber nein, ganz im Gegenteil – sie verstärkte ihre Bemühungen, sie wieder zusammenzubringen. Vielleicht, damit sie Freunde sein konnten?

Aber er war sich nicht sicher, ob das möglich war. Er würde Caro immer auf eine Weise begehren, die über Freundschaft hinausging. Und je mehr Zeit er mit ihr verbrachte, desto mehr wurde ihm klar, wie sehr das der Wahrheit entsprach.

Obwohl er all das wusste, änderte es nichts daran, dass es ihm sehr viel Spaß machte, an diesem Tag Seite an Seite mit ihr zu arbeiten und sie gelegentlich dabei zu ertappen, wie gerissen sie dreinschaute, wenn sie etwas Gewitztes sagte. Allerdings war sie schon immer lustig gewesen, hatte es schon immer wie kein anderer geschafft, ihn zum Lachen zu bringen. Genauso wie er das früher bei ihr geschafft hatte.

Es bereitete ihm Freude, in ihrer Nähe zu sein. Eine Freude, die er seit Jahren nicht mehr verspürt hatte und von der er kaum noch gewusst hatte, dass es sie gab. Eine Freude, die er zu vergessen versucht hatte.

Aber als er an diesem Abend schlafen ging, gab es kein Vergessen. Noch stundenlang dachte er an Caros Lachen. Und das war vermutlich der Grund dafür, dass er von ihrem Mund träumte.

Max war keine Pause vergönnt, in der er sich von den verwirrenden Gefühlen für Caro erholen konnte. Am nächsten Morgen standen ihm wieder viele Stunden bevor, in denen er Seite an Seite mit ihr auf dem Wochenmarkt arbeitete.

Von etwa April bis zum Frühherbst fand der Cruickshank-Markt jeden Samstagmorgen statt. Der Sweeny Park Pavillon stand gleich neben der Duncan-Finley Barn, und in beiden waren bereits Verkäufer damit beschäftigt, ihre Stände aufzubauen.

Ortsansässige Farmer boten frisches Obst, Gemüse, Honig und Konfitüren an. Kunsthandwerker waren mit ihren Produkten da: Quilts, Holzarbeiten, Windspiele, Kunstobjekte, Schmuck und etliche andere Dinge. Eine ältere Dame verkaufte Räucherwerk, eine andere natürliche Seifen und Lotionen, ein Typ sogar handgeknüpfte Hängematten.

Die Leute liefen bereits mit Kaffeebechern aus dem Dancing Donkey in einer Hand und einem ofenwarmen Gebäckstück aus dem Browned Butter in der anderen herum, sahen beim Aufbau der Stände zu und warteten, dass der Verkauf startete.

Ein Verkäufer mit fertig abgepacktem Popcorn und reißendem Absatz an frisch aufgepopptem Kesselmais hatte sich äußerst günstig neben dem Getränkestand der Cruickshank Community Arts positioniert. Allein schon der Anblick der Leckereien machte Max durstig. An der Getränkeausgabe würde sich eine Schlange bilden, sowie die späte Morgensonne die Luft erwärmte. Die frisch zubereitete Limonade, die sie dort anboten, war unwiderstehlich. Hätte Max nicht alles in seiner Macht Stehende getan, um Zitronen zu meiden, hätte er sich einen Becher geholt ... oder zwei ... oder drei.

Immer bot eine Mannschaft oder Organisation der Mount MacCallion High School an, Autos zu waschen. An diesem Morgen war es die Theater-AG, die die Schläuche ausrollte und die Schilder aufstellte. Auf der anderen Seite des Parks spielten zwei Männer Gitarre, und unter einer Gruppe von Hartriegeln waren etwa dreißig Leute dabei, ihre Yogaübungen zu beenden.

Max' Blick verweilte auf dieser Gruppe, da er wusste, dass Caro dort war. Sie hatte erwähnt, dass sie und Lucy an den Übungen teilnehmen wollten, bevor sie sich zu ihnen gesellten. Die Gruppe war zu weit entfernt, als dass er sie wirklich hätte erkennen können, dennoch war er sich fast sicher, sie und Lucy in der hinteren rechten Ecke entdeckt zu haben.

Dennoch riss er den Blick los und konzentrierte sich auf sein und Avas Ziel, einen Stand in der hinteren Ecke des Pavillons: Cruickshank Cats and Dogs Rescue. Dort standen etwa ein Dutzend Boxen mit Hunden, vom winzigen Chihuahua bis zu einer riesigen Dänischen Dogge. Ein Pferch mit sieben Welpen befand sich gleich neben einer Box mit einer rot getigerten Katze und ihren drei Jungen.

»Also, jede Woche spendet irgendwer dem Tierheim etwas zum Verkaufen?«, fragte Max und stellte den Karton mit der Erdbeerkonfitüre ab.

»Meistens sogar mehrere Leute. Mary Laird bereitet immer ihre Apfelbutter zu, wenn die Äpfel reif sind, und Roby Bryant bietet ein Paprikagelee an, das ist einfach himmlisch …« Sie führte die Fingerspitzen an die Lippen, um zu verdeutlichen, wie himmlisch. »… vor allem mit ein bisschen Rahmfrischkäse auf frisch getoastetem Brot. Es ist unglaublich gut. Ich habe etwas davon zu Hause, aber wenn es heute im Angebot ist, dann muss ich mir unbedingt noch ein Glas kaufen.«

»Was für eine Überraschung – Maximillian Abbot«, ließ sich da plötzlich eine Stimme hinter ihnen vernehmen.

Max drehte sich um und sah sich Lorraine Taylor in einem hellvioletten Overall gegenüber, die Hände in die breiten Hüften gestemmt.

»Komm schon her und nimm mich in die Arme.« Sie warf sich die langen schwarzen Zöpfe über die Schultern und breitete die Arme weit aus.

»Hi, Lorraine.« Lächelnd erwiderte Max ihre Umarmung.

Sie drückte ihn fest, bevor sie sich wieder von ihm löste, und ließ die Hände über seine muskulösen Oberarme wandern, während sie ihn von oben bis unten musterte. »Du siehst gut aus, Max.«

»Du auch«, erwiderte er träge grinsend. Genau wie all ihre Kinder hatte sie Sommersprossen auf Wangen und Nase und goldbraune Augen.

»Flirtest du etwa mit mir?« Sie ließ ihn los, schlug ihm leicht auf beide Arme und schüttelte lachend den Kopf. »Flirtet er mit mir?«, wiederholte sie ihre Frage und wandte sich dabei an Ava.

»Sieht ganz so aus.« Ava nickte.

»Du weißt, dass ich doppelt so alt bin wie du, ja?«

»Du siehst immer noch so schön aus, wie ich dich in Erinnerung habe. Und ich bin immer noch Single.«

»Sei nicht albern.« Kopfschüttelnd und spöttisch grinsend schaute Lorraine ihn an. »Egal, willst du deiner Großmutter helfen, unsere Waren zu verkaufen?«

»So ist der Plan. Falls der Andrang mal nachlässt, möchte ich mich ein bisschen umschauen. Es ist immerhin schon etwa zehn Jahre her, dass ich den Markt besucht habe«, sagte er und schaute sich dabei kurz um.

»Viel zu lange, Max.«

»Ich weiß. Wird nicht wieder vorkommen.«

»Wehe dir, falls doch. Du hast uns gefehlt«, erwiderte sie und knuffte ihn leicht in die Schulter. »Und jetzt hilf mir beim Standaufbau.« Lorraine ging um ihn herum hinter die Tische, wo sich ein paar neongrüne Boxen stapelten. Sie öffnete den Deckel der obersten Box und holte eine lange weiße Vinylrolle heraus. »Das Werbebanner müssen wir vorn anbringen. An der rechten oberen Ecke des Tisches ist ein Haken.«

»Geht klar.« Max trat an das rechte Tischende, während Lorraine sich ans andere Ende begab. Geschickt hängte er die Metallöse des Werbebanners auf den Haken, der in die Tischplatte geschraubt war, bevor er einen Schritt zurücktrat und sich das Ganze genauer anschaute.

CRUICKSHANK CATS AND DOGS RESCUE war in allen Regenbogenfarben auf das weiße Vinyl gemalt, die Farbabstufungen gingen kunstvoll ineinander über. Eingerahmt waren die Buchstaben von verschiedenen Comiczeichnungen von Katzen und Hunden. Einige standen und saßen vor den Buchstaben, andere oben drauf, wieder andere spähten dahinter hervor.

Im Laufe der Jahre hatte er so viele dieser Zeichnungen gesehen, dass er zweifelsfrei wusste, wer sie angefertigt hatte. »Das ist Caros Werk.«

»Richtig«, bestätigte Lorraine neben ihm. »Sie hat alle künstlerischen Arbeiten für uns übernommen. Vor ein paar Jahren haben wir unseren ganzen Auftritt komplett neu gestaltet. Das hat unglaublich viel ausgemacht.«

»Sie war schon immer sehr begabt.«

»In so vieler Hinsicht. Sie und Lucy sind fast fertig mit ihrem Yogakurs. Gut so, denn wir werden heute ordentlich zu tun haben.« Lorraine schaute sich nach der Yogagruppe um.

»Ich hole die übrigen Sachen aus dem Auto.« Max deutete hinüber zum Parkplatz. Weil sie so viel zu schleppen hatten, hatten sie fahren müssen, statt zu Fuß zu gehen. Im Wagen warteten noch zwei Kisten Erdbeerkonfitüre und eine weitere mit Lemon Curd darauf, ausgeladen zu werden. Als er mit der letzten Kiste zurückkam, hatten Caro und Lucy sich ebenfalls eingefunden.

Caro hatte ihre Haare zurückgebunden und zu einem Zopf geflochten, ein paar lose Strähnen hingen ihr ins Gesicht. Sie trug ein schlichtes weißes Tanktop, das sie unter der Brust verknotet hatte, sodass ihr Bauchnabel sichtbar war. Sein eigentliches Augenmerk aber lag auf ihrer Yogahose mit den seitlichen Spitzeneinsätzen, die bis zum Bund hinaufreichten.

Trägt sie überhaupt Unterwäsche?

Großer Gott. Falls er diesen Tag überleben wollte, musste er unbedingt darauf verzichten, über ihre Unterwäsche nachzudenken – oder darüber, ob sie überhaupt vorhanden war. Unwillkürlich blitzte die Erinnerung an den Tag auf, als Caro ihren blauen Spitzentanga aus dem Wäschetrockner genommen hatte, und Max wurde heiß.

»Hey«, begrüßte ihn Caro mit einem Lächeln, das ihn noch in den Wahnsinn treiben würde.

»Hey.« Er erwiderte ihr Lächeln.

»Lange nicht gesehen«, meinte Lucy und stieß ihn mit der Schulter an. »Ich dachte, wir hätten gestern mehr davon produziert.« Damit deutete sie auf die Gläser.

»Oh, das ist nicht mal die Hälfte«, erklärte Max und stellte die Kiste hinter dem Tisch ab. »Ich schätze, ihr werdet den ganzen Sommer damit beschäftigt sein, Erdbeerkonfitüre zu verkaufen.«

»Oh nein, werden wir nicht.« Lorraine schüttelte den Kopf. »Das und das Lemon Curd werden bis zum Ende des Nachmittags weg sein. Du wirst schon sehen. Die Leute hier lassen sich das Zeug, das deine Großmutter produziert, nicht entgehen. Und genau deshalb kaufe ich meinen Anteil sofort.« Sie schnappte sich vier Gläser vom Tisch, zwei mit Lemon Curd, zwei mit Konfitüre.

Max lachte und machte sich daran, Ava beim Aufstellen der Gläser zu helfen.

»Caro, Max war ziemlich beeindruckt von deinem Werbebanner«, fuhr Lorraine fort, aber ihr leichter, lässiger Tonfall konnte niemanden täuschen. »Er wusste sofort, dass das dein Werk ist.«

Großer Gott, sie war genauso schlimm wie Ava.

Caro schaute kurz zu ihm herüber, aber ihre Miene verriet keine Freude. Sie wirkte verunsichert … besorgt. »Danke«, sagte sie zögerlich.

»Gern geschehen.« Da er den heiklen Moment gern überspielen wollte, auch wenn er den Grund für Caros Verunsicherung nicht kannte, deutete er auf einen Karton, der mit BÜCHER beschriftet war. »Soll ich die auch auslegen?«

»Nein«, lehnte Caro ein bisschen zu laut ab. »Die brauchen wir nicht.«

Stirnrunzelnd schauten Lorraine und Ava sie an, bevor Lorraine meinte: »Heute konzentrieren wir uns auf die Gläser.«

»Geht klar.« Max nickte, aber ihm entging nicht, wie Caro den Karton zur Seite schob und etwas anderes obendrauf stellte.

12. KAPITEL

Ein Spaziergang in die Vergangenheit

Max schlug das Buch zu, lehnte sich in seinen Stuhl zurück und stieß einen langen, frustrierten Seufzer aus.

Vor ungefähr einer Stunde waren er und Ava vom Markt zurückgekehrt, und sie hatte sich nach einem raschen Mittagessen hingelegt, während er sich mit einem Buch in den Wintergarten zurückgezogen hatte. Das war vor einer halben Stunde gewesen und er war nicht über die ersten beiden Seiten hinausgekommen.

Immer wieder waren seine Gedanken abgeschweift – zu Caro, Schoko-Donuts, Yogahosen, Unterwäsche, ihrem Körper unter seinem, ihre Haare zerwühlt, ihr Lachen wild und atemlos. Was ihm früher am meisten gefallen hatte, war, wenn er ihr die Führung überließ und sie oben war, rittlings auf ihm saß und mit den Händen jeden Quadratzentimeter seiner Brust erforschte … und seines Bauches … und … und …

Ja, er musste unbedingt etwas tun, um sich abzulenken und seine Hände zu beschäftigen. Lesen war dafür aber offenbar nicht das Richtige. Auch ein Nachmittagsschläfchen, so wie Ava es tat, kam nicht infrage. Außer einem Powernap im Flugzeug oder wenn er einen Jetlag bekämpfen musste, fiel Max keine Gelegenheit ein, bei der er sich am helllichten Tag hingelegt hatte.

Außerdem bestand keinerlei Chance, sein Gedankenkarussell so weit zu stoppen, dass er an Schlaf hätte denken können.

Müde war er allerdings schon. Der Morgen und der Nachmittag auf dem Markt waren lang gewesen. Zwar hatten sie tatsächlich alle Gläser mit Konfitüren, Gelees und Lemon Curd verkauft, aber es war anstrengend gewesen, am Verkaufstisch zu bedienen und mit so vielen Leuten reden zu müssen.

Viele Einwohner von Cruickshank kannten ihn, da er so viele Sommer hier verbracht hatte, und sowie sie ihn entdeckt hatten, waren sie an den Stand gekommen, um mit ihm zu plaudern. Das war alles sehr viel gewesen, um es vorsichtig auszudrücken.

Er erhob sich von seinem Stuhl und ging hinüber in den Hobbyraum, weil ihm in den Sinn gekommen war, nach oben auf den Dachboden zu steigen und sich ein paar weitere Kisten und Kartons vorzunehmen, aber dann fiel sein Blick auf die offene Doppeltür zu Martins Arbeitszimmer. Er blieb stehen, dann änderte er seine Richtung und wandte sich seinem neuen Ziel zu.

Obwohl er und Caro sich inzwischen vertrugen, war das Problem noch nicht wirklich gelöst, aber sei's drum. Jetzt musste er sich erst einmal der anderen Sache stellen, die ihn beschäftigte. Und wenn irgendetwas ihn von Caro ablenken konnte, dann war das Martins Arbeitszimmer.

Nur eine Sekunde zögerte er auf der Türschwelle, bevor er eintrat, den Schreibtisch umrundete und sich setzte. Er hatte den Atem angehalten und stieß ihn jetzt heftig aus, legte die Hände auf die Schreibtischplatte und ließ sie an den Kanten entlanggleiten. Das glatte Mahagoniholz glänzte immer noch so schön wie früher.

Ein alter blau und schwarz glasierter Becher mit einer Darstellung des Sonnensystems und dem Schriftzug BESTER GRANDPA DER GALAXIS – ein Geschenk von ihm zum ersten

Weihnachtsfest, das er in diesem Haus verbracht hatte – steckte voller schwarzer, blauer und roter Stifte der Marke, die er bevorzugte und immer für Martin gekauft hatte. Daneben lag ein goldener Brieföffner mit der Gravur MARTIN HAWTHORNE ABBOTT auf dem Griff. Auf einer Ecke des Schreibtischs stand eine Tiffanylampe in Blau und Grün, auf der anderen ein antiker Miniaturglobus.

Seit fast einem Jahr hatte Martin nun schon nicht mehr auf diesem Stuhl gesessen, aber Max spürte immer noch seine Anwesenheit. Das war auch nicht verwunderlich, hatte der Mann doch beinahe jeden Tag an diesem Schreibtisch verbracht und in den letzten fünfzig Jahren seines Lebens ein Buch nach dem anderen geschrieben.

Max wusste nicht recht, womit er anfangen sollte, bis sein Blick auf den Karton mit Videokassetten fiel, die er erst kürzlich hierhergebracht hatte. Sich alte, von Martin aufgenommene Videos anzuschauen kam definitiv einem Sprung ins kalte Wasser gleich, aber am besten brachte er das jetzt endlich hinter sich.

Auf dem Tisch stand ein relativ neuer iMac, und als Max ihn einschaltete, erwachte der Bildschirm zum Leben und der kleine Cursor in dem Eingabefeld für das Passwort blinkte erwartungsvoll.

»Oh Shit«, murmelte Max und trommelte mit den Fingern auf der Schreibtischplatte herum, während er überlegte.

Martin hatte ein ausgezeichnetes Gedächtnis gehabt – wenn es um Belangloses oder Nebensächliches ging, hatte er alles aus dem Hut zaubern können –, aber Passwörter waren vermutlich nicht seine Stärke gewesen. Dieses Wissen hätte er als nutzlos betrachtet. Außerdem war er nie besonders technikaffin gewesen. Um das zu erkennen, genügte ein Blick auf das Klapphandy, das er bis zuletzt benutzt hatte.

Der Plattenspieler im Hobbyraum war viel öfter eingeschaltet worden als der Bluetooth-Lautsprecher. Er hatte nie im Leben ein E-Book gelesen. Teufel noch mal, er hatte nicht einmal eine digitale Armbanduhr besessen. Der einzige Grund, warum er von einer Schreibmaschine auf einen Computer umgestiegen war, hatte darin gelegen, dass er damit viel schneller schreiben konnte.

Nur in einer Hinsicht hatte Martin sich bereitwillig moderneren Technologien zugewandt, nämlich bei Foto- und Videografie. Er hatte immer das neueste Kameramodell, den neuesten Camcorder besessen, war immer bereit gewesen, den Augenblick festzuhalten und die Erinnerung auf Film zu bannen. In diesem Punkt war er sentimental gewesen, und zwar im bestmöglichen Sinn.

Er war also durchaus in der Lage gewesen, mit dem Wandel mitzuhalten, hatte sich einfach nur verweigert, wenn er es nicht wollte, und Passwörter hatte er sich ganz sicher nicht merken wollen. Das aber hieß, dass Passwörter so verwahrt waren, dass er und Ava sie leicht finden konnten.

Max ließ den Schreibtischstuhl ein Stück zurückrollen, zog die oberste Schublade auf und entdeckte darin einen zur Hälfte vollgeschriebenen Notizblock. Auf der obersten Seite sprang ihm Martins saubere und winzige Handschrift ins Auge. Es war eine Checkliste, bei der mehr als die Hälfte der Einträge durchgestrichen waren:

~~Batterien für die Rauchwarnmelder~~
~~Beaus Medikamente vom Tierarzt abholen~~
~~Avas Einmachutensilien bestellen~~
~~Bestellte Bücher abholen (28.7.)~~
~~Abendessen zur Feier von Caros neuem Vertrag (31.7.)~~

Geburtstagsgeschenk für Max
Gespräch mit Carlton über mein nächstes Buch (5.8.)
Flugtickets nach New York buchen (17.9.–24.9.)
Tickets für Sox gegen Yankees mit Max (19.9.)

Letztes Jahr hatten Ava und Martin ihn zu seinem Geburtstag besuchen wollen, aber Martin war am 2. August gestorben. Er war mit Brustschmerzen ins Krankenhaus eingewiesen worden und hatte es nicht mehr lebend verlassen. Max war bei der Arbeit gewesen, als Ava ihn anrief, und in derselben Sekunde, in der sie seinen Namen gesagt hatte, wusste er Bescheid. Der Mann, der ihn großgezogen hatte, hatte nicht mehr unter ihnen geweilt.

Keins der Dinge auf dem unteren Teil der Liste hatte Martin mehr erledigen können. Tatsächlich hatte Max seinen Geburtstag am 20. September nicht gefeiert. Stattdessen hatte er allein in seinem Apartment gesessen und seinen Kummer in einer Flasche Scotch ertränkt, bis er keinen klaren Gedanken mehr fassen konnte.

Damals hatte er Martins Tod nicht verwinden und sich fast ein ganzes Jahr lang nicht dazu durchringen können, auch nur zu versuchen, das alles zu verarbeiten. Wenn er zu tun hatte, brauchte er nicht nachzudenken. Das war seine erprobte und bewährte Strategie, die er im Laufe der Jahre immer mehr perfektioniert hatte. Auf diese Weise musste er nicht daran denken, dass sein Dad gestorben war oder dass er eine Mutter und einen Stiefvater hatte, denen er absolut nichts bedeutete. Er hatte sie angewandt, nachdem Rachel gestorben war … und als er und Caro sich getrennt hatten.

Aber jetzt musste er sich mit der Wahrheit auseinandersetzen.

Erneut schaute er sich die Liste an und fuhr mit dem Finger die Zeile *Abendessen zur Feier von Caros neuem Vertrag* nach.

Er hatte keine Ahnung, worum es dabei ging, und nahm sich vor, Ava später danach zu fragen. Unmittelbar darauf strich er diesen Punkt allerdings wieder von seiner To-do-Liste. Seit ihrer Trennung hatte er Ava nach nichts gefragt, was Caro betraf. Wenn er wissen wollte, worum es dabei ging, musste er Caro selbst fragen.

Plötzlich schoss ihm der Augenblick auf dem Markt durch den Kopf, als sie ihn davon abgehalten hatte, einen der Kartons zu öffnen.

Sie verbarg etwas vor ihm, wollte nicht, dass er von etwas Bestimmten erfuhr. Nicht, dass er sich darüber ärgern durfte. Sie war ihm schließlich keine Rechenschaft schuldig und auch er hatte ihr eine wichtige Information vorenthalten.

Erst kürzlich hatten sie sich über seine Arbeit unterhalten, und es wäre sinnvoll gewesen, ihr von seiner neuen Stelle zu erzählen, aber sie beide verband viel zu viel mit London. Caros vor vielen Jahren getroffene Entscheidung, nicht mit ihm dorthin zu gehen, hatte großen Anteil daran gehabt, dass ihre Beziehung in die Brüche gegangen war.

Über manche Dinge nicht zu reden war einfach besser … und vielleicht gehörte das, was sie vor ihm verbarg, dazu.

Max legte den Notizblock beiseite, schaute, was sonst noch in der Schublade lag, und entdeckte ein kleines schwarzes Notizbuch. Er zog es hervor, streifte das Gummiband ab, das es zusammenhielt, und als er die erste Seite aufschlug, musste er grinsen. Alle Passwörter waren hier sauber aufgeschrieben und gleich das erste war für den Computer.

Ein paar Klicks später fand er den Ordner, der mit MARTINS VIDEOS beschriftet war. Alle Dateien waren mit Namen und Datum versehen, aber ein Film fiel ihm besonders ins Auge: Max' erster Sommer in Boston. Mit einem Doppelklick öffnete er die

Datei und der Bildschirm zeigte eine Szene in Avas und Martins altem Haus in Boston.

Billy Joels »Tell Her About It« spielte im Hintergrund, und auf dem Boden saß eine viel jüngere Ava mit ihm zwischen Spielzeug, das auf dem bunten Teppich ausgebreitet war. Er war knapp ein Jahr alt und voll und ganz mit seinen Holzklötzen beschäftigt, die er immer höher aufstapelte.

»Ich glaube, er wird Architekt werden«, ertönte Martins Stimme von irgendwoher hinter der Kamera, während das Bild sich scharf stellte.

»Auf jeden Fall baut er gern etwas«, meldete sich eine andere Stimme. Eine Stimme, die Martin nicht allzu oft gehört hatte, die er aber dennoch erkannte.

Sein Vater.

Max wurde es eng in der Brust, als er diese Stimmen vernahm, ein kurzer Schmerz, der jedoch gleich wieder nachließ.

»Ja, er liebt es definitiv, Dinge zu erschaffen.« Ava nickte, unmittelbar bevor er mit seiner kleinen Faust zuschlug und den Turm zum Einsturz brachte. »Und sie dann zu zerstören«, fügte sie hinzu, während er vor Vergnügen lachte. »Und jetzt hör auf, mit der Kamera rumzuspielen, und setz dich zu uns.«

»Ich richte die Kamera nur noch besser aus«, erklärte Landon und das Bild wanderte ein kleines bisschen nach links. In diesem Moment endete der Song, die Schallplatte musste umgedreht werden.

»Ich kümmere mich um Billy.« Bewegung entstand am rechten Bildrand, als sein Großvater um das Sofa herumging, um sich am Plattenspieler im Hintergrund zu schaffen zu machen.

Als Nächstes erklang »Uptown Girl« und Martin kam wieder ins Bild. Er nahm ein kleines Stück von Ava entfernt Platz. Eine Sekunde später kam auch Landon um die Kamera herum und setzte sich neben Martin. Auch er trug einen dichten Bart, der allerdings längst nicht so lang war wie Martins.

Baby Max streckte die Arme nach seinem Vater aus, aber Landon war zu weit weg. Zielstrebig wie immer rutschte er aus der sitzenden Position herum und krabbelte auf Martin zu. Als er seinen Vater erreichte, klammerte er sich an Landons Beinen fest und zog sich daran hoch, bis er stand.

»Das hat er noch nie getan!«, rief Landon aufgeregt. »Er krabbelt wie verrückt durch die Gegend, aber aufgestanden ist er noch nie. Gut gemacht, Bean!«

Baby Max, immer noch auf den Beinen, wandte sich seinem Großvater zu und streckte die Arme nach ihm aus. Martin hielt ihm die Hände hin, Max griff danach und hüpfte auf und ab, bevor er sich auf den Po plumpsen ließ. Er saß nur etwa eine Sekunde am Boden, dann hob Martin ihn auf die Arme und küsste ihn auf die Wange. Baby Max kicherte hysterisch, weil der Bart seines Großvaters ihn im Gesicht kitzelte.

Der erwachsene Max verspürte Sehnsucht nach einer Vergangenheit, an die er sich nicht erinnerte, aber sosehr es ihn auch schmerzte, zuzusehen, er konnte den Blick nicht vom Bildschirm wenden, während das Video von einer Szene zur nächsten sprang.

Er sah zu, wie Baby Max Eiscreme aß … genauer gesagt, wie er darin schwamm. Sah einen Clip, in dem er sich an Avas und Martins alten Labrador Legolas kuschelte. Und eine ganze Videomontage von Szenen, die über mehrere Wochen gingen und in denen er laufen lernte.

Gut dreißig Minuten später drückte sich eine feuchte Nase an sein Knie und lenkte ihn vom Bildschirm ab.

»Hey, alter Junge.« Max hielt das Video an, bevor er Beau den Kopf kraulte. Der Hund wedelte aufgeregt mit seinem buschigen Schwanz.

»Wir dachten, wir schauen mal, was du so treibst.«

Max blickte auf und entdeckte Ava in der Tür. Sie wirkte traurig. Vermutlich hatte sie gerade noch den letzten Teil des Videos mitbekommen, in dem Martin seinem Enkel aus »Das Samtkaninchen oder Das Wunder der Verwandlung« vorlas.

»Ich habe die Videos gefunden. Ich kann mich nicht entsinnen, die schon mal gesehen zu haben.« Mit der freien Hand deutete er auf den Bildschirm, mit der anderen kraulte er immer noch Beau. »Es ist schon lange her, dass ich Dad gesehen habe.«

Ava betrat das Zimmer, kam um den Schreibtisch herum, lehnte sich mit der Hüfte dagegen und sah auf den Bildschirm, auf dem ein grinsender Landon Max hoch in die Luft hielt, als wäre er ein Flugzeug.

»Sie waren in einem Karton, der beim Umzug falsch beschriftet wurde. Martin hat sie vor ein paar Jahren gefunden. Wochenlang haben wir abends diese Videos angeschaut.« Sie lächelte wehmütig, wandte den Blick vom Bildschirm ab und blickte Max an. »Er musste all diese Geräte und Kabel einsetzen, um sie auf dem Fernseher abspielen zu können. Das hat ihn Stunden gekostet, aber er ließ sich nicht davon abhalten.«

Beau legte sich hin. Sein Bedarf an Streicheleinheiten war gedeckt, und er war zufrieden damit, einfach nur zwischen Max und Ava zu liegen.

»Kann ich mir vorstellen.« Max lächelte traurig. »Dad wirkte so jung.«

»Er war jung.« Ava nickte langsam. »Dass du ihn nie richtig gekannt hast, ist wirklich tragisch.«

»Einfach nur verdammt unfair ist das«, stellte Max klar.

Ava lachte leise auf. »Ja, das ist es ganz sicher.« Sie holte tief Luft und atmete hörbar aus. »In dem Sommer war er im zweiten Jahr seines Promotionsprogramms.« Sie deutete auf den Computer.

»Deine Mom steckte mitten in ihrem Medizinstudium, und sie hatten beide so viel um die Ohren, dass sie kaum geradeaus gucken konnten. Das war der erste Sommer, in dem wir dich bei uns aufgenommen haben, der erste von vielen.« Sie grinste. »An jedem Wochenende kam er mit der Bahn angereist, um dich zu besuchen. Er wollte dich so sehr. Vergiss das nie.«

Sein Vater hatte ihn gewollt. Seine Mutter nicht so sehr. Max wusste, dass er ein Unfall gewesen war. Sicher, seine Eltern waren bereits verheiratet gewesen, aber Vanessa hatte warten wollen, bis sie beide ihr Studium abgeschlossen hatten, bevor sie Kinder bekamen. Als sie schwanger wurde, hatte Landon ihr geschworen, dafür zu sorgen, dass es funktionierte.

Sein Dad hatte ihn geliebt. Ihm mochte nicht viel Zeit mit Landon vergönnt gewesen sein, aber das wusste er. Ava und Martin hatten dafür gesorgt, dass er das wusste.

»Würde es dich sehr aufwühlen, die Filme noch mal zu sehen?« Fragend schaute Max zu seiner Großmutter auf.

»Ja.« Wieder schenkte sie ihm dieses traurige Lächeln. »Aber wir sollten sie uns trotzdem ansehen. Vielleicht nach dem Abendessen?«

»Klingt gut.«

Liebevoll strich Ava Max über das Haar. »Ich bin wirklich stolz auf dich.«

»Warum? Weil ich endlich diesen Raum betreten habe?«

Ihre Hand glitt an der Seite seines Kopfes herab, berührte seine Schläfe, bevor sie auf seiner Schulter zu liegen kam und sanft zudrückte. »Ja, und dafür, dass du dich mit Caro ausgesöhnt hast. Das Kriegsbeil begraben hast.«

»Oh.« Er senkte den Kopf. »Das.« Er glaubte nicht, irgendetwas begraben zu haben. Im Gegenteil, er hatte einiges ausgebuddelt. Eine ganze Menge sogar.

Ava ließ die Finger unter sein Kinn gleiten und hob es an, um ihm in die Augen schauen zu können. »Und ich bin ganz allgemein stolz auf dich, Bean. Martin war es auch. Und dein Vater wäre es ebenfalls gewesen. Du warst immer ein guter Junge.«

»Zum Schluss nicht mehr. Ich habe euch nicht mehr besucht.«

»Trotzdem haben wir dich jedes Jahr gesehen.« Sie ließ die Hand auf seine sinken und tätschelte sie leicht. »Du hast dir Zeit für uns genommen. Ich kenne nicht viele Leute, die einen Enkelsohn haben, der sie per Flugzeug nach Europa kommen lässt, in Fünf-Sterne-Hotels unterbringt, die besten Restaurants mit ihnen besucht und die tollsten Ausflüge mit ihnen unternimmt.«

All das stimmte durchaus. Max hatte seine Großeltern immer mehrere Male im Jahr gesehen. Ob sie ihn nun während der Feiertage in New York besuchten oder auf eine Geschäftsreise begleiteten. Aber da er dann normalerweise gearbeitet hatte, hatte es sich eher so angefühlt, als hätten sie sich Zeit für ihn genommen, nicht umgekehrt. Und nachdem er nach Martins Tod so mit sich selbst beschäftigt gewesen war, hatte er sich von Ava zurückgezogen, als sie ihn am nötigsten gebraucht hätte.

»Ja, ich schätze, das stimmt.« Die Worte hingen in der Luft, bevor Max den Kopf schüttelte, weil er wusste, dass es nicht stimmte. »Ich hätte mehr tun sollen. Euch öfter besuchen. Öfter anrufen.«

»Max, du kannst die Vergangenheit nicht ändern, du kannst nur daraus lernen. Du möchtest die Zeit zurückdrehen, aber das geht nicht. Das Einzige, was du tun kannst, ist die Zeit zu nutzen, die du jetzt hast.«

Sie hatte recht. Wie meistens. Auch wenn er das nicht immer zugeben mochte. Es gab eine Menge Dinge, die er gern noch einmal anders gemacht hätte, aber das war nicht möglich, und er konnte nichts weiter tun, als aus den Entscheidungen zu lernen, die er getroffen hatte.

»Immer so weise.« Er schaute zu ihr auf.

»Hör einfach auf mich, Junge. Du wirst weit kommen.«

»Ich bin schon weit gekommen, dank euch.«

»Danke.« Ihr Mund verzog sich zu einem Grinsen.

»Also, wie sind die Pläne für den Rest des Tages?«

»Abendessen.« Sie stieß sich vom Schreibtisch ab und richtete sich auf. Bei ihrer Bewegung kam auch Beau wieder auf die Beine. »Ich möchte diesen langsam gegarten Lachs zubereiten, der muss mariniert werden. Und ich dachte, dazu könnten wir gefüllte gebackene Artischocken servieren, und die zuzubereiten dauert auch eine Weile.«

»Klingt sehr lecker.«

»Perfekt. Ich fange schon mal mit den Vorbereitungen an, während du uns einen erfrischenden Sommerdrink mixt.«

»Was möchtest du?«

»Überrasch mich«, sagte sie und verschwand tänzelnd in die Küche. Beau folgte ihr wie ein Schatten.

Max betrat den Hobbyraum, und wieder spürte er die Enge in seiner Brust, als er den bunten Teppich und den Plattenspieler aus dem alten Video entdeckte. »Hey«, rief er. »Was hältst du von Billy Joel auf Vinyl?«

»Ich halte sehr viel von Billy Joel, ob nun auf Vinyl oder anders.«

Grinsend ging er zum Plattenspieler hinüber.

Den größten Teil des Sonntags verbrachte Max in Martins Arbeitszimmer. Er brauchte genau eine Kaffeelänge, um zu lernen, wie man mit dem Programm umging, das die Videokassetten digitalisierte. Um die Filme in Computerdateien umzuwandeln und abzuspeichern, musste man sie laufen lassen. Also liefen sie im Hintergrund, während er begann, die Aktenschränke durchzugehen.

Nach dem Mittagessen gesellte sich Ava zu ihm und half ihm, Material auf zwei Stapel zu verteilen: Behalten und Vernichten. Der Stapel der Dinge, die vernichtet werden konnten, war vier Mal so groß wie der andere.

»Ich glaube nicht, dass du diese Quittung einer Bostoner Eisenwarenhandlung von 1972 noch brauchst.« Max hielt ein kleines Stück Papier hoch.

»Wer weiß, vielleicht müssen wir den Hammer umtauschen«, scherzte Ava.

»Ich bin mir ziemlich sicher, dass es den Laden nicht mehr gibt.«

»Gut, dann können wir auf die eine Quittung wohl verzichten.«

Sie arbeiteten den ganzen Nachmittag und hörten erst auf, als es Zeit für das Abendessen war. Danach schauten sie sich eine Reihe der Videos an. Max sah die Überreichung des Collegeabschlusszeugnisses seines Vaters, eine Autorenlesung von Martin auf Martha's Vineyard und eine Kunstausstellung von Ava in New York. Den Film über die Hochzeit von Landon und Vanessa ließen sie aus – Max war nicht danach zumute – und machten weiter mit einer ganzen Filmserie über einen Wochenendausflug zu einem Strandhaus an der Golfküste. Max war etwa zwei Jahre alt gewesen und seine Mutter auffällig abwesend.

Als Max später in sein Zimmer hinaufging, fühlte er sich … verunsichert. Ihm war, als fehlte irgendetwas. Er sagte sich, dass dieses Gefühl durch den Tag in Martins Arbeitszimmer und die Videos ausgelöst worden war. Aber obwohl das teilweise der Grund sein mochte, es war nicht die eigentliche Ursache.

Der Sonntag war der erste Tag seit seinem Aufenthalt in der Stadt, an dem er Caro nicht gesehen hatte. Er blieb stehen, als er an den gerahmten Bildern in seinem Zimmer vorbeiging. Ihren Bildern von Cruickshank.

So weit war sie also nur gekommen? Sie hatte reisen, sich Kunstwerke in aller Welt ansehen wollen.

Schon immer hatte sie davon geträumt, Künstlerin zu werden. Im Grunde war sie schon immer eine gewesen, aber sie hatte davon geträumt, mit ihrer Kunst groß herauszukommen und Karriere zu machen. Die Tatsache, dass ihr das nicht gelungen war, war enttäuschend. Er war sich nur nicht sicher, ob er um ihretwillen enttäuscht war … oder von ihr.

Und warum kümmerte ihn das überhaupt? Was sie aus ihrem Leben gemacht – oder nicht gemacht – hatte, ging ihn nichts an. Aber auch das änderte nichts daran, dass er sich instinktiv mehr für sie wünschte.

Das würde er jedoch für sich behalten müssen. Noch eine Sache, die auf die stetig länger werdende Liste kam.

Petal and Thorn hatte eine Lieferung Pflanzen erhalten und Caro hatte den ganzen Morgen mit den Händen in der Erde verbracht. Frankie war mitgekommen und blieb in dem kleinen Verschlag, den Caro errichtet hatte, wo sie abwechselnd mit dem violetten Schnabeltier spielte, das Max ihr gekauft hatte, und schlief.

Evie und Vera, denen der Laden gehörte, nahmen den Welpen ab und zu hoch und kuschelten mit ihm, wenn sie nicht gerade mit Kunden beschäftigt waren oder Blumengestecke und Sträuße anfertigten. Sie hatten einen von Caros ehemaligen Pflegehunden adoptiert, einen Golden Retriever namens Marigold mit langem blonden Fell und nur drei Beinen. Ihre Tochter Abigail war gerade acht geworden, hatte sich unbedingt einen Hund gewünscht und Marigold war perfekt gewesen.

Marigold hatte an diesem Morgen ein paar Mal mit Frankie gespielt, aber jetzt lag sie auf einem sonnenbeschienenen Fleckchen vor dem Fenster und schnarchte vor sich hin.

Caro war gerade fertig damit, die Pflanzen einzutopfen und sie zu wässern, als die Glocke über der Tür bimmelte. »Bin gleich bei Ihnen«, rief sie über die Schulter, während sie sich die Hände wusch. Da Evie und Vera unterwegs waren, um Bestellungen auszuliefern und etwas zum Mittagessen zu besorgen, war sie allein im Laden.

Als sie sich umdrehte, stand Max am Tresen. Grinsend schüttelte er den Kopf und schob sich seine Sonnenbrille von der Nase auf den Kopf. Er hatte sich eine Stofftasche über die Schulter gehängt und trug einen Becher Kaffee aus dem Dancing Donkey.

»Natürlich bist du hier.« Kinn und Wangen zierten Bartstoppeln, als hätte er sich in den letzten zwei Tagen nicht rasiert.

Es war schon lange her, dass sie ihn nicht glatt rasiert gesehen hatte, und ihr wurde ein wenig schwummerig von dem Anblick. Vielleicht war sie aber auch einfach hungrig. Oder beides.

»Jeden Montag.« Sie schüttelte den Kopf. »Und was tust du hier?«

»Ava schickt mich, damit ich ihr bestelltes Saatgut abhole.«

Verdutzt runzelte Caro die Stirn. »Ich habe ihr doch gesagt, dass ich es morgen mitbringe.«

»Ja, aber dann hätte sie keine Gelegenheit gehabt, dafür zu sorgen, dass wir uns heute sehen.«

»Wie meinst du das?«

Max lachte. »Das tut sie schon, seit ich hier angekommen bin. Deshalb hat sie dir nicht erzählt, dass ich am Dienstag kommen würde, denn sie wusste, dass du im Haus sein würdest. Sie war auch diejenige, die mir vorgeschlagen hat, an jenem Abend ins Quigley's zu gehen. Am Mittwochmorgen hat sie die Kaffeevorräte versteckt, sodass ich zum Dancing Donkey gehen musste. Inzwischen würde es mich auch nicht überraschen, wenn sie Frankie im Rosenbeet deiner Mutter platziert hätte.«

Als der Welpe seinen Namen hörte, begann er zu bellen. Offenbar hatte Max' Stimme ihn geweckt.

Max beugte sich über den Tresen, entdeckte die Hündin, die versuchte, aus ihrem kleinen Verschlag herauszuklettern, und sich dabei mächtig reckte.

»Sie möchte dich eindeutig begrüßen.« Caro hob die Hündin hoch und reichte sie ihm. Die Kleine wand sich aufgeregt in seinen Armen und wollte ihm unbedingt das Gesicht ablecken.

»Hallo, Frankie-Girl«, sagte er und küsste sie auf den Kopf. Jedes Mal, wenn er sie hielt, benahm sie sich so.

Caro verstand das nur zu gut. Auch sie hätte sich vor Wonne gewunden, würde er sie in seinen Armen halten.

Wieder bimmelte die Glocke über der Ladentür, und Evie und Vera kamen herein, beide mit einem gelb und blaugrün karierten Einwegbecher von Frenchy Fries in der Hand.

»Hey, Max.« Vera blieb neben ihm stehen und kraulte Frankie kurz unter dem Kinn. »Würdest du Ava bitte sagen, dass wir schon ein ganzes Glas von der Erdbeerkonfitüre gegessen haben? Die ist diesmal ganz besonders gut gelungen. Wir werden am Samstag noch mehr davon kaufen müssen.«

»Ich werd's ihr ausrichten, sobald sie nach Hause kommt. Heute gibt sie ihren Kunstunterricht. Sie hat mir eine Liste mitgegeben, was ich alles für sie erledigen soll, während sie weg ist.« Mit der freien Hand zog er ein Stück Papier aus seiner Tasche und wedelte damit herum.

»Was steht sonst noch darauf?«, fragte Caro und riss es ihm aus der Hand. Sie hätte nicht sagen können, was sie dazu veranlasst hatte, und als ihre Finger sich streiften, spürte sie ein merkwürdiges Ziehen im Unterleib.

Das hatte sie schon sehr lange nicht mehr gespürt … jedenfalls nicht, bevor Max wieder in Cruickshank aufgetaucht war. Aber sie war offenbar nicht die Einzige, auf die ihre Berührung Wirkung zeigte, denn Max' Augen verdunkelten sich.

Caro räusperte sich, versuchte, wieder in die Realität zurückzufinden, während sie auf den Zettel schaute und in Avas geschwungener Handschrift las:

~~Postamt: Pakete aufgeben~~
Tierarzt: Beaus Medikamente abholen
~~Dancing Donkey: Kaffeebohnen bestellen~~
Kathleen's Corner: Buchbestellung abgeben (siehe Anhang)
Petal and Thorn: Saatgut abholen
Browned Butter: Zwei Laib Brot (entscheide selbst, welche Sorte)
Cheese Wheel and Wine: Käsebestellung abholen, Wein fürs Abendessen
Meat Market: Fisch für heute Abend, irgendwas für morgen
Lebensmittel: Half and Half, Joghurt, Butter, Weintrauben, Limetten, Pilze

»Sieht ganz so aus, als hielte sie dich auf Trab. Ich dachte, du wolltest hier Urlaub machen?« Caro blickte auf und stellte fest, dass sein Blick immer noch auf ihr ruhte.

»Sie weiß, dass ich mit Freizeit nicht viel anzufangen weiß.«

»Ja. Nun, die Hälfte der Besorgungen erledige ich schon regelmäßig für sie, weil ich in den entsprechenden Geschäften arbeite.«

»Wie viele Jobs hast du eigentlich hier in der Stadt?«, fragte er und musterte sie ein wenig finster.

»Wenn man die Arbeit bei Ava mitrechnet?« Sie wedelte mit dem Blatt Papier, bevor sie es ihm zurückgab. »Fünf.«

Jeder wusste, dass Caro tatsächlich sogar sechs Jobs hatte, wenn man ihre Bücher mitzählte … aber er hatte ja gesagt »hier in der

Stadt«. Evie und Vera schauten sie stirnrunzelnd an. Sie standen etwa zwei Meter hinter Max und beiden war die Lüge offenbar aufgefallen.

Sie hatte ihnen gesagt, dass er nichts von ihren Büchern erfahren sollte. Ihre Mienen verrieten, dass beide ihre Entscheidung nicht nachvollziehen konnten, sie aber respektierten.

»Mit fünf Jobs bist du vermutlich bestens damit vertraut, keine Freizeit zu haben«, sagte Max.

»Das ist sie.« Vera nickte, ein boshaftes Blitzen in den Augen. »Tatsächlich nimmt sie sich nur sehr selten frei.«

»Ja.« Evie, die sofort kapierte, worauf ihre Partnerin hinauswollte, grinste. »Weißt du was, Caro? Du solltest dir den Rest des Tages freinehmen. Mit den Pflanzen bist du bereits fertig. Mit allem anderen kommen wir allein klar. Vielleicht solltet ihr beide gemeinsam Mittag essen und den Nachmittag genießen.« Sie wandte sich Max zu und hob ihren Becher. »Ich empfehle, zu Frenchy Fries zu gehen. Heute gibt es Parmesan-Kräuter-Pommes, und ihr wisst ja, dass man die am besten ganz heiß isst. Sonst sind sie einfach nicht so gut.«

»Ihr zwei seid in etwa genauso subtil wie Ava«, stellte Caro kopfschüttelnd fest.

»Was?«, entgegneten sie wie aus einem Munde.

»Würdest du gern mit mir essen gehen?«, fragte Max so beiläufig er konnte, aber als sie sich ihm wieder zuwandte, entdeckte sie den Hoffnungsschimmer in seinen Augen.

»Ja.« Caro nickte, denn sie wollte es wirklich sehr, sehr gern.

Max machte Veras und Evies kleines abgekartetes Spiel nichts aus. Genau genommen war er ihnen sogar dankbar dafür. Und nicht nur ihnen – auch Ava hatte genau gewusst, was sie tat, als sie ihm am Morgen diese Liste mit Erledigungen in die Hand gedrückt hatte. Vielleicht hätte er ihr sogar dafür gedankt, wenn sie nicht so selbstzufrieden gewirkt hätte.

Es war einer der vollkommenen Spätfrühlingsnachmittage, wie sie so typisch für Cruickshank waren: etwa zweiundzwanzig Grad, klarer blauer Himmel, zwitschernde Vögel und eine leichte Brise, die durch die blühenden Bäume strich. Der Unterschied zum letzten Mal, als Max und Caro durch die Innenstadt gegangen waren – bei Regen und mit einem Schirm bewaffnet –, hätte kaum größer sein können.

Er wünschte nur, er könnte auch heute so eng neben ihr gehen. Ihre Haut an seiner spüren …

»Wie ich sehe, kommt Frankie inzwischen besser mit der Leine klar«, sagte er und schaute auf den Hund vor ihm, um sich von dem süßen Zitronenduft in der Luft abzulenken.

»Sie macht definitiv Fortschritte.« Caro lächelte, zog sacht an der rosa Leine und dirigierte Frankie um einen Mülleimer herum. »Ich habe mir angewöhnt, mich mit ihr anzuschließen, wenn mein Dad mit Leia geht. Das hat ein wenig geholfen.«

»Immer noch keine Informationen, woher sie kommt?«

Caro umfasste die Leine fester, bevor sie den Blick zu ihm hob, die Lippen ärgerlich verzogen. »Nein, und ich hoffe, dass es auch so bleibt. Woher auch immer sie kommt, ich werde das Gefühl nicht los, dass diese Leute sie nicht verdient haben.«

Und er wurde das Gefühl nicht los, dass sie damit recht hatte.

Frenchy Fries lag an derselben Straße wie die Kincaid Spring Factory, und sie beide schauten kurz hinüber, als sie daran vorbeigingen.

»Aaalso … wird diesbezüglich etwas geschehen?« Sie deutete auf das Gebäude.

»Ich habe am Freitag mit meinem Assistenten darüber gesprochen und ihn gebeten, alle Baupläne und technischen Daten zu besorgen. Heute Morgen hatte ich sie in meinem E-Mail-Postfach.«

»Und? Denkst du immer noch, es könnte ein rentables Projekt sein? Für deine Firma?«

»Allerdings.«

»Was unternimmst du als Nächstes?«

»Ich muss einen Vorschlag ausarbeiten, den ich meinem Boss vorlegen kann. Allerdings ist mir durch meine Wette mit Ava nicht wirklich erlaubt, vor Mittwoch an die Arbeit zu gehen. Immerhin hat sie es schon mal für gut befunden, als ich ihr davon erzählte. Und wenn ich ganz offiziell meinen Ananas-Kokosnuss-Traumkuchen gewonnen habe, dann werde ich die Stadt erkunden, in Erfahrung bringen, wie es um den Fremdenverkehr steht, und mir die Hotels außerhalb von Cruickshank anschauen.«

»Klingt vernünftig.« Sie nickte. »Und wie lange brauchst du normalerweise dafür?«

Er warf ihr einen kurzen Blick zu. »Für ein Projekt wie dieses bräuchte ich normalerweise ein paar Tage, aber ich werde nur daran arbeiten, wenn Ava anderweitig beschäftigt ist. Ich darf meiner Aufseherin nicht ins Handwerk pfuschen.«

»Nein.« Sie lächelte. »Das wäre gefährlich. Wenn ich im Laufe der Jahre, die ich für Ava arbeite, etwas gelernt habe, dann das.«

»Darf ich dich was fragen?«

»Ja.«

»Ich frage nicht, um mir ein Urteil zu bilden, sondern nur aus ehrlicher Neugier: Warum hast du all diese Teilzeitjobs?« Er hatte sich bereits gewundert, dass sie im Quigley's und im Dancing Donkey arbeitete, aber jetzt, da er von all den weiteren Jobs wusste, konnte er nicht anders – er musste fragen.

»Bei Petal and Thorn arbeite ich, weil die Pflanzen und Blumen mir das Gefühl vermitteln, meiner Mom näher zu sein. Bei Dancing Donkey, weil das eine Verbindungsstelle zum Tierheim ist und ich gern mit Sasha und Lorraine zusammenarbeite. Sie sind wie eine zweite Familie für mich. Genau wie die Quigleys. Mir gefällt es im Pub, er ist wie ein Zuhause für mich. Was Kathleen's angeht – Bücher machen mich glücklich, auch wenn ich nur einen Tag pro Woche dort verbringe. Und Ava – na ja, obwohl sie eine strenge Aufseherin ist, liebe ich sie und ich liebe das Haus. Ich verbinde es mit vielen guten Erinnerungen … an meine Mom … an Martin … und an dich.« Sie stieß ihn mit der Schulter an. »Ich liebe all diese Jobs, und statt einen davon aufzugeben …« Sie zuckte die Achseln. »… habe ich mich für alle entschieden.«

Max war sich nicht sicher, warum … Nein, er wusste ganz genau, warum, aber es fiel ihm schwer, nach diesem letzten Satz etwas zu sagen. Sie dachte noch an ihn. Das hätte ihn nicht so sehr überraschen sollen, da er ja auch immer noch an sie dachte, ganz gleich, wie sehr er sich bemühte, es nicht zu tun.

Schweigend gingen sie an den beiden letzten Läden vorbei, bevor sie vor der gelb und blaugrün gestreiften Markise des Frenchy Fries standen. Die Vorderseite des Cafés hatte hohe, weiß gerahmte Fenster und gewährte einen großzügigen Blick ins Innere, in dem ebenfalls die Farben Gelb und Blaugrün dominierten.

»Soll ich reingehen und bestellen, während du uns einen Tisch suchst?« Er deutete auf den Platz auf der anderen Straßenseite. Er gehörte nicht zum Café, aber dorthin nahmen viele Leute ihre Speisen mit, wenn sie im Freien essen wollten.

»Gern.« Caro griff nach ihrer Geldbörse.

»Nein«, wehrte Max kopfschüttelnd ab. »Ich zahle.«

»Das ist nicht nötig.«

»Doch, ist es. Ich habe dich zum Essen eingeladen, ich bezahle. Sag mir einfach, was du möchtest.«

Sie presste ihre hübschen Lippen zusammen. Diese störrische

Miene kannte er nur zu gut. Eine Sekunde lang musterte sie ihn, bevor sich ihr Mund entspannte und sie seufzte. Sie wusste, dass sie diesmal nicht gewinnen konnte.

»Gut. Ich hätte gern das gegrillte Käsesandwich mit Brie, Apfel- und Feigenkonfitüre. Eine große Limonade. Und die Parmesan-Kräuter-Pommes.«

»Geht klar.« Max nickte und betrat das Café.

Vor ihm standen mehrere Leute an, aber die Schlange bewegte sich recht schnell voran. Zehn Minuten später überquerte er bereits die Straße mit ihrem Essen.

Caro hatte in der hinteren Ecke einen Platz gefunden und sich einen der wenigen schmiedeeisernen Tische, die noch frei waren, gesichert. Efeu rankte an den Ziegelmauern hinter ihr empor, und sie schaute in das Buch, das sie in den Händen hielt. Frankie saß zu ihren Füßen und beobachtete mit ihren braunen Augen alles, was um sie herum vorging.

»Was liest du da?«, fragte Max und stellte alles auf dem Tisch ab.

Sie blickte auf, schlug das Buch zu und er sah den Einband. Darauf war ein kompliziertes Muster aus Wirbeln um eine Klinge abgebildet. »Nur ein Buch über einen Feenkrieg ... mit einer Menge Sex.«

»Meine Lieblingsliteratur.« Er grinste.

»Was hast du dir geholt?«

»Das Gleiche wie du – es klang einfach zu gut.« Er hatte sich sogar eine Limonade gegönnt, weil er der Versuchung nicht widerstehen konnte.

»Wo sind deine Pommes?« Sie zog eine der Tüten zu sich und riss sie oben auf.

»Wir teilen uns diese.« Er deutete auf ihre Hand, die in der Tüte verschwunden war, bevor er ihr das bestellte Sandwich zuschob. »Ich habe eine extragroße Portion bestellt.«

»Bist du sicher, dass sie reichen wird?«, fragte sie neckisch grinsend.

Unwillkürlich blieb sein Blick an ihren Lippen hängen. Plötzlich unglaublich durstig, nahm er einen Schluck von der sauersüßen Limonade … und hatte das sichere Gefühl, sein Kopf müsse gleich explodieren. Er war ein verdammter Masochist.

Gemeinsam wickelten sie ihre Sandwiches aus. »Guten Appetit.« Sie hielt eine Hälfte hoch und Max stieß mit der Ecke seines Sandwichs an. Genau das hatten sie auch mit dem Donut getan. Genau das hatten sie immer getan, wenn sie gemeinsam aßen.

»Wohl bekomm's«, sagte er, bevor sie beide einen Bissen nahmen.

Caro stöhnte leise, während sie kaute. »Einfach himmlisch.«

Das war es wirklich … Und das Sandwich war auch nicht übel.

»Jedes Mal, wenn ich das esse, denke ich an ein bestimmtes Restaurant in Toulouse, direkt am Ufer der Garonne.«

»Du warst in Frankreich?« Es gelang ihm nicht, seine Überraschung zu verbergen, während er nach einem Pommes griff.

»Vor sieben Jahren. Sasha, Lucy, Lilah und ich sind in dem Sommer zwei Monate lang mit dem Rucksack durch Europa gereist.«

»Du bist also dort gewesen?«

Er hatte mit ihr reisen wollen, Orte besuchen, nur zu zweit, und die Welt wirklich erleben wollen. Aber sie hatten nie die Chance bekommen. So viele Dinge waren nie geschehen. So viele Abenteuer waren verpasst worden.

»Ja.« Sie nickte, lächelte schwach und wehmütig. »Lucy und Sasha hatten gerade ihren Collegeabschluss gemacht, und Lilah hat die Gelegenheit für eine ausgedehnte Junggesellinnen-Abschiedsparty genutzt.«

»Eine zweimonatige Junggesellinnen-Abschiedsparty? Wie fand Jeremy das denn?«

»Na ja, er hatte diesbezüglich nicht viel zu bestellen, denn sie hatten zu der Zeit miteinander Schluss gemacht.«

Max verschluckte sich an seiner Limonade. »Sie waren nicht mal verlobt?«

»Nö.« Caro grinste. »Ich glaube, das war das dritte Mal, dass sie sich getrennt hatten, und sie wusste, dass es das letzte Mal sein würde. Er hat ihr einen Heiratsantrag am selben Abend gemacht, an dem wir zurückkamen, und vier Monate später waren sie verheiratet.«

»Echt jetzt?«

»Jeremy hatte keine Affären mehr. Und sie haben keine Zeit verschwendet, wie der Umstand beweist, dass Matthew sieben Monate nach der Hochzeit zur Welt kam. Beim Empfang durfte Lilah keinen Alkohol trinken.«

»Zu schade, dass mir das entgangen ist.«

»Finde ich auch.« Das Lächeln auf ihren Lippen erlosch, und Max wünschte, er hätte nichts gesagt.

»Also, wo in Europa wart ihr überall?«, fragte er und lenkte das Gespräch in hoffentlich weniger gefährliche Bahnen.

Er wollte nicht noch einmal durchkauen, wie sie sich getrennt hatten. Wollte nicht darüber reden, dass sie einfach kampflos gegangen war. Er konnte das nicht, ohne sich aufzuregen oder den Verstand zu verlieren.

Caro biss noch einmal von ihrem Sandwich ab, bevor sie begann, von ihrer Reise zu erzählen. Davon, wie sie nach Spanien geflogen und von dort aus durch Frankreich, Italien, die Schweiz, Deutschland und die Niederlande gereist waren und sich zum Schluss London, Schottland und Irland angesehen hatten.

Aber das war nicht ihre einzige Reise gewesen. Sie hatte eine Woche mit ihrem Dad im Grand Canyon gezeltet, war mit Lucy die kalifornische Küste entlang nach Süden gefahren, hatte mit

Jeremy den Yellowstone Nationalpark besucht, mit Ava und Martin Boston, außerdem Miami, Austin, Saint Louis, New Orleans und unzählige andere Städte, immer mit jemand anderem im Schlepptau. Mit jemandem, mit dem sie es genießen wollte.

Er hatte sich geirrt, als er glaubte, sie sei nirgendwo gewesen, hätte ihr ganzes Leben nur in Cruickshank verbracht. Warum war er enttäuscht gewesen, als er noch davon überzeugt war, sie wäre nie aus dem Ort herausgekommen, und jetzt ebenso enttäuscht, zu erfahren, dass sie doch herumgekommen war?

Weil er nicht dabei gewesen war.

»Warst du jemals wieder in New York?«

Einmal war sie mit Rachel und Ava dort gewesen, um ihn zu besuchen. Sie hatte am 23. Oktober Geburtstag, und zu ihrem sechzehnten Geburtstag hatte sie sich nur eins gewünscht: ihn mit Max zu verbringen. Sie waren an einem Donnerstag angereist, und er hätte ihr in den nächsten drei Tagen all seine Lieblingsplätze gezeigt, alles, wovon er ihr jemals erzählt hatte.

An jenem Sonntag hatten seine Großmutter und Rachel die beiden ihr eigenes Ding machen lassen. Und er hatte sich mit ihr in die leere Wohnung seiner Eltern geschlichen und sie in seinem eigenen Bett geliebt. Schon im Sommer zuvor hatten sie beide ihre Unschuld aneinander verloren, und obwohl sie zu jener Zeit noch übten, waren sie doch mit großer Begeisterung dabei gewesen.

»Ja.« Sie nickte langsam. »Mit Lucy nach ihrem Highschool-Abschluss. Nur wir zwei. Wir haben uns fast jeden Abend eine Broadway-Show angesehen.«

Nach Lucys Abschluss … also etwa drei Jahre nach ihrer Trennung. Er hatte eben erst seinen Abschluss an der Columbia gemacht und war nach einigen Monaten an der London School of Economics wieder nach New York zurückgekehrt.

»Öfter nicht?«

»Doch. Ich bin noch ein paar Mal dort gewesen, aber es hat nie so viel Spaß gemacht wie beim ersten Mal mit dir.«

»Na ja, New York kann halt niemand besser vermitteln als ich.« Lächelnd schüttelte er den Kopf und versuchte, das merkwürdige Gefühl in seiner Brust zu ignorieren. Zu wissen, dass sie dort gewesen war und sie sich nicht getroffen hatten, löste Empfindungen in ihm aus, die er nicht verstand.

Und offenbar war ihr das klar, auch wenn sie es zu verbergen versuchte.

»Wenn ich ganz ehrlich sein soll, war es irgendwie seltsam, dort zu sein und es dir nicht zu sagen. Ich wollte dich anrufen, Max. Ich wollte dich treffen. Aber nach allem, was geschehen war, glaubte ich nicht, dass du mich sehen willst. Ich wusste, dass du die Vergangenheit hinter dir gelassen hast, und wollte nichts unnötig verkomplizieren.«

»Du wusstest, dass ich die Vergangenheit hinter mir gelassen habe?« Er zog die Brauen hoch. »Ich dachte, Ava und Martin hätten dir nichts über mich erzählt.«

»Das haben sie auch nicht.« Sie schüttelte den Kopf und nahm sich eine weitere Pommes. »Aber man kann dich googeln, und manchmal wird ein Mädchen neugierig, was ihr Ex so treibt. Ich weiß von deinem tollen, wichtigen Job, Max, von deinem Turm, der in den Himmel von Manhattan ragt.«

»Tatsächlich werde ich nicht mehr lange in Manhattan bleiben.« Er hatte keine Ahnung, warum er ihr das ausgerechnet jetzt eröffnete. Vielleicht weil sie ihm an diesem Nachmittag einiges offenbart hatte. Auch wenn sie es nicht direkt gesagt hatte, war doch klar, dass er ihr gefehlt hatte.

Genauso wie sie ihm gefehlt hatte.

»Nicht?«

»Nein, ich bin kürzlich befördert worden. Ich ziehe nach London.«

»Tatsächlich?« Ihre Lippen lächelten, aber ihre Augen verrieten etwas anderes.

»Ich bin gerade erst zum Leiter der Immobilienabteilung in London befördert worden.«

»Finde ich diese Meldung bei Google, wenn ich heute Abend nach dir suche?« Immer noch lächelte sie, versuchte, mit einem Scherz zu überspielen, dass sie ganz offensichtlich enttäuscht war.

»Vermutlich. Sie haben es letzte Woche offiziell verkündet. Unmittelbar bevor ich hierhergekommen bin.«

»Na dann, herzlichen Glückwunsch. Ich wusste schon immer, dass du für Größeres geschaffen bist.«

Größer als was? Größer als du? Aber diese Frage konnte er nicht stellen. Konnte sich nicht erlauben, den Weg einzuschlagen, zu dem diese Fragen führen würden. Und es sah ganz so aus, als wollte Caro das auch nicht, denn sie wechselte das Thema.

»Also, was ist mit dir?«, fragte sie und biss erneut von ihrem Sandwich ab. »Wohin haben deine Reisen dich geführt? Vermutlich an sehr viele Orte, schon wegen deines Jobs.«

Max erzählte ihr von allen Ländern und Städten, die er in Europa besucht hatte, und Caros Augen begannen zu leuchten, als sie feststellten, wo sie beide gewesen waren, und ihre Eindrücke verglichen. Er erzählte ihr von Südafrika, Ägypten und Madagaskar. Von seinem Lieblingsplatz in Singapur. Wie sehr ihm Australien und Neuseeland gefallen hatten. Und wie er jedes Land in Südamerika bereist hatte.

Doch all das diente ihnen nur zur Ablenkung, damit sie nicht daran denken mussten, was sie, wie er wusste, beide beschäftigte: die Vorstellung von einem anderen Leben, einem Leben, in dem sie zusammengefunden hätten.

13. KAPITEL

Das Problem mit den Wünschen

Caro verbrachte den Rest des Nachmittags mit Max, arbeitete eine Aufgabe nach der anderen von ihrer eigenen Liste ab und half ihm bei seinen Aufgaben. Das war das Mindeste, was sie tun konnte, nachdem er ihr das Mittagessen spendiert hatte.

Beziehungsweise war das die Ausrede, die sie sich zurechtlegte.

Trotz allem, was sie beim Essen erfahren hatte, wollte sie immer noch in seiner Nähe sein. Sie konnte nichts dagegen tun. Schon als sie gemeinsam aufgewachsen waren, hatten sie nicht voneinander lassen können, bis sie es schließlich gemusst hatten. Jetzt, da diese Tür wieder geöffnet war, wollte Caro hindurchgehen, solange sie konnte. Sie wusste, wenn er am Ende des Sommers abreiste, würde dieser kurze Blick in die Vergangenheit vorüber sein.

Wie sollte es auch anders sein, wenn er alle Zelte hinter sich abbrach und nach London zog? Nicht, dass ihr das etwas ausmachte. Es ging ihr gut damit. Alles war gut.

Abgesehen davon, dass es einfach nicht stimmte, ganz und gar nicht. Denn warum, um Himmels willen, tat ihr das Herz weh, wann immer sie daran dachte?

»Kannst du mir ein paar gute Titel empfehlen?«, fragte Max,

während sie zwischen den Bücherregalen in Kathleen's Corner hindurchliefen. »Ich habe neulich versucht, was zu lesen, aber das Buch hat mich nicht gefesselt.«

»Worum ging es da?«, fragte Caro. Sie versuchte sich auf irgendetwas – ganz egal was – zu konzentrieren, um nicht daran denken zu müssen, dass schon bald ein ganzer Ozean zwischen ihnen liegen würde.

»Inflationstrends.«

Sie zog die Nase kraus. »Klingt … fesselnd.«

Max lachte. »Stimmt. Vielleicht sollte ich etwas zur Unterhaltung lesen, da ich ja Urlaub mache und so.«

»Das halte ich für eine gute Idee.« Caro nickte, während sie um einen der Bücherstapel herumgingen. Max folgte ihr mit Frankie auf dem Arm.

»Möchtest du eins, in dem es um Feen geht?«

»Vielleicht nicht unbedingt Feen …« Er schüttelte den Kopf. »Fantasy könnte mich aber reizen.«

»Und wie steht's mit griechischen Göttern?«, fragte sie und griff nach einem Buch mit schwarz-goldenem Einband. »Das hier habe ich letztes Jahr gelesen und konnte es einfach nicht aus der Hand legen.«

»Das habe ich schon mal gesehen.« Er nahm das Buch entgegen und überflog den Klappentext. »Okay«, meinte er dann. »Hast mich überzeugt.«

Caro führte ihn an die Kasse und gab sich dabei die allergrößte Mühe, ihn davon abzuhalten, einen Blick auf die Kinderbuchecke zu werfen. Das Display hatte sie zwar abgebaut, aber ihre Bücher standen natürlich noch dort. Seit letztem Donnerstag konnte etwas umgeräumt worden sein, und sie kam nicht nah genug heran, um das zu überprüfen.

Zum Glück nahm Hazel Avas Buchbestellung rasch auf, bevor

sie seinen Kauf abkassierte, und kurz darauf standen sie auch schon wieder draußen.

Nach und nach arbeiteten sie den Rest von Avas Liste ab und erledigten alles, worum sie gebeten hatte. Theo und Juliet waren sichtlich überrascht, dass sie gemeinsam das Browned Butter betraten, und obwohl beide spöttisch lächelten, verkniffen sie sich jeden Kommentar, während sie Max und Caro bedienten.

Da die Montagabende traditionell Mädelsabende waren – und weil Lucy wieder in der Stadt war und ihre Heimkehr unbedingt gefeiert werden musste –, beschloss Caro, zwei Flaschen Wein sowie eine Auswahl an Käse und Aufschnitt für die kalte Platte zu kaufen, die sie zusammenstellen wollte. Nachdem sie schon ein Baguette bei Browned Butter besorgt hatte, brauchte sie nur noch Oliven und Obst aus dem Lebensmittelladen, dann hätte sie alles erledigt.

»Was hältst du von dem hier?«, fragte Max und hielt einen Zahnstocher hoch, auf dem ein Stück weißer Käse steckte.

Caro beugte sich vor, schloss die Lippen um den Zahnstocher und zog das Käsestück davon ab. Ihre Blicke trafen sich, und Max' überraschte Miene verriet ihr, dass er ihr den Zahnstocher hatte reichen wollen und nicht damit gerechnet hatte, dass sie ihm praktisch aus der Hand fraß.

Du lieber Himmel, je mehr Zeit sie mit ihm verbrachte, desto mehr verfiel sie in alte Verhaltensmuster. Alles wurde immer komplizierter, und sie wusste nicht, was sie dagegen tun konnte.

Aber da das alles nicht von Dauer war, musste sie sich vielleicht gar nicht so sehr den Kopf darüber zerbrechen, sondern vielmehr lernen, damit umzugehen.

Zu dumm nur, dass sie keine Ahnung hatte, wie sie das anstellen sollte.

Im Laufe der Woche änderte sich nichts – Caro wusste noch immer nicht, was sie tun sollte. Am Dienstag arbeitete sie wieder Seite an Seite mit Max bei Ava. Alle hatten sich auf dem Dachboden versammelt, auch Lucy, denn sie würde für den Rest des Sommers dabei helfen, das Haus zu reinigen und auszumisten.

Den ganzen Morgen und Nachmittag verbrachten sie damit, Bücher, alte Gartenzeitschriften und Möbel, die seit Jahren nicht mehr benutzt worden waren, zu sortieren. Derweil drangen Stücke von June Carter und Johnny Cash aus Avas Bluetooth-Lautsprecher.

Max war damit beschäftigt, alles, was als entbehrlich oder verschenkbar eingestuft worden war, nach unten zu tragen. Es war gut, dass er diese Aufgabe übernehmen konnte, denn die Kartons mit den Zeitschriften waren äußerst schwer, und Caro mochte nicht einmal daran denken, wie sie ein sperriges Möbelstück über die Treppen bugsieren sollte. Max war viel stärker als sie alle. Sehr, sehr viel stärker.

Sie hatte nicht widerstehen können, immer wieder mal einen kurzen Blick auf seine Muskeln zu werfen, wenn sie sich anspannten, und das geschah jedes Mal, wenn er etwas hochhob.

Vierzehn Ladungen hatte er inzwischen nach unten geschafft. Das wusste sie so genau, weil sie ihn bei jeder einzelnen beobachtet hatte. Und Lucy hatte sie jedes Mal spöttisch angegrinst, denn sie wusste genau, was ihre Schwester da anstarrte.

Am Mittwochmorgen betrat Max das Dancing Donkey. Von seinem Lauf war er ein wenig außer Atem und der Stoff seines Shirts klebte ihm an der Brust. Er bestellte seinen Haselnuss-Latte – geeist diesmal – und den Dirty Chai für Ava, dann war er wieder fort und ließ Caro leicht benommen zurück.

Am Donnerstag arbeitete Caro in Kathleen's Corner, als Max nach dem Mittagessen hereinkam und sie um eine weitere Empfehlung bat. Das Buch, das er erst kürzlich gekauft hatte, hatte er bereits durch. Caro griff nach einem anderen vom selben Autor und reichte es ihm lächelnd.

»Vielleicht sollte ich gleich zwei Bücher nehmen«, sagte er. »Nur für den Fall, dass ich das hier vor nächsten Donnerstag ausgelesen habe.«

Caro wusste, dass sie sich mit jedem Tag, an dem sie ihn sah, tiefer und tiefer verstrickte … in was auch immer das zwischen ihnen war. Nicht, dass einer von ihnen darüber gesprochen hätte. Nein, sie ignorierten es beide standhaft. Die Berührungen, die stets länger dauerten als nötig, die sehnsüchtigen Blicke … Aber diese Folter war nichts gegen das, was am Freitag geschah.

Als sie und Lucy an diesem Morgen auftauchten, schickte Ava Caro nach draußen, damit sie Max Bescheid sagte, dass sie da seien. Was Ava praktischerweise verschwiegen hatte, war der Umstand, dass Max draußen im Pool seine Bahnen zog. Er entdeckte sie, als er sich dem Ende des Beckens näherte, wo sie wartete, und erhob sich im flachen Wasser, sodass sie jeden einzelnen Muskel auf seiner Brust sehen konnte, noch betont durch die glitzernden Wassertropfen auf seiner Haut.

Großer Gott! Wenn sie auf diese Weise sterben sollte, was für ein herrlicher Tod …

Als er aus dem Wasser stieg, vergaß sie zu atmen und konnte gerade noch murmeln, dass sie sich gleich drinnen sehen würden, bevor sie ins Haus zurückeilte. Wütend funkelte sie Ava an, als sie die Küche betrat, ihre Wangen glühten.

»Was?«, tat Ava unschuldig.

Caro sagte nichts, ging hinüber zum Kühlschrank, riss die Tür auf und steckte ihren Kopf hinein. Sie hoffte, die kalte Luft, die ihr darin entgegenschlug, würde ihre Haut abkühlen.

Lucy und Ava brachen in schallendes Gelächter aus. Immerhin, wenigstens sie hatten ihren Spaß.

Am Freitagabend saß Max an der Bar im Quigley's, links und rechts flankiert von Theo und Oscar. Sie blieben, bis der Pub schloss, und hielten sich an ihren Scotch-Gläsern fest. Obwohl es am Abend so spät geworden war, tauchte Max am nächsten Tag in aller Frühe auf dem Wochenmarkt auf, bereit, Ava und Caro beim Verkauf der restlichen Gläser Erdbeerkonfitüre zu helfen.

Es kostete Caro ihre ganze Kraft, sich auf ihre Aufgaben zu konzentrieren, als sie an diesem Morgen den Stand aufbauten, denn sie ließ sich immer wieder von seinem Bart ablenken, der immer voller wurde. Offenbar hatte Max sich die ganze Woche nicht rasiert. Der Bart verlieh ihm einen verwegenen Touch, und jedes Mal, wenn Caro ihn anschaute, erschauerte sie.

Als sie noch zusammen gewesen waren, hatte er sich nie einen Bart wachsen lassen, höchstens einmal ein paar kleine Stoppeln. Es sah gut aus. Zu gut. Verboten gut.

Na toll! Also würden Ava, sie, Max und sein dummer, höchst attraktiver Bart zusammenarbeiten … wie eine große glückliche Familie.

Eine kleine Ablenkung wurde ihr gegönnt, als Lorraine ihr die neueste Pflegehündin namens Domino vorstellte, eine schwarz-weiße Mischlingsdame aus Englischer Bulldogge und Dalmatiner. Da in den letzten Wochen stetig neue gerettete Hunde hereingekommen waren, hatte Caro sich bereit erklärt, einen zweiten Hund in Pflege zu nehmen. Mehr als einen war sie zwar nicht gewöhnt, aber Lucy war ja da und konnte helfen. Deshalb meinte sie, zu zweit könnten sie es schaffen.

»Sie ist so süß«, sagte Caro und kniete sich hin. Die Hündin rannte auf sie zu und wedelte dabei wie wild mit ihrem Hinterteil. Es dauerte nur Sekunden, bis sie auf Caros Schoß gekrochen war und ihr mit überschäumendem Eifer das Gesicht leckte.

»Woher hast du sie?«, fragte Lucy und setzte sich neben Caro auf den Boden. Domino sprang ihr sofort auf den Schoß und überschüttete sie mit genauso viel Zuneigung.

»Aus demselben Heim, aus dem ich letzte Woche die Hunde hatte. Dort hatte man sie aufgenommen und sie saß nur zitternd in der Ecke. Wollte auch nicht fressen. Gestern Abend habe ich sie mit nach Hause genommen und seitdem ist sie wie ausgewechselt.«

»Sie kommt also mit Zwingern nicht klar«, schlussfolgerte Caro, als die Hündin wieder auf ihren Schoß hüpfte. »Gut zu wissen.«

Sie blickte auf und stellte fest, dass Max sie mit leuchtenden Augen beobachtete. »Sind sie alle wie Wachs in ihren Händen?«, fragte er Lorraine.

Die Frau grinste. »Jeder Einzelne von ihnen.« Den folgenden Satz hätte Caro nicht hören sollen, aber es entging ihr nicht, als Lorraine hinzufügte: »Du müsstest das eigentlich besser wissen als jeder andere, Max.«

Caro hielt den Blick gesenkt und konzentrierte sich auf Domino. Sie glaubte, nicht damit fertig werden zu können, was seine Miene möglicherweise verriet … und sie wollte auch nicht, dass er ihren Gesichtsausdruck sah.

Vor allem weil sie es war, die in den letzten Tagen zu Wachs in seinen Händen geworden war, und weil sie sich nach seinen Händen sehnte.

Der Sonntag verging, ohne dass Caro Max gesehen hätte, genau wie am Sonntag zuvor. Das waren die einzigen Tage, an denen sie ihm überhaupt nicht begegnet war, seitdem er wieder in der Stadt war.

Sie hatte versucht sich abzulenken, indem sie an ein paar Zeichnungen für ihr nächstes Buch arbeitete. Das half zwar tatsächlich ein wenig, aber dennoch blieb sie ruhelos.

Dieses Gefühl belastete sie immer noch, als der Montag grau und trüb heraufdämmerte. Die Wolken, die sich über Nacht zugezogen hatten, und der prasselnde Regen weckten sie früh an diesem Morgen. So früh, dass sie mit Frankie und Domino eine gute Stunde vor Arbeitsbeginn zu Petal and Thorn fuhr.

Die Pflanzenlieferung des Tages war beinahe doppelt so groß wie in der Vorwoche, und Caro machte sich daran, sie auszupacken und zu wässern. Eine ganze Reihe Kletterphilodendren waren zu groß geworden für ihre Töpfe und sie musste sie umtopfen. Mit den Fingern in der Erde herumzuwühlen und sich ganz auf diese Aufgabe zu konzentrieren hatte heilende Wirkung.

Als sie damit fertig war, waren ihre Fingernägel schwarz, und der Dreck saß so tief unter ihren Nägeln, dass sie eine ganze Weile schrubben musste, um ihn loszuwerden. Ein langer Blick auf ihre Hände brachte sie zu der Erkenntnis, dass sie eine Maniküre brauchte, und weil sie den Laden eine Stunde früher als sonst verließ, hatte sie genug Zeit dafür. Allerdings hätte sie viel lieber noch einen Nachmittag mit Max verbracht.

Da Ava an diesem Tag Kunstunterricht in Asheville gab, würde er den ganzen Nachmittag allein im Haus sein.

Dessen war sie sich jedenfalls ziemlich sicher. Vielleicht konnte er Gesellschaft brauchen … und sie hatten jetzt die Pflanze bekommen, die er eine Woche zuvor für Ava bestellt hatte. Vielleicht sollte sie vorbeifahren und ihn sehen. Im Grunde konnte sie die Pflanze auch morgen früh liefern, aber sie kostete immerhin dreihundertfünfzig Dollar – eine teure Sorte, die sie ihm wirklich so schnell wie möglich vorbeibringen sollte.

Es konnte nicht schaden, sie noch heute zu ihm zu bringen – und dabei vielleicht ein bisschen seinen Bart zu bewundern.

Zuerst fuhr Caro am Haus ihres Vaters vor und setzte Frankie und Domino dort ab. Domino brauchte vielleicht keinen Pferch, aber Frankie konnte man nicht einfach so sich selbst überlassen. Sie hatte auch kein Problem damit, es sich in ihrem kleinen Hundebett gemütlich zu machen und in den Decken einzurollen, um den Nachmittag zu verschlafen.

Es regnete immer noch, als Caro zu Avas Haus weiterfuhr, allerdings noch heftiger als schon den ganzen Tag. Da sie beide Hände brauchte, um die Pflanze zu tragen, konnte sie keinen Schirm benutzen. Sie stülpte die Kapuze ihrer Regenjacke über den Kopf, zog den Reißverschluss zu und schloss sämtliche Schnallen.

»Warum habe ich mich noch mal entschieden, das zu tun?«, fragte sie sich, als sie zur Tür eilte, während der Regen bereits in ihre Schuhe drang.

Sie drückte auf die Klingel, wartete die wohl längste Minute ihres Lebens, klingelte ein zweites Mal. Es wäre besser gewesen, vorher anzurufen. Vielleicht war Max gar nicht da. Aber Ava war nach Asheville gefahren, und wohin sollte er gegangen sein – ohne Auto und bei diesem Wetter?

Schließlich holte sie ihren Schlüsselbund aus der Tasche, fand den Schlüssel zu Avas Haus und schloss auf.

»Max?«, rief sie, als sie den Vorflur betrat. Aber nur Beau kam zur Tür, heftig mit dem buschigen Schwanz wedelnd. »Ist er da?«, fragte sie den Hund. Der rieb nur das Gesicht an ihrem Bein.

Die Lampen im Flur und im Wohnzimmer waren eingeschaltet und von irgendwoher im Haus hörte sie eine Stimme. Also stellte sie die Pflanze auf den Tisch im Eingangsbereich, streifte die durchnässten Schuhe ab und zog ihre Jacke aus, bevor sie sie an den Garderobenhaken hängte.

»Max?«, rief sie erneut.

Immer noch keine Antwort und so gingen sie und Beau Richtung Küche. Ihre Füße verweigerten jedoch ihren Dienst, und sie blieb stehen, als sie erneut die Stimme hörte und erkannte, dass sie aus Martins Arbeitszimmer kam. Es war eine Stimme, die sie seit Jahren nicht mehr gehört hatte, eine Stimme, die ihr die Kehle zuschnürte.

»Okay, jetzt, wo die Cookies abgekühlt sind, müssen wir sie mit Puderzucker bestäuben. Zuerst sieben wir Puderzucker in die Schüssel.«

»So?«, fragte eine Kinderstimme.

»Ja, genau so, Pumpkin.«

Ohne nachzudenken, lief Caro auf Martins Arbeitszimmer zu, magisch angezogen von der Stimme, die ihr gerade einen Stich ins Herz versetzt hatte. Als sie um den Schreibtisch herumtrat, konnte sie den Computer sehen, und da war ihre Mom, genau da auf dem Monitor.

Sie befand sich in Avas und Martins Küche und Max und Caro standen links und rechts neben ihr auf je einem Stuhl. Sie mochten etwa sieben und acht Jahre alt sein. Alle drei trugen Schürzen, aber Max und Caro obendrein weiße Kochmützen.

Rachels braune Haare – von genau derselben Farbe wie Caros – waren zu einem Pferdeschwanz zurückgebunden. Sie trug das blaue Kleid mit dem roten Blumenmuster. Dasselbe Kleid, in dem Caro sie sich bei ihrem letzten Besuch auf dem Friedhof vorgestellt hatte, als sie sie um ein Zeichen gebeten hatte.

Rachel blickte auf, direkt in die Kamera, und lächelte und Caro vergaß zu atmen.

Es gab Fotos und Videos von ihrer Mutter, die sie sich unzählige Male angeschaut hatte, aber dieses hatte sie noch nie gesehen. Sie konnte sich nicht an diese Begebenheit erinnern, und als sie jetzt zusah, war es für sie, als würde sie ein Stück von ihrer Mutter zurückbekommen.

»Okay«, sagte Rachel. »Jetzt kommt der nächste Schritt. Ihr müsst euch vergewissern, ob der Puderzucker auch pudrig genug ist, und das tut ihr so.« Damit tauchte sie ihre Fingerspitze in den Zucker und stupste damit Caros und Max' Nase an.

Caro kicherte, steckte dann ihre Finger in den Zucker und rieb ihn ihrer Mutter auf die Wange. Max wirkte einen Moment verunsichert, aber dann folgte er ihrem Beispiel und seine Finger hinterließen weiße Spuren auf Rachels anderer Wange.

»Pudrig genug, was meint ihr?«, fragte sie.

Grinsend nickten sie beide.

Rachel gab ein bisschen Zucker in die Schalen, die vor Max und Caro auf dem Tisch standen. »So, und jetzt nehmen wir die Cookies und wenden sie darin, ganz sachte und vorsichtig.« Max und Caro folgten ihrem Beispiel, wendeten die Kekse langsam in Puderzucker, bevor sie sie fein säuberlich auf den Blechen aufreihten.

Caro sah zu, unfähig, den Blick vom Bildschirm zu lösen, während jeder einzelne Cookie im Puderzucker gewendet und auf ein Backblech gelegt wurde.

»Jetzt lauft, und holt Martin und Ava, damit wir davon probieren können«, sagte Rachel.

Dann half sie ihnen von den Stühlen herunter und sie rannten aus dem Bild und ins Arbeitszimmer. Keine fünfzehn Sekunden später waren sie zurück, Caro hielt Martin an der Hand und Max zog Ava mit sich. Alle fünf nahmen sich einen Cookie und bissen hinein, Martin und Ava sagten, sie schmeckten köstlich. Dann wurde der Bildschirm schwarz, das Video war zu Ende.

»Caro?«

Sie drehte sich um. Hinter ihr stand Max in der Tür und musterte sie besorgt. In dem Moment erst bemerkte sie, dass ihr Tränen über das Gesicht liefen.

»Komm her.« Max trat auf sie zu.

Caro zögerte keinen Augenblick. Sie fiel in seine Arme und fand dort jenen sicheren Ort, an dem sie sich einst zu Hause gefühlt hatte.

Caro schluchzte an Max' Brust, ihre Tränen durchfeuchteten sein T-Shirt und wärmten seine Haut. Er hielt sie in den Armen, etwas, das er sich so verdammt lange gewünscht hatte. Zwar hatte er nicht unbedingt gewollt, dass sie weinte, wenn das geschah, aber er konnte nicht leugnen, wie gut es sich anfühlte, sie wieder zu halten.

Beruhigend streichelte er ihren Rücken und versuchte, sie auf jede nur denkbare Weise zu trösten. Er wusste, dass sie tieftraurig war. Zum Teufel noch mal, auch ihn hatte es sehr geschmerzt, Rachel auf dem Bildschirm zu sehen.

Aber es war nicht das erste Video von ihr, das er sich angeschaut hatte. Diesen Satz Kassetten hatte er gestern entdeckt und war schon den ganzen Nachmittag dabei, sie zu digitalisieren, während er sich um andere Dinge in Martins Arbeitszimmer kümmerte. Caro musste gerade erst gekommen sein, denn er war nur ungefähr fünf Minuten in der Garage gewesen, um einen Schraubendreher zu suchen, mit dem er ein loses Scharnier an einer der Türen des Bücherschrankes festschrauben wollte.

Als er ins Wohnzimmer zurückkam, entdeckte er Caro, die in Martins Arbeitszimmer stand und auf den Bildschirm starrte, als hätte sie einen Geist gesehen.

Genau das war geschehen.

Die Videos mit Rachel hatten ihn völlig umgehauen, aber als er Caro beobachtet hatte – voller Trauer und Schmerz, wie klar an ihrer Haltung, an ihren zuckenden Schultern und ihrem keuchenden Ringen nach Luft erkennbar war –, war etwas in ihm zerbrochen.

Am liebsten hätte er ihr gesagt, alles würde gut werden. Aber seit Rachels Tod war nichts mehr gut gewesen. Das hatte er damals gewusst und das wusste er auch jetzt.

Also blieb ihm nichts anderes übrig, als zu versuchen, ihr Halt zu geben, einen sicheren Hafen.

»Ich bin für dich da, Caro«, flüsterte er in ihr Haar.

»Es tut so weh …« Ihre Stimme brach. »Es ist so verdammt unfair.«

»Ich weiß.«

»Ich wünsche mir nur so sehr, sie zurückzuhaben. Sie fehlt mir.«

»Ich weiß«, wiederholte er. »Glaub mir, das weiß ich.« Auch ihm fehlte Rachel, genau wie sein Vater und Martin … und Caro.

Nur dass Caro nicht tot war. Er hielt sie gerade in den Armen. Warm und atmend und sehr lebendig. Aber sie gehörte nicht ihm, ganz gleich, wie sehr er sich wünschte, es wäre anders. Und bevor ihm klar wurde, was er tat, küsste er sie auf die Schläfe.

Caro erstarrte in seinen Armen. Langsam hob sie den Kopf. Ihre graubraunen Augen waren gerötet, ihre Lippen leicht geschwollen und geöffnet. Sie atmete immer noch schwer, aber nicht wegen der erstickten Schluchzer, die sie eben noch geschüttelt hatten.

Nein, das war etwas ganz anderes. Sie krallte die Finger in sein T-Shirt und zerrte daran – heftig –, zog ihn zu sich hinunter.

Selbst wenn er versucht hätte, diesen Kuss zu verhindern, hätte er es nicht gekonnt, aber er versuchte es gar nicht erst, nicht einmal ansatzweise. Seine Lippen verschlossen ihre, und sie waren weicher, als er es in Erinnerung hatte, ihr Mund süßer. Sie öffnete sich ihm, wie sie das immer getan hatte, ohne Zögern, ohne Widerstand.

Seine Hände bewegten sich automatisch, mit der einen umfasste er ihren Hinterkopf, die andere legte er auf ihren Po, drückte sie an sich, während er den Kuss vertiefte. Caro stöhnte und das Geräusch ging ihm durch Mark und Bein.

Großer Gott, er brauchte mehr von ihr. Er brauchte alles.

Beim letzten Mal, als er sie geküsst hatte, hatte er nicht gewusst, dass es zu Ende war. Darüber hatte er viel öfter nachgedacht, als er zuzugeben bereit war. Und er hatte sich ausgemalt, was er geben würde für einen letzten Kuss. Jetzt, da er die Lippen auf ihre presste, kannte er die Antwort.

Alles, er würde alles dafür geben.

Das aufgestaute Verlangen schien auch keineswegs einseitig. Caro küsste ihn genauso wild wie er sie, ließ die Hände über seinen Oberkörper wandern, bohrte die Fingernägel in sein Shirt, krallte sich in den Stoff.

Und dann schlang sie die Arme um seinen Nacken, versuchte, Halt zu finden, um sich an ihm hochzuziehen. Er war etwa dreißig Zentimeter größer als sie, und dadurch bekam sie einfach nicht, was sie brauchte, nein, was sie beide brauchten, nämlich den engst möglichen Körperkontakt.

Ungeduldig hob er sie hoch und drückte sie rücklings an die Wand. Mit den Händen hielt er ihren Hintern, und als sie begann, sich an seiner Erektion zu reiben, stöhnte er kehlig auf.

»Verdammt, Caro.« Er löste sich aus dem Kuss und lehnte die Stirn gegen ihre. Ihr Atem vermischte sich mit seinem. »Sag mir, dass du es willst. Sag mir, dass du mich genauso sehr willst wie ich dich.«

»Geh mit mir ins Bett, Max.«

Ein letztes Mal drückte er ihren Po, bevor er losließ. Erneut stöhnte er auf, als sie an seinem Körper hinabglitt. Und dann packte er ihre Hand, führte sie aus dem Zimmer und die Treppe hinauf. Kaum hatten sie oben den Flur erreicht, zog er sie wieder an sich, presste die Lippen auf ihre und schob sie rückwärts durch den Flur bis zu seinem Schlafzimmer.

14. KAPITEL

Zu Hause

Caro und Max taten es. Sie taten es wirklich, zum ersten Mal nach vierzehn langen Jahren.

Vierzehn Jahre. Gott, beim letzten Sex mit Max war sie neunzehn gewesen. Sie war enger und vieles war fester, kleiner gewesen. Plötzlich kamen Zweifel in ihr auf. Sie konnte nichts dagegen tun. Was, wenn er enttäuscht war, wenn er sie nackt sah?

Sie wich einen Schritt zurück und schaute ihn ängstlich besorgt an.

»Bitte, sag jetzt nicht, dass du es dir anders überlegt hast. Ich flehe dich an.«

»Nein.« Sie schüttelte den Kopf, lachte ein wenig unbehaglich. »Ich … ich habe mir die Beine heute nicht rasiert. Ich weiß nicht mal, wann ich das das letzte Mal getan habe.« War es am Samstag gewesen … oder vielleicht am Freitag?

Verwirrt runzelte er die Stirn. »Was?«

»Ich weiß nicht, was du erwartest. Seit wir das letzte Mal miteinander geschlafen haben, hat sich vieles verändert. *Ich* habe mich verändert.« Sie deutete an ihrem Körper hinab.

»Ich auch.«

»Ja.« Caro nickte, griff nach seinen muskulösen Oberarmen und drückte kräftig zu. »Aber anders als bei dir habe ich mich nicht zum Vorteil verändert.« Dazu gehörte, dass sie beim letzten Mal Konfektionsgröße 36 getragen hatte. Inzwischen waren es zwei Größen mehr.

Max' verwirrter Gesichtsausdruck verwandelte sich in ungläubiges Staunen. »Caro, meinst du das wirklich ernst? Das Letzte, woran ich denke, ist, ob du dir die Beine rasiert hast oder wie sich dein Körper verändert hat.«

»Woran denkst du dann?«

»Ich frage mich, was für Unterwäsche du trägst.«

»Ich … Was?«

Er ließ die Hände von ihrer Taille über ihre Hüften gleiten, strich mit den Handflächen über den Stoff ihrer Shorts. »Nur um das klarzustellen: Mir ist egal, ob Spitze, Seide, Baumwolle, Hipster, Bikini oder Tanga. Denn das liegt sowieso gleich auf dem Fußboden.« Langsam ließ er die Hände über den Bund ihrer Shorts gleiten und jagte ihr eine Gänsehaut über den Rücken, als er nach dem Druckknopf griff und den Reißverschluss aufzog.

Caro schluckte hart. »Und wenn du raten müsstest?«, fragte sie atemlos.

»Du hattest schon immer eine Vorliebe für Spitze.« Er hatte den Mund an ihrer Ohrmuschel und zog deren Konturen mit der Zunge nach. »Außerdem habe ich neulich diesen Tanga von dir gesehen.« Sacht biss er ihr ins Ohrläppchen, bevor er sich vor ihr hinkniete und ihr die Shorts herunterzog. Zum Vorschein kam schwarze Spitze.

Es war ein frecher Slip, und er drehte sie herum, um sie sich von hinten anzuschauen.

»Verdammt«, flüsterte er.

Caro schnappte nach Luft, als er ihr in die rechte Pobacke biss. Sie hatte sich noch nicht wieder gefangen, da war er schon auf den Beinen und drehte sie erneut herum. Seine Hände verhedderten sich im Saum ihres T-Shirts, als er es ihr über den Kopf zog. Genüsslich leckte er sich über die Lippen, während er sie von oben bis unten musterte und mit den Fingern an den Rändern ihres schwarzen BHs entlangstrich. Sein glutvoller Blick reichte völlig, um ihr die dummen Zweifel auszutreiben, die ihr nur wenige Augenblicke zuvor gekommen waren.

»Du bist vollkommen, Caro«, sagte er, beugte sich zu ihr herunter und küsste sie erneut, während er ihr besitzergreifend die Hände um die Taille legte.

»Ich möchte dich sehen«, sagte sie an seinem Mund. »Ich möchte dich an mir fühlen, Max.«

Erneut beendete er den Kuss und trat weit genug zurück, um sich das Shirt über den Kopf zu ziehen. Seit einer gefühlten Ewigkeit war sie ihm nicht mehr so nahe gekommen, und schon seit Tagen brannte sie darauf, ihn zu berühren. Also tat sie es jetzt, ließ die Finger über seine Bauchmuskeln wandern und wollte sie mit der Zunge erkunden.

Er griff nach dem Bund seiner Jeans, aber Caro schob seine Hände zur Seite und machte kurzen Prozess mit Knopf und Reißverschluss. Als sie ihm die Jeans über die Hüften schob, sah sie seine gewaltige Erektion, die sich deutlich unter der weichen Baumwolle seiner Boxershorts abzeichnete. Ganz sacht fuhr sie mit dem Finger die Kontur nach.

Max stöhnte laut, und bevor Caro wusste, wie ihr geschah, befreite er sich von seiner Jeans und drückte sie aufs Bett. Ungeduldig schob er sie nach oben, bis ihr Kopf auf dem Kissen landete. Und dann küsste er sie erneut, drang tief mit der Zunge in ihren Mund vor, bewegte die Hüften zwischen ihren Beinen. Mit bebenden Fingern löste er den unordentlichen Knoten auf ihrem Kopf und breitete ihre Haare auf dem Kissen aus.

»Ich möchte jeden Zentimeter von dir schmecken.« Damit

beugte er sich vor, ließ den Mund über ihren Hals wandern, verteilte Küsse auf ihrem Schlüsselbein.

Ungeduldig schob er die Hände unter ihren Rücken, tastete dort nach dem Verschluss ihres BHs, und sie wölbte sich ihm entgegen, damit er besser herankam. Gekonnt öffnete er den Verschluss, zog ihr den BH aus und warf ihn hinter sich zu Boden. Dann spürte sie auch schon seine Lippen auf ihrer Brust, wie er ihren Nippel mit der Zunge umspielte und daran saugte.

Ihr ganzer Körper begann zu prickeln, solche Lust bereitete er ihr.

»Max.« Sie griff in sein Haar, drückte sein Gesicht an sich, während er mit der Zunge wieder und wieder über ihre empfindliche Haut strich. Dann wandte er sich ihrer anderen Brust zu und widmete sich ihr mit derselben Hingabe.

So viel Zeit war vergangen, und doch wusste er immer noch ganz genau, wo er sie berühren musste, um sie verrückt zu machen.

Jetzt ließ er die Lippen langsam über ihren Bauch abwärts gleiten, erfasste mit den Zähnen vorsichtig den feinen Stoff ihres Slips. Kniend richtete er sich auf, hakte die Finger seitlich unter die Spitze und zog sie ihr über die Beine nach unten. Seine Augen wurden tiefdunkel, als er die braunen Locken zwischen ihren Schenkeln betrachtete. Wieder leckte er sich mit der Zunge über die Lippen, und Caro war ziemlich sicher, dass ihr Körper gleich spontan in Flammen aufgehen würde.

»Schauen wir doch mal, wie sehr du mich willst«, sagte er, strich mit der Hand über ihren Venushügel, zwischen ihre Beine und schob sanft einen Finger in sie hinein.

Keuchend schnappte sie nach Luft, da ließ er bereits einen zweiten Finger folgen.

»Scheinbar wirklich sehr.« Er nickte zufrieden.

Und dann zog er die Hand zurück, legte sich ihre Beine über die Schultern und begann, sie mit der Zunge zu liebkosen.

»Oh Gott.« Caro schloss die Augen, drängte sich ihm entgegen und rieb sich rhythmisch an seinem Mund. Sie konnte nicht anders. Das raue Kitzeln seines Bartes an ihren empfindlichsten Stellen, das Saugen und Lecken trieben sie in den Wahnsinn.

Es war zu viel. Zu gut. Mehr, als sie verkraften konnte ... und doch ... und doch wünschte sie sich noch mehr. Sie wünschte sich alles. Und er gab es ihr. Großer Gott, wie sehr er es ihr gab.

Die Spannung in ihr baute sich immer weiter auf, bis sie sich in einem gewaltigen Orgasmus entlud. Caro krallte die Finger in das Laken, wand sich unter ihm, schrie seinen Namen. Ganz langsam ließ er sie wieder herunterkommen, zog jeden Moment der Lust so sehr in die Länge, bis sie förmlich im Bett zerfloss. Ihr Herz raste, ihr Atem kam stoßweise.

Nur langsam konnte sie die Augen öffnen, aber als sie endlich dazu in der Lage war, drückte Max einen Kuss auf die Innenseiten ihrer Oberschenkel. Er setzte sich auf, wischte sich mit dem Handrücken über den Mund, und in seinen Augen loderte ein Verlangen, das noch kein bisschen befriedigt war.

Caros Magen schlug Purzelbäume, ihr Puls wurde noch unregelmäßiger.

Ja, sie war nie über diesen Mann hinweggekommen. Keine Sekunde lang. Und sie würde nie über ihn hinwegkommen. Nicht, solange sie lebte.

Ganz langsam ließ Max den Blick über Caros Körper wandern, ließ ihre gerötete Haut, die schnelle Bewegung ihrer Brust, während sie versuchte, wieder zu Atem zu kommen, ihre leicht geschwollenen Lippen und die glasigen Augen auf sich wirken. Nie würde er vergessen, wie sie in diesem Moment aussah.

Es stimmte, sie hatte sich verändert, aber auf erstaunliche Weise. Ihre Hüften waren kurviger, ihre Brüste voller, ihr Po … Nun, er hatte es sehr genossen, hineinzubeißen.

»Du bist verdammt vollkommen, Caro«, wiederholte er seine Worte von vorhin. Anscheinend war ihr das nicht bewusst, also wollte er ihr das so oft sagen, wie sie es brauchte.

»Komm her.« Sie streckte die Hände nach ihm aus, aber er wich zurück. Er wusste, wenn er jetzt ihrer Aufforderung folgte, gab es kein Halten mehr.

»Gib mir einen Moment. Erst muss ich ein Kondom holen.« Damit rutschte er ein Stück zurück, um sich von ihren Beinen zu befreien, eine Aufgabe, die ihm viel mehr Willenskraft abverlangte, als er erwartet hätte.

Caro ließ die Hände zurück auf das Bett sinken. »Beeil dich.«

Das musste sie ihm nicht zweimal sagen. Er rannte praktisch ins Bad, schnappte sich seine Kulturtasche, zog den Reißverschluss des Seitenfachs auf und entdeckte vier Kondome.

»Okay, damit kann ich arbeiten.« Er nickte und eilte zurück in sein Schlafzimmer.

Caro lag immer noch ausgestreckt auf dem Bett, umgeben von weißen Kissen und der flauschigen Decke. Er musste so unbedingt in ihr sein, wie er atmen musste.

Hastig riss er ein Kondompäckchen auf und warf die anderen drei auf den Nachttisch, aber noch bevor er sich seiner Boxershorts entledigen konnte, setzte Caro sich auf und griff nach ihm.

»Nein.« Sie schlug seine Hände zur Seite. »Jetzt bin ich dran.«

Damit kniete sie sich vor ihn auf das Bett, packte ihn an den Hüften und zog ihn zu sich heran. Ihre Brüste drückten sich an seinen Oberkörper, ihr Mund suchte seinen, während sie die Hand unter den Bund seiner Boxershorts schob. Dann hatte sie die Finger um seine Erektion geschlossen und streichelte ihn, während sie ihm mit der anderen Hand den Stoff über die Hüften schob.

»Jesus Christus, Caro«, stöhnte Max, als sie mit dem Daumen über seine Eichel fuhr.

Sie ließ ihn los, und dass er ihre Berührung nicht mehr spürte, tat ihm beinahe körperlich weh. Aber dann schob sie ihm die Boxershorts an den Beinen hinunter, bis er sich mit den Füßen daraus befreien konnte.

»Gib das mir.« Sie nahm ihm das Kondom aus der Hand und streifte es ihm über. Dann schlang sie ihm die Arme um den Hals und schob ihm die Zunge in den Mund, während er ihren Po umfasste und sich an ihr rieb.

»Nimm mich, Max«, flüsterte sie an seinen Lippen.

Er stieß sie zurück auf das Bett, achtete darauf, dass sie weich landete, und legte sich zwischen ihre Beine. Tief sah er ihr in die Augen. Dies war der Moment, den er immer am meisten genossen hatte – ihr Blickkontakt, bevor er in sie hineinglitt. So lange war es her, und er wünschte, dieser Augenblick würde ewig währen.

Du bist zu Hause.

Mit einer geschmeidigen Bewegung drang er in sie ein.

»Max.« Caro griff in sein Haar und schlang die Beine um seine Taille. »Halt dich nicht zurück!«

»Werde ich nicht.« Er packte ihre Hand, drückte sie nach hinten über ihren Kopf, verschränkte die Finger mit ihren. Die andere Hand schob er unter ihre Hüfte, während er sich ein wenig zurückzog, bevor er erneut in sie hineinstieß.

Er gab einen schnellen, harten Rhythmus vor, dem sie sich nur allzu gern hingab. Stöhnend zog sie an seinen Haaren, biss ihm in die Lippen, bohrte ihm die Fersen in den Rücken. Es fühlte sich alles so … vertraut an. Sie beide wussten genau, was der andere wollte. Was der andere brauchte.

Aber zugleich war etwas anders, neu. Vielleicht lag es an den Jahren der Trennung. Vielleicht war ihr Verlangen größer, reichte tiefer. Max wusste nur, dass er nie wieder loslassen wollte, und packte fester zu. Seine Finger bohrten sich in ihr Fleisch. Sie keuchte an seinem Mund und auch sie packte stärker zu, küsste ihn noch drängender und wilder.

Nie mehr hatte er eine Partnerin wie sie gefunden, die in jeder Hinsicht zu ihm passte, und jetzt, da er wieder mit ihr zusammen war, wurde ihm klar, dass er auch nie eine finden würde.

Du bist zu Hause.

Wieder und wieder ging ihm dieser Gedanke durch den Kopf.

Verdammt.

»Max«, stieß Caro hervor. »Ich bin fast so weit. Berühr mich.«

Und das tat er. Er hatte ihr noch nie etwas ausschlagen können. Schon gar nicht im Bett. Also schob er die Hand zwischen sie, und sobald sein Finger ihre Klitoris berührte, schrie Caro heiser auf.

»Ja«, stöhnte sie an seinem Mund.

»Komm, Baby. Lass dich gehen.«

Nur noch ein paar Stöße, dann klammerte sie sich an seine Schultern, bohrte ihm die Finger in den Rücken und kam.

Max hielt nicht inne und nur Sekunden später folgte er ihr auf den Gipfel und verströmte sich in ihr. Den Mund an ihre Kehle gedrückt, stöhnte er ihren Namen und genoss den Geruch ihrer nach Zitrone duftenden Haut. In diesem Moment, an diesem Ort wurde ihm klar, dass dieser Duft ihn für den Rest seines Lebens verfolgen würde.

Und das war ihm absolut recht.

»Jetzt ist es also passiert …« Max starrte an die Decke. Das war das Erste, was einer von ihnen sagte. Bis zu diesem Moment war außer ihren Atemgeräuschen und dem Regen, der draußen immer noch auf das Dach und gegen die Fenster prasselte, nichts im Zimmer zu hören gewesen.

Caro lag lang hingestreckt auf seiner Brust und lachte über seine Worte. Ihr Atem streifte seine Haut.

Er hatte keinerlei Vorstellung, wie viel Zeit vergangen sein mochte, während sie im Bett lagen und sich durch den Kopf gehen ließen, was gerade passiert war. Was in Caro vorging, wusste er nicht genau, er jedenfalls dachte nur daran, dass sie gerade Sex miteinander gehabt hatten.

Unglaublichen Sex.

»Wird es wieder passieren?«, fragte sie plötzlich.

Max rollte sich auf die Seite, sodass ihr Kopf auf seinem Arm ruhte und er ihr in die graubraunen Augen schauen konnte. »Gott, das hoffe ich doch.« Er griff nach ihrer Hüfte und zog sie an sich.

Ihre Lippen öffneten sich und sie schnappte kaum merklich nach Luft. Max reagierte, indem er den Mund auf ihren drückte und sie küsste. Leidenschaftlich erwiderte sie den Kuss, doch dann rückte sie auf einmal von ihm ab und sah ihn an.

In ihren Augen standen Zweifel und … Besorgnis. »Was tun wir hier, Max?«

»Das weiß ich nicht genau.« Kopfschüttelnd strich er ihr eine Haarsträhne aus dem Gesicht und schob sie ihr hinter das Ohr. »Aber die Sommer haben immer uns gehört, Caro. Warum sollten wir da nicht auch diesen gemeinsam genießen?« Er liebkoste ihren Hals und sie erschauerte. »Keine Komplikationen oder Regeln. Nur wir zwei.«

»Nur Sex?« Sie runzelte die Stirn.

»Ich glaube nicht, dass es zwischen uns jemals nur um Sex gehen wird.«

»Macht es das nicht kompliziert?«

»Vermutlich schon.« Er streichelte ihr Kinn, fuhr mit dem Daumen die Konturen ihrer Lippen nach. »Ich weiß nur eins, Caro: Ich will dich. Ich habe dich immer gewollt. Und wenn uns ein weiterer gemeinsamer Sommer vergönnt ist, will ich ihn in vollen Zügen genießen.«

»Das will ich auch.«

Keiner von ihnen sprach aus, was sie beide dachten: Mit den Konsequenzen beschäftigen wir uns später. Und als Caro sich zu ihm neigte und ihn erneut küsste, wusste er, dass auch sie darüber im Moment nicht reden wollte.

Und selbst wenn sie darüber hätten reden wollen, hätten sie es nicht gekonnt, denn ihre Hand glitt gerade an seinem Bauch hinunter und war nur noch Zentimeter von ihrem Ziel entfernt, als unten plötzlich die Tür ins Schloss fiel und Avas Stimme erklang.

»Max? Caro?«

Beau hatte sich auf einer der Decken zusammengerollt, die zu Boden gefallen waren, sprang auf, als er Avas Rufe hörte, und rannte hinaus.

»Mist!« Max stöhnte und löste sich von Caro.

Erschrocken lachte sie auf und wäre fast aus dem Bett gefallen. »Wie spät ist es? Ich dachte, sie unterrichtet montags bis drei Uhr.«

»Das tut sie auch«, flüsterte Max und ging zur Tür. »Ich komme gleich«, rief er nach unten, sammelte hastig ihre Sachen im Flur zusammen und trat wieder ins Zimmer.

Als er sich umdrehte, war Caro gerade dabei, ihren BH anzuziehen. »Ich finde meinen Slip nicht.«

»Dafür bleibt jetzt keine Zeit«, sagte er und warf ihre Shorts und ihr T-Shirt aufs Bett. »Den suche ich später.« Rasch schnappte er sich seine eigene Hose, ohne auch nur einen Gedanken an Unterwäsche zu verschwenden, und zog sie an.

»Was sagen wir ihr jetzt?«, fragte Caro, griff nach ihrem T-Shirt auf dem Bett und warf es sich hastig über.

»Wir waren auf dem Dachboden?«, schlug er vor und zerrte sich sein eigenes T-Shirt über den Kopf.

»Was haben wir da gemacht?« Sie entdeckte ihr Haarband am Fußende des Bettes, griff danach und fasste hastig die Haare zu einem unordentlichen Knoten zusammen.

»Ähm …« Er konnte nicht klar denken. Überleg, Mann, lass dir was einfallen! »Ich wollte dir die … ähm … die alten Brettspiele oben zeigen.«

»Meinst du das ernst?« Stirnrunzelnd sah sie ihn an.

»Warum nicht? Als Kinder haben wir damit gespielt und jetzt haben wir in Erinnerungen geschwelgt. Das wird ihr gefallen.«

»Okay, etwas Besseres haben wir nicht«, sagte sie und ging an ihm vorbei zur Tür. Unwillkürlich packte Max sie am Arm, zog sie an seine Brust und drückte ihr einen letzten Kuss auf den Mund.

Sie grinste, als er sie losließ. »Selbst wenn sie uns durchschaut, es war die Sache wert.«

»Ich meine, sie kann uns ja keinen Hausarrest erteilen … Inzwischen sind wir erwachsen.« Und doch fühlte er sich wieder wie ein Teenager, der dabei ertappt wurde, mit Caro herumzumachen.

Das war oft, sehr oft geschehen.

»Möglicherweise doch.« Sie lachte, holte tief Luft, öffnete die Tür und trat in den Flur. Mit einem Blick über die Schulter gab sie ihm wortlos zu verstehen, dass die Luft rein war, bevor sie zur Treppe ging.

Sie waren schon halb unten, als ihm auffiel, dass das Etikett ihres T-Shirts zu sehen war. Sie hatte es in der Eile linksherum angezogen, und er konnte sie nicht mehr warnen, denn Ava kam durch den unteren Flur direkt auf sie zu.

Vielleicht fiel es ihr ja nicht auf … Doch Ava musterte sie bereits prüfend, als sie sich ihnen näherte.

»Du kommst früh nach Hause«, meinte Max so locker, wie er konnte … zu locker, wie sich herausstellte.

Ava kniff die Augen zusammen. »Mein Aktmodell ist nicht gekommen. Er hatte Probleme mit seinem Auto und wir konnten ihn schlecht durch eine Obstschale ersetzen. Bananen decken nicht alles ab. Ich wusste gar nicht, dass du heute kommen wolltest, Caro.«

»Ich … ähm … na ja, Max hat eine Pflanze bestellt.« Sie deutete auf den Tisch neben der Eingangstür.

»Eine Pflanze?«, wiederholte Ava.

»Ja.« *Die Pflanze!* »Ich habe eine dieser besonderen Philodendronsorten für dich besorgt. Du meintest, sie würde perfekt an einen bestimmten Platz im Wintergarten passen.«

»Verstehe.« Ava nickte langsam. »Und was habt ihr beiden dann oben gemacht?«

»Ich habe Caro von den Brettspielen erzählt, die ich gefunden habe. Die, mit denen wir früher gespielt haben.«

»Deshalb seid ihr hochgegangen und habt beschlossen, nackt Twister zu spielen?«

Tja, so viel zu ihrem Plan …

»Ich bin nicht von gestern. Du trägst dein T-Shirt verkehrt herum, Caro. Ihr beide hattet Sex.«

Caro spähte über die Schulter und entdeckte die Naht. »Verdammt.«

»Was habe ich dir gesagt, Max? Ihr habt mir als liebeshungrige Teenager schon nichts vormachen können und jetzt könnt ihr es ebenso wenig.«

»Aber da ist doch nichts dabei, oder?« Caros Wangen waren feuerrot angelaufen.

»Nein, solange ihr zwei euch schützt.«

»Herr im Himmel, Ava.« Stöhnend fuhr Max sich mit der Hand über das Gesicht. Geschah das gerade wirklich?

»Was denn?« Sie grinste. »Sicherheit geht vor.«

Caro räusperte sich und schaute von einem zum andern. »Ich … ähm … gehe jetzt. Wir sehen uns dann morgen.« Ein letzter Blick zu Max, ein halbes Lächeln, dann wandte sie sich zur Haustür.

»Bye, Caro«, rief Ava ihr nach.

Kaum war sie draußen, wandte Max sich seiner Großmutter zu, die immer noch spöttisch grinste. »War das wirklich nötig?«

»Ich glaube schon.« Sie nickte. »Sieht so aus, als würdet ihr zwei Fortschritte machen.«

»Fortschritte, über die wir nicht reden werden.«

»Warum?«

Max seufzte. »Weil es dir nicht gefallen wird. Ich weiß ganz genau, was du schon alles getan hast, um uns zusammenzubringen. Aber das heißt nicht, dass wir wieder zusammenkommen werden.«

»Nun, wir werden ja sehen, nicht wahr?« Damit drehte sie sich um und verschwand in der Küche. »Ich könnte etwas Hilfe bei der Vorbereitung des Abendessens gebrauchen«, rief sie ihm über die Schulter zu, als wäre die Angelegenheit geklärt.

Na, zumindest für eine Person war sie das.

Seitdem Lucy wieder in der Stadt war, nahm auch sie am Mädelsabend von Caro, Lilah und Sasha teil. Die Gastgeberin wechselte jede Woche, an diesem Montag war Lilah dran. Caro kam als Letzte, Sashas hellgrüner Kombi stand bereits in der Einfahrt. Sasha und Lucy waren zusammen gekommen, weil sie den Tag damit verbracht hatten, Jobangebote durchzusehen, um für Lucy etwas Dauerhafteres zu finden als ihre derzeitigen Teilzeitstellen im Dancing Donkey und bei Quigley's.

Caro trat ein, ohne zu klingeln, und kam dabei an Matthew, Christopher und Emilia vorbei, die im Wohnzimmer vor dem Fernseher saßen.

»Sie sind alle in der Küche«, teilte Matthew ihr mit, ohne den Blick vom Bildschirm zu wenden.

Im Ofen garte offenbar etwas mit Knoblauch und Zitrone, ein Salat stand bereits auf dem Tresen. Lilah schnitt eine Wassermelone klein, Lucy war dabei, eine Weinflasche zu öffnen, Sasha stellte eine Schokoladentorte in den Kühlschrank und Jeremy nahm einen Schluck von seinem Bier. »Ich habe mit Max geschlafen«, verkündete Caro im selben Moment, in dem sie die Küche betrat.

Alle erstarrten und drehten sich zu ihr um. Na ja, alle bis auf Jeremy, der sich an seinem Bier verschluckte und es ausprustete.

»Was, zum Teufel, Caro?«, brachte er hervor, als er seine Sprache wiedergefunden hatte.

»Na endlich!« Triumphierend reckte Lucy die Faust in die Höhe.

»Ich wusste es!« Lilah ließ ihr Messer aufs Schneidebrett fallen.

»Was?« Caro schaute sie an. »Was meinst du mit: ›Ich wusste es‹?«

»Heute ist der Neunundzwanzigste.« Sie grinste. »Ich habe die Wette gewonnen.«

»Ich weiß gar nicht, warum wir überhaupt noch gegen sie wetten.« Sasha schüttelte den Kopf. »Sie gewinnt immer.«

»War es gut?«, wollte Lucy wissen.

»Natürlich war es gut.« Lilah deutete auf Caros Gesicht. »Sie ist immer noch rot.«

»Ihr wisst aber schon, dass ich auch hier bin?«, fragte Jeremy.

»Ach komm, tu nicht so entrüstet.« Lucy warf den Weinkorken nach ihm. »Du hast doch die Wette aufgebracht, wann sie es miteinander treiben würden.«

»Darum ging es nicht bei meinem Wettvorschlag.«

»Jetzt aber schon.« Lilah nickte, bevor sie sich wieder Caro zuwandte. »Also, war es gut? Wie oft?«

»Nur einmal. Ava kam vorzeitig nach Hause.«

»Ausgerechnet Ava hat euch die Tour vermasselt. Nicht zu glauben …«, meinte Sasha.

»Ihr könnt mich alle noch sehen, ja? Ich bin nicht etwa unsichtbar geworden?« Jeremy wedelte mit den Armen.

»Du kannst die Küche verlassen, wann immer du willst«, erwiderte Lucy mit einem zuckersüßen Lächeln.

»Ich gehe rüber zu den Kindern und schaue mir den Film mit ihnen an. Ruft einfach, wenn ihr was braucht.«

»Hey, Babe«, meinte Lilah, »hast du nicht was vergessen?«

Er neigte sich zu ihr hinüber und küsste sie.

»Das meinte ich nicht.« Sie schüttelte den Kopf. »Auch wenn ich es zu schätzen weiß.«

»Was denn?« Fragend runzelte er die Stirn.

»Meine zwanzig Mäuse.«

»Willst du sie in bar?« Lächelnd lehnte er sich gegen den Küchentresen. »Oder möchtest du sie gegen etwas anderes eintauschen?«

»Hmm. Lass mich darüber nachdenken.«

»Siehst du? Darum kannst du dich nicht beklagen, wenn du was von Caros Sexualleben erfährst.« Lucy deutete zwischen den beiden hin und her. »Ihr treibt es doch am allerschlimmsten.«

»Ja, das stimmt.« Spielerisch versetzte Jeremy Lilah einen Klaps auf den Po und zwinkerte ihr zu, bevor er mit seinem Bier in Richtung Wohnzimmer verschwand.

»Okay.« Lilah schaute hinüber zum Herd. »Alles ist vorbereitet und das Huhn braucht noch dreißig Minuten. Also Wein …« Sie deutete auf Lucy, die immer noch die frisch geöffnete Flasche in der Hand hielt. »… und Veranda …« Sie zeigte auf die Hintertür. »Wir sehen uns gleich draußen. Vorher muss ich aber noch was holen.« Damit entschwand sie Richtung Schlafzimmer.

Lucy verteilte den Inhalt der Flasche auf vier Gläser, nahm sich dann zwei und ging nach draußen. Caro und Sasha griffen sich ihre eigenen Gläser und folgten ihr. Es regnete immer noch. Das stetige Geräusch der Tropfen auf dem Metalldach sowie die funkelnde Lichterkette, die um sie herum aufgehängt war, sorgten für eine gemütliche Atmosphäre. Noch war die Sonne nicht untergegangen, aber der Himmel hatte sich dank der grauen Regenwolken so weit verdüstert, dass die Lichter gut zur Geltung kamen.

Sie nahmen gerade auf den dick gepolsterten Sofas und Stühlen Platz, als Lilah ihnen nach draußen folgte und Caro eine in Geschenkpapier gewickelte Schachtel zuwarf. »Hier. Für dich.«

Caro riss das Papier auf und legte eine Packung Kondome frei. Eine große Packung Kondome.

Sasha verschluckte sich an ihrem Wein und Lucy warf lachend den Kopf in den Nacken.

»Du bist saukomisch«, stellte Caro todernst fest, zerknüllte das Einwickelpapier und warf es nach Lilah.

Die fing das Papierknäuel in der Luft und legte es auf den Tisch neben sich. »Wenn du sie nicht haben willst, nehme ich sie zurück«, meinte sie süß lächelnd.

»Nein, ich behalte sie.« Caros Antwort kam ein bisschen zu schnell und sie grinste breit.

Alle vier brachen in Gelächter aus, bevor Lucy auf Caro deutete und sie aufforderte: »Erzähl uns alles, und zwar ganz von vorn.«

Caro tat wie ihr geheißen und berichtete, wie sie und Max

einander wieder nähergekommen waren. Und dass ihre Sehnsucht nach ihm immer größer geworden war, je mehr Zeit sie mit ihm verbracht hatte.

»Als ich heute Nachmittag Avas Haus betrat, konnte ich ihn nicht finden, hörte aber eine Stimme im Arbeitszimmer. Also ging ich rein.« An dieser Stelle begann ihre Stimme, leicht gepresst zu klingen, denn die Gefühle drohten sie zu überwältigen, als sie zu Lucy hinüberschaute. »Es war Mom.«

»Wie bitte?«

»Ava hat die Videos, die Martin gedreht hat. Ich war dabei, sie zu digitalisieren, und Max hat diese Aufgabe letzte Woche übernommen. Er muss welche mit Aufnahmen von Mom gefunden haben.«

»Was hat sie gemacht … in dem Video?«, fragte Lucy ein wenig heiser.

»Sie war am Backen – mit Max und mir. Ich muss etwa sieben gewesen sein und kann mich überhaupt nicht daran erinnern. Egal, ich habe die Fassung verloren. Und dann war er da und hielt mich fest. Es tat alles so weh, dass ich kaum atmen konnte. Er hat mich auf die Schläfe geküsst und dann … dann hab ich ihn geküsst.«

»Großer Gott«, flüsterte Sasha und trank einen Schluck Wein.

»Ich war so traurig … und dann war ich es nicht mehr. Er hat mich alles vergessen lassen.«

»Oder er hat dir den Schmerz genommen«, sagte Lucy. Irgendetwas an ihrer Miene veranlasste Caro, ihre Schwester sehr aufmerksam zu mustern. Es wirkte so, als sehnte sie sich geradezu verzweifelt danach, dasselbe zu erleben.

»Ich weiß nicht, was es war«, meinte Caro und schüttelte den Kopf. »Ist aber auch egal, denn danach ging alles ganz schnell. Er hat mich gegen die Wand gedrückt und mir gesagt, wie sehr er mich begehrt.« Seine tiefe Stimme hallte noch in ihren Ohren wider und sie spürte immer noch das leichte Kratzen seines Bartes auf ihrer Haut.

Himmel, das eine Mal war nicht annähernd genug gewesen.

»Gro-ßer Gott«, wiederholte Sasha, jede einzelne Silbe betonend.

»Und, wie war es verglichen mit früher?«, fragte Lilah.

»Genauso … und doch anders.« Caro hielt inne, versuchte zu begreifen. »Ich weiß nicht, wie das möglich ist … aber genauso war es.«

»Ich kann das nachvollziehen.« Lilah nickte. »Ihr beide kennt euch, aber ihr habt euch auch verändert.«

»Hattet ihr beide Gelegenheit, darüber zu reden? Darüber, was auch immer gerade geschieht? Bevor Ava aufgetaucht ist?«, wollte Lucy wissen.

»Nicht viel.« Caro holte tief Luft und seufzte, bevor sie einen Schluck von ihrem Wein trank. »Im Grunde hat er nur gesagt, dass die Sommer immer uns gehörten und er noch einen Sommer mit mir wolle.«

»Noch einen?« Lilah runzelte die Stirn. »Mit anderen Worten, einen weiteren wird es nicht geben?«

»Kann ich mir nicht vorstellen.« Caro schüttelte den Kopf. »Er wird nach London ziehen und ich lebe hier.« Sie deutete auf ihre Umgebung.

»Und was ist mit einer Fernbeziehung? Ihr habt das doch schon mal gehabt«, drängte Lucy.

»Ja, schon, aber damals war unser Ziel, irgendwann zusammenzuleben. Doch die Fernbeziehung hat schon nicht funktioniert, als uns nur vier Stunden trennten. Künftig wird ein ganzer Ozean zwischen uns liegen. Außerdem weiß ich nicht, ob Max mehr will als diesen Sommer.«

»Willst du denn mehr?« Fragend sah Sasha sie an.

»Wir hatten ein einziges Mal Sex. Ich glaube nicht, dass das der richtige Zeitpunkt für mich ist, über mehr nachzudenken.« *Mehr Sex? Ja. Aber darüber hinaus? Nein.*

»Und jetzt? Wirst du einfach nur den Sommer genießen?« Lilah musterte sie intensiv. »Du hast keinen Plan? Das passt so gar nicht zu der Caro, die wir kennen.«

»Tja, vielleicht muss ich einfach mal eine Weile etwas anders sein als die Caro, die ihr kennt. Ich meine, Teufel noch mal, ich hatte heute Nachmittag zwei Orgasmen, und trotzdem bin ich dermaßen angespannt und verkrampft, dass ich nicht geradeaus denken kann. Sollte ich nicht entspannter sein?«

Auch das lange Bad, das sie sich gegönnt hatte, hatte nicht geholfen. Oder die Maniküre. Oder ihre Meditation.

»Zwei?«, rief Lucy. »Du hast doch gesagt, du hast nur einmal Sex mit ihm gehabt.«

»Das stimmt, es war nur einmal. Er hat … mich vorher verwöhnt. Wie gesagt: Nicht alles war anders.«

»Großer Gott. Ich brauche unbedingt einen Liebhaber.« Sasha schüttelte den Kopf, bevor sie einen Schluck Wein trank. Ihr eigener sexueller Frust war ihr deutlich anzuhören.

Sie mussten alle lachen.

»Okay, ganz gleich, was aus euch beiden wird, ich verspreche, euch diesmal nicht in die Quere zu kommen«, gelobte Lucy feierlich.

»Wovon redest du?«, fragte Caro.

»Ach komm, wir alle wissen, dass ich der Grund für eure Trennung war.«

»Tun wir das?« Zornig runzelte Lilah die Stirn und presste die Lippen aufeinander.

»Ja, tun wir das?«, fragte auch Caro.

»Komm schon, Caro.« Traurig sah Lucy ihre Schwester an. »Ihr habt euch erst getrennt, nachdem du dahintergekommen warst, was mit mir los war.«

»Luce, du hattest nichts mit meiner Trennung von Max zu tun. Ich habe ihn ausgeschlossen, mich von ihm zurückgezogen. Ich habe über unseren weiteren Lebensweg entschieden. Er und ich hatten uns bereits innerlich voneinander verabschiedet, als ich zur Tür rausgelaufen bin.«

»Mag sein, aber ich habe sie hinter dir zugeschlagen.«

»Nein, hast du nicht.« Kopfschüttelnd neigte Caro sich zu ihrer Schwester hinüber. »Luce, nach Moms Tod ist für uns alle eine Welt zusammengebrochen. Mein Herz hat so wehgetan, dass ich nicht mehr wusste, wer ich eigentlich war. Und ich wusste, dass Max nie aufhören würde, für mich zu kämpfen. Und das bedeutete, dass er weiterhin alles für mich opfern würde, was er sich wünschte. Er hatte sich schon meinetwegen für Chapel Hill entschieden und ich bin ihm nicht gefolgt. Und ich habe befürchtet, er würde ohne mich nicht nach London gehen. Also habe ich die Entscheidung für uns getroffen. Du musst aufhören, dir die Schuld an etwas zu geben, an dem du keinen Anteil hattest. Verstehst du mich?«

Lucy sagte nichts, reagierte nur mit einem schwachen Nicken.

»Weiß er das alles?«, fragte Sasha.

»Nein, ich habe es ihm nie gesagt.« Caro lehnte sich wieder auf ihrem Platz zurück, den Blick immer noch auf Lucy gerichtet.

»Vielleicht solltest du es ihm sagen«, warf Lilah ein. »Genauso wie du ihm von *Die Abenteuer von Pumpkin und Bean* erzählen solltest.«

Caro wandte sich ihrer Freundin zu. »Ich kann ihm nichts von den Büchern erzählen.«

»Warum nicht?«, fragte Lucy.

»Weil er dann wissen wird, dass ich vor acht Jahren noch in ihn verliebt war.«

»Und was ist daran so schlimm?«, wollte Sasha wissen und wedelte mit ihrem Weinglas herum.

»Dass er dann auch dahinterkommen wird, dass sie heute noch in ihn verliebt ist«, antwortete Lilah an Caros Stelle.

»Ich bin nicht in ihn verliebt.« Energisch schüttelte Caro den Kopf und trank noch einen Schluck Wein, um den bitteren Geschmack wegzuspülen, der ihr plötzlich auf der Zunge lag.

»Okay.« Lilahs Miene verriet deutlich, dass sie ihr kein Wort glaubte.

Zu dumm für Caro, dass sie selbst nicht glaubte, was sie sagte.

»Ich bin es nicht.«

»Okay«, wiederholte Lilah. »Ich sag schon nichts mehr dazu.« Sie hob beide Hände zum Zeichen, dass sie nachgab.

»Wirklich nicht?«

»Vorerst.« Ihre Freundin grinste. »Wollen wir noch mal wetten?«

»Keine. Weiteren. Wetten.« Vehement schüttelte Caro den Kopf und alle lachten.

Glücklicherweise wechselte Sasha das Thema und erzählte ihnen alles über den Typen, mit dem sie auf einer ihrer Dating-Apps chattete. Caro wusste, dass sie das nur aus Mitgefühl mit ihr tat. Sie hörte Sasha zwar zu, ließ den Blick aber wieder hinüber zu ihrer Schwester wandern.

Lucy mochte zwar gehört haben, dass sie keinerlei Schuld an Max' und ihrer Trennung trug, aber Caro befürchtete, dass ihre Schwester ihr das nicht glaubte.

Offenbar waren sie beide an diesem Abend nicht bereit, sich die Wahrheit einzugestehen.

15. KAPITEL

Genügsamkeit und Hoffnung

Max hatte an diesem Abend allergrößte Mühe, still zu sitzen und fernzusehen. So unruhig war er nicht mehr gewesen, seit er nach Cruickshank zurückgekehrt war. Und Ava war ihm auch nicht gerade eine Hilfe. Zwar sprach sie nicht direkt über Caro, sondern machte nur beiläufige Bemerkungen, warf ihm aber immer wieder wissende Blicke zu, was äußerst nervig war.

Das trieb ihn allmählich in den Wahnsinn.

»Man sollte meinen, dass du ein bisschen weniger zappelig wärst – nach deinem Nachmittag.« Sie stoppte die Show, die sie sich ansahen, und schaute zu ihm.

»Ich bin nicht zappelig.«

»Du spielst andauernd an deiner Uhr rum. Für mich ist das ein eindeutiges Zeichen, dass du zappelig bist.«

Max hatte tatsächlich angefangen, immer wieder den Verschluss zu öffnen und wieder zuschnappen zu lassen. »Ich habe nur die ganze Zeit im Haus rumgesessen.« Wenn es nicht fast den ganzen Abend geregnet hätte, wäre er laufen gegangen. So hatte er nur kalt geduscht, was nicht im Geringsten geholfen hatte. Dann hatte er versucht, sich mit der Arbeit an einem Vorschlag für das Kincaid-Projekt abzulenken, sich aber beim besten Willen nicht darauf konzentrieren können.

Irgendetwas hatte sich in ihm aufgestaut. Etwas, das nach seinem Nachmittag mit Caro nur noch schlimmer geworden war. Er hatte eine Kostprobe von ihr bekommen und die reichte ihm einfach nicht.

Sie würde ihm *nie* reichen.

»Mmm-hmm.« Ava runzelte die Stirn, wandte sich dann wieder dem Fernseher zu und ließ die Show weiterlaufen.

Schon nach dem ersten Abend hatte sie erkannt, wie sehr er Modernisierungs- und Renovierungsshows hasste, also arbeiteten sie sich jetzt durch alte Folgen von *The Amazing Race*, einer Fernsehshow, in der Leute rund um den Globus reisten.

Er dachte an die Orte, von denen Caro ihm letzte Woche erzählt hatte, dass sie sie besucht hätte. Einige dieser Städte und Sehenswürdigkeiten hatte er ebenfalls besucht. Aber als er jetzt darüber nachdachte, stellte er sich vor, sie mit ihren Augen zu sehen.

Warum fühlte es sich so an, als wäre er irgendwie zu kurz gekommen? Nicht nur, weil er diese Orte nicht wirklich erlebt hatte … sondern weil er sie nicht mit ihr zusammen gesehen hatte. Es war, als hätte er etwas verloren. Etwas, das er nie wiederbekommen würde, sosehr er sich auch bemühte.

»Weißt du …«, meinte Ava nach einem Moment. »Ich glaube, du spielst mit deiner Uhr rum, wenn du das Gefühl hast, Zeit zu verschwenden.«

Max warf einen Blick auf sein Handgelenk. Tatsächlich hatte er wieder angefangen, den Armbandverschluss auf- und zuschnappen zu lassen. Dann schaute er hoch, sah seine Großmutter an und schüttelte den Kopf. »Ich glaube nicht, dass ich mit dir Zeit verschwende.«

Sie lächelte, langte zu ihm hinüber und tätschelte ihm die Hand. »Das ist lieb gesagt, aber wir wissen doch beide, dass du zu Caro willst. Also warum tust du's nicht einfach? Es ist schon spät und ich bin sowieso müde. Und du weißt ja, dass morgen ein arbeitsreicher Tag wird.«

»So wie jeder andere Tag auch.«

»Na ja, das Leben ist einfach zu kurz, als dass man nur rumsitzen und Däumchen drehen sollte.«

»Hast du schon jemals Däumchen gedreht?«

Ava überlegte einen Moment, bevor sie nickte. »Einmal, in den Siebzigern. Es war langweilig, also habe ich mir geschworen, es nie wieder zu tun.«

Lachend schüttelte Max den Kopf.

»Na also, geht doch.« Damit deutete sie auf seinen lächelnden Mund, stand auf und streckte sich. Beau hob den Kopf, sah sie an, erhob sich ebenfalls und tapste wie jeden Abend zur Hundeklappe. Der Tagesablauf war ihm in Fleisch und Blut übergegangen.

»Und jetzt sieh zu, dass du Land gewinnst.« Ava deutete zur Haustür. »Geh zu Caro. Aber sieh zu, dass du bis zehn wieder hier bist.«

Verdutzt sah Max auf seine Armbanduhr. »Bis zehn? Es ist schon fast neun.« Die Zeit würde nicht annähernd reichen, all das zu tun, was er mit ihr … und für sie … tun wollte.

»Ich spreche von zehn Uhr morgen früh.« Erneut lächelte sie und wandte sich zur Treppe. »Nacht, Bean.«

Keine fünf Minuten später war er aus der Tür und eilte die Straße hinunter zu Caro. Immer noch hingen Wolken am Himmel, und er war sich nicht sicher, ob der Regen nur kurz nachgelassen oder ganz aufgehört hatte. Die Luft war ein wenig kühl und seine Regenjacke schützte ihn nur so gerade eben vor der leichten Brise.

Im Licht der Straßenlaternen lief er durch die Stadt. Als er Caros Haus erreichte, musste er zu seiner Enttäuschung allerdings feststellen, dass sie nicht da war. In ihrer Wohnung über der Garage brannte kein Licht und in der Einfahrt stand auch kein Jeep Wagoneer.

»Verdammt.« Er hatte ganz vergessen, dass montags immer Mädelsabend war.

»Max?«

Er drehte sich um und entdeckte Caros Vater, der gerade eine weiße Tüte in die Mülltonne warf. »Hey, Mr. Buchanan.«

»Mr. Buchanan? So hast du mich nicht mehr genannt, seit du ein kleiner Junge warst. Ich bevorzuge Wes.«

»Wes«, korrigierte Max und ging über den Hof zu ihm. »Ich wollte eigentlich zu Caro, aber ich schätze, sie ist noch nicht zurück.«

»Ja, offenbar wird's heute spät beim Mädelsabend. Normalerweise ist sie vor neun wieder zu Hause.« Er hielt inne und kniff die Augen zusammen. »Ich hatte noch gar keine Gelegenheit, mich richtig mit dir zu unterhalten, seit du wieder in der Stadt bist. Magst du reinkommen und ein Bier mit mir trinken … oder einen Whisky?«

»Whisky wäre toll.«

»Wunderbar«, sagte Wes und hielt ihm die Fliegengittertür auf. Als Max das Haus betrat, hörte er sofort Hundepfoten über den gefliesten Boden tapsen. Leia erschien, dicht gefolgt von Domino und Frankie auf ihren kurzen Beinchen. Die Hündinnen drängten sich um ihn.

»Hallo«, begrüßte und streichelte er sie alle drei.

»Man könnte meinen, dass ich sie vernachlässige. Dabei haben wir alle in der letzten Stunde auf dem Sofa gelegen und Baseball geguckt«, sagte Wes, während er sich die Hände wusch.

»Wer spielt?«

»Braves gegen Sox. Die Sox liegen in Führung. Magst du zusehen?«

»Ja.« Max nickte. Im Allgemeinen verfolgte er die Baseballspiele der Saison recht genau, aber da Ava sich nicht für diese Sportart begeistern konnte, hatte er darauf verzichtet, sich die Spiele anzusehen.

»Gut, ich hole uns die Drinks, während du den dreien ein Leckerli gibst. Du findest sie in der Wookie-Cookiedose.« Er deutete auf das Regal. »Frankie bekommt einen halben. Und versuch, sie dazu zu bewegen, Sitz zu machen.«

»Eine Wookie-Cookiedose. Einfach klasse.« Wes hatte *Krieg der Sterne* schon immer geliebt, und er war auch derjenige gewesen, der Max mit dem Star-Wars-Universum vertraut gemacht hatte, als er noch klein war. Er und Caro hatten oft so getan, als wäre das Baumhaus im Garten seiner Großeltern der Millennium Falke. Er war immer Han Solo, sie immer Leia gewesen … allerdings eine Jedi-Version von Leia.

»Caro hat sie mir vor ein paar Jahren zum Vatertag geschenkt.«

»Sie hat immer die besten Geschenkideen.« Max nahm dem Wookie den Kopf ab und holte eine Handvoll Leckerlis heraus. »Sitz«, forderte er die Hunde auf, als er sich zu ihnen umdrehte.

Leia saß bereits und beobachtete Max sehr genau. Domino tänzelte nervös herum, setzte sich eine Sekunde und war gleich darauf wieder auf den Beinen. Und Frankie, nun ja, sie rollte sich wie üblich auf den Rücken.

»Ich schätze, das muss reichen.« Wes lachte.

Nachdem die Hunde mit ihren Leckerlis weggerannt waren, reichte Wes Max ein Glas mit zwei großzügig eingeschenkten Fingerbreit voll bernsteinfarbener Flüssigkeit.

»Auf dein Wohl.« Max hob sein Glas.

»Mögen wir in zehn Jahren wieder einen zusammen trinken und noch ein paar in der Zeit dazwischen«, erwiderte Wes und stieß mit Max an, bevor sie beide an ihren Gläsern nippten. »Es tut gut, dich wiederzusehen, Sohn.« Mit der freien Hand klopfte er Max auf die Schultern.

Wes hatte Max schon immer Sohn genannt. Immer. Er hatte ihn mehr als Sohn betrachtet, als Max' Stiefvater es je getan hatte.

»Ich freue mich auch, dich zu sehen, Wes.« Max nickte, und ihm wurde die Brust eng, als sie ins Wohnzimmer gingen.

Es war schon nach zehn, als Caro und Lucy in die Einfahrt ihres Vaters einbogen und sahen, dass im Haus immer noch Licht brannte.

»Es muss ein gutes Spiel sein, wenn er so spät noch wach ist«, meinte Lucy, als sie ausstiegen und zur Tür liefen.

Im Hauswirtschaftsraum streiften sie die Schuhe ab, hängten ihre Jacken auf und legten ihre Handtaschen ab, bevor sie sich zur Küche wandten. Caro stand gerade auf der Türschwelle zum Flur, als sie eine Stimme vernahm, die nicht die ihres Vaters war.

Max.

»Komm schon. Komm schon! Na komm schon!« Eine Sekunde herrschte Stille, dann ertönte ein Jubelschrei. »Homerun!«

Caro erstarrte. Das Herz schlug ihr bis zum Hals, und sie suchte Halt an Lucys Arm, wandte sich ihrer Schwester zu, die Augen weit aufgerissen. Lucy sah ebenfalls sehr überrascht aus, aber im nächsten Moment grinste sie schelmisch.

»Sieht so aus, als würde er sich noch eine Runde wünschen«, flüsterte sie.

»Du bist echt schlimm.«

»Nein. Ich bin die Beste, und das weißt du«, erwiderte sie, befreite ihren Arm aus Caros Griff und betrat das Wohnzimmer. »Max! Was tust *du* denn hier?« Ihre Frage war kein bisschen subtil.

Caro holte tief Luft, stieß sie rasch wieder aus und folgte Lucy. Der Anblick, der sich ihr bot, sorgte dafür, dass ihr heftig klopfendes Herz erst ins Stolpern geriet und dann erneut zu rasen begann.

Ihr Vater saß mit hochgelegten Füßen auf dem Ledersofa. Leia hatte sich neben ihm ausgestreckt und den Kopf auf seinen Schoß gebettet, Estee lag auf der Kopfstütze über ihm. Max hatte sich für das Zweiersofa entschieden, hielt Frankie auf dem Schoß und neben ihm schnarchte Domino vor sich hin. Keins der Tiere hatte sich gerührt, als Caro und Lucy das Zimmer betreten hatten. Lediglich Leia hatte kurz ein Auge geöffnet und es eine Sekunde später wieder geschlossen, um weiterzuschlafen.

»Hi.« Max stand auf und setzte Frankie auf dem Sofa ab. Mit seinen blauen Augen musterte er Caro so intensiv, dass es keinen Zweifel daran geben konnte, warum er eigentlich hier war.

»Ich bin Max vorhin draußen begegnet. Jetzt schauen wir schon eine Weile Baseball und trinken Whisky«, erklärte Wes und hob sein fast leeres Glas.

»Wie läuft das Spiel?«, fragte Lucy, ging zum Sofa, setzte sich dorthin, wo Max gerade noch gesessen hatte, und nahm Frankie auf den Schoß. Die Hündin drehte sich zweimal im Kreis, bevor sie es sich gemütlich machte.

»Sehr gut. Es steht unentschieden in der zweiten Verlängerung.«

»Ausgezeichnet. Ich bleibe auf und schaue mir das Spiel mit dir an, da Max jetzt gehen will. Stimmt doch, oder, Max?« Sie grinste ihn vielsagend an.

»Ich weiß, es ist schon spät, aber ich hatte gehofft, dass wir reden können.« Seit Caro das Zimmer betreten hatte, hatte er sie nicht mehr aus den Augen gelassen.

»Ja.« Lucy scheuchte sie mit der Hand aus dem Zimmer. »Geht und redet.«

»Ich muss Frankie und Domino mitnehmen«, meinte Caro mit Blick auf die Hunde. Frankie schlief bereits wieder und Domino hatte sich gar nicht erst gerührt. Sie schien sogar noch lauter zu schnarchen als zuvor.

»Ich nehme sie heute Nacht. Keine Sorge«, meinte Lucy und wedelte erneut mit der Hand. »Und jetzt verschwindet, ihr zwei.« Sie zwinkerte Max zu.

Leichte Röte stieg Caro in die Wangen, und das nicht nur, weil Max sie so intensiv anschaute, sondern auch wegen Lucys Angebot, die Hunde zu nehmen … die ganze Nacht.

Max griff nach seinem Whiskyglas auf dem Beistelltisch, bevor er zu ihr ging. »Hey, du«, sagte er so leise, dass nur sie es hören konnte.

Warum nur sorgten diese beiden kurzen Wörter dafür, dass Schmetterlinge in ihrem Bauch tanzten?

»Hey.« Sie wusste nicht, warum, aber sie streckte ihm die Hand entgegen, damit er näher kam, trennte sie doch noch mehr als ein Meter voneinander.

Er zögerte keine Sekunde, der Aufforderung zu folgen und ihre Hand zu ergreifen.

Caro trat einen Schritt zurück in Richtung Küche, drehte sich aber wieder um, als ihr Vater sie ansprach.

»Pumpkin? Sag Lilah, ich gebe ihr die zwanzig Mäuse, wenn wir uns am Donnerstag sehen. Weil sie doch die Wette gewonnen hat. Auf den Tag genau und so.«

Caro hegte keinen Zweifel, dass ihr Gesicht jetzt knallrot glühte.

»Danke dafür, Dad.«

»Gern geschehen.« Er grinste.

Caro warf Max einen Blick zu, der die Stirn gerunzelt hatte.

»Ich erklär's dir gleich.« Kopfschüttelnd zog sie ihn an seiner Hand aus dem Zimmer.

In der Küche wandte sie sich ihm wieder zu. Er hob sein Whiskyglas an den Mund, nahm einen großen Schluck und hielt es ihr dann hin. Caro griff danach und trank den Rest der bernsteinfarbenen Flüssigkeit.

»Also: Was hatte das eben zu bedeuten?«

»Meine Familie hatte eine Wette auf uns abgeschlossen.«

»Dass wir Sex haben?« Entgeistert lachte er auf.

»Ich glaube, im Wortlaut ging es darum, wann unsere Vergangenheit zur Gegenwart werden würde, aber im Kern genau das, ja.«

»Und Lilah hat sogar auf das richtige Datum gesetzt?«, fragte er hörbar beeindruckt.

»Allerdings.«

»Sie ist also immer noch hellseherisch begabt. Gut zu wissen.«

»Du kannst dir nicht vorstellen, wie sehr.« Caro schüttelte den Kopf.

Sie waren gerade auf dem obersten Treppenabsatz angelangt und sie ließ seine Hand los. Die Atmosphäre um sie herum knisterte, während Caro versuchte aufzuschließen – was nicht gerade einfacher dadurch wurde, dass Max sich hinter ihr an sie drängte, die Hände auf ihre Hüften legte und mit dem Gesicht unglaublich nah an ihrem Nacken war.

»Ich konnte nicht aufhören, an dich zu denken, seitdem du gegangen bist«, flüsterte er und seine Lippen streiften ihre Haut. Und dann tat er das, was sie schon immer verrückt gemacht hatte: Er strich mit der Nase langsam an ihrem Hals entlang und über die Wirbelsäule weiter nach unten. Prompt bekam sie weiche Knie.

Endlich gelang es ihr, den Schlüssel ins Schlüsselloch zu stecken und umzudrehen, bevor sie sich zu Max umwandte. Mit dem Rücken an die Tür gedrückt, schaute sie zu ihm hoch, sein Mund nur wenige Zentimeter von ihrem entfernt.

»Auch ich konnte nicht aufhören, an dich zu denken.« Damit krallte sie sich in sein T-Shirt und zog ihn an sich.

An ihrem Kuss war nichts Zurückhaltendes, nichts Forschendes. In der Sekunde, in der sein Mund auf ihrem lag, nahm er sie völlig gefangen. Er stöhnte auf, als seine Zunge ihre fand, und Caro schlang ihm die Arme um die Schultern, versuchte sich an ihm hochzuziehen, um den Kuss noch weiter zu vertiefen.

Alles noch mehr zu vertiefen.

Das ist keine Liebe, das ist keine Liebe, das ist keine Liebe. Es ist nur Lust. Das Hirn vernebelnde, alles verschlingende Lust.

»Ich will dich.« Die Worte waren kaum über ihre Lippen, da griff Max schon hinter sie, fand die Türklinke und stieß die Tür auf.

Er hielt sie an sich gedrückt, während er sie rückwärts in die Wohnung schob und die Tür wieder schloss. Ihre Lippen lösten sich nicht einmal voneinander, als sie ihre Schuhe abstreiften und Caro ihre Handtasche auf den Couchtisch fallen ließ.

Im Wohnzimmer hatte sie eine kleine Lampe brennen lassen. Der sanfte Schein reichte aus, dass sie ihren Weg fanden, ohne über irgendetwas zu stolpern.

Ohne Zeit zu verlieren, befreiten sie einander von ihrer Kleidung. Sein T-Shirt fiel zu Boden, ihre Shorts folgten. Max zog Caro das T-Shirt aus, wobei sie seine Hose gerade so lange losließ, dass er ihr das Kleidungsstück über die Arme und den Kopf streifen konnte. Kaum hatte er ihr den BH ausgezogen, umschloss er auch schon eine Brustwarze mit den Lippen und knabberte zärtlich daran. Dann schob er Caro rückwärts, bis sie mit dem Rücken an der Wand stand, und kniete sich vor ihr hin.

Als er zu ihr hochschaute, lag solch eine Glut in seinem Blick, dass es sie überraschte, dass ihre Beine sie noch trugen.

»Ich muss dich wieder schmecken.« Er schob die Finger unter den Bund ihres Slips aus hellrosa Spitze und zog ihn herunter. Dann legte er sich eins ihrer Beine über die Schulter – und verschlang sie.

»Max.« Ihr Kopf sank zurück gegen die Wand und sie stöhnte auf, krallte die Finger in seine Haare und drückte sein Gesicht an ihren Schoß. Ihre Fingernägel bohrten sich in seine Kopfhaut.

Er brauchte nur kurze Zeit, um sie bis an den Rand der Klippe zu bringen, und als er zwei Finger in sie hineinschob, kam sie laut stöhnend. Doch er hörte nicht auf, sie zu liebkosen, bis die Wellen der Lust langsam abebbten und sie ganz langsam wieder in die Realität zurückfand.

Noch immer lag ihr Bein über seiner Schulter, als sie endlich wieder so weit zu Atem kam, um die Augen öffnen zu können. Max lächelte so unglaublich zufrieden, dass sie glaubte, womöglich gleich noch einmal zu kommen. Dann küsste er sie auf die Innenseite ihres Schenkels, bevor er ihr Bein von seiner Schulter hob, ihren Fuß wieder auf den Boden stellte und aufstand.

»Ich habe vor, das noch sehr, sehr oft zu wiederholen«, erklärte er, bevor er ihre Lippen mit seinen verschloss und sie mit sich auf das Bett zog. Er ließ sich auf den Rücken fallen, sodass sie hingestreckt auf seiner Brust landete.

»Das fühlt sich vertraut an.« Caro grinste.

»Bis auf den Umstand, dass du diesmal nicht von einer Leiter auf mich gefallen bist.«

Mit den Fingern strich sie ihm über das Kinn, ihre Fingerspitzen kratzten über seine Bartstoppeln. »Das war eindeutig ein Zeichen.«

Noch mehr Zeichen. So viele Zeichen.

»Wofür?«

»Dass wir schließlich hier landen würden.«

»Offensichtlich.« Er lächelte, umfasste ihren Hinterkopf, schob die Finger in ihr Haar und küsste sie erneut, während er mit der anderen Hand ihren Rücken streichelte und sie damit fast um den Verstand brachte. Sie begann, sich an ihm zu reiben, konnte einfach nicht anders. Max schob ihr die Hüften entgegen und sie spürte seine gewaltige Erektion. »Caro, ich möchte, dass du auf mir reitest.«

Sie lächelte an seinem Mund, bevor sie sich rittlings auf ihn schwang. Dann stützte sie sich auf seiner Brust ab, setzte sich auf und ließ sich direkt auf seinem Penis nieder, der sich unter dem Stoff seiner Boxershorts abzeichnete.

»Ach ja? Was, wenn ich auch ein wenig auf Erkundungstour gehen will? Du hattest ja bereits die Gelegenheit.«

Er hob die Arme und legte die Hände hinter seinem Kopf ab. »Tu, was du nicht lassen kannst.«

»Einiges hiervon ist neu.« Langsam strich sie über seine definierten Brustmuskeln.

»Einiges ja«, bestätigte er nickend und folgte mit den Augen ihren langsamen Bewegungen.

»Einiges hiervon auch.« Sie wandte sich seinem Bauch zu, ließ die Finger über jeden einzelnen Muskel wandern. »Ich hätte nicht gedacht, dass du viel Freizeit hast, um zu trainieren, wo du doch so eine große Nummer bist.«

»Hab ich auch nicht.« Sein Atem kam stoßweise. »Aber ich laufe regelmäßig.«

»Ja, das tust du.« Sie grinste, lehnte sich ein Stück zurück und spielte mit dem elastischen Bund seiner Boxershorts. Er lief jeden Morgen, und zwar mehrere Runden, die ihn an ihrem jeweiligen Arbeitsplatz vorbeiführten. Irgendwie entdeckte sie ihn jedes Mal, wenn er am Schaufenster vorbeilief.

»Außerdem habe ich in meiner Wohnung eine Hantelbank und ein Ergometer in meinem Büro in der Firma.«

Lächelnd schob sie seine Boxershorts nach unten und befreite den Beweis seiner Erregung. Sein Atem wurde noch ungleichmäßiger, während er sie weiter genau beobachtete. Sein Adamsapfel hüpfte, als er heftig schluckte.

»Klingt anstrengend.« Zärtlich strich sie von der Wurzel am Schaft entlang bis zur Spitze, was ihn heftig erschauern ließ.

»Ja, schon … Herr im Himmel, Caro!« Max stöhnte und bäumte sich unter ihr auf. Offenbar war er nicht darauf vorbereitet gewesen, dass sie sich vorbeugte und ihn in den Mund nahm.

Erst vor wenigen Minuten hatte er dafür gesorgt, dass sie unter seinen Liebkosungen dahingeschmolzen war, und jetzt wollte sie ihm die gleiche Lust bereiten. Sie nahm ihn noch tiefer in den Mund, bevor sie langsam – sehr langsam – die Zunge um seine Eichel kreisen ließ.

Aus den Augenwinkeln nahm sie wahr, wie er die Finger in die Decke krallte und nach Atem rang. Doch nach nur wenigen Zungenschlägen schob er sie von sich. Seinem Blick entnahm sie, dass er ganz knapp davor gewesen war zu kommen, und sosehr sie sich wünschte, ihn mit dem Mund zu befriedigen, wollte sie ihn noch lieber in sich spüren.

»Verdammter Mist!« In purer Verzweiflung schüttelte er den Kopf. »Ich hab keine Kondome dabei. Bitte sag mir, dass du welche hast.«

»Nein, leider nicht.«

Panisch sah er sie an und ihre Lippen verzogen sich zu einem boshaften Lächeln.

»Das heißt, vor ein paar Stunden hatte ich noch keine.« Erneut streichelte sie ihn und er sog heftig die Luft ein. Dann stieg sie aus dem Bett. »Anscheinend weiß Lilah einfach alles.« Sie holte die Schachtel aus ihrer Handtasche und hielt sie triumphierend hoch.

Max hatte sich auf die Ellenbogen gestützt und beobachtete sie. Erleichtert lächelte er, als er die Packung Kondome sah.

»Gott segne Lilah und ihre seltsamen hellseherischen Fähigkeiten. Ich muss ihr später unbedingt danken. Sehr, sehr oft.«

Caro lachte, holte ein Kondom heraus und legte die Packung auf den Nachttisch.

»Mag sie Blumen oder Schokolade?«, fragte er, während er sich die Boxershorts nun ganz auszog und neben das Bett fallen ließ.

»Beides.« Caro krabbelte wieder auf ihn und beeilte sich, ihm das Kondom überzustreifen.

»Fertig.« Aber das war das letzte Wort, das er über die Lippen brachte, denn sie umfasste seinen Penis und nahm ihn langsam in sich auf. Stöhnend umklammerte er ihre Oberschenkel und bohrte die Finger tief in ihr Fleisch.

»Wie hättest du es gern, Max?« Sie stützte sich auf seiner Brust ab und begann, sich über ihm zu bewegen. »Langsam und zärtlich?« Sie zog die Brauen hoch. »Oder schnell und hart?«

Er grinste, ließ ihre Hüfte los, umfasste ihr Gesicht und zog es näher zu sich, um sie zu küssen. »Langsam und zärtlich«, hauchte er gegen ihre Lippen, bevor er sie küsste, mit der Zunge ihre fand und damit genauso behutsam spielte, wie ihre Körper sich bewegten.

Er küsste sie, als hätten sie die ganze Nacht Zeit …

Und das hatten sie tatsächlich.

Die Strahlen der Morgensonne fielen durch die Fenster, als Max die Augen aufschlug. Nur eine Sekunde lang glaubte er zu träumen, denn genau das, was er und Caro in der vergangenen Nacht miteinander geteilt hatten, hatte er sich in den letzten vierzehn Jahren unzählige Male vorgestellt.

Er lag mit ihr im Bett, ihr nackter Körper an seinen geschmiegt. Sie schlief noch, ihr Kopf ruhte auf seiner Brust, ihr Arm lag um seine Taille.

Aber dieses Mal träumte er nicht. Dieses Mal war es real. *Sie* war real. Ihr Atem, der seine Haut streifte, war real. Ihre Wärme. Das Gewicht ihres Körpers. Der Zitronenduft, der ihn umgab.

Zufrieden wie seit sehr, sehr langer Zeit nicht mehr, musste er lächeln. So hatte er sich nicht mehr gefühlt seit dem letzten Mal, als er in dieser kleinen Dachwohnung gewesen war.

Mit ihren knapp achtunddreißig Quadratmetern kam sie ihm jetzt noch kleiner vor als damals. Himmel, sein Appartement in Manhattan war ungefähr fünf Mal so groß. Die ganze Wohnung hätte allein in seinem Schlafzimmer Platz gefunden. Na ja, vielleicht im Schlaf- und Badezimmer zusammen.

Dennoch wirkte die Wohnung kein bisschen beengend auf ihn. Sie war gemütlich … heimelig … sicher. Zwar waren im Laufe der Zeit ein paar Dinge verändert worden, aber dennoch fühlte sie sich immer noch vertraut an.

Vielleicht lag es daran, dass sie sich immer noch nach Caro anfühlte.

Der Wohnzimmerteppich mit dem Blumenmuster war heller als der alte, der vorher dort gelegen hatte. Das dick gepolsterte Sofa mit dem blaugrünen Bezug war bequemer als das senfgelbe, das ihr damals gehört hatte. Darauf lagen flauschige Kissen und weiche Decken. Überall standen und hingen verschiedene Pflanzen, die meisten auf den Fensterbänken oder als Ampelpflanzen in der Nähe. Die Wände, die zu streichen er ihr vor all den Jahren geholfen hatte, leuchteten immer noch im selben Gelb wie damals, aber dort hingen mehr Kunstwerke und Fotos als früher. Der helle Hartholzboden war ein bisschen zerschrammter und abgewetzter und doch immer noch heimelig.

Das breite Bett stand nicht mehr auf niedrigen Beinen, sondern ruhte auf einer Plattform aus Schubladen, die sich nach beiden Seiten ausziehen ließen, und das Kopfteil war gegen ein neues ausgetauscht worden, das mit königsblauem Samt bezogen war. Im Gegensatz zu früher passten die Nachttische jetzt zusammen und die alte Kommode in der Ecke war abgeschliffen und neu gestrichen worden.

Die winzige Küche war immer noch in Schwarz und Weiß gehalten, lediglich ein paar türkise Farbtupfer waren hier und da dazugekommen. Das Bad hatte sich am stärksten verändert. Offenkundig war das alte herausgerissen und ein neues eingebaut worden. Eine antike weiße Wanne stand an der Rückwand, wo sie gerade so eben Platz fand. Caro hatte immer schon gern ein Bad genommen.

Die Wohnung wirkte viel wärmer und war wesentlich gemütlicher als sein kaltes steriles Appartement. In den vier Jahren, die er darin gewohnt hatte, hatte er sich dort nie zu Hause gefühlt. Genauso wenig wie in der Wohnung davor oder in der davor oder in der davor. Vielleicht hatte er deswegen so wenig Bedenken, nach England zu ziehen.

Das heißt, *bis jetzt* hatte er keine Bedenken gehabt, New York den Rücken zu kehren und nach England zu ziehen …

Er schloss die Arme fester um Caro, zog sie enger an sich. Sie regte sich an seiner Brust und er schaute auf sie hinab, beobachtete, wie sie langsam die Augen öffnete.

»Guten Morgen.« Lächelnd strich er ihr mit den Fingern an der Schläfe entlang und über die Wange.

»Morgen.« Ihre Stimme klang weich und rauchig. »Wie spät ist es?«

»Fast acht.«

»Wann sind wir eigentlich eingeschlafen?« Sie streckte sich und strich ihm über den Bauch.

»Nach zwei.«

»Weniger als sechs Stunden Schlaf.« Sie stöhnte, barg das Gesicht an seiner Brust. »Das wird ein langer Tag.« Zweifellos wartete bei Ava ein umfangreiches Projekt auf sie. Aber wenn sie das erledigt hätten, müsste Caro auch noch eine Schicht im Quigley's überstehen.

»Tut mir leid.« Er küsste sie auf den Scheitel. »Wir hätten gestern Nacht nach der zweiten Runde aufhören sollen.« Als er ihre Füße auf seine Schultern gelegt hatte.

Sie hob den Blick, runzelte die Stirn und zog einen Schmollmund. »Nein, das hätten wir nicht. Ich bereue nichts.« Ihre Lippen verzogen sich zu einem schalkhaften Lächeln und ihre Hand wanderte weiter nach unten über seine Bauchmuskeln. »Im Gegenteil, ich glaube, wir sollten noch mal Runde drei einläuten«, flüsterte sie, bevor sie ihm ins Ohrläppchen biss. »Schauen wir mal, ob wir es noch besser hinkriegen.«

Max zögerte keine Sekunde, drehte Caro auf den Bauch und hob ihre Hüften an. Sie lachte, zweifellos darüber, dass er so schnell reagiert hatte, aber als er erneut tief in sie hineinglitt, verwandelte sich ihr Lachen in ein tiefes Stöhnen.

Es war neun Uhr sechsundfünfzig, als Caro und Max Avas Haustür öffneten, beide mit zwei Bechern Kaffee aus dem Dancing Donkey bewaffnet. Aus der Küche drangen Stimmen und das Klappern von Töpfen zu ihnen herüber. Lucy war schon da. Sie hatte eine SMS geschickt, dass sie Frankie und Domino vorbeibringen würde.

Max wandte sich an Caro und zog die Brauen hoch. »Vereinte Front?«

»Wenn wir getrennt vorgehen, besiegen sie uns.«

»Dann mal los«, sagte er, beugte sich vor und küsste sie auf den Scheitel. Das war nur eine kleine Geste, aber sie jagte eine Welle der Lust durch ihren Körper.

Als sie die Küche betraten, waren Ava und Lucy bereits bei der Arbeit. Auf der Mittelinsel stand alles, was zum Backen gebraucht wurde: Mehl, Zucker, Butter, Eier, Sahne und noch etwa ein Dutzend weiterer Zutaten.

»Guten Morgen.« Caro stellte ihre Kaffeebecher ab, bevor sie Frankie auf den Arm nahm. Die Hündin war auf sie zugerannt, kaum dass Caro die Türschwelle überschritten hatte. Dafür hatte sie Beau und Domino beim Tauziehen über eine Plüschgiraffe im Stich gelassen.

»Euch auch einen guten Morgen«, erwiderte Ava und unterzog sowohl Caro als auch Max einer eingehenden Musterung.

»Wie hat sie sich letzte Nacht geschlagen?«, fragte Caro ihre Schwester und küsste Frankie auf den weichen kleinen Kopf. Die Hündin dankte es ihr, indem sie ihr das Gesicht ableckte.

Caro hatte die vergangene Nacht zwar sehr genossen, dafür aber hatte Frankie zum ersten Mal, seitdem sie die Kleine gefunden hatte, nicht bei ihr geschlafen. Der neben ihr eingekuschelte Welpe hatte ihr gefehlt.

»Sie war total lieb. Nachdem sie sich an Estee gekuschelt hatte, ist sie sofort eingeschlafen.«

»Ja, sie kuschelt unglaublich gern.« Max reichte Ava ihren Chai Latte, bevor er Frankie unter dem Kinn kraulte. Die Hündin begann in Caros Armen zu zappeln, ganz offensichtlich, um auch Max ihre Liebe zu zeigen. Also stellte er seinen Kaffeebecher auf den Tresen, ließ sich von Caro die Hündin reichen, drückte sie an seine Brust und wurde mit ausgiebigem Lecken belohnt.

»Ihr zwei habt ja früh angefangen«, sagte Max mit Blick auf die Zutaten auf der Arbeitsplatte.

»Ja, nicht jeder ist so lange aufgeblieben.« Lucy grinste vielsagend.

»O-kay.« Stirnrunzelnd musterte Caro ihre Schwester. »Willst du den Kaffee, den ich dir mitgebracht habe, oder nicht?«

»Na klar.«

»Dann keine weiteren anzüglichen Bemerkungen«, verlangte Caro und schob den Becher über den Tresen.

»Ich gebe mir Mühe.« Lucy schnappte sich ihren Kaffee.

Mit spöttischer Miene ließ Ava den Blick zwischen Max und Caro hin und her wandern, sagte aber gnädigerweise nichts. »Nun, da du unsere kleine Wette gewonnen hast, weil du in der ersten Woche die Arbeit hast ruhen lassen und Martins Klapphandy benutzt hast, dachte ich mir: Es wird Zeit, dir den Ananas-Kokosnuss-Kuchen mit Schlagsahne zu backen.«

»Ich habe dir doch gesagt, dass ich die Wette gewinne.«

»Ich hätte es wissen müssen.« Sie schüttelte den Kopf. »Du scheust keine Herausforderung. Das liegt an deiner störrischen Ader. Ich weiß nicht, woher du die hast.«

Lucy verschluckte sich an ihrem Kaffee und bekam einen Hustenanfall.

Fragend sah Ava sie an. »Was?«

»Nichts.« Lucy biss sich auf die Unterlippe und versuchte angestrengt, ein Grinsen zu unterdrücken. Jeder im Raum wusste nur zu genau, woher Max seine störrische Ader hatte.

»Ah-hah.« Kurz kniff Ava die Augen zusammen, bevor sie ihren prüfenden Blick wieder auf Max und Caro richtete. »Ihr zwei wirkt heute Morgen … weniger zappelig.«

Sie konnte es also doch nicht lassen.

Erneut verschluckte Lucy sich an ihrem Kaffee.

»Na schön, wir wissen alle sehr genau, dass Caro und ich die Nacht miteinander verbracht haben. Aber mehr werden wir nicht dazu sagen.«

»In Ordnung«, antworteten Lucy und Ava wie aus einem

Munde, aber die diebische Schadenfreude auf beiden Gesichtern ließ keinen Zweifel daran, dass sie die von Max gesetzte Grenze missachten würden.

Seiner gerunzelten Stirn nach zu urteilen, wusste er das offenbar auch. »Also, was liegt heute an?«

»Na ja … Lucy und ich haben das hier im Griff, obwohl wir zwei Torten backen werden. Wir werden also eine ganze Weile beschäftigt sein.«

»Zwei?«, hakte Max nach.

Ava deutete mit einem Messbecher auf ihn. »Bild dir bloß nicht ein, dass sie beide für dich sind. Du bekommst eine und alle anderen müssen sich die zweite teilen.«

»Finde ich fair.« Er grinste.

»Und da ihr zwei inzwischen so gut miteinander auskommt …« Wieder wedelte Ava mit dem Messbecher herum und deutete diesmal auf sie beide. »… dachte ich mir, dass du und Caro gemeinsam auf dem Dachboden weiterarbeiten könntet. Vielleicht schaut ihr die Spiele durch, die du ihr gestern gezeigt hast. Wir stoßen dann dazu, wenn wir hier fertig sind.«

Caro hüstelte verlegen und nickte. »Klingt gut.« Sie wandte sich an Max, der seine Großmutter anstarrte, als wüsste er beim besten Willen nicht, was er mit ihr tun sollte.

Aber das wusste niemand.

Er seufzte und setzte Frankie auf den Boden. Sie trollte sich zurück zu Beau und Domino, die inzwischen miteinander rangen, während die Giraffe vergessen auf dem Fußboden lag. Beau ließ Frankie mitspielen, ging aber sanfter mit ihr um, als sie ihn ansprang.

»Wirst du für mich auf Frankie aufpassen?«, wandte Caro sich fragend an Beau.

Er beantwortete die Frage, indem er Frankie das Gesicht leckte.

»Gehen wir.« Caro griff nach Max' Handgelenk und zog ihn aus der Küche. Als die Tür hinter ihnen zuschwang, wandte sie sich ihm zu. »Das lief doch gar nicht schlecht.«

»Ja, aber ich fürchte, sie wartet nur auf einen Moment, in dem wir am wenigsten damit rechnen, um uns mit Fragen zu bombardieren.«

Er küsste sie, bevor sie den Flur hinuntergingen. Als sie am Wohnzimmer vorbeikamen, fiel Caros Blick auf Martins Arbeitszimmer. »Hey.« Erneut griff sie nach Max' Handgelenk. »Ich … ich wollte dich gestern nach dem Video fragen. Dem mit meiner Mom. Wir sind ein bisschen abgelenkt worden, bevor ich fragen konnte.«

»Nur ein ganz klein wenig.«

»Gibt es noch mehr?«

»Ja.« Er nickte. »Ich habe gestern eine Menge digitalisiert, aber ich bin mir sicher, dass noch mehr in dem Karton sind.«

»Meinst du, dass du mir die Filme auf CD brennen kannst? Ich würde sie gern meiner Familie zeigen. Sie möchten sie ganz sicher auch gern sehen.«

»Gut, lass uns damit anfangen, bevor wir nach oben gehen.« Er fasste nach ihrer Hand, und sie verschränkten die Finger miteinander, während sie gemeinsam das Arbeitszimmer betraten.

Ihre Hand in seiner zu spüren, hatte Caro wohlig erschauern lassen. Aber das war nichts im Vergleich zu dem, was sie jetzt empfand, als er sich auf den Lederbürosessel setzte, sie auf seinen Schoß zog und mit den Armen umfing, als er nach Maus und Tastatur griff.

Der Computerbildschirm erwachte zum Leben, Max gab das Passwort ein und ein Dokument erschien.

Das Kincaid.

»Ist das dein Vorschlag?« Sie hatte ihn seit ihrem gemeinsam verbrachten Nachmittag in der Vorwoche nicht mehr danach gefragt.

»Nein.« Er schüttelte den Kopf, dabei streifte sein Kinn ihre Schulter. »Das ist … etwas anderes.«

Sie wandte den Kopf, sodass ihre Gesichter einander ganz nah waren. »Was meinst du mit *etwas anderes*?«

»Das sind *meine* Ideen für die Umgestaltung. So würde ich es machen.«

»Darf ich es sehen?« Sie versuchte gar nicht erst, ihre Aufregung zu verbergen.

»Ja. Aber es ist noch nicht fertig.«

»Das macht nichts.« Sie sah wieder auf den Bildschirm, und er begann, durch die Seiten zu klicken. Zunächst erschienen Baupläne des jetzigen Gebäudes, dann die von der geplanten Umgestaltung.

»Siehst du, hier würde ich Treppen einbauen.« Mit der Nasenspitze strich er an ihrem Hals nach oben, bis sein Mund an ihrem Ohr war und sie seine Stimme nicht nur hörte, sondern zu spüren meinte, während er auf den Monitor zeigte. »Sie würden in die nächste Etage führen, die erste mit Zimmern. Ins oberste Geschoss …« Langsam ließ er den Finger in die rechte obere Ecke wandern. »… kämen die Bar und das Restaurant. Von dort hätte man einen tollen Ausblick auf die Stadt und die Berge dahinter.«

Abbildung für Abbildung erläuterte er seine Vorstellungen, und die ganze Zeit streiften seine Lippen immer wieder ihr Ohr. Sie veränderte ihre Sitzposition auf seinem Schoß und drehte sich so, dass sie ihm besser ins Gesicht schauen konnte.

»Für all das hast du als Grundlage die Baupläne benutzt?«

»Nicht nur. Ich habe mir das Gebäude letzte Woche mit einem Makler angesehen.«

»Warum hast du mir nichts davon erzählt?« Spielerisch knuffte sie ihn gegen die Schulter.

»Ich weiß nicht. Vielleicht liegt es daran, dass dein Mund mich ständig ablenkt, wenn ich in deiner Nähe bin.«

»Oh, ist das der Grund?« Sie verdrehte die Augen, grinste dabei aber.

»Ja.« Mit einem Finger hob er ihr Kinn und küsste sie. »Ja, das ist er.«

Erst nach einer Minute lösten sie sich wieder voneinander und sie deutete erneut auf den Bildschirm. »Du hast da viel Arbeit reingesteckt.«

»Ja, so kann ich mir gut die Zeit vertreiben, wenn Ava sich zu ihrem Nachmittagsschläfchen hinlegt oder abends ins Bett geht, bevor ich müde bin.«

»Also …«, sagte sie langsam. Hoffnung keimte in ihr auf, dass er vielleicht länger in Cruickshank bleiben würde. »Du verfolgst diese Sache weiter? Deine Firma kauft eventuell das Gebäude? Wandelt es in ein Hotel um?«

Er nickte. »Meinem Boss gefällt, was ich ihr geschickt habe. Also ja, ich glaube schon.«

»Du hast bereits mit deinem Boss darüber geredet?«

»Ja, sie meinte, das Objekt hätte viel Potenzial, aber sie will noch mehr sehen.«

»Mehr als das?« Sie deutete auf den Bildschirm hinter ihr.

Er zögerte nur einen Augenblick, schüttelte dann den Kopf. »Niemand wird das zu sehen bekommen.«

»Das verstehe ich nicht.«

»Ich suche und finde nur geeignete Gebäude, Caro. Normalerweise arbeite ich im Auftrag für einen speziellen Kunden, und wenn der kauft, übernimmt er alles Weitere. Wenn ich ohne Auftrag etwas finde, erwerben Bergen und Hennings es und verkaufen es üblicherweise mit beachtlichem Profit weiter. Mit der Umgestaltung habe ich nichts zu tun.«

Prompt erlosch der Funken Hoffnung, den sie eben noch gehegt hatte. Seine Worte trafen sie wie eine Nadelspitze ins Herz. Sie hatte geglaubt, dass ihr vielleicht, nur vielleicht, mehr Zeit mit ihm vergönnt sein würde, bevor er nach London zog. Oder dass er schon bald wieder vorbeischauen müsste. Es kostete sie ihre ganze Willenskraft, sich nichts von ihrer Enttäuschung anmerken zu lassen. »Das heißt, von all deinen Vorstellungen …« Sie deutete auf den Bildschirm. »… wird nichts realisiert werden?«

»Nein.« Er schüttelte den Kopf, musterte sie genau. »Nichts davon.«

»Warum steckst du dann so viel Arbeit da rein?«

»Jedes Mal, wenn ich ein Gebäude entdecke, habe ich auch Vorstellungen, was ich damit tun würde, wenn ich die Chance dazu hätte. Und … ich weiß nicht … ich tue das für mich. Ich will meine Ideen sozusagen zu Papier bringen.«

Dabei zuckte er die Achseln, als störe ihn das nicht weiter. Doch sie hatte das Gefühl, dass es ihm sehr wohl etwas ausmachte.

»Warum schaust du so?«

»Ich kann mir nicht vorstellen, dass es leicht ist, in etwas so viel Potenzial zu sehen und es dann einfach in andere Hände zu geben. Sich umzudrehen und zu gehen.«

»Es ist nie leicht, sich umzudrehen und zu gehen.« Er schüttelte den Kopf, sein Blick wirkte traurig, und sie begriff, dass er jetzt nicht mehr nur von seiner Arbeit sprach. »Diesmal wird es mir schwerer fallen als sonst. Ich hänge mehr daran.«

Sagen konnte sie nichts, denn es schnürte ihr schmerzhaft die Kehle zu. Stattdessen nickte sie langsam.

»Caro?« Seine Stimme war so weich.

Sie räusperte sich, wandte sich wieder dem Computer zu. Seinen Gesichtsausdruck konnte sie nicht länger ertragen. »Lass uns die Videos mit meiner Mom kopieren.« Irgendwie gelang es ihr, zu verhindern, dass man ihr anhörte, wie aufgewühlt sie war.

Von Anfang an hatte sie gewusst, dass er nicht bleiben würde. Sie hatte es auch gestern gewusst, als sie miteinander ins Bett gegangen waren. Sex hin oder her, nichts hatte sich geändert.

Doch warum fühlte es sich dann so an, als wäre etwas anders? Als gäbe es vielleicht eine Chance auf das ganz bestimmte Mehr, über das nicht nachzudenken sie sich so sehr bemüht hatte?

Vielleicht war sie die Einzige, die anders empfand als vorher.

Das ist keine Liebe, rief sie sich zum gefühlt hundertsten Mal in Erinnerung. *Nicht mehr.*

16. KAPITEL

Das eine, was ich will

Ava und Lucy stießen erst nach dem Mittagessen zu Max und Caro auf dem Dachboden.

Er genoss diese Zeit allein mit Caro, wusste aber zugleich, dass er es sich selbst nur schwerer machte. Und ihr. Ihnen beiden.

Dass ihre Augen in Martins Arbeitszimmer voller Hoffnung aufgeleuchtet hatten, hätte ihm nur dann entgehen können, wenn er blind gewesen wäre. Nur zu deutlich hatte er ihre Reaktion gesehen, bevor er ihr eröffnet hatte, dass er nach dem Kauf der Immobilie nichts mit dem Kincaid-Projekt zu tun haben würde.

Doch es sah ganz so aus, als wollte keiner von ihnen der Wahrheit ins Auge blicken, denn sie zogen es beide vor, das Thema zu ignorieren, während sie auf dem Dachboden zusammenarbeiteten. Stattdessen unterhielten sie sich angeregt und brachten einander auf den neuesten Stand, was in den Jahren ihrer Trennung geschehen war.

Caro erzählte ihm, dass sie ihren Abschluss in Asheville gemacht hatte, auf dem College, das sie ursprünglich nur ein Jahr hatte besuchen wollen, bevor sie zu ihm hätte nachkommen sollen … Aber auch darüber sprachen sie nicht. Sie erzählte ihm von ihren Neffen und ihrer Nichte und davon, wie froh sie war, dass ihre beste Freundin ihren Bruder geheiratet hatte. Außerdem redete sie viel über Martin und Ava. Zwar hatte er eigene Erinnerungen an sie aus jener Zeit, aber er hatte viel verpasst und davon zu hören hatte einen bittersüßen Beigeschmack.

Max erzählte Caro, wie er sein Studium in Chapel Hill abgeschlossen hatte, dann an der Columbia University aufgenommen worden und zurück nach New York gezogen war. Davon, wie fremd sich die Stadt angefühlt hatte, nachdem das Haus seiner Mutter und seines Stiefvaters in jeder Hinsicht aufgehört hatte, sein Zuhause zu sein.

Nicht, dass er sich dort jemals wirklich zu Hause gefühlt hätte – sein Heim war immer das viktorianische Haus in Cruickshank gewesen.

Er erzählte ihr von seinem ersten Job. Davon, wie er Karriere gemacht hatte, bevor er für Bergen und Hennings angeworben worden war. Wie er sich innerhalb der Firma hochgearbeitet und dabei ein Vermögen gemacht hatte. Sie fragte nach seiner Beförderung, aber sie sprachen beide nicht über London. Tatsächlich erwähnten sie die Stadt kein einziges Mal. Max wollte nicht über den Sommer reden, in dem sie ihm dorthin hätte nachreisen sollen, oder über das erste Semester an der Uni. Das Thema barg zu viele traurige Erinnerungen, an denen er nicht rühren wollte.

Anscheinend wollte sie das auch nicht.

Er beschloss, lieber nicht zu viel darüber nachzudenken, warum eigentlich nicht. Stattdessen küsste er Caro, bevor sie und Lucy am Nachmittag gingen, und versprach ihr, später am Abend ins Quigley's zu kommen.

Kurz nach neun tauchte Max im Pub auf. Theo und Oscar gesellten sich auf ein Bier zu ihm, bevor sie gegen elf gingen, aber er blieb bis zwölf, bis Gavin, Lilah und Lucy ihn und Caro hinausscheuchten, weil sie die letzte Stunde allein klarkommen würden.

Zurück am Haus ihres Dads, holten sie Frankie und Domino ab, bevor sie sich in Caros kleine Wohnung zurückzogen.

Binnen weniger Minuten hatte Max es geschafft, Caro auszuziehen und an die Wand zu drücken. Nach einem leidenschaftlichen Liebesakt fielen sie beide total erschöpft auf das Sofa, um wieder zu Atem zu kommen. Am Nachmittag hatte er ihr die Hälfte seiner Torte mit nach Hause gegeben und gemeinsam genossen sie ein ziemlich großes Stück davon im Bett. Caro trug Max' T-Shirt, während sie rittlings auf ihm saß und abwechselnd ihm und sich einen Bissen in den Mund schob.

Am Mittwochmorgen fiel es ihnen beiden schwer, aus dem Bett zu kommen, nicht etwa, weil sie müde waren, sondern weil sie nicht voneinander lassen konnten. Schließlich ging Max mit Frankie zurück zu Ava, um zu frühstücken, während Caro mit Domino zur Arbeit im Dancing Donkey fuhr. Gegen zwei tauchten Max und Frankie im Laden auf. Den Laptop hatte er in einer Tasche dabei, die er sich über die Schulter gehängt hatte.

»Hey, du«, sagte Caro, kam um den Tresen herum und gab ihm einen Kuss. »Ich wusste nicht, dass wir uns heute Nachmittag sehen würden.«

»Ich dachte, ich komme her, um zu arbeiten und einen Schuss Koffein zu bekommen.«

»Oder einen Schuss Caro?«, fragte Sasha, die damit beschäftigt war, die Espressomaschine zu putzen.

»Definitiv Letzteres.« Lorraine, die gerade die Kaffeemaschine neu befüllte, schaute zu ihnen herüber.

Caro verdrehte die Augen, versuchte aber nicht, ihr Lächeln zu verbergen, als sie ihn noch einmal küsste. Sie war froh, dass er gekommen war, und das wiederum machte ihn froh.

Du gerätst immer tiefer und tiefer in Schwierigkeiten, Mann.

»Na ja, Caro zu sehen hat den Ausschlag gegeben, aber Ava

und Beau wollten ein Nickerchen machen, und Frankie hat sich geweigert, sie schlafen zu lassen.«

»Das sieht ihr ähnlich«, sagte Caro, nahm ihm die Hündin ab, drückte sie an sich und küsste sie auf den Kopf.

Max konnte sehen, dass Caro den Welpen immer mehr lieb gewann, genau wie Frankie sich immer enger an Caro band.

Die Hündin folgte ihr wie ein Schatten. Auch wenn sie gern davonstob, um zu spielen – vor allem wenn andere Hunde da waren –, so musste sie doch immer ganz genau wissen, wo Caro gerade war. Und wenn sie es nicht wusste, suchte sie winselnd so lange nach ihr, bis sie sie fand.

Caro hatte ihm gesagt, dass sie normalerweise ihre Pflegehunde nicht ins Bett ließ, aber Frankie schlief jede Nacht neben ihnen. Das heißt, genau genommen eng an Caro gekuschelt. Die Hündin lag entweder auf dem Kissen neben Caros Kopf oder zusammengerollt an ihrem Bauch und immer eingewickelt in die rosa Decke, die Max für sie gekauft hatte.

Für Domino hätte es ihm leidgetan, wenn diese nicht sehr gern ausgestreckt auf ihrem eigenen Bett am Boden geschlafen hätte, genau wie sie das jetzt auf der anderen Seite des Verschlags mit den anderen Pflegehunden tat.

Morgen wären es zwei Wochen her, dass sie Frankie gefunden hatten, und das bedeutete, das Tierheim würde sie in die Liste der zu vermittelnden Hunde aufnehmen müssen.

Caro hatte das Thema noch nicht angeschnitten, und wenn er sich nicht sehr täuschte, dann wusste er, dass sie von ganz allein zu dem Entschluss kommen würde, die Hündin zu behalten. So war sie schon immer gewesen. Allerdings machte er sich Sorgen, dass ihre Angst davor, erneut Kummer und Trauer zu erleiden, ihrem Glück im Weg stehen könnte. Das verstand er besser als jeder andere … vor allem weil er genau dasselbe verdammte Problem hatte.

»Das Übliche für dich?«, fragte Sasha ihn.

»Hmm, nein, lieber einen Eiskaffee mit Haselnuss, bitte.«

»Kommt sofort.« Sie nickte.

»Ich dachte, Ava hat dir verboten zu arbeiten?«, fragte Lorraine, als er seinen Laptop an einem Tisch am Fenster aufstellte.

»Verboten hat sie es mir nicht«, erwiderte Max kopfschüttelnd. »Sie wollte nur, dass ich lerne, mich ein wenig zu entspannen. Was ich getan habe. Aber mit diesem Projekt ist sie tatsächlich einverstanden.«

»Oh, wirklich?«

Also erzählte er ihnen von der Kincaid Factory und Sasha runzelte die Stirn. »Das wäre eine tolle Immobilie für ein Hotel. Du wirst mit dem Stadtrat von Cruickshank reden müssen.«

»Ich werde das Projekt auf der Sitzung am Dienstag vorstellen. Deshalb muss der Vorschlag bis dahin fertig ausgearbeitet sein.«

»Tatsächlich?« Caro schaute ihn an. Ihre Miene war völlig neutral, verriet nichts.

»Ich habe heute Morgen mit Clifford Cally gesprochen. Er will sich um achtzehn Uhr dreißig mit mir treffen.«

»Gut, ich bin sicher, dass du sie überzeugen wirst.« Sie war immer sehr erfreut gewesen, von dem Kincaid-Factory-Projekt zu hören, aber seit ihrer gestrigen Unterhaltung nicht mehr.

Sie agierte zurückhaltend und das hasste er. Aber er konnte nichts daran ändern. Die Sache zwischen ihnen konnte nicht dauerhaft sein.

Es war nur ein letzter Sommer …

Lorraine ließ den Blick zwischen ihm und Caro hin und her wandern. Sie musterte sie ganz genau, versuchte, dahinterzukommen, was los war. Anscheinend gelang ihr das nicht, also konzentrierte sie sich stattdessen auf Caro, die immer noch Frankie auf dem Arm hielt.

»Also, was machen wir jetzt mit dieser Hündin?«, fragte sie, eindeutig gewillt, wenigstens etwas an diesem Nachmittag zu klären.

»Was meinst du?« Caro blickte auf.

Lorraine schüttelte den Kopf und schenkte Caro ein mitleidiges Lächeln. »Süße, du weißt genau, welcher Tag morgen ist, genau wie wir alle.« Mit einer weitläufigen Handbewegung bezog sie Max und Sasha mit ein. »Behalten wir Frankie oder nicht?«

Wir. Das brachte Max zum Lächeln. So lief es immer zwischen ihnen, alles wurde zur Gemeinschaftsaufgabe. Caros Freunde waren ihre Wahlfamilie. Und falls sie Frankie behielt, würde der Hund ebenfalls zu dieser Familie gehören.

Caro biss sich auf die Unterlippe, bevor sie sich entspannte und die Lippen zu einem schwachen Lächeln verzog. »Ich glaube nicht, dass ich sie hergeben kann.«

»Gott sei Dank hast du es endlich begriffen.« Sasha klang mehr als nur ein bisschen genervt. »Wir wussten das schon vor zwei Wochen.«

»Klappe.« Caro schüttelte den Kopf und drückte einen weiteren Kuss zwischen Frankies Ohren. »Du gehörst zu mir«, flüsterte sie der Hündin zu. »Jetzt bist du zu Hause. Du gehst nirgendwohin.«

Sie hatte verstanden, hatte begriffen, dass sie den Hund nicht hergeben konnte. Erleichterung durchflutete ihn, aber als er sie ansah, verspürte er die vertraute Enge, die ihm die Brust einschnürte, die Enge, die immer dann auftrat, wenn er daran dachte, dass er nicht bleiben würde.

Das hatte er nicht geplant, hätte nie zu träumen gewagt, Caro wieder so nahezukommen. Hatte nicht gedacht, dass er wieder mit ihr schlafen – und sich erneut in sie verlieben würde …

Nein, halt, das war keine Liebe. Er wäre ein Idiot, wenn er sich wieder in Caro verliebte … Andererseits war er noch nie besonders klug gewesen, wenn es um sie ging.

Die nächsten Tage vergingen wie im Flug, aus Mai wurde Juni. Max verbrachte jede Nacht in Caros Wohnung und in ihrem Bett. Zwar war er erst seit drei Wochen wieder in Cruickshank, also noch nicht einmal einen ganzen Monat, aber in der kurzen Zeit hatte sich so viel verändert.

Auch wenn er nicht mehr bei Ava übernachtete, achtete er doch peinlich genau darauf, ihr genauso viel Zeit zu widmen wie vorher. Zum Frühstück war er immer bei ihr und verbrachte so gut wie jeden Tag damit, die Aufgaben zu erledigen, die sie ihm übertrug. Caro kam öfter als nur wie üblich dienstags und freitags und schaute in ihrer freien Zeit zwischen ihren Arbeitsschichten kurz mal zum Mittag- oder Abendessen vorbei. Auch Lucy kam regelmäßig und half, wo sie nur konnte. Zu viert kamen sie bemerkenswert gut mit der Arbeit im Haus voran. Den Dachboden hatten sie komplett leer geräumt und alles aussortiert, was weggeworfen oder gespendet werden sollte.

Das war die größte Herausforderung gewesen und sie hatten es geschafft.

Wenn er nicht gerade mit Ava an einem neuen Projekt arbeitete – und nicht mit Caro zusammen sein konnte –, beschäftigte Max sich mit dem Vorschlag für das Kincaid-Projekt beziehungsweise mit beiden, dem offiziellen und dem inoffiziellen.

Nach seinem Termin beim Stadtrat hatte er ein gutes Gefühl, zumal Caro und Ava in der ersten Reihe im Rathaus gesessen hatten.

Caros Miene hatte dabei alles andere als neutral gewirkt. Sowohl sie als auch Ava strahlten ihn während seines gesamten Vortrags an. Max wusste, dass er gut in seinem Job war – sein Selbstvertrauen hatte ihn in dieser Hinsicht noch nie im Stich gelassen –, aber irgendetwas an dem Stolz in ihren Augen weckte ein Gefühl in ihm, das neu für ihn war.

Vielleicht lag es daran, dass seine Mutter und sein Stiefvater ihn nie so angeschaut hatten. Kein einziges Mal. Niemals.

Während er den Projektvorschlag unterbreitete, wurde ihm klar, wie sehr er tatsächlich an Cruickshank hing. An den Leuten. An Ava. An Caro. An den Freunden, die er in den Jahren seiner Abwesenheit nie vergessen hatte.

Als sie nach Hause gingen, hatten sie noch keine Antwort vom Stadtrat erhalten. Die sieben Ratsmitglieder wollten sich ein paar Tage Zeit nehmen, um sich alles genau anzusehen, selbst Erkundigungen einzuholen und sich dann wieder mit eventuell aufgekommenen Fragen oder Vorbehalten bei ihm zu melden.

Aber mit oder ohne Antwort, am Abend versammelten sich alle im Pub, um seinen Erfolg zu feiern. Jeremy, Oscar, Theo, Sasha, Wes und sogar Lorraine und Juliet schauten vorbei. Lucy, Gavin und Lilah arbeiteten an der Bar und schoben Drinks über den Tresen, wenn sich wieder ein neuer Gast blicken ließ. Sie alle wollten feiern, was er zu tun beabsichtigte, wollten *ihn* feiern.

Das gab Max das Gefühl, wieder Teil einer Gemeinschaft zu sein. Teil von Cruickshank, Teil dieser Gruppe von Menschen, mit denen er aufgewachsen war und die ihm etwas bedeuteten. Es gab ihm das Gefühl, wieder Teil von Caros Leben zu sein, zu Hause zu sein. Ein Gefühl, das sich noch realer anfühlte, als sie ihn und Ava zum Familienabendessen am Dienstag einlud.

Sofort wurde er von Emilia mit Beschlag belegt, die mit ihm malen wollte. Aber wie konnte er auch Nein sagen, wenn sie aus solch blauen Augen zu ihm aufschaute? Augen, die Rachels so sehr ähnelten.

»Ich wusste nicht, dass du so gut mit Kindern umgehen kannst«, flüsterte Ava ihm zu und reichte ihm einen roten Buntstift, damit er seinen Drachen ausmalen konnte.

»Ich auch nicht.«

»Ich bin mir ziemlich sicher, dass sie sich in ihn verguckt hat«, sagte Lilah gerade laut genug, dass Max es hören konnte. »Wetten, dass sein Bart ihr gefällt?«

»Tja, dann darf sie sich hinten anstellen.« Caro schaute ihn an und grinste schelmisch.

Er hatte aufgehört, sich zu rasieren, weil er Urlaub hatte … und ein wenig hatte ihn auch das erste Video mit Martin und seinem Vater inspiriert, bei dem sie beide einen Bart getragen hatten. Nicht gerechnet hatte er mit dem zusätzlichen Pluspunkt, dass Caro so angetan davon war. Sie hatte ihm gesagt, wie sehr sein Bart ihr gefiel, vor allem wenn sie ihn an den Innenseiten ihrer Oberschenkel spürte.

»Bist du jetzt wieder Tante Caros Liebster?«, fragte Emilia, den Blick erwartungsvoll auf ihn gerichtet. Himmel, warum fühlte es sich so an, als stellte Rachel ihm diese Frage und nicht die Dreijährige vor ihm?

Um sie herum in der Küche wurde es still. Jedenfalls bis auf das Brutzeln des Fisches, den Wes in der gusseisernen Pfanne zubereitete.

»Ja«, stimmte Lucy spöttisch mit ein. »Was bist du denn jetzt?«

»Wir sind … ähm …« Hilfesuchend wandte er sich an Caro, aber ihre Miene war jetzt völlig neutral und verriet absolut nichts. Entweder weil sie nicht wollte, dass er wusste, was sie dachte, oder weil sie es selbst nicht wusste.

»Wir sind Freunde«, sagte Max schließlich zu Emilia. »Deine Tante Caro und ich, wir sind Freunde.«

War es nicht das, was Ava sich gewünscht hatte? Das Problem war nur, dass es nicht der Wahrheit entsprach. Nicht einmal »Freunde mit gewissen Vorzügen« wäre die richtige Beschreibung gewesen. Was immer da zwischen ihnen war, es war mehr als Freundschaft. Das war es schon immer gewesen, aber in den letzten anderthalb Wochen war es sogar noch komplizierter geworden. Was es war, wusste er nicht.

Und tatsächlich war auch das eine Lüge. Er wusste genau, was es war, selbst wenn er es sich nicht eingestehen wollte. Ganz gleich, wie sehr er sich bemüht hatte, Caro nicht wieder in sein Herz zu lassen, so hatte er nicht verhindern können, dass es trotzdem geschah. Also verschloss er jetzt einfach die Augen vor der Wahrheit.

Vor seinen Gefühlen. Vor der Zukunft. Und da sie beide nicht über das Thema gesprochen hatten – anscheinend wollte es keiner von ihnen anschneiden –, hatte er geglaubt, weiter die Augen vor der Wahrheit verschließen und genießen zu können, was immer ihre Beziehung auch war. Aber er hatte sich geirrt. Gewaltig geirrt. Und das wusste nicht nur er.

»Nein, seid ihr nicht.« Matthew blickte von seinem eigenen Malbuch auf und runzelte die Stirn. Seine Miene verriet deutlich, was er dachte: Max konnte niemandem etwas vormachen. »Wir haben alle gesehen, dass ihr beide euch draußen geküsst habt. Freunde küssen sich nicht.«

Wie alt war der Junge noch mal? Sechs?

Max warf einen hilfesuchenden Blick zu Lilah hinüber und sie musste die Verzweiflung darin erkannt haben und zeigte Mitleid. »Manchmal sind Beziehungen sehr kompliziert, Matthew. Lass gut sein.«

Die strenge Miene seiner Mutter verriet, dass sie keinen Widerspruch dulden würde. Matthew schaute seine Mutter ärgerlich an, wandte sich dann aber wieder dem Piratenschiff zu, das er gerade ausmalte.

Danke, gab Max Lilah lautlos zu verstehen.

»Gern geschehen. Und, Max, außer über Blumen und Schokolade freue ich mich auch über Schuhe.«

»Alles klar.«

Max hatte Lilah tatsächlich für die Schachtel Kondome gedankt. Er hatte ihr einen riesigen Blumenstrauß und Pralinen aus seinem Lieblingsladen in New York zukommen lassen. Auch für Caro hatte er Pralinen bestellt, aber die hatten sich an dem Abend, an dem sie die Schachtel öffnete, letztlich als Geschenk für sie beide erwiesen.

Großer Gott, jede Nacht mit ihr war unglaublich.

Langsam ließ er den Blick zu ihr wandern, dorthin, wo sie am Küchentresen lehnte und über etwas lachte, das Lilah ihr gerade ins Ohr geflüstert hatte. Als sie kurz zu ihm schaute, lag wieder dieses schelmische Funkeln in ihren Augen, das ihm einen weiteren unvergesslichen Abend versprach.

Unvermittelt ertappte er sich dabei, wie er sich ein ganzes Leben voller Nächte mit ihr ausmalte. Das war eine gefährliche Fantasie, sowohl für seinen Kopf als auch für sein Herz. Aber was, wenn es möglich wäre? Was, wenn er sie wirklich jede Nacht haben könnte? Für alle Tage, alle Wochen, alle Monate, alle Jahre? Alle Zeit? Was, wenn sie das auch wollte? Was würde geschehen, wenn sie beide ihre Zurückhaltung aufgaben? Sich ohne Vorbehalte für den anderen öffneten, sich auf den anderen einließen?

Konnte er das tun? Konnte er es wagen, das zu versuchen?

Würde er überleben, falls es wieder nicht funktionierte?

Als er sich erneut dem Tisch zuwandte, stellte er fest, dass Ava ihn beobachtete und mit prüfendem Blick musterte.

»Was ist?«, fragte er und griff nach dem grünen Buntstift.

»Oh, nichts.« Lächelnd schüttelte sie den Kopf.

Und sie war nicht die Einzige, die ihn den ganzen Abend nicht aus den Augen ließ. Auch Jeremy behielt ihn die meiste Zeit im Blick. Teufel auch, er beobachtete ihn jetzt schon seit Wochen mit großer Aufmerksamkeit. Nach dem Abendessen zog Caros

Bruder ihn mit nach draußen, um auf die Kinder aufzupassen. Sie standen auf dem Gehweg und genossen ihr Bier, während Matthew, Christopher und Emilia auf ihren Fahrrädern in der Einfahrt herumradelten.

»Du und Caro, ihr seid also Freunde, hmm?«

Max schaute ihn an. Er war schon unsicher gewesen, wie er Emilia antworten sollte, aber bei Jeremy wusste er es noch weniger. »Keine Ahnung, was wir sind«, meinte er schließlich kopfschüttelnd.

»Sieh mal …« Freundschaftlich schlug Jeremy ihm auf die Schulter. »Es ist nicht so, dass ich wissen will, was für Absichten du mit meiner Schwester hegst, aber … ich meine … Wollt ihr beiden es einfach nur … einen Sommer lang miteinander treiben?«

»Wenn es um Caro geht, hat *es einfach nur miteinander treiben* noch nie getroffen.«

»Dachte ich mir.« Jeremy schüttelte den Kopf. »Ich weiß, dass ihr zwei euch nach dem Tod unserer Mom getrennt habt. Ihr Tod hat Caro stark verändert. Er hat uns alle verändert. Aber dich zu verlieren hat ihr den Rest gegeben. Sie ist nie wieder dieselbe geworden, Max.«

»Wie meinst du das?«

»Eure Beziehung war immer so … *intensiv*, und zwar von Anfang an. Als würden Welten miteinander kollidieren oder so. Gott, ich erinnere mich an jenen ersten Sommer. Als du abreisen musstest, hat sie tagelang geweint. Man hätte meinen können, du wärst gestorben und würdest nie wiederkommen. Und so ging das jedes Jahr. Diese tiefe Traurigkeit, die sie monatelang erfüllt hat, bis du endlich wiederkamst. Und genauso war es in den letzten vierzehn Jahren. Das heißt, bis auf die letzten Wochen, in denen ihr zwei wieder *Freunde* wurdet.« Spöttisch verzog Jeremy das Gesicht, als er das Wort Freunde betonte.

Max lachte.

»Weißt du, es ist nichts Schlechtes dabei, befreundet zu sein. Meine Frau ist meine beste Freundin, aber sie ist darüber hinaus noch sehr viel mehr. Und ich glaube, das könnte auch bei dir und Caro so sein. Aber was weiß ich schon?« Er zuckte die Achseln und trank einen Schluck Bier.

»Anscheinend viel mehr als ich, Mann.« Max seufzte.

»Na …« Jeremy klopfte ihm auf den Rücken. »Du wirst dir schon noch darüber klar werden. Versucht bitte einfach nur, euch nicht wehzutun.«

»Ich werde ihr nicht wehtun«, versprach Max. Er wollte ihr nie wieder wehtun, aber war das an diesem Punkt überhaupt noch möglich? Jetzt, da sie bereits so tief im Schlamassel steckten?

Wann wirst du es erkennen, Max? Martins Stimme erklang in seinem Kopf. *Wann wirst du endlich die Wahrheit sehen? Begreifen, was wirklich zwischen euch ist? Wann wirst du zugeben, was du wirklich empfindest?*

Er wusste es nicht, aber er hoffte bei Gott, dass er es nicht zu spät herausfinden würde.

Am Sonntag hatte Ava Geburtstag, und alle waren gekommen, um mit ihr zu feiern. Es war ihr erster Geburtstag ohne Martin, und sie wollten sie alle ablenken und ihr die Sache erleichtern.

Caro wusste, dass Ava ihnen dafür dankbar war.

Alle Buchanans, Quigleys, Taylors und Belmonts waren eingeladen und das Haus war rappelvoll.

Draußen auf den von Wes, Desmond Quigley und Isaac Taylor beladenen Grills schmorten drei Rippenbraten. Die drei Patriarchen hatten diese Aufgabe übernommen, während die anderen Männer mit ihren Bierchen in der Hand kamen und gingen, um zu überprüfen, wie weit das Essen war.

Theo und Jeremy kümmerten sich in der Küche um jede Menge Kartoffeln, die im Steinofen gebacken wurden. Derweil machten Lorraine und Nari Quigley sich bereit, den Rosenkohl zu dünsten. Lilah und Gavin gingen ihrer alltäglichen Beschäftigung nach, drehten ihre Runden in Küche und Garten und sorgten dafür, dass niemandem die Getränke ausgingen. Lucy, Sasha und Juliet bedienten am Vorspeisenbuffet.

Max sorgte für eine angenehme Atmosphäre, legte Schallplatten auf und drehte die Musik gerade laut genug, dass sie in der Küche und im Wohnzimmer zu hören war. Bis jetzt hatte er Elton John, Queen, Neil Diamond und Tina Turner gespielt.

Die einzigen Hunde, die herumliefen, waren Beau und Frankie, die abwechselnd mit den Kindern und miteinander spielten. Domino war am Vortag auf dem Wochenmarkt adoptiert worden, und obwohl Caro traurig war, dass sie die lustige kleine Hündin hatte ziehen lassen müssen, hatte der Abschied von ihr nicht so geschmerzt wie der von Tibbett. Trotzdem hatte sie ein paar Tränen vergossen, als Domino mit ihren neuen Haltern davongetrottet war, aber es hatte ihr geholfen, am Ende des Tages nicht in ein leeres Haus zurückkehren zu müssen. Frankie war da gewesen – ihre neue Mitbewohnerin – und auch Max.

Allerdings würde er nicht für immer bleiben. Dieser Gedanke ging ihr nicht aus dem Kopf, als sie zu ihm hinüberschaute. Er saß am Esstisch und spielte Quartett mit Matthew, Christopher und Oscar. Emilia saß auf seinem Schoß und deutete auf die Karten, die er vor sie beide hielt. Er ließ sie auswählen, welche Karte er zog.

In Caros Brust machte sich ein bittersüßes Gefühl breit – den Moment zu lieben und doch zu wissen, dass er nur von kurzer Dauer war –, denn sie wünschte sich so viel mehr als diesen Sommer mit ihm. Gott, sie wollte alles.

»Magst du einen kleinen Spaziergang mit mir machen?« Ava

hakte sich bei Caro unter und lächelte sie sanft und liebevoll an. »Wir hatten seit Längerem kaum noch Gelegenheit, Zeit allein miteinander zu verbringen.«

Das stimmte. Tatsächlich konnte sie an einer Hand abzählen, wie oft sie beide allein in einem Zimmer gewesen waren, seit Max wieder in der Stadt war.

»Aber natürlich.« Caro nickte und Lilah füllte ihre Gläser mit Brombeer- und Pfirsich-Sangria – aus Pfirsichen, die Max erst vor wenigen Tagen gepflückt hatte –, bevor sie sich dem Wintergarten zuwandten und hinaus auf die Veranda traten. Beau und Frankie folgten ihnen und zischten ab in den Garten, kaum dass sie aus der Tür waren.

Alle drei Patriarchen schauten auf. Wes winkte ihnen mit seiner Grillzange zu, ohne sich in seiner Diskussion mit Isaac und Desmond über die beste Methode, Rippenbraten zu grillen, stören zu lassen.

»Es ist wirklich ein schöner Tag«, sagte Ava, während sie den Pfad entlanggingen, an ihrer Sangria nippten und sich an den blühenden roten Dahlien auf beiden Seiten erfreuten.

»Hast du mich nach draußen gelockt, um mit mir übers Wetter zu reden?«

»Nein.« Grinsend schaute Ava sie an. »Habe ich nicht. Ich will wissen, wie es um dich und Max steht.«

Caro hatte bereits geahnt, dass es um ihn gehen würde. Sie holte tief Luft und hielt den Blick auf den Pfad vor sich gerichtet. »Es gibt kein *uns*.«

»Bist du dir da sicher?«, fragte Ava, als sie den Weg in Richtung Pfirsichbäume ganz hinten auf dem Grundstück einschlugen.

»Er reist in zwei Wochen ab und zieht dann nach London. Und ob das Kincaid-Projekt nun befürwortet wird oder nicht, er wird deshalb nicht öfter zu Besuch kommen.« Schließlich hatte er ihr bereits gesagt, dass er mit der Umgestaltung nichts zu tun haben würde.

»Hast du ihn gefragt, ob er zurückkommen würde?«

»Nein.«

»Habt ihr zwei überhaupt über die Zukunft gesprochen?«

»Nein«, wiederholte Caro kopfschüttelnd. Sie hatten über die Vergangenheit geredet – und dabei bestimmte Themen wie ihre Trennung bewusst ausgeklammert – und über die Gegenwart. Über alles, was über diesen Sommer hinausging … über die nächsten zwei Wochen … war kein Wort gefallen.

»Und warum nicht?«

»Weil es keine Zukunft für uns gibt.« Das zuzugeben, tat weh. Das bittersüße Gefühl von vorhin wurde stärker, drohte sie zu überwältigen.

Ava zog an Caros Arm, sodass sie sich ihr zuwandte. »Das ist Bullshit.« Ihr sachlicher Ton klang nachdrücklicher als sonst.

Caros Augen weiteten sich. »Entschuldige bitte?«, fragte sie nervös lachend.

»Du hast gehört, was ich gesagt habe. Das ist Bullshit. Ihr redet nicht über die Zukunft. Redet ihr überhaupt über irgendetwas?« Leicht verärgert kniff sie die Augen zusammen. »Oder habt ihr nur Sex?«

Offenbar wollte Ava heute nicht um den heißen Brei herumreden. Ihre unverblümte Frage ließ Caro erneut peinlich berührt auflachen. »Wir reden.«

Ava seufzte und schüttelte den Kopf. »Komm.« Damit zog sie Caro zu der Holzbank unter den Pfirsichbäumen, in denen zwei Kardinäle herumturnten.

Sie setzten sich, stellten ihre Sangria-Gläser auf die breiten Armlehnen. Als Caro den Kopf abwandte, griff Ava nach ihrer Hand und hielt sie fest. »Was willst du?«

»Ich weiß es nicht.«

»Bullshit.«

»Du bist heute ein wenig streitsüchtig.«

»Das bin ich immer.« Kurz erschien ein Lächeln auf ihren Lippen, dann wurde sie wieder ernst. »Bist du glücklich, Caro? *Wirklich* glücklich?«

»Ich …« Sie zögerte, nicht weil sie Ava nicht die Wahrheit sagen wollte, sondern weil sie es nicht wusste. »Irgendetwas fehlt. Irgendetwas fehlt schon sehr lange.« Max fehlte schon sehr lange. Das sprach Caro zwar nicht aus, aber Ava erkannte es an ihrer Miene.

»Es ist dir nie gelungen, über ihn hinwegzukommen, nicht wahr? Ganz gleich, wie sehr du dir das einzureden versucht hast.«

»Nein, ich habe es nicht geschafft.« Caro schüttelte den Kopf. Natürlich war sie im Laufe der Jahre mit Männern ausgegangen, aber es war nie mehr daraus geworden, denn keiner dieser Männer war Max gewesen.

»Du liebst ihn, Caro.«

»Ja, das tue ich«, gab sie zu. Sie konnte nicht lügen, nicht Ava gegenüber und nicht in dieser Sache. Die drei Wörter brannten ihr in der Kehle und in ihren Augen schimmerten Tränen. Sie hatte ihm vor langer Zeit ihr Herz geschenkt und es nie zurückbekommen.

»Ich schätze, auch das hast du ihm nicht gesagt. Genauso wie du ihm nicht von den Büchern erzählt hast.«

»Nein, ich habe ihm nicht gesagt, dass ich ihn liebe.« Niemandem hatte sie das anvertraut, nicht einmal Lucy oder Lilah. »Was die Bücher angeht, die beweisen … die beweisen, was ich für ihn fühle. Ich weiß nicht, ob er für mich genauso empfindet.«

»Hältst du es für einen Zufall, dass Max nie geheiratet hat? Weißt du, dass er nie eine wirklich ernsthafte Beziehung hatte?«

»Wir haben nicht über unsere Beziehungen zu anderen gesprochen.«

»Natürlich nicht.« Ava verdrehte die Augen. »Auch Max ist nie über dich hinweggekommen, Caro. Ich sehe doch, wie er dich anschaut, wie du ihn anschaust. Wie du ihn gerade eben erst angeschaut hast.« Mit der freien Hand deutete sie vage zum Haus hinüber. »Ihr liebt euch.«

»Du weißt, dass es nicht so einfach ist, wie es klingt. Ich lebe hier. Er zieht nach London.«

»Und du würdest nicht für ihn umziehen? Er würde nicht für dich umziehen? Logistisch gesehen stündet ihr vor demselben Problem, vor dem ihr damals gestanden hättet. Wie sah damals euer Plan aus?«

»Der Plan war, dass wir beide zusammenbleiben.«

»Und warum kann das jetzt nicht immer noch der Plan sein?«

Caro schwieg und wusste, dass Ava ihr ihre Angst ansehen konnte.

»Du darfst nicht zulassen, dass deine Angst eurem Glück im Wege steht.« Ava umfasste Caros Hand fester. »Nichts an der Liebe ist leicht. Weder, sie zu haben, noch, sie zu verlieren. Und das weiß ich sehr gut.«

Ava sagte zwar nicht *Besser als du*, aber Caro wusste genau, dass es so war. Vor dreißig Jahren hatte Ava ihr einziges Kind zu Grabe tragen müssen. Das war etwas, das kein Vater und keine Mutter jemals erleben sollten.

»Ich weiß.« Caro schüttelte den Kopf. »Aber was, wenn du dich irrst? Wenn er nicht genauso empfindet wie ich? Oder wenn er zwar genauso empfindet, das aber nicht genug ist?«

Das hatte sie selbst vor all den Jahren gesagt: »Manchmal ist Liebe einfach nicht genug.«

»Dann hast du es zumindest versucht und weißt Bescheid. Ist

es nicht besser, etwas zu versuchen und zu scheitern, als es nicht zu versuchen und nie zu wissen, was hätte sein können?« Sanft tätschelte Ava Caro die Wange. »Du bist tapferer, als du denkst, Caro. Also frage ich dich noch einmal: *Was willst du?*«

»Max«, antwortete sie, ohne zu zögern.

»Dann hol ihn dir.« Ava lächelte strahlender als je zuvor. »Und du *weißt*, wo du anfangen musst.«

Öl zischte in den Pfannen, als Caro und Ava die Küche betraten. Nari und Lorraine hatten begonnen, den Rosenkohl zu dünsten, und das hieß, das Abendessen war fast fertig.

Caro steuerte direkt auf Lucy, Lilah und Sasha zu, während bereits eine Idee in ihr keimte, wie sie es anstellen konnte, Max zurückzuerobern.

Sie packte Lucy an der Hand und scheuchte alle drei hinaus in den Flur. »Ich brauche eure Hilfe.«

»Wollen wir jemanden ermorden oder eine Leiche beseitigen?«, fragte Sasha.

»Du solltest unbedingt aufhören, dir diese True-Crime-Podcasts reinzuziehen«, meinte Lucy kopfschüttelnd.

»Kommt nicht infrage.« Sasha grinste.

»Ich kenne deine Begeisterung für Mörder, Sasha, aber darum geht es nicht. Jedenfalls nicht heute.«

»Worum dann?«, wollte Lilah wissen.

»Es … geht um Max.«

»Jaaaa?«, fragte Lucy gedehnt.

»Was ist mit ihm?« Sashas Lächeln wurde breiter, während sie auf und ab hüpfte.

Caro zögerte nur eine Sekunde. »Ich liebe ihn immer noch.«

»Na endlich«, sagte Lucy. »Wurde aber auch Zeit, dass du das zugibst.«

»Ich wusste es!« Sasha strahlte vor Freude.

»Hat das je jemand bezweifelt?«, fragte Lilah. »Das habe ich euch schon vor Wochen gesagt.«

»Ja doch, ja.« Abwehrend wedelte Caro mit der Hand. »Jeder hat das gesehen, bevor ich bereit war, es mir einzugestehen. Schon klar.«

»Was sollen wir tun?«, fragte Lilah.

»Genau.« Sasha nickte. »Was ist dein Plan?«

»Wir kriegen das hin.« Lucys Hand lag immer noch in Caros, und jetzt drückte sie sie fest.

Max lehnte sich auf seinem Stuhl zurück, schob die Herz Vier in sein Blatt und betrachtete die anderen Karten in seiner Hand. Dann griff er nach dem Pik As und legte es auf den Stapel.

»Genau, was ich gebraucht habe«, erklärte Ava, griff über den Tisch und nahm die Karte an sich.

Max stöhnte. Schon den ganzen Abend spielte er unfreiwillig Karten aus, die sie brauchte.

Es war schon fast zehn, und die meisten Gäste waren nach dem mächtigen Tiramisu gegangen, das Theo und Juliet zubereitet hatten. Da Ava fünfundachtzig geworden war, hatten sie sich für nur zwei Kerzen entschieden – eine in Form einer Acht und die andere in Form einer Fünf. Ava hatte die Augen geschlossen, sich etwas gewünscht und dann die Kerzen ausgepustet.

Als sie die Augen wieder geöffnet hatte, hatte sie Max angesehen, und ihn hatte das unbestimmte Gefühl beschlichen, dass ihr Wunsch etwas mit ihm zu tun hatte. Aber mehr Milde ließ sie an diesem Abend nicht mehr walten, denn sowie die drei Kartenspiele hervorgeholt worden waren, erwies sie sich als äußerst skrupellos.

Sie saßen zu zehnt um den Tisch: Ava, Max, Caro, Lucy, Jeremy, Lilah, Wes, Lorraine, Sasha und Theo.

Seit etwa zwei Stunden spielten sie Rommé, und Ava war die Einzige in der Runde, die keine höhere dreistellige Punktzahl angesammelt hatte. Tatsächlich waren sie bereits bei ihrem letzten Spiel angekommen, und sie hatte noch nicht einmal hundert Punkte, weil sie als Erste ein Blatt nach dem anderen hatte ablegen können.

»Wenn wir das nächste Mal spielen, darfst du nicht wieder auf der Seite von Ava sitzen«, wandte Lilah sich an Max.

»Glaub mir, ich tue das nicht mit Absicht.«

»Natürlich nicht.« Lorraine schüttelte den Kopf. »Ihr zwei steckt doch unter einer Decke.«

»Wie bitte?« Ava zog die Brauen hoch und legte die Pik Neun weg.

»Ihr steckt unter einer Decke.« Lucy nickte, ignorierte die abgelegte Karte und zog eine aus dem Stapel. Nach einem kurzen Blick auf die Karte legte sie die Herz Sechs gleich wieder weg.

»Ganz anders als Lucy hier, die mir kein bisschen geholfen hat.« Kopfschüttelnd nahm Theo die Herz Sechs auf.

Max war ein wenig überrascht, dass Theo geblieben war, denn er hatte Lucy wie die Pest gemieden, seit sie in die Stadt zurückgekehrt war. An diesem Tag hatten sie beide in der Küche gearbeitet – so weit wie möglich voneinander entfernt – und sich ignoriert, so gut es ging.

»Du hast gerade die Karte genommen, die ich weggeworfen hatte.« Lucy deutete auf sein Blatt.

»Ja. Ab und zu gibst du mir auch mal was Brauchbares. Natürlich nur zufällig.« Achselzuckend legte er die Herz Drei weg.

Lucy verdrehte die Augen.

Caro saß rechts neben Max, und er spürte, wie ihr Bein leicht gegen seins stieß, weil sie nervös damit wippte. Er legte ihr die Hand aufs Knie und drückte es leicht. »Alles gut bei dir?«

Sie schaute ihn an, biss sich auf die Unterlippe. »Ja.« Ein verstohlenes Lächeln umspielte ihre Lippen, und er hätte nichts lieber getan, als sich zu ihr hinüberzubeugen und sie zu küssen. Aber rund um den Tisch saßen eine Menge Zeugen. Daher widerstand er dem Drang.

So viel Spaß es auch machte, mit den anderen Karten zu spielen, er konnte es kaum erwarten, mit Caro allein zu sein. Der Tag war so geschäftig gewesen, dass sie keine Zeit mehr füreinander gehabt hatten, nachdem sie am Morgen zusammen aufgewacht waren.

Er sehnte sich nach mehr gemeinsamer Zeit mit ihr, und je weiter der Sommer sich dem Ende zuneigte, desto drängender wurde dieser Wunsch. Je weniger Zeit ihnen blieb, desto wichtiger wurde es ihm, sie mit Caro zu verbringen.

Ein paar Runden lief das Spiel noch – wobei Ava jede einzelne von Max verworfene Karte gebrauchen konnte –, dann legte sie ihr ganzes Blatt ab.

»So macht man das«, meinte sie grinsend und faltete die Hände.

»Sie ist einfach nicht zu schlagen«, sagte Jeremy und begann, seine Punkte zusammenzuzählen.

»War sie noch nie.« Wes schüttelte den Kopf.

Als die Karten weggeräumt worden waren, schob jeder seinen Stuhl unter den Tisch, wünschte Ava noch einmal alles Gute zum Geburtstag und verabschiedete sich.

»Braucht ihr noch Hilfe?«, wollte Lilah wissen und deutete auf die wenigen Tassen, die in der Küche herumstanden.

»Nein, lass nur, das schaffen wir allein.« Caro schüttelte den Kopf. »Geht und genießt den Rest eures kinderfreien Abends.« Desmond und Nari waren schon fort und hatten die Kinder mitgenommen. Sie würden bei ihren Großeltern übernachten.

»Oh, das werden wir.« Jeremy grinste anzüglich.

»Shhht.« Lilah boxte ihn leicht gegen die Schulter. »Ruf mich morgen an.« Sie lächelte Caro verschmitzt an, bevor sie Jeremy bei der Hand nahm und mit ihm zur Tür eilte.

»Ich nehme Frankie«, erklärte Lucy und hob die schlafende Hündin aus dem Hundebett in der Ecke, wo sie sich an Beau gekuschelt hatte. »Wir sehen uns morgen früh.« Sie küsste Ava auf den Scheitel.

»Auf jeden Fall«, erwiderte Ava und nickte.

Ava unterrichtete Kunst am College und Lucy hatte einiges in Asheville zu erledigen. Deshalb wollten sie gemeinsam fahren und zwischen Avas Kursen zu Mittag essen. Lucy wollte nicht nur einen Termin bei Dr. Bloom wahrnehmen, den sie jede Woche aufsuchte, seit sie wieder in der Stadt war, sondern hatte sich außerdem mit einem ihrer alten Musiklehrer verabredet, um über einen möglichen Job zu reden.

Noch arbeitete Lucy in Teilzeit im Quigley's und im Dancing Donkey, aber Caro wusste, wie sehr sie sich danach sehnte, irgendetwas mit Musik zu machen. Mochte es in Los Angeles auch nicht geklappt haben, Musik war immer noch ihre Leidenschaft.

»Wir sehen uns auch morgen.« Lucy zwinkerte Caro zu.

»Was hatte das zu bedeuten?« Fragend schaute Max zu Caro hinüber.

»Nichts.« Sie schüttelte den Kopf. »Ava? Max und ich räumen hier noch auf, dann gehen wir kurz in den Garten.«

»Tun wir das?«, fragte Max und musterte sie eingehend. Immer noch strahlte sie diese nervöse Unruhe aus.

»Ja, allerdings.« Caro nickte.

Ava lächelte kaum merklich. »Na dann, denkt aber daran, dort abzuschließen.« Sie deutete auf den Hauswirtschaftsraum. »Ich kümmere mich um die Haustür.«

»Okay«, sagte Caro und nahm Ava noch einmal in die Arme.

Max hätte schwören können, Ava »Gutes Mädchen« flüstern zu hören, bevor sie Caro losließ und ihn in die Arme zog.

»Gute Nacht, Bean.« Sie küsste ihn auf die Wange.

»Nacht, Ava.«

»Was wollen wir draußen?«, fragte Max, öffnete den Geschirrspüler und räumte die letzten Tassen hinein.

»Wirst du schon sehen«, erwiderte Caro, wischte den Tisch ab und stellte den Hortensienstrauß wieder darauf. »Holst du uns eine Flasche Wein?«

»Das wird ja immer interessanter. Weißen oder roten?« Er eilte zur Bar im Wohnzimmer und strich ihr mit der Hand über den Po, als er an ihr vorbeiging.

Er spürte, wie sie erschauerte. »Weißen.«

Zwei Minuten später war er wieder zurück, eine bereits entkorkte Flasche ihres bevorzugten Sauvignon Blanc in der Hand. Er war drauf und dran, zwei Weingläser aus dem Schrank zu nehmen, da schüttelte sie den Kopf. »Keine Gläser.« Sie schnappte sich die Flasche und nahm einen Schluck daraus, bevor sie sie ihm zurückreichte.

»Immer interessanter«, stellte er fest und trank ebenfalls einen Schluck.

»Wart's einfach ab.« Sie schaltete das Licht aus und streckte ihm die Hand entgegen. Er zögerte nicht, sie zu ergreifen und sich von ihr in den Hauswirtschaftsraum führen zu lassen. Beau kam ihnen entgegen, als er durch die Hundeklappe hereinkam, und eilte die Treppe hinauf zu Ava.

»Du kannst abschließen. Wir gehen nicht wieder ins Haus.«

Max zog seine Schlüssel aus der Tasche, schloss ab, und dann zog Caro ihn mit sich nach hinten in den Garten, dorthin, wo die Eiche mit dem Baumhaus stand.

Als sie darunter standen, wandte sie sich ihm zu und legte ihm die Hand in den Nacken. Sie brauchte kaum zu ziehen, da senkte er schon den Kopf und ihre Lippen trafen sich.

Sie schmeckte wie der Wein: frisch und zitronig. Zunächst war ihr Kuss zärtlich, verhalten, wurde aber schnell immer leidenschaftlicher. Max ließ die Hand von ihrem Rücken zu ihrem Po hinunterwandern, zog sie an sich, und sie schnappte nach Luft und löste sich ein Stück von ihm, um ihm ins Gesicht zu sehen.

»Was tun wir hier, Caro?« Er konnte es kaum erwarten, endlich wieder in ihr zu sein.

»Wir steigen dort rauf.« Sie deutete zum Baumhaus hinauf.

Max schaute hoch und sah, dass die Klappe im Boden am Ende der Leiter bereits offen stand. »Meinst du das ernst?« Obwohl er schon so lange wieder in Cruickshank weilte, war er noch nicht dort oben gewesen.

»Ja.« Ihr Lächeln schnürte ihm die Luft ab. »Ich gehe zuerst, dann kannst du mir die reichen.« Damit deutete sie auf die Weinflasche, die er in der Hand hielt.

Sie wandte sich der Leiter zu und stieg Sprosse für Sprosse hinauf. Da sie ein kurzes, rot-weiß gemustertes Sommerkleid trug, konnte er gar nicht anders, als hinzuschauen.

»Dieses Spitzenhöschen macht mich wahnsinnig, Caroline«, flüsterte er beim Anblick ihrer Unterwäsche. Viel Licht war hier draußen nicht, aber er konnte erkennen, dass es weiß war.

»Keine Sorge«, rief sie über die Schulter zurück. »Ich werde es nicht mehr lange tragen.«

»Nein, allerdings nicht.« Er trank noch einen Schluck Wein.

Kaum war sie im Baumhaus verschwunden, streckte sie ihm schon die Hand entgegen, damit er ihr die Flasche reichte, und dann folgte er ihr nach oben. Als er den Kopf durch die Klappe im Boden steckte, konnte er im Dunkeln nicht viel erkennen, nur, dass Caro vor ihm stand und auf der linken Seite irgendetwas lag.

Als Martin und Wes das Baumhaus vor sechsundzwanzig Jahren errichtet hatten, hatten sie das Dach gerade hoch genug angelegt, dass sie darin stehen konnten – nur für den Fall, dass sie einmal hinaufsteigen und irgendetwas reparieren mussten. Aber Max war größer, als die beiden es gewesen waren. Daher richtete er sich vorsichtig und langsam auf, bevor er die Klappe schloss. Inzwischen hatte er eine ziemlich gute Vorstellung davon, was hier oben passieren würde, und wenn es erst einmal losging, wollte er auf jeden Fall verhindern, dass einer von ihnen aus dem Baumhaus fiel.

»Wir machen's im Dunkeln?« Max zog Caro an sich.

»Nein.« Sie schüttelte den Kopf. »Aber erst einen Trinkspruch.« Sie hielt wieder die Flasche Wein in der Hand. »Auf die Vergangenheit, die zur Gegenwart wird.« Damit hob sie die Flasche an ihre Lippen und trank daraus.

»Auf die Vergangenheit, die zur Gegenwart wird«, wiederholte Max, bevor er selbst einen Schluck Wein nahm.

Schlagartig wurde es hell im Baumhaus, als flammenlose Kerzen aufleuchteten – genau die, die er zu Beginn des Sommers auf dem Dachboden gefunden hatte. Auf dem Boden war ein Lager aus Decken und Kissen errichtet worden.

»Wann hast du das vorbereitet?« Lächelnd sah er Caro an.

»Nicht ich.« Sie schüttelte den Kopf, nahm ihm die Weinflasche ab und stellte sie neben das provisorische Bett. »Lucy, Lilah und Sasha haben das getan.«

»Wann?«

»Nach dem Abendessen.« Sie schlang ihm die Arme um den Hals und drängte sich ihm entgegen. »Als du und Ava mit Beau und Frankie Gassi gegangen seid.«

»Ah, natürlich.«

De facto hatte Caro sie nach draußen gescheucht – mit der Begründung, Ava nur vom Aufräumen und Abwaschen abhalten zu können, wenn sie das Haus verließ. Außerdem hatte sie darauf bestanden, dass sie frühestens in einer halben Stunde wiederkommen dürften.

»Es ist perfekt.« Er beugte sich zu ihr hinab, presste den Mund auf ihren, ließ die Hände zu ihren Hüften wandern, schob sie unter den Saum ihres Kleides und an ihrem Körper nach oben, drückte die Finger in ihre nackte Haut, knetete sie, bis er ihren Hintern erreichte, und drückte zu.

Sie stöhnte auf, rückte dann ein Stück von ihm ab und schaute ihn benommen an. »Max, warte, ich muss dir erst etwas sagen.«

Ihr Blick ließ sein Herz schneller schlagen. »Was denn?«

»Ich liebe dich.«

Vierzehn lange Jahre hatte er auf diese Worte gewartet und sein Herz setzte einen Schlag aus. Es schien, als ob die Welt aufgehört hätte, sich zu drehen. Ihm wurde schwindelig, und er hatte Mühe, sich auf den Beinen zu halten.

»Caro«, flüsterte er und legte ihr die Hand an die Wange. Sie lehnte sich dagegen, ohne ihn aus den Augen zu lassen, bis er es endlich ebenfalls aussprach. »Ich liebe dich auch. Ich werde dich immer lieben.«

Die Erleichterung, die ihr Gesicht erhellte, verschlug ihm den Atem. Aber das war noch gar nichts gegen das Gefühl, das ihn übermannte, als sie sich auf die Zehenspitzen stellte und ihre Lippen sich beim Sprechen streiften.

»Zeig es mir.« Kaum hatte sie die Worte ausgesprochen, da presste er den Mund auf ihren und forderte ihre Zunge zu einem erotischen Tanz.

Caro liebte ihn. Alles andere zählte nicht mehr. Seine Verzweiflung, die ihn so viele Jahre beherrscht hatte, wich Hoffnung und unglaublicher Freude. Der alles verzehrende Wunsch, in ihr zu sein, ihr ganz genau zu zeigen, was er empfand, wurde schier übermächtig. Ohne sie, ohne sie zu berühren oder zu schmecken, ohne ihren Herzschlag an seiner Brust zu spüren, ohne ihren Duft in der Nase aufzuwachen, konnte er nicht leben.

Sie war alles, was er wollte. Alles, was er jemals gewollt hatte.

Ungeduldig zog er ihr das Kleid über den Kopf. Ihre Finger krallten sich in den Saum seines T-Shirts, und kaum waren sie beide von diesen Kleidungsstücken befreit, küsste er sie erneut. Dann nestelte er am Verschluss ihres BHs herum, während sie sich mit Knopf und Reißverschluss seiner Jeans abmühte.

Sie brauchten nicht lange, um sich komplett auszuziehen, und dann legte Max Caro auf die Kissen und ließ sich zwischen ihren Schenkeln nieder. Ihre Haare waren wie ein Fächer um ihren Kopf ausgebreitet, ihre Haut schien zu leuchten und die Lichter der Kerzen tanzten in ihren graubraunen Augen.

»Du bist so schön, Caro, so schön, dass es mir den Atem verschlägt.«

»Du auch.« Sie hob die Hand und legte sie an seine Wange. »Max, heute Nacht möchte ich nichts zwischen uns haben.«

»Ich auch nicht.« Er griff nach ihrer Hand an seiner Wange, verschränkte die Finger mit ihren, schob ihren Arm nach hinten über ihre Köpfe. »Caroline«, flüsterte er, »ich liebe dich.« Dann drang er mit einer geschmeidigen Bewegung in sie ein.

Caro schnappte keuchend nach Luft und wölbte sich ihm entgegen. Ihre Fingernägel bohrten sich in seine Haut, doch der scharfe Druck bereitete ihm viel mehr Lust als Schmerz. Mit der Hand fuhr sie seinen Rücken hinab, und das Stöhnen, das sich seiner Kehle entrang, ließ seinen ganzen Körper erzittern. Er umfasste ihre Hüfte und begann, langsam in sie hineinzustoßen und sich wieder zurückzuziehen.

Er hätte nicht sagen können, wie lange sie sich so im Einklang bewegten – Minuten, Stunden oder Tage. Die Zeit hatte aufgehört zu existieren.

Sie liebte ihn.

Er spürte, dass sie bereits kurz davor war zu kommen, war aber noch nicht bereit für das Finale, wollte diesen Augenblick hinauszögern. Am liebsten für immer.

Doch dann stöhnte sie seinen Namen, verspannte sich und er ließ sich mit ihr auf den Gipfel der Lust tragen. Sein Orgasmus war so intensiv, dass er glaubte, ohnmächtig zu werden. Daher brauchte er einen Moment, um wieder in die Realität zurückzufinden.

Sie hatte die Arme um ihn geschlungen, ihre Beine um seine Oberschenkel. Er hielt sich an ihr fest, während er versuchte, wieder zu Atem zu kommen.

Der Griff seiner Finger an ihrem Oberschenkel verstärkte sich, weil Max sich weigerte, Caro je wieder loszulassen.

»Ich liebe dich«, flüsterte sie, während sie ihm über den Rücken strich. »Ich liebe dich. Ich liebe dich. Ich liebe dich.«

Diesmal gab es kein Zurück … Er würde sie nie wieder verlassen.

17. KAPITEL

Auf dem Drahtseil

Caro erwachte vom Gesang der Kardinäle. Langsam schlug sie die Augen auf und erblickte Max schlafend neben sich, sein Gesicht nur Zentimeter von ihrem entfernt. Noch immer lagen sie im Baumhaus, eingekuschelt unter den Decken, auf denen sie sich in der letzten Nacht stundenlang geliebt hatten.

Sich geliebt hatten. Er *liebte* sie.

Ihre Lippen verzogen sich zu einem Lächeln, während sie die Hand über seine Brust abwärts gleiten ließ. Er stöhnte auf, drängte sich ihr entgegen.

»Max«, flüsterte sie. »Wir müssen aufstehen.«

»Wirklich?« Blinzelnd öffnete er die Augen.

»Ja, denn leider muss ich um acht an meinem Arbeitsplatz sein.«

Max stöhnte erneut, schmiegte sein Gesicht an ihren Hals und schlang die Arme um sie. »Können wir nicht einfach den ganzen Tag hier oben bleiben?«

»Ich möchte auch nicht, dass letzte Nacht schon vorbei ist.«

Er strich mit der Nasenspitze an ihrem Hals abwärts, bevor er ein Stückchen abrückte und ihr ins Gesicht sah. »Das wird sie auch nicht.«

»Nicht?« Caro setzte sich auf, die Decke rutschte ihr von den

Schultern und blieb an ihren Hüften hängen. Sie trug sein T-Shirt, sonst nichts.

»Nein.« Er schüttelte den Kopf, strich ihr mit der Handfläche über die nackten Schenkel. »Wir tun es wieder.«

Sie hatten in der Nacht zuvor nicht darüber gesprochen, aber sie hatte es genauso gewusst wie er. »Ja, das tun wir«, stimmte sie zu und strahlte über das ganze Gesicht. »Aber wir müssen darüber reden. Müssen uns über alles klar werden.«

»Ich dachte, wir wären uns letzte Nacht schon über alles klar geworden. Ich liebe dich. Du liebst mich.« Grinsend drückte er ihren Oberschenkel.

»Max.« Sie lachte, boxte ihm leicht gegen den Arm. »Damit ist noch gar nichts klar. Wo werden wir leben?«

»Hier.«

»In diesem Baumhaus?« Sie machte eine vage Handbewegung.

»Nein.« Er setzte sich auf, umfasste ihren Hinterkopf und zog ihren Mund an seine Lippen, küsste sie lange und tief. »In Cruickshank«, flüsterte er an ihren Lippen. »Wir beide gehören zusammen, Caro. Diesmal bis ans Ende unserer Tage.«

Ihr Magen schlug Purzelbäume.

»Bis ans Ende unserer Tage.« Sie nickte, legte ihm die Hände auf die Brust und strich mit den Fingern über seine Haut. »Also essen wir heute Abend zusammen? Nur du und ich?«

Er mochte ja glauben, dass alles geklärt war, aber sie musste ihm noch etwas sagen. Sie konnte ihre Bücher nicht länger vor ihm geheim halten. Tatsächlich freute sie sich so sehr darauf, ihm endlich davon zu erzählen, dass sie es kaum noch erwarten konnte. Aber für diese Eröffnung brauchte sie mehr Zeit und Ruhe, als sie jetzt hatte.

Sehr viel mehr. Sie wusste, dass er Fragen stellen würde und sie eine Menge zu erklären hatte.

»Ich dachte, montags sei immer Mädelsabend«, erwiderte er, legte die Hand über ihre und drückte sie auf sein Herz.

»Das stimmt, aber die Mädels werden Verständnis haben. Ich schätze, sie werden mich sogar dazu ermuntern.«

»Tja, das ist offensichtlich.« Max deutete auf das Baumhaus. »Also? Heute Abend bei dir?«

»Ja. Um vier. Wir werden gemeinsam einkaufen und kochen.«

»Perfekt. Und da das geklärt wäre …« Er zog sie auf sich. »… glaube ich, dass wir letzte Nacht noch nicht hinter uns lassen müssen.« Damit rollte er sie auf den Rücken und schob sich zwischen ihre Beine.

Beim Betreten des Hauswirtschaftsraums wurden Caro und Max vom verräterischen Duft frisch gebrühten Kaffees empfangen.

»Na sieh mal einer an … Guten Morgen.« Grinsend legte Ava die Zeitung aus der Hand. »Habt ihr zwei eine Schlummerparty im Baumhaus gefeiert?«

»So was Ähnliches«, gab Max zurück.

Caros Wangen röteten sich, aber sie lächelte. »Morgen, Ava.«

»Morgen, meine Liebe. Bleibst du auf einen Kaffee und zum Frühstück?«

Caro warf einen Blick auf die Armbanduhr. »Ich fürchte, beides geht nicht.«

»Ich mache dir einen Becher zum Mitnehmen fertig.« Max drückte ihre Hand.

»Danke.« Sie reckte sich zu ihm hoch und küsste ihn auf die Wange.

»Immer gern.« Er ließ sie los und ging zur Kaffeemaschine.

»Also, wie hast du geschlafen?«, wollte Caro von Ava wissen.

»Geht so. Ich bin mit Kopfschmerzen aufgewacht. Vermutlich ist die Sangria schuld … und das Geschrei beim Rommé.«

Max schaute zu ihr hinüber, während er den Kaffee einschenkte. »Wenn ich mich recht entsinne, warst du diejenige, die rumgebrüllt hat.«

»Oh, richtig. Das war ich«, gab sie zu, als hätte sie sich jetzt erst daran erinnert.

Max hatte inzwischen Caros Kaffee fertig und schraubte den Deckel auf den Becher zum Mitnehmen, bevor er ihn ihr reichte.

Sie küsste ihn auf die Lippen und flüsterte: »Ich liebe dich.«

Das hatten sie einander in der letzten Nacht öfter gesagt, als er zählen konnte. Offenbar versuchten sie beide, die verlorene Zeit wettzumachen.

»Ich liebe dich auch, Caroline«, flüsterte Max ihr ins Ohr.

Lächelnd trat sie von ihm zurück, ohne ihn aus den Augen zu lassen, während sie sich im Rückwärtsgang entfernte. »Bis vier Uhr.«

»Bis vier«, wiederholte er.

»Bye, Ava«, sagte Caro und küsste sie auf den Scheitel, bevor sie die Küche verließ.

Kaum hatte sich die Haustür hinter ihr geschlossen, fragte Ava: »Habe ich gerade bei euch beiden das L-Wort gehört?«

»Könnte sein.« Max lehnte sich rücklings an den Küchentresen.

»Und?« Sie wedelte mit den Händen in der Luft und gab damit unmissverständlich zu verstehen, dass sie mehr erfahren wollte.

»Wir sind wieder zusammen.«

»Ich wusste es.« Sie stand vom Tisch auf, kam zu ihm herüber und schlang die Arme um ihn. »Ich bin so froh.«

Max erwiderte ihre Umarmung, ohne ein Lächeln unterdrücken zu können.

»Und? Wie geht's jetzt weiter?«, fragte seine Großmutter, als sie sich von ihm löste.

»Es wird dich sicher freuen, zu hören, dass wir heute Abend miteinander reden werden, um uns über alles klar zu werden, aber fürs Erste kann ich dir sagen, dass ich nach Cruickshank ziehen werde.«

»Gut.« Sie legte ihm die Hand auf die Wange und schaute zu ihm hoch. »Du hast endlich rausgefunden, was Sache ist. Hast ja auch lange genug dafür gebraucht.« Damit ließ sie die Hand sinken und boxte ihm nicht allzu sanft gegen die Brust.

»Au.« Er zuckte zusammen. »Womit habe ich das verdient?«

»Du hast mich ordentlich leiden lassen, Max. Ihr beide habt das. Ihr zwei bringt einen wirklich um den Verstand mit eurer Sturheit.« Sie schüttelte den Kopf und boxte ihn ein zweites Mal.

»Hey!« Er trat zwei Schritte zurück und rieb sich die Brust. »Am Ende sind wir ans Ziel gekommen. Sei doch froh darüber.«

»Oh, das bin ich. Besonders, weil du wieder nach Hause kommen wirst.« Mit einer weit ausholenden Geste gab sie ihm zu verstehen, dass sie das viktorianische Haus meinte, in dem sie gerade standen.

»Was?«

»Ich hatte nie vor zu verkaufen, Max. Ich habe nur versucht, dieses Anwesen für dich zu erhalten.«

»Was?«, fragte er erneut.

»Dies ist dein Zuhause. Und Caro ist dein Schicksal. Wenn ich irgendwie mitentscheiden kann, dann wirst du mit jenem Hotel deinen Berufstraum verwirklichen – endlich.«

»Hast du das etwa auch geplant?« Überrascht hätte ihn das an diesem Punkt nicht mehr.

»Nein, das hast du ganz allein gemacht, Junge.« Sie grinste. »Aber sowie du anfingst, daran zu arbeiten, wusste ich, dass dieses Projekt anders war. Ich habe von so vielen deiner Projekte gehört, war in einigen Fällen sogar dabei, wenn du einen Deal abgeschlossen hast, habe die Immobilien vor und nach der Umgestaltung gesehen, und du hast noch nie so voller Begeisterung über irgendeins davon gesprochen wie über dieses Gebäude. Ich weiß, es hat dich glücklich gemacht, was du seit Langem schon nicht mehr warst.«

»War das so offensichtlich?«

»Ja. Und es hat mir große Sorgen bereitet.«

»Du brauchst dir keine Sorgen um mich zu machen.«

Ava lachte schallend und schüttelte den Kopf. »Ich werde mir bis zu meinem letzten Atemzug Sorgen um dich machen – und sehr wahrscheinlich auch danach noch. Max, in diesen letzten paar Wochen habe ich deine Augen endlich wieder leuchten sehen, und zwar ganz besonders, wenn Caro in der Nähe ist, aber auch, wenn du mit anderen zusammen bist. Wenn du ein Bier mit den Jungs trinkst oder mit Beau spielst oder Frankie im Arm hältst oder mit Emilia malst oder dich mit Lucy, Lilah und Sasha unterhältst.«

»Ich bin auch glücklicher, wenn ich mit dir zusammen bin.«

»Ja, nun, das ist völlig klar.« Sie legte sich die Hand auf die Brust. »Ich bin nun mal ein Sonnenschein.«

»Das bist du«, bestätigte er lächelnd.

Ava trat auf ihn zu, die Hand erhoben, und er hob abwehrend beide Arme. »Ich will dich nicht wieder boxen.« Damit schubste sie seine Hände beiseite und legte ihre Handfläche auf sein Herz. »Ich möchte nur, dass du weißt, wie wichtig dieses Ding ist. Und dass es manchmal zwar verletzt und gebrochen werden kann, es aber stärker ist, als du dir überhaupt nur vorstellen kannst. Du bist stärker, als du dir überhaupt vorstellen kannst. Und was dich und Caro angeht … Nun, gemeinsam seid ihr eine Urgewalt, die nichts kleinkriegen kann. Verstehst du mich?«

»Ja.«

»Gut. Ich liebe dich, Bean. Jetzt und bis in alle Ewigkeit.« Ava lächelte ihn an, holte tief Luft und ließ sie in einem zufriedenen Seufzen entweichen. Gerade so, als hätte sie alles gesagt, was hatte gesagt werden müssen.

Max arbeitete den ganzen Vor- und Nachmittag an seinem Vorschlag für das Kincaid-Projekt, aber nicht etwa an dem, den er für den Kauf erstellt hatte, sondern an seiner Vision dessen, was daraus werden sollte. Jetzt, da er wusste, was er wollte – Caro, Cruickshank, das Kincaid –, musste er seinen Plan in die Tat umsetzen.

Und sein nächster Schritt bestand darin, seinem Boss ganz genau zu zeigen, was ihm vorschwebte.

Sein Smartphone begann zu klingeln. Seit er die Wette mit Ava gewonnen hatte, benutzte er Martins Klapphandy nicht mehr, war aber dabei geblieben, sein eigenes Smartphone nur so selten zu nutzen wie unbedingt nötig. Viel öfter als für berufliche Zwecke gleich welcher Art setzte er es dafür ein, Caro romantische SMS zu schicken.

Der Name seines Assistenten war auf dem Display zu lesen, und er nahm das Gespräch an und schaltete auf Lautsprecher.

»Was gibt's, Edward?«

»Hey, Max. Mrs. Bergen wollte die Kincaid-Präsentation sehen, aber als ich einen Blick darauf geworfen habe, ist mir aufgefallen, dass sie ein paar Tage vor deiner Besprechung mit dem Stadtrat datiert ist. Und so, wie ich dich kenne, hast du noch bis zur letzten Minute daran gefeilt.«

»Natürlich. Ich sende dir die neueste Version zu.«

Das Klingeln des Telefons und Max' Stimme hatten Beau geweckt, der auf seinem Hundebett geschlafen hatte. Er reckte und streckte sich ausgiebig, bevor er schwanzwedelnd auf Max zutapste.

Max warf einen Blick auf die Uhr. Es war kurz nach eins, und das hieß, es war Zeit für ihren Nachmittagsspaziergang.

»Liegt sonst noch irgendwas an?«, fragte er, während er die Datei aufrief.

Beau setzte sich, richtete sich auf und ruderte mit den Vorderpfoten in der Luft, bevor er sich auf Max fallen ließ. Der streichelte dem Hund den Kopf, flüsterte ihm lautlos *Einen Moment noch* zu und widmete sich wieder seinem Computer. Beau schien seine Bitte nicht zu verstehen und stupste seinen Arm mehrfach von unten mit der Nase an.

»Nein. Ich habe dir gerade eine E-Mail mit weiteren Wohnungsangeboten in London geschickt«, erklärte Edward, gerade als die E-Mail im Eingangsordner aufpoppte. »Und in ein paar Tagen sollte ich noch ein paar mehr Angebote in petto haben.«

»Hey, Edward, such erst mal nicht weiter nach Wohnungen. Außerdem möchte ich dich bitten, für diese Woche einen Termin mit Mrs. Bergen zu arrangieren.«

Sein Assistent schwieg einen Moment. »Äh … okay. Mach ich. Sonst noch was?«

Max hatte nicht vor, ihm zu erzählen, was los war. Vorher musste er unbedingt mit Adrienne reden.

»Das ist alles«, sagte er und hängte die Datei an die E-Mail an. Da Beau inzwischen mit dem Kopf unter seiner Achselhöhle steckte, war das etwas komplizierter als sonst. »Ich muss los. Der Hund meiner Großmutter besteht darauf, dass ich mit ihm Gassi gehe. Ich rufe dich morgen wieder an.«

»Viel Spaß«, antwortete Edward, dann blinkte das Display und das Gespräch war beendet.

Max drückte auf Senden, bevor er sich Beau zuwandte. »Na schön, alter Junge.« Er kraulte ihm den Kopf und stand auf. »Geh, hol deine Leine.«

Beau schoss davon in Richtung Haustür, und Max musste unwillkürlich grinsen, während er ihm folgte.

Innerer Friede erfüllte ihn, als er mit Beau den Weg zur Innenstadt einschlug. Er wusste, dass er die richtigen Entscheidungen traf. Wusste, dass er war, wo er sein sollte. Und das Caro diejenige war, mit der er zusammen sein wollte.

Er hatte Beaus Ball mitgenommen und verbrachte eine gute halbe Stunde damit, im Park den Ball zu werfen und den Hund apportieren zu lassen. Dabei wurden alle beide durstig. Da er eine lange Nacht hinter sich hatte und sich ziemlich sicher war, dass auch die nächste lang werden würde, ging er zum Dancing Donkey, um sich eine Erfrischung zu gönnen und Beau aus dem extra bereitgestellten Napf saufen zu lasen.

»Sieh einer an, wer da kommt«, begrüßte Lorraine ihn lächelnd.

»Du weißt aber, dass Caro heute nicht hier arbeitet, oder?«, fragte Sasha.

»Hey, ich komme doch auch, wenn sie nicht arbeitet.«

»Na klar. Angenehme Nacht gehabt?«, fragte sie unschuldig.

»Äußerst angenehm.«

»Großartig. Also, was kann ich dir bringen?«

Max bestellte einen Eiskaffee, gab Lorraine einen Kuss auf die Wange und führte Beau zum Hundenapf, bevor er sich einen Tisch nahe am Fenster aussuchte, einen Schluck von seinem geeisten Latte trank und hinausschaute.

Normalerweise hätte er bei solch einer Gelegenheit sein Smartphone gezückt und seine E-Mails, die Aktienkurse oder die Nachrichten gecheckt. Aber das übte nicht mehr dieselbe Faszination auf ihn aus wie früher. Im Moment wartete er nur darauf, wie der Stadtrat von Cruickshank über seinen Vorschlag entscheiden würde, aber das sollte er erst am folgenden Abend erfahren.

Er trank noch einen Schluck von seinem Latte, und sein Blick fiel auf den Nebentisch, als eine Mutter und ihre Tochter darauf zusteuerten. Das Mädchen war etwa sieben oder acht Jahre alt, hatte haselnussbraune Augen und dunkelbraune Zöpfe. Sofort musste er an Caro in diesem Alter denken.

Die Kleine sah ihrer Mutter sehr ähnlich, die einen Rucksack auf einen der Stühle stellte. »Camille, setz dich schon mal mit Tibbett hierhin, während ich uns was zu trinken besorge.«

In dem Moment fiel Max der Hund zu Füßen des Mädchens auf, und er erkannte sofort den Basset, den Caro in Pflege gehabt hatte, als er zu Beginn des Sommers in die Stadt gekommen war. Beau freute sich so sehr, seinen alten Freund wiederzusehen, dass er schwanzwedelnd zu dem Basset hinüberlief und ihm über die Wange leckte.

Camille lächelte den beiden Hunden zu, bevor sie sich setzte, nach dem Rucksack griff und den Reißverschluss aufzog. Sie holte ein Buch heraus und machte sich daran, zu lesen, während sie auf ihre Mutter wartete. Aber sie hatte das Buch gerade erst aufgeschlagen, als ihr Rucksack aus dem Gleichgewicht geriet, herunterfiel und seinen kompletten Inhalt auf dem Boden verteilte.

»Oh nein«, rief sie und sprang auf, um die Sachen wieder aufzulesen.

Beau und Tibbett reagierten beide erschrocken und sprangen hastig zur Seite. Dummerweise hielt das Mädchen aber noch Tibbetts Leine und der Hund zog sie glatt vom Stuhl.

Max beeilte sich, die Kleine aufzufangen, bevor sie auf den Fußboden stürzte. Sein Latte flog durch die Luft und zersprang auf dem Boden.

»Meine Bücher!«, schrie das Mädchen entsetzt und beeilte sich, sie vor dem verschütteten Kaffee zu retten.

Max sammelte blitzschnell so viele auf, wie er konnte, und als er sich wieder aufrichtete, fiel sein Blick auf das zuoberst liegende.

Ihm stockte der Atem. Die beiden gezeichneten Kinder auf dem Einband hatte er noch nie gesehen, aber wie sich schon so oft erwiesen hatte, erkannte er Caros Kunst überall. Langsam ließ er den Blick zu dem Titel des Buchs wandern.

Die Abenteuer von Pumpkin und Bean von C. E. Buchanan.

Caro hatte ein Kinderbuch geschrieben. Ein Buch über sie beide. Warum hatte er nie etwas davon erfahren? Warum hatte ihm nie jemand davon erzählt? Warum hatte Ava ihm das nicht gesagt?

Caro fragt nicht nach dir, Max, so wie du nicht nach ihr fragst.

Er hatte nicht gefragt. Er hatte nach nichts gefragt, was irgendwie mit ihr zu tun hatte, weil es ihn viel zu sehr schmerzte. Aber wie konnte es sein, dass auch sonst niemand ihm etwas davon gesagt hatte? Wie konnte es sein, dass in all den Wochen, die er jetzt schon in Cruickshank war, niemand erwähnt hatte, dass es ein Buch über sie beide gab?

Und wie, um Himmels willen, konnte es sein, dass Caro ihm das nicht gesagt hatte? Was, zum Teufel, war in der letzten Nacht zwischen ihnen gewesen? Hatten sie sich einander nicht schonungslos offenbart, alles auf den Tisch gelegt, alles riskiert? Er zumindest hatte es getan.

»Max, geht's dir gut?« Mit einem Handtuch in den Händen stand Sasha vor ihm.

Nein. Nein, es ging ihm nicht gut. Ganz und gar nicht gut.

»Was ist das?« Er drehte das oberste Buch so, dass Sasha den Titel erkennen konnte, und ihre Augen weiteten sich erschrocken. »Mist!«, stieß sie leise hervor.

»Das ist eins von Miss Caros Büchern«, meldete sich eine leise Stimme irgendwo in Ellenbogenhöhe von Max.

Camille streckte ihm die Hände entgegen, um den Stapel Bücher zu nehmen, den er vor dem verschütteten Kaffee gerettet hatte. Er gab sie ihr, bevor er ihre Mom ansah, die sehr dankbar dreinschaute.

»Danke, dass Sie sie aufgefangen haben.« Die Mutter war jetzt zurück am Tisch und hielt Tibbetts Leine. »Tut mir leid um den Kaffee. Ich bestelle Ihnen einen neuen.«

»Nein, schon gut.« Max schüttelte den Kopf, wandte sich dann wieder Camille zu und deutete auf die Bücher in ihren Händen. »Du sagtest, *eins* von Miss Caros Büchern? Gibt es noch mehr davon?«

»Ja.« Camille nickte eifrig. »Fünf und das sechste kommt im Herbst raus. Sie hat mir ein Vorabexemplar versprochen, sowie sie es bekommt.«

»Sie hat *sechs* Bücher geschrieben?« Der Schock in seiner Stimme hatte nichts mit Überraschung darüber zu tun, dass sie sechs Bücher hatte schreiben können. Nur damit, dass er davon keine Ahnung gehabt hatte. »Und sie handeln alle von Pumpkin und Bean?«

»Ja, aber das erste ist mein Lieblingsbuch.« Camille hielt es hoch. »Da sind sie auf einem Piratenschiff und freunden sich mit einem orangen Oktopus an. Der heißt …«

»Oswald«, sagte Max, bevor sie ausreden konnte. Er hatte schon länger nicht mehr an Oswald, den orangen Oktopus, gedacht, als er sich entsinnen konnte.

Camille runzelte die Stirn. »Woher wissen Sie von Oswald?«

»Weil …« Lorraine war zu ihnen getreten und seufzte, als wäre die Katze aus dem Sack. »… er Bean ist.«

»Was? Sie sind Bean?« Camille blieb der Mund offen stehen und ihre Augen wurden riesengroß. »Heißt das, dass Miss Caro Pumpkin ist?«, fragte sie Lorraine.

»Ja, das ist sie.« Lorraine nickte.

»Wieso hat sie mir das nie gesagt?«, wollte Camille wissen.

»Die Frage stelle ich mir auch«, meinte Max zu Camille.

»Moment, Sie sind Max?«, fragte die Mom und ließ den Blick zwischen ihm und Beau hin und her wandern, der inzwischen an den Tisch zurückgekehrt war. »Max Abbott? Sie sind Avas Enkel?«

»Ja.«

In ihrem Kopf machte es offenbar klick, als sie begriff.

Nun, wenigstens ein Mensch hatte etwas begriffen, denn Max verstand definitiv nichts mehr.

»Werden Sie sie lesen?«, fragte Camille und schaute aus niedlichen, unschuldigen Augen zu ihm hoch.

»Ja«, sagte er und versuchte, sich nichts anmerken zu lassen, solange er mit dem kleinen Mädchen sprach, auch wenn es ihm außerordentlich schwerfiel. »Genau das werde ich tun.«

»Max«, warnte Lorraine. »Sprich mit Caro, bevor du dich aufregst.«

»*Bevor* ich mich aufrege? Dafür ist es zu spät. Wie ist es möglich, dass sie mir nichts von diesen Büchern gesagt hat?«

»Max.« Sasha schüttelte den Kopf. Anscheinend konnte sie nichts weiter sagen.

Gott, heute Morgen war er aufgewacht und hatte genau gewusst, was er wollte. Er war so zuversichtlich und sicher gewesen.

»Ich muss gehen.« Er schüttelte den Kopf, griff nach Beaus Leine und wandte sich zur Tür. Er musste unbedingt hier raus.

Gerade war ihm der Boden unter den Füßen weggerissen worden. Wenn Caro ihre Bücher vor ihm verheimlicht hatte, was hatte sie ihm dann sonst noch alles verschwiegen?

Caros Smartwatch summte schon wieder an ihrem Handgelenk. Bereits zwei Mal hatte Sasha angerufen, aber Caros Hände waren voller Erde gewesen und sie hatte nicht ans Handy gehen können. Jetzt eilte sie zum Waschbecken und wusch sich die Hände, als ihr Telefon zum vierten Mal klingelte.

Offenbar handelte es sich um einen Notfall.

»Sash, was ist los?«, fragte Caro und drückte sich ihr Smartphone ans Ohr.

»Max hat von den Büchern erfahren«, sprudelte Sasha so schnell hervor, dass Caro sie beinahe nicht verstanden hätte.

»Was?« *Nein, nein, nein, nein, nein.* Sie hatte es ihm heute Abend sagen wollen. In wenigen Stunden schon hatte er die Wahrheit erfahren sollen. »Wie?«

»Er war im Dancing Donkey, um etwas zu trinken. Die Connors waren auch da und Camille hatte dein Buch dabei. Er wusste sofort, dass es von dir war, als er es sah.«

»Oh Gott. Wie hat er es aufgenommen? War er wütend?«

»Ja«, antwortete Sasha leise, »sehr sogar. Er ist gegangen, aber ich weiß nicht, wohin. Vermutlich zurück zu Ava.«

»Mist. Mist, Mist, Mist.«

»Es tut mir so leid, Caro.«

Großer Gott, es schnürte ihr so sehr die Brust zusammen, dass sie keine Luft mehr bekam, und Tränen stiegen ihr in die Augen. *Beruhig dich, beruhig dich, beruhig dich. Überleg dir, was du tun willst.*

»Du schaffst das, Caro. Erklär ihm einfach alles, es wird schon gut gehen. Ihr zwei seid schon so weit gekommen … Ihr könnt auch das überwinden.«

»Ja. Das können wir«, meinte Caro, war sich aber nicht sicher, ob sie sich selbst oder ihre Freundin davon zu überzeugen versuchte. »Danke, dass du mich angerufen hast, Sash.« Die Worte kamen kaum mehr als ein Flüstern.

»Alles wird gut«, wiederholte Sasha, aber als Caro auflegte, war sie sich dessen nicht so sicher. Sie wusste nur eins: Sie musste zu Max.

Keine zehn Minuten später hielt Caro vor Avas Haus und stieg mit Frankie auf den Armen die Eingangstreppe hinauf. Sie hielt sich nicht damit auf, anzuklopfen oder zu klingeln, sondern trat einfach durch die Vordertür.

»Max!«, rief sie und setzte Frankie ab. Die Hündin machte sich sofort auf die Suche nach Beau. »Max!«, rief sie noch einmal und legte ihre Handtasche und ihre Schlüssel auf den Tisch neben der Tür.

Keine Reaktion, aber im Stockwerk über ihr hörte sie Geräusche, also eilte sie die Treppe hinauf. Seine Schlafzimmertür stand offen und sie trat ein. Er kam gerade aus dem Bad und zog sich ein T-Shirt über den Kopf. Als sie seine Miene sah, wusste sie, dass ihre Chancen schlecht standen.

»Max, ich kann es dir erklären.«

»Das ist gut.« Er nickte, die Lippen so fest zusammengepresst, dass sie sich wunderte, wie er sprechen konnte. »Denn ich begreife absolut nichts. Wie konntest du eine Kinderbuchreihe über uns schreiben und mir nie etwas davon erzählen?«

»Ich wollte es dir heute Abend sagen.«

»Warum nicht schon vor acht Jahren?« Wütend warf er die Arme hoch. »Als du das verdammte Buch geschrieben hast?«

»Das habe ich versucht!«

Er ließ die Arme sinken, Verwirrung trat in seinen Blick. »Was?«

»Ich bin nach New York geflogen, um dich zurückzugewinnen. Gleich nachdem das Buch veröffentlicht worden war. Ich wollte dir alles darüber sagen.« Sie schluckte heftig, versuchte, den Schmerz jenes Tages zurückzudrängen, aber es funktionierte nicht. »Ich wollte dir sagen, dass ich einen Fehler gemacht habe, als ich mich von dir getrennt habe und einfach weggegangen bin. Ich wollte dir sagen, dass ich nie aufgehört hatte, dich zu lieben. Dieses Buch war als Liebeserklärung an dich gedacht.«

»Warum hast du mir dann nichts davon gesagt?«

Sie holte Luft, versuchte, sich zu beruhigen. »Es gab da ein Café unten an der Straße in der Nähe der Wohnung, in der du damals gelebt hast. Im ersten Stock war ein Bücherladen.«

»Bookside.« Er nickte langsam.

»An dem Morgen, an dem ich es dir sagen wollte, bin ich dorthin gegangen und habe all meinen Mut zusammengenommen. Unzählige Male hatte ich mir im Kopf zurechtgelegt, was ich dir sagen wollte, aber je näher ich dir kam, desto weniger konnte ich mich an die Worte erinnern.« Ihre Augen füllten sich mit Tränen. »Ich wollte es nicht schon wieder vermasseln. Aber zugleich hatte ich auch Angst, dass du vielleicht nicht genauso für mich empfindest wie ich für dich.«

»Also bist du gar nicht erst zu mir gegangen, oder wie?« Seine Miene verhärtete sich wieder, seine Kinnmuskeln zuckten unter seinem Bart.

Sie blinzelte, eine Träne lief ihr über die Wange, als sie den Kopf schüttelte. »Du bist zu mir gekommen.«

»Was?«

»Weißt du, ich muss immer noch über das Timing an jenem Tag nachdenken. Wie konnte es sein, dass du ausgerechnet zur Tür hereingekommen bist, als ich da war?«

»Soll das etwa heißen, dass du nach New York gekommen bist, um mir zu sagen, dass du mich immer noch liebst, und dass wir im selben Café waren, ohne dass du mich angesprochen hast?«

»Du warst nicht allein, hattest eine schöne Blondine im Arm. Ihr habt sehr vertraut miteinander gewirkt. Als sie dir etwas ins Ohr geflüstert hat, hast du mit der Nase an ihrem Hals entlanggestrichen.« Caro war, als wäre sie wieder dort und würde die ganze Szene noch einmal erleben. Als würde ihr Herz erneut brechen. »Das hattest du immer bei mir gemacht. Und als ich dich mit dieser Frau sah, ist etwas in mir zerbrochen. Ich hatte schon vorher schreckliche Angst gehabt, du wärst längst über mich hinweg, und da war er – der Beweis dafür, dass es stimmte. Also bin ich gegangen.« Sie wischte sich die Tränen von den Wangen, allerdings vergebens, denn weitere folgten.

Max stieß den Atem aus und ließ die Schultern sinken. »Caro, ich weiß nicht mal mehr, wer sie war.«

»Trotzdem warst du über mich hinweg.«

»Nein! War ich nicht!«, brüllte er, lief zu ihr und packte sie an den Schultern. Sein Griff war nicht hart, nur fest genug, um sie zu halten. »Willst du wissen, warum ich das gemacht habe? Weil ich mich verzweifelt nach dir gesehnt habe. Weil ich in jeder Frau nur nach einem Teil von dir gesucht habe. Doch jedes Mal wurde ich enttäuscht. Jedes verdammte Mal. Caro, du warst alles, was ich je wollte. Ich war da und du bist einfach wieder gegangen.« Er ließ sie los und schüttelte den Kopf.

Warum fühlte es sich so an, als hätte er sie für immer losgelassen?

»Max, es tut mir leid.«

»Du hättest es mir damals sagen sollen.«

»Ich weiß, das war ein Fehler. Aber ich sage es dir jetzt. Ich liebe dich. Ich habe dich immer geliebt und werde dich immer lieben.«

»Ich weiß nicht, ob ich dir das glauben kann.«

»Warum?« Das Wort war kaum mehr als ein Flüstern.

»Weil du wegläufst, sobald es Probleme gibt. Du hast mich fortgestoßen, nachdem deine Mom gestorben war, hast aufgehört, um uns zu kämpfen. Und jetzt erfahre ich, dass du vor acht Jahren gekommen bist, um mich aufzusuchen und mir zu erzählen, dass du ein Buch über uns geschrieben hast. Und nur weil du mich mit einer anderen gesehen hast, hast du daraus geschlossen, ich wäre über dich hinweg, und bist wieder einfach abgehauen, anstatt um mich – um uns – zu kämpfen.«

»Woher hätte ich wissen sollen, dass es keine ernsthafte Beziehung war?«

»Genau, Caro. Woher hättest du das wissen sollen, ohne mit mir geredet zu haben? Wir haben vierzehn Jahre verloren, davon acht wegen einer Frau, die mir nichts bedeutet hat. Herr im Himmel, Caro.« Er schüttelte den Kopf, fuhr sich mit beiden Händen durch die Haare. »Was sollen wir jetzt tun? Woher soll ich wissen, dass du beim nächsten Mal, wenn Probleme auftauchen, nicht sofort wieder die Flucht ergreifst?«

»Weil ich dich liebe, Max«, wiederholte sie.

Er schüttelte den Kopf. »Du warst doch diejenige, die meinte, Liebe allein reiche nicht immer.«

»Das ist nicht fair. Ich war neunzehn. Ich habe Mist gebaut. Aber jetzt bin ich hier. Jetzt kämpfe ich um dich.«

»Tatsächlich? In den letzten Wochen habe ich mich dir völlig offenbart und alles aufs Spiel gesetzt. Ich ziehe hierher zurück, um mit dir zusammenzuleben. Ich habe dir alles anvertraut, keine Geheimnisse vor dir. Ich weiß, dass wir nicht über die Zukunft gesprochen haben, weil wir beide Angst davor hatten, aber über alles andere haben wir geredet.« Sein Telefon auf der Kommode neben ihm begann zu klingeln. Aber er wandte den Blick nicht von ihr ab und redete weiter. »Und du übergehst diese große Sache stillschweigend?«

»Nein, Max, wir haben nicht über alles geredet.« Sie schüttelte den Kopf, als ihre Smartwatch an ihrem Handgelenk zu vibrieren begann. Ihr Telefon lag noch in ihrer Handtasche, aber sie konnte den Klingelton im Erdgeschoss trotzdem hören. »Wir haben nicht über London geredet, nicht darüber, dass ich nie nach Chapel Hill gegangen bin. Wir haben nie darüber gesprochen, dass ich mich nicht für dich entschieden habe, obwohl du dich immer für mich entschieden hast. Wir haben nicht über unsere Trennung gesprochen.«

»Dann lass uns jetzt darüber reden. Wo möchtest du anfangen?«

Die Uhr an ihrem Handgelenk vibrierte kurz und kündigte den Eingang einer SMS an. Vermutlich war sie von Sasha, die sich darüber Sorgen machte, wie es mit Max lief. Aber wenn sie sich auf ihr jetziges Gespräch konzentrieren wollte, dann musste sie dafür sorgen, dass sie nicht abgelenkt wurde. Als sie ihr Handgelenk drehte, um ihre Smartwatch und ihr Handy zum Schweigen zu bringen, entdeckte sie eine SMS von Lucy.

Ruf mich sofort an. Es geht um Ava.

Und dann begann Max' Telefon erneut zu klingeln. »Ist das Lucy?« Caro deutete auf sein Smartphone. »Irgendwas ist mit Ava.«

Hastig streckte Max die Hand aus und griff nach dem Telefon, schaute nur kurz aufs Display, bevor er es antippte und auf Lautsprecher stellte. »Luce, was ist mit Ava?«

»Max, Gott sei Dank.« Lucy klang erstickt, als könnte sie kaum sprechen. »Sie ist nach ihrer letzten Seminarstunde zusammengebrochen. Wir sind jetzt auf dem Weg ins Krankenhaus.«

»Caro ist bei mir. Wir sind schon unterwegs.« Er streckte Caro die Hand hin, und sie überlegte keine Sekunde, bevor sie zugriff und sie gemeinsam die Treppe hinuntereilten.

Beau und Frankie spielten im Flur und blickten beide auf, als sie Max und Caro sahen.

»Mist, was ist mit Frankie?«

»Sie kann im Haus bleiben. Die Hundeklappe ist verschlossen. Ich habe sie nicht geöffnet, als ich mit Beau nach Hause gekommen bin. Komm schon.« Er schnappte sich die Autoschlüssel, die Caro auf dem Tisch hatte liegen lassen, und zog sie aus dem Haus.

Das Krankenhaus lag gleich hinter der Stadtgrenze von Asheville. Normalerweise brauchte man von Cruickshank fünfzehn Minuten mit dem Auto dorthin. Max schaffte es in zehn Minuten. Während der Fahrt sagte keiner von ihnen ein Wort, und Max umklammerte das Lenkrad so fest, dass seine Knöchel weiß hervortraten.

Das konnte einfach nicht wahr sein. Avas Zeit war noch nicht gekommen. Sie beide brauchten sie noch – ebenso wie Lucy und Lorraine und all die anderen, die gestern Abend mit ihr in der Küche ihren Geburtstag gefeiert hatten.

Wieder hielten sie sich an der Hand, als sie gemeinsam durchs Krankenhaus liefen. Gott, Caro hoffte inständig, Max würde sie nicht loslassen. Nicht jetzt. Niemals.

Wie konnte alles nur so spektakulär den Bach hinuntergehen? Heute Morgen war noch alles perfekt gewesen. Max liebte sie. Sie liebte ihn. Das hatten sie endlich begriffen und würden zusammen sein. Doch plötzlich war sie sich nicht mehr sicher, ob das immer noch real war. Schon daran allein hätte sie zerbrechen können. Aber nun …

Was, wenn sie beide verlor – ihn und Ava?

Darüber nachzudenken war so schmerzhaft, dass es sie innerlich zu zerreißen drohte. Je näher sie ihrem Ziel kamen, desto schwerer fiel es ihr zu atmen.

Nur an einem einzigen Punkt in ihrem Leben hatte sie sich noch hilfloser gefühlt, nämlich als ihre Mom gestorben war. Sie hatte Gott angefleht, sie zu retten. Damals hatte er sie nicht erhört. Würde er es jetzt tun?

Bitte, bitte, nimm sie uns nicht. Tu Max und mir das nicht an. Ich darf nicht noch jemanden verlieren. Ich darf nicht. Ich darf nicht. Ich darf nicht. Das ist zu viel. Das ist zu viel.

Im selben Moment, in dem sie den Wartesaal betraten, entdeckte Caro ihre Schwester. Lucys Mascara war zerlaufen, ihr Blick war voller Schmerz und Trauer.

Sofort wusste Caro, dass ihre Gebete nicht erhört worden waren.

Tränen strömten Lucy über das Gesicht, als sie flüsterte: »Ava ist von uns gegangen.«

Caro umklammerte Max' Hand fester, als ihre Welt in Scherben zerbrach.

18. KAPITEL

Du bist mir lieb und teuer

Die Ärzte hatten gesagt, Avas Schlaganfall sei äußerst schwer gewesen und sie sei ganz plötzlich aus dem Leben gerissen worden.

Den zweiten Abend in Folge drängten sich nun schon Menschen in Avas Küche, dieselben wie am Vorabend und noch einige mehr. Eintöpfe, Salate, Platten mit Sandwiches und Teller mit verschiedenen anderen Speisen standen auf der Kücheninsel und den Arbeitsplatten. In jeder Ecke standen Freunde zusammen und sprachen über die unglaubliche Frau, die sie gerade verloren hatten.

Zusätzliche Stühle waren um den Tisch herum aufgestellt worden, und jeder Platz war besetzt – bis auf einen: der Platz, den Ava sonst immer eingenommen hatte.

Ava war nicht mehr da.

Sie war für immer gegangen. Das letzte Familienmitglied, das Max geblieben war oder besser gesagt: das letzte Familienmitglied, dem er tatsächlich etwas bedeutet hatte. Seine Mutter zählte nicht für ihn. Zum Teufel noch mal, sie hatte ihn nicht einmal angerufen, seit er ihrer Assistentin vor Stunden die Todesnachricht überbracht hatte. Allerdings hätte es ihn auch überrascht, wenn sie der Frau dankbar gewesen wäre, die ihm mehr eine Mutter gewesen war als sie. Der Frau, die ihn praktisch aufgezogen hatte.

Der Frau, die ihn bedingungslos geliebt hatte. Der Frau, die ihn niemals freiwillig im Stich gelassen hätte.

Natürlich hatte er gewusst, dass Ava nicht ewig leben würde. Das Leben war nun einmal endlich, der Tod unvermeidlich. Er hatte nur gehofft, mehr Zeit mit ihr zu haben. Großer Gott, er hatte so viel Zeit verschwendet.

»Max?«, riss Caro ihn aus seinen Grübeleien.

Sie hatten noch nichts geklärt, sie hatten sich nicht ausgesprochen, ihren Streit nur auf die lange Bank geschoben. Er war so wütend auf sie gewesen – und wenn er ehrlich war, dann war er es immer noch. Zweimal hatte sie ihn verlassen … hatte nicht um ihn gekämpft. Würde sie es diesmal wieder tun? In den letzten Stunden war sie sein Halt gewesen und kaum von seiner Seite gewichen.

Würde sie diesmal bleiben? Oder wieder abhauen?

Eine Sekunde lang starrte er sie an, dankbar für ihre Gegenwart. Sie war so unglaublich schön, trotz ihrer geröteten Nase und dem traurigen Blick.

»Hast du Hunger?«, fragte sie.

»Eigentlich nicht, aber ich sollte trotzdem was essen.« Er senkte den Blick auf das Glas Scotch vor ihm, das Wes und Jeremy immer wieder auffüllten. Sie saßen ganz in der Nähe, Wes in der Ecke neben ihm, Jeremy nur einen Stuhl weiter.

Er hatte sich geirrt. Ihm waren doch noch Familienmitglieder geblieben. Die Buchanans waren seine Familie. Caro war seine Familie. Aber er hatte sie alle schon einmal verloren. Würde er sie wieder verlieren?

Er lehnte seine Stirn an Caros, weil er das Bedürfnis hatte, mehr von ihr zu spüren, zu berühren. Als er tief einatmete, strömte ihr zitroniger Duft in seine Lungen. Sie war das Einzige, was ihn im Moment aufrecht hielt. Das Einzige, was ihn daran hinderte, einfach zusammenzubrechen. Noch hatte er nicht geweint. Noch weigerte sich ein Teil von ihm, die Realität zu akzeptieren.

Außerdem hatte er das Gefühl, dass er nicht würde aufhören können zu weinen, wenn die Tränen erst einmal liefen.

»Ich bin gleich wieder da.« Sie löste sich von ihm, küsste ihn auf die Wange und reichte ihm Frankie, die auf ihrem Schoß geschlafen hatte. Dann schob sie ihren Stuhl zurück und ging hinüber zu Lilah und Lucy, die sich darum kümmerten, dass die Trauergäste etwas zu essen bekamen.

Lucy hatte sich den ganzen Abend noch keinen Moment hingesetzt, weil ihre Geschäftigkeit ihr dabei half, mit der Trauer fertigzuwerden.

Sie war in Avas letzten Minuten bei ihr gewesen, weil sie gegen Ende ihrer Kunstseminarstunde gekommen war und hinten im Raum Platz genommen hatte, um auf das Unterrichtsende zu warten. Sie hatte gesehen, wie Ava beide Hände an die Schläfen drückte, bevor sie sich über den Tisch neigte und zu Boden fiel. Sie hatte Avas Hand gehalten, bis der Rettungswagen kam. Lucy war ihr nicht von der Seite gewichen.

Max hasste es, dass Lucy diejenige war, die all das hatte durchmachen müssen. Wenn er sie vor diesem Schmerz hätte bewahren können, hätte er das getan. Zugleich aber war er mehr als nur dankbar, dass Ava nicht allein gewesen war. Dass ein Mensch, der sie liebte, bei ihr gewesen war. Vielleicht hatte ihr das den Tod ein ganz klein bisschen erleichtert.

Das hoffte er zumindest, denn es war auf keinen Fall leicht, der Mensch zu sein, den sie zurückgelassen hatte.

Eine feuchte Nase drückte sich an seinen Arm. Ein Blick nach unten verriet ihm, es war Beau, und er streckte die Hand aus, streichelte ihm den Kopf. Der Hund machte eine schwere Zeit durch. Er wusste, dass etwas nicht stimmte, aber nicht, warum

Ava noch nicht zu Hause war. Unzählige Male schon hatte er das Haus abgesucht, auf sämtlichen Stockwerken und in allen Zimmern nachgeschaut. Als er sie drinnen nicht finden konnte, ging er nach draußen und suchte den ganzen Garten ab. Als auch das nichts brachte, setzte er sich wartend neben die Haustür und sprang jedes Mal auf, wenn sie geöffnet wurde.

Aber immer wieder wurde er enttäuscht. Nie war es Ava. Nie wieder würde sie zur Tür hereinkommen.

Sie war fort. Genau wie sein Vater. Wie Rachel. Wie Martin.

Großer Gott, er hatte noch nicht einmal Martins Tod verarbeitet. Hatte sich immer noch nicht überwinden können, das Grab seines Großvaters zu besuchen, und jetzt musste er auch noch seine Großmutter beerdigen.

Das war unglaublich hart. Einfach nur schrecklich.

Er konnte nicht fassen, dass er an diesem Morgen in dem Glauben aufgewacht war, alles geklärt zu haben. Nichts war geklärt. Alles war völlig auf den Kopf gestellt worden. Ihm war, als zerrinne ihm alles zwischen den Fingern. Sein Leben war ein einziges Chaos.

Ob er in der Lage wäre, mit alldem fertigzuwerden, wusste er nicht.

Er wusste nur eins: Er wollte Caro. Wollte sie mehr als alles andere auf der Welt. Er liebte sie mehr als alles andere.

Manchmal ist Liebe nicht genug.

Würde sie diesmal genug sein? Er hatte keine Ahnung, aber er würde es herausfinden.

Am nächsten Morgen wurde Caro nur langsam wach. Sie schlug die Augen auf, blinzelte, hatte das Gefühl, Watte im Kopf zu haben. Eine Sekunde brauchte sie, um sich an den Vortag zu erinnern, sich zu entsinnen, warum ihr das Herz schwer war, sich zu entsinnen, dass Ava nicht mehr unter ihnen weilte.

Unbändiger Schmerz erfasste sie, so heftig, dass sie sich zusammenkrümmte. Alles tat so schrecklich weh und in ihrem Kopf dröhnte ein Vorschlaghammer. Sie hatte zu viel geweint, zu viel Wein getrunken. Erst nach Mitternacht hatten sie und Max sich nach oben geschleppt und ohne ein Wort ins Bett gelegt. Sie hatte sich in den Schlaf geweint und er hatte sie die ganze Zeit in den Armen gehalten.

So vieles zwischen ihnen war immer noch unausgesprochen und das brachte sie schier um. Sie wollte alles zwischen ihnen beiden in Ordnung bringen. Aber wie sollte sie das anstellen? Welchen Sinn hatte es, das Dach zu reparieren, wenn um sie herum die Wände zusammenbrachen?

Max hatte immer noch nicht geweint. Riss er sich zusammen? Versuchte er, sich vor ihr zu schützen? Bei ihrem Streit hatte er ihr gesagt, wovor er sich fürchtete: dass sie weglief, wenn Probleme auftauchten. Glaubte er, dass sie auch jetzt abhauen würde?

Sie rollte sich herum und stellte fest, dass der Platz neben ihr leer war. Das Laken war bereits kalt. Beau hatte bemerkt, dass sie wach geworden war, kroch tief geduckt auf das Bett und streckte sich an ihrer Seite aus.

Caro schlang die Arme um ihn und barg ihr Gesicht an seinem Hals. »Ich weiß, Kumpel«, flüsterte sie in sein Fell. »Wir werden das gemeinsam durchstehen.«

Etliche Minuten blieb sie so mit ihm liegen, schenkte ihm die Liebe und den Trost, die er so dringend brauchte – und empfing sie im Gegenzug von ihm –, bevor sie sich mühsam aufrichtete und aufstand. Geschlafen hatte sie in einem von Max' T-Shirts, die ihr viel zu groß waren und bis auf die Oberschenkel reichten. Sie würde nach Hause fahren müssen, um sich ein paar Dinge zu holen.

Was wohl die nächsten Tage bringen würden? Für ihn, für sie, für sie beide? Sie wusste es nicht. Avas Beerdigung musste geplant werden, Telefonate mussten erledigt, Dinge getan werden. Aber bevor sie auch nur darüber nachdenken konnte, brauchte sie einen Kaffee.

Beau folgte ihr nach unten, als sie die rückwärtige Treppe zur Küche hinabstieg. Der Duft von Kaffee stieg ihr in die Nase, als sie den rustikalen Fliesenboden betrat. Max saß am Tisch, Frankie kaute zu seinen Füßen auf einem Spielzeug herum. Er starrte auf die zusammengefaltete Zeitung, die vor Avas Platz auf dem Tisch lag. Auf dem Platz, an dem sie am Morgen zuvor noch gesessen hatte. Dem letzten Platz, an dem Caro sie gesehen hatte. Und jemals sehen würde.

Vor vierundzwanzig Stunden war Ava noch am Leben gewesen. Ihr Geruch schien noch immer in der Küche zu hängen.

Caro kämpfte gegen den heftiger werdenden Schmerz in ihrer Brust an. *Nicht weinen! Nicht weinen! Nicht weinen!* Wenn sie jetzt wieder damit anfing, würde sie nicht mehr aufhören können, und sie wusste, dass Max sie brauchte. Sie würde nicht wieder davonlaufen. Sie würde ihm zeigen, dass sie sein Fels in der Brandung sein konnte. Dass sie beide das füreinander sein konnten.

»Hey.« Max' Stimme riss sie aus ihren Gedanken, er stand vom Tisch auf, kam zu ihr, nahm sie in die Arme, drückte seine Nase an ihre Kehle und atmete tief ein.

Als er sich wieder von ihr löste, schaute sie in sein müdes, von Trauer gezeichnetes Gesicht. »Wann bist du aufgestanden?«

»Gegen fünf bin ich runtergegangen. Frankie ist mitgekommen.«

»Ich glaube, sie mag dich lieber als mich.« Stirnrunzelnd ließ Caro den Blick zwischen ihm und der Hündin hin und her wandern.

»Nein, kann nicht sein«, wehrte er kopfschüttelnd ab. »Ich schenke dir erst mal einen Kaffee ein.« Damit küsste er sie auf den Scheitel, bevor er zur Kaffeemaschine ging. Offenbar brauchte er etwas, womit er seine Hände beschäftigen konnte.

Das Gleiche hatte er gestern Morgen getan, als sie noch solche Hoffnungen für die Zukunft gehegt hatte. Aber jetzt? Sie war sich nicht sicher, was sie empfand – außer schrecklicher Trauer und Angst. Angst, sich nicht wieder mit ihm aussöhnen zu können.

Er füllte beide Becher und deutete dann auf den Wintergarten. »Magst du dich mit mir da hinsetzen?«

»Ja.« Sie nickte, ließ ihn vorangehen.

Strahlend helles Sonnenlicht fiel in den Wintergarten. Wie war es nur möglich, dass es draußen so schön war, wenn doch in ihr nichts als Dunkelheit herrschte?

Sie setzten sich aufs Sofa und tranken wortlos ihren Kaffee.

Es war schließlich Max, der nach einigen Minuten das Schweigen brach. »Ich gehe um neun zum Beerdigungsinstitut.«

»Ich begleite dich.«

»Das musst du nicht.« Er schüttelte den Kopf. »Es muss nicht viel geplant werden. Ich weiß, dass Ava nach Martins Tod im letzten Jahr alles für sich geregelt hat.«

Caro stellte ihren Becher auf den Tisch, nahm ihm seinen ab und stellte ihn ebenfalls weg. Dann fasste sie nach seiner Hand und wandte sich ihm zu. Ihr Knie streifte seinen Oberschenkel, als sie die Beine übereinanderschlug. »Ich begleite dich«, wiederholte sie. »Widersprich mir nicht. Ich werde gewinnen.«

Ein kaum merkliches Lächeln umspielte seine Mundwinkel. »In Ordnung. Ich werde dir nicht widersprechen.« Gott, er wirkte so müde. Zärtlich streichelte sie seine Wange.

»Max, ich weiß, dass wir uns noch nicht ausgesprochen haben, und ich bezweifle, dass wir das heute oder morgen tun werden, denn im Moment ist alles einfach nur schrecklich, aber diesmal werde ich nirgendwohin verschwinden. Ich liebe dich und wir stehen das durch. Gemeinsam. Eine andere Option gibt es nicht.«

»Versprichst du mir das?« Es war eine flehende Bitte, eine Bitte, die ihr das Herz brach, weil sie wusste, dass er nach einem Funken Hoffnung suchte.

»Ich schwöre es.«

Er kniff die Augen zu und eine Träne kullerte über seine Wange. Als er sie wieder öffnete, war sein Blick tränenverschleiert. Ein Schluchzen entrang sich seiner Kehle, dann barg er den Kopf in Caros Schoß und ließ seinen Tränen endlich freien Lauf.

Und sie hielt ihn in seiner Trauer, war für ihn da.

Max hatte recht behalten – Avas Beerdigung war bereits bis ins kleinste Detail geplant. Sie hatte für alles gesorgt: den Sarg, den Ablauf, die Kirche, das Totenkleid, den Leichenschmaus. Sie wünschte sich, dass Lucy »What a Wonderful World« für sie sang, Caro sich um den Blumenschmuck kümmerte und Max die Grabrede hielt.

Die Beerdigung sollte am Samstag stattfinden, damit jeder, der erst anreisen musste, genug Zeit dafür hatte. Er wusste, dass ein paar Leute von Harvard kommen würden und andere aus allen Ecken der Vereinigten Staaten, aber wenn es nur in etwa so ablaufen würde wie Martins Beerdigung, würden auch die meisten Einwohner von Cruickshank dabei sein wollen.

Ava und Martin hatten sich hier einen großen Freundeskreis geschaffen und die Leute liebten sie sehr.

Als sie das Bestattungsinstitut verließen, eilte Caro zu Petal and Thorn, um den Blumenschmuck zu bestellen, während Max sich mit Avas Anwalt besprechen musste. Er hatte eine Sprachnachricht auf seinem Smartphone erhalten, dass ihm etwas sofort ausgehändigt werden müsste.

Sein Verteidigungsmechanismus hatte immer darin bestanden, geschäftig zu bleiben, aber im Moment blieb ihm einfach nichts zu tun. Er konnte laufen gehen … oder vielleicht besser einen Spaziergang machen. Es hätte ihn überrascht, wenn er in der letzten Nacht auch nur vier Stunden Schlaf bekommen hatte, und ein Lauf war vermutlich zu viel. Da er ohnehin schon zu Fuß zur Anwaltskanzlei unterwegs war, konnte er auch einen kleinen Umweg machen … eine Strecke gehen, die ihn ans andere Ende der Stadt führte, weit von seinem Ziel entfernt … direkt zur Kincaid Factory.

Er starrte an dem Gebäude hinauf und hatte plötzlich Avas Worte im Ohr.

Ich wusste, dass dieses Projekt anders war.

Genau wie er es gewusst hatte. Im selben Moment, in dem er es gesehen hatte – leer stehend und aufgegeben –, hatte sich etwas in ihm verändert.

Du hast noch nie über irgendeins deiner Projekte so voller Begeisterung gesprochen wie über dieses Gebäude.

Das stimmte, denn zuvor hatte ihn noch kein Projekt so begeistert wie dieses. Bei diesem hatte er das Gefühl, als wäre es seines … vielleicht weil Cruickshank sein Zuhause war.

Ich weiß, es hat dich glücklich gemacht, was du seit Langem schon nicht mehr warst.

Himmel noch mal, er war so nahe dran gewesen. So nahe dran, dass sich alles zu einem vollkommenen Bild ordnete. Nur war das Leben nicht vollkommen. Es war chaotisch und kompliziert, und manchmal verletzten einen die Menschen, die man liebte …

Caro hatte versprochen, diesmal nirgendwohin zu verschwinden, und als er das Gebäude anstarrte, wusste er zweifelsfrei – ganz gleich, wie sehr er in der Vergangenheit verletzt worden war –, dass auch er sie nicht verlassen konnte.

Das hast du schon immer gewusst, Max, hörte er Avas Stimme in seinem Kopf.

Ein leichtes Lächeln umspielte seine Lippen. In letzter Zeit hatte sich sein Gewissen immer mit Martins Stimme gemeldet. Offensichtlich mischte sich jetzt auch Ava ein. Nun, sie hatte noch nie dazu geneigt, den Mund zu halten, und es hätte ihn überrascht, wenn sie jetzt damit angefangen hätte.

Ihn beschlich das Gefühl, dass das, was in der Anwaltskanzlei auf ihn wartete, nur noch etwas war, was sie ihm mitteilen wollte.

Max starrte hinunter auf den gelben Umschlag auf dem Tisch. Vor etwa einer Stunde hatte Avas Anwalt ihn ihm ausgehändigt, und er hatte es immer noch nicht über sich gebracht, ihn zu öffnen. Er war flach, nur unten zeichnete sich etwas Quadratisches darin ab.

»Brauchst du noch einen Kaffee?«

Max sah auf. Lorraine stand vor ihm. Ein Blick auf seine Kaffeetasse verriet ihm, dass sie leer war.

Wann hatte er sie ausgetrunken?

»Nein.« Er schüttelte den Kopf. Der schwirrte ihm bereits und noch mehr Koffein konnte er nicht gebrauchen.

»Na schön, brauchst du dann Hilfe beim Öffnen des Umschlags da?« Sie deutete auf den Tisch.

»Ich denke, ich schaffe das schon.«

Lorraine schaute ihn an, die Hände in die Hüften gestemmt. »Was immer darin ist, es ist wichtig.«

»Ich weiß. Genau deshalb fürchte ich mich davor, ihn zu öffnen.«

»Ava würde dir nie mehr aufhalsen, als du bewältigen kannst.«

»Sie würde aber an meine Grenzen gehen.«

»Das hat sie immer getan.« Lorraine drückte ihm die Schulter, bevor sie seine leere Tasse an sich nahm und zurück zum Tresen ging.

Aber noch bevor Max nach dem Umschlag greifen konnte, begann sein Handy zu vibrieren. Er sah den Namen auf dem Display und nahm das Gespräch an. »Mrs. Bergen.«

»Maximillian Abbot, wie oft muss ich dir noch sagen, dass du mich Adrienne nennen sollst?«

»Noch mindestens einmal.«

»Nun, hoffentlich doch noch viel öfter.« Er konnte ihr anhören, dass sie lächelte, aber nur einen Moment später wurde sie wieder ernst. »Edward hat mir von Ava erzählt. Es tut mir sehr leid, davon zu hören. Ich fand sie immer sehr nett, wenn wir uns begegnet sind.«

Adrienne hatte im Laufe der Jahre seine beiden Großeltern kennengelernt und Zeit mit ihnen verbracht. Sie war in New York mit ihnen essen gegangen, und wenn sie mit ihm nach Europa reisten, hatte sie es sich nie nehmen lassen, sie in die besten Restaurants auszuführen.

Zum Teufel noch mal, sein Boss hatte Ava und Martin mehr Aufmerksamkeit geschenkt als seine Mutter. Von der hatte er immer noch nichts gehört und seit Avas Tod waren mittlerweile fast vierundzwanzig Stunden vergangen. Es überraschte ihn nicht und an diesem Punkt seines Lebens machte es ihm auch eigentlich nichts mehr aus.

»Danke.« Unwillkürlich neigte Max den Kopf.

»Du weißt, wenn ich irgendetwas tun kann …«

»Ja, das weiß ich.« Er nickte, als könnte sie ihn sehen. »Und es gibt tatsächlich etwas, worüber ich mit dir reden wollte.«

»Ich schätze, es hat etwas mit der überaus ausführlichen Umgestaltungsplanung für das Kincaid zu tun, die du mir versehentlich zugemailt hast.«

Max erstarrte. »Was?« Wie hatte das passieren können? Er dachte zurück an die Unterhaltung mit Edward am Vortag, als er ihm die neueste Version der Datei zugemailt hatte – und wie Beau ihn abgelenkt hatte, weil er unbedingt mit ihm rauswollte.

»So etwas habe ich noch nie von dir gesehen«, sprach Adrienne weiter. »Ich bin beeindruckt.«

»Ach, ich hatte nur ein paar Ideen.«

»Mehr als nur ein paar, würde ich sagen.« Sie hielt einen Moment inne, holte tief Luft. »Sagst du mir jetzt, dass du die Stelle in London nicht willst?«

»Ja.«

»Das dachte ich mir.« Sie machte eine kurze Pause. »Weißt du, ich habe gestern mit Edward über das Kincaid gesprochen, über deine Planung … und darüber, wie du dich in den letzten Wochen verändert hast. Er sagte, er hätte gespürt, dass in Cruickshank irgendetwas passiert sein muss.«

»Und was?« Natürlich hatte Edward gewusst, dass etwas vor sich ging. Der Mann hatte in den letzten vier Jahren mit ihm zusammengearbeitet und kannte ihn besser, als ihm lieb war.

»Er sagte, du hättest glücklich geklungen. So glücklich wie in den letzten vier Jahren nicht mehr. Max, ich weiß, dass du in New York unglücklich warst. Ich hatte gehofft, dass ein Tapetenwechsel dir guttun würde. Und das hat er offensichtlich auch getan. Ich hatte nur den falschen Ort im Auge.«

Max konnte nichts dazu sagen. Er dachte an das letzte Gespräch mit Ava, in dem sie ihn gefragt hatte, ob er glücklich sei.

Nur das hatte sie sich für ihn gewünscht. Schon immer. Und offenbar war sie nicht die Einzige, die glaubte, er sei dabei, unterzugehen. Adrienne hatte es auch bemerkt … sogar Edward.

»Versteh mich nicht falsch«, sprach sie weiter. »Du bist mehr als qualifiziert, das Büro in London zu übernehmen. Ich wusste von Anfang an, dass du ein Gewinn für unsere Firma bist. Also, sag mir, was *du* willst.«

»Ich möchte das Kincaid übernehmen. Ich möchte die Umgestaltung von Anfang bis Ende leiten und es anschließend führen.«

»Das dachte ich mir«, sagte Adrienne. »Nur gut, dass der Stadtrat das Projekt abgesegnet hat.«

Max richtete sich kerzengerade auf. »Tatsächlich?«

»Sie wollten es dir heute Abend mitteilen, aber angesichts von Avas Tod haben sie sich direkt an uns gewandt. Wir sind dabei, den Vertrag mit dem Verkäufer aufzusetzen. Also, es gehört dir … Nun ja, uns. Du weißt, was ich meine.«

»Das tue ich.«

»Ich schätze, ich kann nur froh sein, dass wir dich nicht ganz verlieren.«

»Was das angeht … Wenn das Kincaid erst mal fertig ist und läuft, hätte ich nichts dagegen, hier und da Consulting-Aufträge zu übernehmen.«

»Das gefällt mir. Ich werde einen Deal ausarbeiten. Und nebenbei … Edward hat gefragt, ob er nach Cruickshank fliegen und bei der Umgestaltung helfen kann. Offenbar hätte er selbst gern mal einen Tapetenwechsel.«

»Echt jetzt?«

»Ja. Deine Loyalität hat einigen Leuten sehr imponiert, Max. Mir übrigens auch.«

»Danke.«

»Nicht nötig. Ich melde mich nächste Woche wieder bei dir, um dich auf den neuesten Stand zu bringen.«

»Okay.« Max schluckte, ihm fehlten die Worte. »Bis nächste Woche.«

Er beendete das Gespräch, legte das Smartphone auf den Tisch und starrte es an.

Was war da gerade geschehen? Adrienne hatte ihm das Kincaid quasi als Geschenk überreicht, hübsch verpackt und mit einer Schleife versehen.

Nein, es ist dir nicht geschenkt worden, Max, meldete sich Ava in seinem Kopf zu Wort. *Du hast es dir erarbeitet. Das weißt du. Du hast den Stein ins Rollen gebracht … auch wenn es teilweise unbeabsichtigt war.*

Er lachte kurz auf, als ihm die E-Mail wieder einfiel. Selbst wenn Beau nicht dazwischengefunkt hätte, war das genau das, worum er gebeten hätte. Genau das, was er Adrienne auf ihre Frage, was er wollte, geantwortet hätte.

Und was willst du sonst noch?

Caro.

So viele Jahre hatte er hart gearbeitet, um nicht darüber nachdenken zu müssen, wie unglücklich er war. Wie sehr sie ihm fehlte. Und dann war er nach Cruickshank gekommen, zurück zu Caro, und plötzlich hatte alles wieder gepasst.

Ava hatte das gewusst. Ihr war immer klar gewesen, dass es ihm nur um Caro ging. Genau das hatte sie ihm gesagt – an jenem Morgen nach dem Abend im Quigley's, nachdem er seinen Kummer in einer Flasche Scotch ertränkt hatte, weil ihm klar geworden war, dass er nie aufgehört hatte, Caro zu lieben. Ganz gleich, wie oft er versucht hatte, sich das Gegenteil einzureden. Ganz gleich, wie oft er in den Wochen danach versucht hatte, die Augen davor zu verschließen.

Ich glaube nur, dass ihr noch ein paar Dinge zwischen euch klären müsst. Und da ich noch nie gut darin gewesen bin, mich rauszuhalten, ist mir nicht ganz klar, warum du glaubst, ich würde jetzt damit anfangen.

Nein, darin, sich aus Dingen herauszuhalten, war sie nie gut gewesen. Er beäugte den vor ihm liegenden Umschlag, in der Gewissheit, dass, was auch immer darin sein mochte, ihn nur noch weiter in Caros Arme treiben würde. Es war vermutlich Avas Plan B, nur für den Fall, dass er es in diesem Sommer nicht geschafft hätte, alles zu klären …

Ein paarmal ballte er die Hände zu Fäusten und öffnete sie wieder. Dann griff er nach dem Umschlag, löste die beiden Metallklammern und machte ihn auf.

Als er hineingriff, fand er nichts darin, bis seine Finger auf den quadratischen Gegenstand ganz unten stießen. Er meinte zu wissen, was das war, und sein Verdacht bestätigte sich, als er mit den Fingerspitzen Samt berührte. Er zog das Kästchen heraus, atmete tief ein, um sich zu beruhigen, und klappte den Deckel auf.

Dort war er, eingebettet in tiefroten Satin: Caros Verlobungsring. Der runde Stein in der Mitte funkelte im Licht, genauso wie die kleinen Brillanten, die ihn umgaben.

Seit vierzehn Jahren hatte er ihn nicht mehr gesehen. Die filigran gearbeitete Weißgoldfassung war immer noch makellos.

Der Ring hatte einst Avas Mutter gehört – seiner Urgroßmutter Violet – und sein Urgroßvater Bertram hatte ihn entworfen. Sie hatte ihn zweiundsechzig Jahre lang jeden Tag getragen, nachdem er ihn ihr über den Finger gestreift hatte. Und genau dasselbe hatte Max sich gewünscht, als er ihn vor vierzehn Jahren Caro auf den Finger geschoben hatte.

Er nahm den Ring aus dem Kästchen, las die winzige Inschrift auf der Innenseite: *Auf lebenslange Abenteuer*.

Sofort fielen ihm die Bücher wieder ein … die Bücher, die Caro geschrieben hatte. Die Abenteuer von Pumpkin und Bean.

Außer seinem kurzen Blick auf den Titel am Tag zuvor – und dem wenigen, was Camille ihm erzählt hatte – wusste er nichts darüber. Er hatte keine Ahnung, was Caro über sie beide geschrieben hatte.

Sie hatte gesagt, jener erste Teil sei als Liebeserklärung gedacht … Galt das womöglich für alle Bände?

In dem Moment fiel Max die zusammengefaltete rote Notiz in dem Kästchen auf. Er entfaltete sie und fand darauf Avas schwungvolle Handschrift und ihre letzten an ihn gerichteten Worte.

Geh und hol sie dir!

19. KAPITEL

Keine Zurückhaltung mehr

Caro kam kurz nach zwei zurück zu Avas Haus und eilte in die Küche, um Beau und Frankie in den Garten zu lassen.

Allmählich hörte Beau auf, nach Ava zu suchen. Vielleicht begann er zu begreifen. Immer, wenn sie fortgegangen war, hatte Ava ihm gesagt, wann sie wiederkommen würde. Ganz gleich, ob eine Stunde, einen Tag oder eine Woche später, immer hatte sie ihm einen Kuss auf den Kopf gedrückt und ihm gesagt, wie lange sie fortbleiben würde. Caro wusste, sie hatte Beau erzählt, sie würde bis zum Abendessen zurück sein. Doch sie war nicht mehr wiedergekommen.

Es hieß zwar, dass Hunde so etwas nicht verstehen könnten. Aber Beau verstand es. Er wusste Bescheid.

Er lief in den Garten hinaus und legte sich zwischen die Blumenbeete, als wüsste er, dass sie genau hier war. Caro verbrachte gut dreißig Minuten damit, ihn zurück ins Haus zu locken, aber er rührte sich nicht von der Stelle. Also ließ sie ihn im Garten und ging mit Frankie wieder hinein.

Doch sie konnte keine Minute still sitzen. Ohne Ava fühlte sich das Haus leer an. Und dass auch Max nicht da war, machte Caro nervös.

Sie konnte ihr Gedankenkarussell nicht abschalten. Gott, sie wollte nur alles wieder in Ordnung bringen. Max zu verstehen geben, dass sie an seiner Seite war. In guten wie in schlechten Tagen. Jetzt ging es um sie beide.

Vielleicht bekam sie einen klaren Kopf, wenn sie putzte. Im Kühlschrank herrschte Chaos, die Essensreste vom Vorabend waren einfach irgendwie hineingestopft worden.

Eine Weile tänzelte Frankie um sie herum, bevor sie sich in das Hundebett in der Ecke zurückzog und einschlief.

Genau in dem Moment, in dem Caro den Verschluss einer Tupperdose zuschnappen ließ, machte es klick in ihrem Kopf. Endlich begriff sie, was sie zu tun hatte, und diese Erkenntnis hätte ihr zu keinem günstigeren Zeitpunkt kommen können. Die Vordertür wurde geöffnet und wieder geschlossen und gleich darauf hörte sie seine Stimme.

»Caro?«

»Ich bin in der Küche, Max!«, rief sie, stellte die Tupperdose in den Kühlschrank und ging zur Spüle, um sich die Hände zu waschen.

Sie hatte nicht einmal mehr Zeit, sie abzutrocknen, bevor die Tür aufschwang und Max hereinkam. Er wirkte entschlossen. In der Hand hatte er eine braune Tüte von Kathleen's Corner Bookstore. Er stellte sie auf den Küchentresen, fasste nach Caros Gesicht, beugte sich zu ihr herunter und bedeckte ihren Mund mit seinem.

Sein Kuss war fordernd. Mit der Zunge drängte er ihre Lippen auseinander und forderte ihre Zunge zu einem leidenschaftlichen Tanz. Caro packte ihn am T-Shirt und hielt sich an ihm fest, als er sie noch härter küsste. Erst eine gute Minute später löste er sich von ihr, schaute auf sie herunter und versuchte, wieder zu Atem zu kommen.

»Was war das denn?«, fragte sie.

»Du hast nie aufgehört, mich zu lieben.« Das war keine Frage, sondern eine Feststellung. Er wusste es. »All die Jahre.«

»Nie.« Sie schüttelte den Kopf. »Nicht eine Sekunde lang.«

»Gut, denn ich habe auch nie aufgehört, dich zu lieben.« Noch einmal küsste er sie, bevor er sie losließ.

Ihre Hände glitten kraftlos von seiner Brust, der Stoff seines T-Shirts war feucht und zerknittert. »Max?« Verwirrt schaute sie zu ihm hoch. Nach diesen Küssen hatte ihr Verstand ausgesetzt.

Er griff nach der Tüte und holte fünf Bücher heraus … fünf Kinderbücher … *ihre* Bücher. Beinahe andächtig legte er sie auf den Tresen und nahm das oberste in die Hand. »Ich kann immer noch nicht fassen, dass mir niemand davon erzählt hat.«

»Nicht jeder weiß, dass es darin um uns geht …« Sie deutete auf das Buch in seinen Händen. »Nicht jeder weiß, dass du Bean bist. Und die Leute, die es wissen …« Sie zuckte die Achseln. »Ich habe sie gebeten, nichts zu sagen.«

»Weil du nicht wolltest, dass ich davon erfahre?« Er schlug das Buch auf der Seite mit der Widmung auf. Sie brauchte nicht hinzuschauen. Sie wusste auch so, was da stand.

Für M.
Ich werde mir immer
noch mehr Abenteuer wünschen.

»Du sagtest, es sei eine Liebeserklärung«, meinte er und legte das Buch aus der Hand.

»Ja, das ist es. Ich wollte, dass du es erkennst, dass du siehst, wie sehr ich dich immer noch liebe. Wie sehr ich dich immer lieben werde.« Bei den letzten Worten brach ihre Stimme und sie begann zu weinen. Aber sie wollte sich nicht länger zurückhalten. Nie mehr wollte sie sich ihm gegenüber zurückhalten. »Max, als meine Mom starb, ist alles zerbrochen. Ich wusste nicht, wie ich uns – unsere Beziehung – retten sollte.«

»Es war nicht allein *deine* Aufgabe, das zu tun, sondern *unser beider* Aufgabe.«

»Ich weiß. Aber ich hatte mich ja kaum selbst im Griff.« Sie legte sich die Hand auf die Brust. »Und ich hatte … ich hatte das Gefühl, dir im Weg zu stehen. Für dich war immer klar, dass wir zusammengehören, aber ich habe einen Moment lang daran gezweifelt. Ich wollte dir nicht wehtun, also habe ich eine Entscheidung für uns getroffen. Ich dachte, das wäre das Beste für uns beide, aber ich habe mich geirrt. Es war der größte Fehler meines Lebens und ich muss jeden Tag damit leben. Ich habe die Entscheidung für uns beide getroffen und dir nicht die Wahrheit gesagt. Wenn ich die Zeit zurückdrehen und alles anders machen könnte, dann würde ich das tun. Ich würde einen Weg für uns finden.«

»Weißt du, eine sehr weise Frau hat mir mal gesagt, dass wir die Vergangenheit nicht ändern können. Aber wir können daraus lernen. Wir können die Zeit nicht zurückdrehen, aber die, die wir jetzt haben, nutzen, um das Richtige zu tun.«

»Ich glaube, ich weiß, von wem du sprichst.«

»Und ich glaube, sie sprach von dir, als sie mir das sagte. Ich darf dich nicht noch einmal verlieren, Caro.«

»Ich will dich auch nicht verlieren, Max.« Caro legte ihm ihre Hände auf die Brust und spürte seinen Herzschlag unter ihren Fingern. »Aber ich darf auch nicht zulassen, dass du noch mehr für mich opferst.«

»Wie meinst du das?« Zweifelnd sah er sie an.

»Ich war so selbstsüchtig. Gestern Morgen hast du mir gesagt, dass du hierherziehen wirst, und ich habe dich nicht einmal gefragt, ob du das auch wirklich willst. Du hast es gesagt und ich habe es einfach so hingenommen. Ich liebe Cruickshank, aber dich liebe ich noch viel mehr. Du bist mir wichtiger, und wenn du dir ein Leben außerhalb unserer kleinen Stadt wünschst, dann werde ich sie verlassen, Max. Ich werde nach London ziehen, damit du diesen Job annehmen kannst.«

»Du willst mit mir nach London ziehen?«

»Ich würde überall mit dir hinziehen. New York, Australien, Singapur, Brasilien, Südafrika. Es ist mir gleich, ich werde mitgehen.«

»Überallhin?« Er lächelte.

»Überallhin.«

»Und was, wenn ich dir sage, dass ich genau hier sein will? Dass ich in Cruickshank leben will, zusammen mit dir und für den Rest meines Lebens?«

»Versprochen?« Erneut krallte sie die Finger in sein T-Shirt, so fest, dass sie nicht wusste, ob sie es jemals wieder loslassen könnte. *Ihn* jedenfalls würde sie nicht wieder loslassen. Nie mehr.

»Ich schwöre.«

»Und du wirst niemals das Gefühl haben, dich mit zu wenig zufriedengegeben zu haben? Deinen Traumjob aufgegeben zu haben?«

»Nein.« Er schüttelte den Kopf. »Zumal ich meinen Traumjob bekommen werde.«

»Wovon redest du?«

»Vom Kincaid, Caro. Es gehört mir, ist mein Projekt. Und du bist ebenfalls mein.«

Caro holte zittrig Luft, Tränen verschleierten ihr den Blick, sie blinzelte und schon kullerten sie ihr über die Wangen. »Und du bist mein.«

Mit den Daumen wischte er ihr die Tränen weg, beugte sich zu ihr und lehnte die Stirn gegen ihre. »Das bin ich. Du musst dir keine Abenteuer mehr wünschen, Caro.« Er nickte zu dem Buch hinüber, das immer noch aufgeschlagen neben ihnen lag. »Wir werden sie erleben.«

Und dann küsste er sie, schob sie rücklings gegen den Küchentresen, schlang die Arme um sie und drückte sie fest an sich. So als wollte er sie nie wieder loslassen.

Erst nach einer Minute rückte er wieder ein Stück ab und Caro barg ihr Gesicht an seiner Brust, atmete tief ein und genoss seinen Duft – ein bisschen herb, sehr maskulin und ganz und gar er.

Endlich gehörte er ihr ganz. So hatte es schon immer sein sollen. Hier hatte sie schon immer sein sollen – mit ihm zusammen.

Max hatte keine Ahnung, wie lange sie so dastanden, eng umschlungen, sich gegenseitig streichelnd, sein Mund an ihrem Hals, seine Nase an ihrer Haut. Zum ersten Mal seit Avas Tod fühlte er so etwas wie Frieden.

»Ich wünschte, sie wüsste es«, flüsterte er. »Ich wünschte, sie wüsste, dass wir endlich zusammengefunden haben.«

Caro hob den Kopf und schaute zu ihm hoch.

»Ich habe ihr gesagt, dass ich wieder herziehen werde und gern das Kincaid-Projekt betreuen würde. Aber dass es geklappt hat, hat sie leider nicht mehr miterlebt. Ich wünschte, sie könnte sich mit uns freuen, zumal sie nicht ganz unbeteiligt an unserem Happy End ist.«

Caros Miene war betrübt, sie war eindeutig traurig. Aber das währte nur einen Moment, dann begannen ihre Augen zu strahlen. »Ich habe eine Idee.« Sie packte seine Hand und zog ihn so schnell durch die Küche, dass er kaum Schritt halten konnte. »Frankie.« Sie stupste das Hundebett an, als sie daran vorbeigingen. »Lass uns rausgehen.« Frankie hob den Kopf, sah, dass Caro auf den Hauswirtschaftsraum zusteuerte, sprang auf und übernahm die Führung.

Der Welpe hatte sich seit seiner Heimkehr nicht gerührt. Er hatte geschlafen, als die Welt wieder in Ordnung kam und Caro und Max endlich richtig zueinanderfanden.

Caro stieß die Tür auf und spürte sofort die warme Sonne im Gesicht. Sie schien immer noch genauso hell wie am Morgen. Der Tag hätte nicht schöner sein können, ganz so, als ließe Ava nichts anderes zu.

»Wir können es ihr immer noch sagen.« Caro zog Max in die Mitte des Gartens und blieb vor einem prächtigen Blumenbeet stehen.

»Wie meinst du das – wir können es ihr immer noch sagen?«

»Als ich vorhin kam, ist Beau hierhergegangen und weigert sich, ins Haus zurückzukommen«, sagte sie und deutete auf den Hund, der ganz in der Nähe lag. »Ich glaube, er weiß, dass Ava in ihrem Garten ist.« Sie fasste nach Max' freier Hand und schaute zu ihm hoch. »Also lass es uns ihr sagen.«

»Meinst du das ernst?« Max hatte die Frage kaum ausgesprochen, da landete ein Roter Kardinal im Baum neben ihnen.

Auch Caro entdeckte ihn und lächelte. »Ava, es wird dich sicher freuen, zu hören, dass Max und ich ganz offiziell wieder zusammen sind. Und du hast maßgeblich dazu beigetragen.«

»Ava, und sich einmischen? Nein.« Max schüttelte den Kopf. Der Vogel plusterte sich auf und begann wie wild zu zwitschern. »Okay, okay, ich habe das Kincaid-Projekt bekommen.« Er sah Caro an, als eine leichte Brise ihr Haar erfasste. »Und ich habe mir mein Mädchen zurückgeholt. Caro und ich werden heiraten.«

Ihre Lippen öffneten sich und sie schnappte überrascht nach Luft. »Werden wir?«

»Gott, das hoffe ich doch sehr.« Max ließ ihre Hand los, griff in seine Tasche und zog ein ihr vertrautes blaues Samtkästchen hervor. »Ava hat mir etwas gegeben«, sagte er und ließ den Deckel aufschnappen.

Caro starrte auf den Verlobungsring, der einst ihr gehört hatte. Dann blickte sie wieder zu ihm auf und atmete zittrig aus.

»Ich weiß, das Timing ist alles andere als ideal, und wir sind beide in Trauer – und das sicher noch eine ganze Weile. Aber wenn der gestrige Tag mich etwas gelehrt hat, wenn das letzte Jahr mich etwas gelehrt hat, dann das: Zeit ist kostbar und ich werde keine einzige Sekunde mehr verschwenden. Wir haben zwar eine Weile gebraucht, aber ich wünsche mir immer noch ein ganzes Leben voller Abenteuer mit dir.«

»Das wünsche ich mir auch mit dir, Max.«

»Gut. Dann heirate mich.«

Er hatte das letzte Wort kaum über die Lippen gebracht, da sagte sie auch schon Ja.

Wieder strömten ihr Tränen über das Gesicht, als er den Ring aus dem Kästchen nahm und ihn ihr über den Finger streifte. Vor Glück strahlend schlang sie ihm die Arme um den Hals, und er küsste sie, als hinge sein Leben davon ab.

»Schön, dass du Ja gesagt hast«, flüsterte er. »Obwohl ich dich mein ganzes restliches Leben lang bitten würde, meine Frau zu werden, wenn ich müsste.«

Lachend schüttelte sie den Kopf. »Du musst mich nicht noch einmal bitten, Max. Diesmal bleibt es dabei. Das verspreche ich dir.«

Der Kardinal im Baum neben ihnen flog davon, dicht an ihren Köpfen vorbei. Caro und Max schauten zu, wie er über Beau hinwegschwebte, bevor er steil in die Luft stieg und sich einem zweiten Kardinal anschloss. Der Hund rührte sich immer noch nicht, nicht einmal, als Frankie begann, an seinen Ohren zu ziehen.

Max' Glücksgefühle wurden einen Moment lang von Trauer überschattet. »Wird er es überwinden?«

»Ja«, sagte Caro und wandte sich ihm wieder zu. »Er wird einige Zeit brauchen, aber wir werden ihm helfen, das zu überstehen. Wir werden einander helfen, das zu überstehen.«

»Das werden wir. Jetzt und für alle Zeit«, stimmte Max zu und besiegelte sein Versprechen mit einem Kuss. Wieder spürten sie eine leichte Brise, und die Blumen und Bäume wiegten sich darin, als nickten sie zustimmend.

EPILOG

Ein Leben voller Abenteuer

Caro schloss die Tür des Gewächshauses hinter sich, bevor sie den Pfad zurück zum Haus hinaufschritt. Die Sonne stand bereits tief am Himmel und tauchte den Garten in goldgelbes Licht. Avas Garten erstrahlte in herbstlicher Blütenpracht: Roter Brandschopf, violette Herbstastern, hellgelbe Margeriten und orange Chrysanthemen, die sie vor so vielen Monaten unbedingt hatte pflanzen wollen.

Sie verdienen eine Chance, zu keimen, zu wachsen und zu blühen wie alles andere auch. Plötzlich hatte Caro Ava vor Augen, wie sie an jenem Tag mit Erde auf den Wangen und einem Lächeln im Gesicht im Garten gestanden hatte.

Ja, alles verdiente eine Chance, zu wachsen und zu blühen.

Ein Teil von mir wird immer noch hier sein, selbst wenn ich fort bin.

Ja, Ava würde immer hier sein. In diesem Garten, in diesem Haus, in Caros Herz.

Die neuen Eigentümer werden so das Haus in seiner ganzen Herbstpracht sehen können.

Zählten sie und Max als *neue* Eigentümer? Das Haus war immer schon ein Heim für sie gewesen, aber gehört hatte es ihnen nicht.

Gut, mittlerweile war Max der Eigentümer, denn Ava hatte ihm das alte viktorianische Haus vererbt. Aber wenn sie erst verheiratet wären, würde es ihnen beiden gehören – und das würde nicht mehr allzu lange dauern. Die Hochzeit sollte im nächsten Sommer stattfinden, weil die Sommer immer ihnen gehört hatten.

Doch von jetzt an würde ihnen jede Jahreszeit gehören. Winter, Frühling, Sommer, Herbst. Und was hatten sie für einen wunderschönen Herbst: Die Blätter an den Hartriegelbäumen hatten sich allesamt orange und rot verfärbt. Das war Max an dieser Jahreszeit das Liebste.

Beau, Frankie und ihr neuer Pflegehund Cooper rannten herum und trockenes Herbstlaub knisterte unter ihren Pfoten. Sie waren Caro nach draußen gefolgt, als sie zum Gewächshaus gegangen war, um Mangold, Rosmarin und Thymian für die Suppe zu holen, die Max kochte.

Frankie fing an zu bellen, als sie sich ins Gras duckte, um Cooper anzuspringen, als er an ihr vorbeirannte. Beau umkreiste sie beide, aber als er Caro entdeckte, lief er sofort zu ihr. In den Monaten nach Avas Tod hatte er sich allmählich erholt, aber sie fehlte ihm eindeutig immer noch. Jeden Tag lief er in den Garten und blieb manchmal stundenlang im Gras liegen.

In den Wochen nach Avas Tod hatte er sich angewöhnt, in ihren Schrank zu kriechen und einen ihrer Pullover herauszuziehen, um sich darauf einzurollen. Das hatte aufgehört, nachdem sie das Zimmer ausgeräumt und gereinigt hatten – eine Aufgabe, die für Caro und Max unglaublich schmerzlich gewesen war.

Aber sie hatten sie gemeinsam bewältigt, genau wie sie es einander versprochen hatten.

»Hey, Kumpel«, sagte Caro, als Beau an dem Grünzeug schnupperte, das sie geholt hatte. »Das ist nicht für dich bestimmt.« Sie zog es weg und er stupste sie am Ellenbogen an. Mit der freien

Hand langte sie zu ihm hinunter und kraulte ihm den Kopf. »Geh, sammle Frankie und Cooper ein und bring sie ins Haus.« Sie deutete hinüber zu den beiden Hunden, die sich jetzt balgten.

Beau rannte zu ihnen hinüber und die drei erreichten das Haus sogar noch vor Caro. Als sie die Küche betrat, war sie leer. Der Deckel lag wieder auf dem Topf und die Herdplatte war auf kleinste Stufe gestellt.

»Max?«, rief sie und legte die Kräuter und den Mangold auf den Küchentresen.

»Hier.« Seine Stimme kam aus dem Wohnzimmer und sie folgte ihr.

Max stand mit dem Rücken zu ihr vor dem Plattenspieler und legte den Tonarm auf. In der Sekunde, als das Lied erklang, musste sie grinsen. Dolly Parton und Kenny Rogers sangen »Islands in the Stream«.

Max drehte sich zu ihr um, streckte ihr die Hände entgegen und schenkte ihr ein unwiderstehliches Lächeln. »Tanz mit mir.«

Caro zögerte keine Sekunde. Blitzschnell durchquerte sie das Zimmer. Max legte ihr den Arm um den Rücken, mit der anderen Hand griff er nach ihrer Linken, rieb über den Ring an ihrem Finger und drückte dann einen Kuss darauf, so wie immer, wenn er ihre linke Hand hielt.

Seine Lippen streiften ihre Schläfe, als er begann, sich mit ihr durch das Zimmer zu bewegen. »Ich werde den ganzen Rest meines Lebens mit dir tanzen, Caroline«, flüsterte er.

»Das will ich dir auch geraten haben«, erwiderte sie und legte den Kopf an seine Brust, unmittelbar über seinem Herzen.

Dem Herzen, das ihr gehörte – genau wie ihres ihm.

– ENDE –